Gas und Galle

AF201305

Gas und Galle

A.C. Scharp

Copyright © 2016 A.C. Scharp
c/o
Papyrus Autoren-Club,
R.O.M. Logicware GmbH
Pettenkoferstr. 16-18
10247 Berlin.
E-Mail: ac.scharp(at)online.de
Alle Rechte vorbehalten.

Coverdesign: László Zakariás [tsg]

Herstellung und Verlag:
BoD - Books on Demand, Norderstedt

ISBN-13: 978-3746010724

Teil 1

»Diese Biogasanlage ist wirklich eine Unverschämtheit!«

Nicole Rotters Lippen ihres sorgfältig geschminkten Mundes wurden noch schmaler. Das lenkte die Aufmerksamkeit auf die zu lange Nase.

Christian Gärtner stand eingeklemmt im Vorraum der Küche, an dem Ort, wo Stephanie die Dinge unterbrachte, für die sie momentan keine Verwendung hatte. Er stand unbequem zwischen der Gemüsekiste und dem Bio-Apfelsaft. Das war es ihm jedoch wert, damit ihn die beiden Frauen in der Küche nicht sahen.

»Ich mag Fortschritt sowieso nicht«, sagte Stephanie. »Wenn er uns dann auch noch aufgezwungen wird, ist er mir erst recht zuwider.«

Ihre kräftigen braunen Haare standen wie zum Protest noch mehr ab als sonst.

Christian dachte darüber nach, was aufgezwungener Fortschritt für ihn bedeutete. Ihm schwante, dass es nichts Gutes war. Zumal er seit Kurzem ebenfalls Teil dieses Fortschrittes war. Der neue Projektleiter für den Bau der Biogasanlage in Muckeringen wollte seine Frau mit der ungemein lukrativen Nachricht überraschen. Nicole Rotter war ihm zuvorgekommen. Stephanie wirkte überrascht. Leider nicht so, wie es ihm lieb war.

»Wir müssen dagegen vorgehen.« Nicole befand sich bereits auf dem Kriegspfad.

Das gefiel Christian absolut nicht. Nicole war eine der Frauen, die sich in eine Sache hineinsteigerten. Sie war vor zwei Jahren mit ihrem Mann von Köln nach Muckeringen gezogen. Da sie auch hier nicht den gewohnten Komfort aufgeben wollte, gipfelte das in einem gewaltigen Bauprojekt. Das Rotter-Anwesen brachte den Glanz, auf den das Dorf auch weiterhin hätte verzichten können.

»Vielleicht einen Brief an die Landesregierung schreiben?« Stephanies Stimme klang dumpf. Anscheinend wühlte sie im Schrank unter der Spüle, wo sie ihre Bioabfälle aufbewahrte. Christian hoffte, es roch stark genug, um die Nachbarin zu vertreiben. Tat es nicht.

»Quatsch«, sagte Nicole. »Was soll denn das bringen? Wir brauchen eine Bürgerinitiative. Wir müssen die Nachbarn informieren und auf die Barrikaden gehen.«

Christians linker Fuß war mittlerweile eingeschlafen, da er unkomfortabel in der Kiste mit dem Gemüse stand. Er verlagerte sein Gewicht auf das rechte Bein. Das bewirkte allerdings, dass er den Kasten ein Stück über die Fliesen schob. Die bereits erhitzten Gemüter in der Küche bemerkten den Lärm nicht.

»Eine Bürgerinitiative ist eine gute Idee«, sagte Stephanie. Sie erschien in Christians Blickfeld und setzte sich zu Nicole an den Tisch.

Sie trug eine hochgeschlossene grüne Tunika mit schrecklichen Zipfeln. Ein Zipfel am Ärmel schwebte dicht über dem Glas mit Milch, das seit dem Frühstück schon dort stand. Stephanie zog den Arm noch rechtzeitig weg.

»Wir sollten alle Nachbarn zusammentrommeln. Wie wäre es am Sonntag? Dann sind meistens alle zu Hause. Wir können das bei uns machen«, sagte sie.

Es gab einiges, was Christian zuwider war. Menschenansammlungen in seinem Haus belegten einen der vorderen Plätze. Nirgendwo konnte man sich hinsetzen, immer stand man im Weg, Häppchen waren nie genug da und alle tranken einem den Fusel weg. Nicht, dass es davon viel im Hause Gärtner gab. Stephanie war zwar kein Gegner von bewusstseinserweiternden Mitteln, aber der Meinung, dass sie ihrem Mann nicht guttaten.

Das hier aber könnte ihm größere Probleme bereiten als ein gequälter Nachmittag mit seinen Nachbarn. Er fragte sich, ob Stephanie seine Rolle im Biogas-Projekt akzeptieren würde.

»Wir lassen uns den Frieden nicht kaputtmachen.« Um ihrer Meinung Nachdruck zu verleihen, klopfte Nicole mit ihren Fingerknöcheln auf die Holztischplatte. Zumindest hoffte Christian, dass es nur die Finger waren. Vielleicht hielt sie schon ein Messer in der Hand.

Nicole war eine der Frauen, die ihm ein bisschen Angst machten. Sie war hübsch, aber nicht hübsch genug, sehr aufdringlich und immer sehr bemüht. Vor allen Dingen glaubte sie an ihre eigene Unwiderstehlichkeit, die jedoch nur ihr selber auffiel. Christian und den anderen Männern des Dorfes war diese noch nicht begegnet.

Derweil beschäftigte man sich in der Küche damit, die Dorfbewohner aufzulisten. Christian kam das albern vor. Muckeringen bestand nur aus 17 Personen. Davon waren zwei schlichtweg zu klein, um wirksam den Bau der Biogasanlage zu verhindern. Auch gab es noch Matthias Beier, der sie gar nicht verhindern wollte. Natürlich Christian selber nicht zu vergessen. Ließ sich mit 13 Mann überhaupt noch eine wirksame Gegenwehr aufbauen? Nicole kämpfte sicherlich für zwei. Seine Frau musste nur genügend von der unsagbaren Katastrophe überzeugt werden, dann würde auch sie die Gegner überrollen.

»Ich verstehe nicht, wo Christian bleibt«, sagte Stephanie und klapperte ungeduldig mit den Suppentassen im Schrank. »Er ist so schlafmützig. Doch wenn er kapiert hat, worum es geht, ist er eine große Hilfe.«

Beleidigt schüttelte Christian sein linkes Bein, um es langsam wieder aufzuwecken. Er sollte seinen Lauschposten aufgeben, bevor er noch mehr charmante Wahrheiten zu hören bekam. Außerdem musste er seine Strategie überdenken. Dafür hätte er es gerne etwas bequemer.

»Ich plane das Treffen und gebe dir Bescheid«, sagte Nicole und packte ihre handgeschriebene Liste in ihre Handtasche.

Christian war nicht klar, warum man für einen Weg von 150 Metern unbedingt eine Handtasche mitnehmen musste. Aber das war nicht sein dringlichstes Problem. Er versuchte, sich geräuschlos zurückzuziehen.

Das war gar nicht nötig. Nicole und Stephanie verschwanden aus der Küche durch die Hintertür in den Garten. Die Tür stand fast immer auf, auch wenn Christian sich in besonders kalten Winternächten erst auflehnte und danach schlichtweg weigerte, die Küche zu betreten. Er verstand ja noch, dass seine Frau im Einklang mit der Natur leben musste, sah aber nicht ein, warum gerade er dann frieren sollte. Der Frühling stand zwar in den Startlöchern, aber mit den klaren Frostnächten zeigte der Winter, dass er sich noch nicht vertreiben ließ.

Seiner guten Laune beraubt humpelte er miesepetrig in die Küche, ließ sich auf den nächsten Stuhl fallen und massierte sein immer noch schmerzendes Bein. Dann legte er es auf den Tisch, damit das Blut besser fließen konnte. Stephanie kam zurück.

»Glaubst du, ich habe dich nicht bemerkt? Warum lässt du mich mit der Rotter allein? Und muss das sein?« Sie zeigte auf sein Bein.

»Muss es«, sagte Christian, nahm aber gehorsam wieder den Fuß vom Tisch. Ein Kind der Natur zu sein, war für Stephanie nicht gleichbedeutend mit schlechtem Benehmen. Christian verwechselte das gelegentlich.

Stephanie betrachtete ihn prüfend. Er ging aber nicht näher darauf ein. Sein Widerstand spielte sich mehr innerlich ab.

»Du weißt nicht, was passiert ist.«

»Doch, ich weiß«, sagte Christian. »Wir bekommen eine Biogasanlage.«

»Nur über meine Leiche.« Stephanies Kampf hatte begonnen.

Thomas Rotter war aufs Land gezogen, um die Freuden des Landlebens genießen zu können. Er wusste, dass seine Frau und sein Sohn Lukas das ähnlich sahen. Bei seiner Tochter Laura war er sich bis heute nicht sicher. Sie hatte den Umzug mit stoischer Gelassenheit hingenommen, da sie zumindest nicht die Schule wechseln musste. In Muckeringen war sie schnell auf Jan Henigbaum gestoßen, der in ihre Parallelklasse ging, ihr aber erst jetzt auffiel. Das linderte wahrscheinlich den Zorn auf ihre Eltern, sie aus der Stadt verschleppt zu haben.

Als Thomas das Haus betrat, wurde ihm schnell klar, dass es heute mit dem Genießen nicht zum Besten bestellt war. Das Haus sah eher nach einer Generalstabszentrale aus als nach einem Ort, an den man abends gern heimkam.

»Was um alles in der Welt ist hier los?« Sein Blick fiel auf sein Laptop, das jemand aus seinem Arbeitszimmer in die Küche geholt hatte. Irritierender war allerdings der Wust Blätter, der über der Esstheke verstreut lag. Nicole hasste normalerweise Unordnung.

»Warum sieht es hier nicht nach Abendessen aus?« Thomas konzentrierte sich auf das Wesentliche.

»Keine Zeit. Wir haben wichtigere Probleme als das.«

Thomas überlegte, was in der Zeitspanne von morgens bis zum frühen Abend passiert sein konnte. Vor allen Dingen im Hinblick darauf, dass seine Frau ihre Zeit hauptsächlich mit Shoppen verbrachte.

»Was kann es hier schon an Problemen geben?«

»Du brauchst gar nicht so herablassend zu sein.« Nicole warf ihm pikiert die aufgeschlagene Zeitung auf den Tisch.

»Das ist nicht gut«, sagte Thomas, nachdem er die Seiten wieder in eine sinnvolle Reihenfolge gebracht hatte.

»Nicht gut? Das ist eine Katastrophe!« Nicole zog laut scheppernd die Essteller aus dem Schrank.

»Bitte keine unnütze Dramatik«, sagte Thomas. »Die Welt geht nicht unter, trotzdem sollten wir etwas unternehmen.«

Ihr Haus hatte einen Marktwert, der nicht zu verachten war. Irgendwie sagte ihm sein Gefühl, dass es damit nicht mehr weit her wäre, falls eine Biogasanlage quasi in seinem Garten stünde.

»Wenigstens siehst du das genauso. Ich war heute bei Stephanie Gärtner. Wir werden uns organisieren.«

»Wollt ihr eine Partei gründen?«, fragte Thomas belustigt. Nicole warf ihm einen Blick zu, der sehr genau ausdrückte, was sie von seiner Äußerung hielt.

»Idiot«, sagte sie unfreundlich. »Natürlich eine Bürgerinitiative. Laura!«

»Was?«, brüllte Laura aus dem hinteren Teil des Hauses. Dem *Idioten* ging nicht zum ersten Mal durch den Kopf, dass er eine sehr laute Familie hatte. Seine Tochter kam in die Küche.

»Wie wäre es denn mal mit Tisch decken?«, fragte Nicole spitz.

»Wie wäre es denn mal mit Kochen?«, entgegnete Laura frech.

»Laura, bitte«, sagte Thomas in dem Tonfall, der keinen Widerspruch zuließ. Das klappte wie immer tadellos.

»Bürgerinitiative, hm«, nahm er den Faden wieder auf. »Das muss gut überlegt sein.«

»Bis du zu Ende überlegt hast, ist die Anlage schon längst gebaut. Bist du bei deinen Mandanten auch so langsam? Dann ist es ein Wunder, dass die meisten nicht im Gefängnis sitzen.«

»Also, mach einen Vorschlag«, sagte Thomas gottergeben. Er verzichtete darauf, seiner Frau zu erklären, dass gerade sein überlegtes Vorgehen ihm Erfolg brachte.

»Wir werden das ganze Dorf zusammentrommeln«, erklärte Nicole. »Aber die Gärtner will anscheinend das Zepter in der Hand halten.«

Nicole war also schon in die Offensive gegangen.

»Dann lass sie doch«, sagte Thomas. Stephanie Gärtner war zwar verrückt, aber nicht von der unangenehmen Sorte.

»Das ist doch nicht dein Ernst! Hast du dir diesen Hippie mal angeguckt? Wie soll die denn im Fernsehen aussehen?«

»Im Fernsehen seid ihr noch nicht«, entgegnete Thomas gelassen. »Wenn das wirklich so weit kommt, werdet ihr euch schon einig, wer telegener ist.«

»Dann mache ich das«, warf Laura ein. »Jung und hübsch kommt im Fernsehen immer an.«

»Frech und vorlaut würde besser passen«, murmelte ihre Mutter, obwohl ihre Tochter natürlich recht hatte. Sie hatte lange, blonde Haare wie ihre Mutter und leuchtend blaue Augen.

»Du kannst froh sein, dass du so eine junge Mutter hast«, sagte sie laut.

Laura sah aus, als hätte sie zu diesem Thema eine Menge zu sagen. Ein Blick ihres Vaters ließ sie schweigen.

»Wieso kommt das Fernsehen?«, fragte der neunjährige Lukas, der mittlerweile auch in die Küche gekommen war.

»Das Fernsehen kommt nicht, Trollo«, sagte Laura.

»Zumindest jetzt noch nicht.« Thomas wandte sich seinem Sohn zu. »Wir reden von einer Biogasanlage, die hier nach Muckeringen kommen soll.«

»Was ist das?«, fragte Lukas.

»Etwas ganz und gar Fürchterliches«, sagte Nicole.

»Ein riesiger Scheiße-Behälter«, klärte Laura ihren Bruder in dem Moment auf, als ihr Vater ›Alternative Energie‹ sagen wollte.

»Igitt«, rief Lukas angewidert aus.

»Nein, im Prinzip nicht«, sagte Thomas. »Die Grundidee von Biogas ist nicht schlecht, da es saubere Energie erzeugt. Aber leider will keiner solch eine Anlage vor der Tür haben.«

»Warum nicht?«

»Weil sie viel Verkehr, Lärm und vielleicht auch Geruch mit sich bringt«, sagte Thomas.

»Das ist wohl stark untertrieben.« Nicole wedelte mit Papieren vor seiner Nase herum. Sie hatte den Tag offensichtlich mit Recherche zugebracht. »Unser ruhiges Leben hier könnten wir dann vergessen.«

»Nicole, begeistert bin ich auch nicht.« Thomas fühlte sich genervt, wie zu oft in letzter Zeit. »Aber Parolen und Allgemeinplätze helfen uns hier nicht weiter. Nicht, wenn wir ernst genommen werden wollen.«

»Jetzt weiß ich immer noch nicht, ob das Biogas gut oder schlecht ist«, protestierte Lukas und fing sich einen Seitenhieb seiner Schwester ein.

»Du hörst doch, dass sie sich darüber nicht einig sind. Also gib Ruhe.«

»Auf jeden Fall werden wir eine Versammlung einberufen — und das zügig. Am besten morgen.«

»Lass mal die Kirche im Dorf«, sagte Thomas. »Zu kurze Vorlaufzeit. Unsere Nachbarn müssen die Sache erst mal verdauen und sich das zeitlich einrichten. Sonntag ist besser.«

»Das hat Stephanie auch schon gesagt. Ich rufe sie lieber direkt mal an, bevor sie mir dazwischenfunkt.«

Während seine Frau telefonierte, las Thomas den Artikel noch mal aufmerksamer. Von einem Landwirt aus der Region war die Rede. Thomas dachte kurz an Matthias Beier. Nachdem dieser den Hof seiner verstorbenen Eltern übernommen hatte, sah man dort keine Tiere mehr. Thomas wusste nicht, wovon er lebte, aber irgendetwas würde es schon sein. Seine Frau kam wieder. Ihr Gesicht war gerötet vor unterdrücktem Zorn.

»Das darf doch nicht wahr sein. Stephanie hat die Nachbarn schon für Sonntag zu sich nach Hause eingeladen. Ohne mit mir vorher darüber zu sprechen!«

»Sei doch froh, dann rennen die Deppen nicht durch unser Haus.« Laura fand immer schnell das Gute an einer Sache.

»Sag nicht Deppen«, fauchte Nicole. »Das ist eine Prestigefrage. Diejenige, die das organisiert, wird als Anführer wahrgenommen. Dazu eigne ich mich einfach besser. Mach voran und hol Besteck!«

»Diktator würde besser passen«, maulte Laura.

Die ganze Familie saß um den Esstisch und starrte auf leere Teller.

Später am Abend saß Christian trübsinnig bei seinem Bruder Daniel Steffens im Wohnzimmer. Die Brüder hatten verschiedene Väter.

»Ich habe wirklich geglaubt, sie freut sich.« Er trank einen Schluck von seinem Bier. »Biogas, das ist doch etwas Natürliches. Und Stephanie liebt das natürliche Leben.«

Daniel betrachtete ihn zweifelnd. In diesem Moment sah er Christian ähnlich. Das war selten. Der große, schlanke Christian mit den filigranen Gesichtszügen hatte nicht viel gemein mit seinem kleinen, kompakten und pausbäckigen Bruder.

»Eine Biogasanlage ist etwas anderes, als sein Geschäft hinten im Garten zu verrichten. Das hat mit Natürlichkeit nicht mehr viel zu tun.«

»Jetzt tu du nicht auch so, als ginge hier die Welt unter.«

»Ich weiß nicht. Das bedeutet schon eine große Umstellung für den Ort. Hast du dir schon mal Gedanken gemacht, was eine Anlage in dieser Größe alles an Material braucht?«

»Das kommt hauptsächlich von Matthias.« Christian rutschte tiefer in den Sessel. Er wollte mit Daniel jetzt nicht die Ausmaße des Projekts diskutieren.

»Halt mich bitte nicht für einen Idioten, nur weil du der Ingenieur bist. Ich kann sehr wohl ausrechnen, wie viel

Masse die Anlage haben muss, um diese Kilowattstunden zu produzieren.«

Christian zweifelte keinen Moment an den Worten seines Bruders. Daniel war Lehrer für Erdkunde und Mathematik und auf diesem Gebiet sicherlich kompetent, wie so ziemlich auf jedem Gebiet.

»Du sollst nicht richten, du sollst mir raten«, erwiderte er daher. »Sag mir, was ich tun soll.«

»Der erste Schaden ist immer der Geringste, das solltest du wissen. Sag es ihr einfach, sie kommt schon darüber hinweg.«

»Sie vielleicht. Aber ich nicht. Sie hat sich schon so in die Sache verrannt, sie sieht überall nur noch den Feind. Du kennst doch Stephanie. Wenn sie von etwas überzeugt ist, bekommst du sie nicht mehr gebändigt.«

Christian nippte unglücklich an seinem Bier. Er bekam nicht oft welches, daher konnte er die Wirkung des Alkohols schon deutlich spüren. Es deprimierte ihn zusätzlich, als Mann nicht mehr als eine lumpige Flasche Bier zu vertragen.

»Warte erst mal ab.« Daniel beugte sich zu ihm rüber und knuffte ihn freundschaftlich in die Seite. »Stephanie ist immer leicht zu begeistern. Das legt sich auch schnell wieder.«

Christian dachte an die Therapiegruppe für geläuterte Radikale, die Stephanie ins Leben gerufen hatte. Jeden Tag hatten sie das Haus belagert, während Stephanie hochschwanger und glücklich herumgeschwirrt war. Ihr Engagement für diese Lebenshilfe hörte in dem Moment auf, als ihre gemeinsame Tochter Mia zur Welt kam. Christian sah sich noch Wochen danach einem passiv-aggressiven Haufen gegenüber, der nicht gerade verständnisvoll auf die neue Situation reagierte.

»Ich hoffe, dass die Nachbarn ihr den Wind aus den Segeln nehmen. Es wird nicht jeder gegen das Projekt sein.« Im Geiste machte er eine Liste der Befürworter und Gegner.

»Das wird ziemlich durchwachsen«, sagte Daniel. »Schlecht einzuschätzen. Wenn deine Frau nur halb so überzeugend ist wie hartnäckig, wird es schwer.«

»Solange sie nur nicht so viel öffentlichen Aufruhr macht«, sagte Christian. »Das ist genau das, worauf mein neuer Chef stehen wird: Ein Projektleiter mit einer durchgeknallten Aktivistin, die in bunten Gewändern herumrennt und mit Blumen im Haar Flugblätter verteilt.«

Daniel lachte. Christians vernichtender Blick half da wenig.

»Schön, dass du dich freust. Mit Alexandra hattest du es auch nicht viel besser.«

Alexandra war Daniels Frau, die vor einem Jahr plötzlich das Haus verlassen hatte, da sie sich von ihrem Mann eingezwängt fühlte. Das galt wohl auch für die gemeinsame Tochter Anna, die sie bei Daniel ließ. Seitdem hatten sie nichts mehr von ihr gehört.

Daniel warf ihm einen Tischtennisball an den Kopf. Überall im Haus lagen diese Dinger, dabei spielte Daniel überhaupt kein Tischtennis. Er warf einfach nur gerne diese kleinen Bällchen in die Luft. Er freute sich wie ein kleines Kind, wenn es ihm gelang, damit zu jonglieren. Christian hielt das für ein sehr merkwürdiges Hobby.

Sie wurden unterbrochen, als Anna eintrat. Nicht zum ersten Mal bedauerte Christian seine Nichte. Sie war eine unglückselige Erscheinung. Sie hatte viel von Alexandra geerbt, aber die überaus hübschen Gene ihrer Mutter konnten sich bei Anna nicht durchsetzen.

Alles, was bei ihrer Mutter Verheißung versprach, wirkte bei ihr nicht zu Ende gedacht und unfertig. Auch die Tatsache, dass sie 15 Jahre alt war, ließ nicht hoffen, dass sich das später auswachsen würde.

Anna hatte ein Problem mit sich und ihrem Leben. Sie fühlte sich besonders vom Schicksal benachteiligt, weil ihr Vater Lehrer an der Schule war, die sie besuchte.

Christian warf seinem Bruder einen warnenden Blick zu, den es allerdings nicht bedurft hätte. Daniel war keine Quatschtante. Er wusste sehr wohl, was er wann wem erzählen konnte.

»Frau Rotter hat mich abgefangen und versucht, mich für irgend so eine Anti-Biogasbewegung zu begeistern«, sagte sie und zog sich eine Mütze vom Kopf, die ihr karottenrotes Haar zum Vorschein brachte. Sie neigte zu Ohrenentzündungen.

»Nicole verliert wohl keine Zeit.« Christian hätte nicht gedacht, dass es so schnell gehen würde.

»Natürlich nicht«, erwiderte Daniel. »Zeit ist hier von entscheidender Bedeutung. Schließlich soll der Bau schon in drei Monaten starten.«

»So was kann doch gar nicht so schnell gehen«, mischte Anna sich ein. »Schließlich gibt es doch Bauanträge und Genehmigungsverfahren.«

»Das ist schon durch«, entgegnete Christian. »Es gibt hier keine besondere Pflicht, die Bevölkerung zu informieren oder überhaupt irgendwie mit einzubinden.«

»Das haben die schon geschickt geregelt«, sagte Daniel. »Matthias Beier ist der Bauherr, also ist es ein privates Bauvorhaben. Woher das Geld kommt, interessiert beim Bauamt keinen.«

»Das glaube ich nicht.« Annas Widerspruchsgeist war perfekt ausgeprägt. »Vielleicht solltet ihr euch mal schlaumachen, statt alles so hinzunehmen.«

»Anna, glaub uns einfach.« Christian war gereizt. Ihre Mutter war ebenso altklug gewesen, was aber durch ihre Schönheit wesentlich besser zu ertragen gewesen war.

Daniel blickte seine Tochter missbilligend über die Brillenränder an. Er machte eine Handbewegung, die ihr auf unfreundliche Art signalisieren sollte, sich zu verpfeifen. Es machte auf sie keinerlei Eindruck. Sie rollte die Augen gen Himmel und zeigte ihm damit, was sie von seiner väterlichen Autorität hielt. Das war für Daniel nichts Neues. Jahrelang hatte ihn Alexandra ebenso behandelt und damit den Grundstein für Annas Verhalten gelegt.

Christian bewunderte ihn dennoch. Er versuchte immerhin, sich durchzusetzen, wenn auch nicht mit Erfolg. Wie sollte das auch funktionieren, wenn er ein Gesicht hatte, gegen das jenes seiner Tochter alt wirkte.

»Verzieh dich in dein Zimmer. Ich habe mit deinem Onkel noch zu reden.«

Anna machte keinerlei Anstalten, der Aufforderung ihres Vaters nachzukommen. Sie fläzte sich in den Lehnsessel und stellte ihre Ohren auf Empfang.

Als auf einmal Julia im Raum stand, verschwand sie allerdings wie ein Kondensstreifen am Horizont.

Julia gab Daniel einen Kuss und setzte sich auf seinen Schoß. Zierlich und schwarzhaarig war sie sicherlich einen zweiten Blick wert, aber Christian mochte sie nicht. Sie war forsch und fordernd. Eine Eigenschaft, die ihr als Journalistin sicherlich zugutekam, in dem kleinen Ort allerdings deplatziert wirkte.

»Probleme?«, fragte sie lauernd. Christian sah die Rädchen in ihrem Kopf rotieren. Julia war immer auf der Suche nach einer Story. Christian hatte sich gefragt, was sie dann in Muckeringen wollte, bis Daniel ihm im Vertrauen in einer inoffiziellen Version von ihrem Burnout erzählte.

»Nein, keine«, sagte er daher knapp. Daniel würde ihn auch hier nicht verraten. Obwohl er Julia verliebt anschmachtete, blieb er trotzdem Herr seines Verstandes.

Ohne der Lösung seines Problems wirklich näher zu sein, begab er sich zurück in seine eigene Kampfarena.

»Das ist ja fantastisch.« Julia fiel Daniel um den Hals.

»Wie man es nimmt.« Daniel war bei Weitem nicht so fröhlich über die Situation. »Ob Muckeringen den Presserummel verkraften kann, das wage ich zu bezweifeln.«

»Das meine ich gerade«, sagte Julia. »Es soll gar keinen Presserummel geben. Ich will exklusiv darüber berichten. Ein gewaltiges Bauprojekt gegen ein kleines Dorf. Das ist eine Story, die mich ganz weit nach vorne bringt.«

»Den Rummel kannst du gar nicht vermeiden, wenn Stephanie und vor allen Dingen Nicole Rotter an der Nummer beteiligt sind.«

»Aber ich kann versuchen, das so lange wie möglich zu verhindern.« Julias Optimismus war nicht zu brechen. »Das ist wirklich das, worauf ich gewartet habe.« Sie tanzte um Daniel herum. Eine Woge ihres Parfüms wehte ihm um die Nase. Ihr schwarzes Haar drehte sich mit.

»Ich freue mich für dich«, sagte Daniel ehrlich. Ihm war schon aufgefallen, dass es für sie in ihrem Beruf nicht allzu rosig aussah. Er vermutete, sie hatte sich nach Muckeringen verzogen, um ihre Wunden zu lecken.

Anna war es egal, ob Julia sich freute oder nicht. Sie war gekommen, um sich die Fernsehzeitung zu holen. Sie steckte sich hinter Julias Rücken den Finger in den Hals, als wollte sie sich übergeben. Daniel schaute sie streng an und schüttelte unmerklich mit dem Kopf.

»Die Nachbarn freuen sich mit Sicherheit auch tierisch, wenn du sie in einer Reportage durch den Kakao ziehst.« Wenn Anna untersagt wurde, sich heimlich über Julia lustig zu machen, dann musste sie es direkt tun.

Daniel ahnte, dass es anstrengend wurde, da er für keine der beiden Partei ergreifen wollte. Er sollte nicht enttäuscht werden.

»Kinder haben für eine gehobene Berichterstattung einfach keinen Sinn«, sagte Julia süffisant. Die hochhackigen Schuhe machten sie gute zehn Zentimeter größer. Der abschätzige Blick, den sie Anna zuwarf, wirkte so viel besser.

»Sagst du damit, dass du mich für blöd hältst?«, brauste Anna auf. »Papa!«

Daniel machte den Mund auf, aber Julia war schneller. Er klappte den Mund wieder zu.

»Nicht blöd, Schätzchen. Unerfahren. Ein Studium allein reicht nicht aus, um eine gute Journalistin zu sein. Du brauchst ein Gespür für gute Geschichten. Das hat man oder nicht.«

»Das hat man oder nicht«, äffte Anna ihre affektierte Stimme nach.

»Daniel!« Diesmal wollte Julia von ihm eine Stellungnahme, zu der er sich aber nicht zwingen lassen wollte.

»Ich schlage vor, ihr beruhigt euch wieder«, sagte er stattdessen. Er hoffte, damit durchzukommen.

»Ich will mich nicht beruhigen. Ich will, dass du etwas dazu sagst.« Julia ließ sich nicht abspeisen. Daniel hatte es schon geahnt.

»Geht wenigstens höflich miteinander um. Wenn ihr euch nicht mögt, ist das eure Sache, obwohl ich es schade finde. Aber keiner beleidigt hier den anderen, in welcher Form auch immer.«

Anna verdrehte die Augen und trat den Rückzug in ihr Zimmer an. Daniel war heilfroh darüber.

»Du solltest wirklich mal mit ihr sprechen«, sagte Julia.

»Sie vermisst ihre Mutter«, warb Daniel um Verständnis. »Es ist nicht einfach für sie. Sie hat noch immer die Hoffnung, Alexandra kommt zurück. Du störst die heile Welt, die sie sich wünscht.«

»Ach Quatsch«, sagte Julia unwirsch. »Du siehst in ihr immer ein kleines, zartes Mädchen. Die Trennung von deiner Frau macht ihr nicht halb so viel aus, wie du denkst. Sie ist eine kleine Intrigantin, das weißt du auch.«

»Ich mag es nicht, wenn du so über meine Tochter sprichst«, sagte Daniel sauer.

»Tut mir leid.« Julias Stimme wurde ein paar Töne tiefer. Sie bewegte sich aufreizend und katzenhaft durch den

Raum und legte Daniel die Arme um den Hals. Ihr warmer Körper und das berauschende Parfüm bewirkten, dass Daniels schlechte Laune sich schneller verflüchtigte als ein Gülleduft in einer Windhose. Julia konnte mit ihren bemerkenswerten Reizen immer bei ihm punkten.

Alexandras Reize waren auch nicht zu verachten gewesen. Sie aber musste unbedingt ihrer Selbstverwirklichung hinterherlaufen und ihre Tochter alleinlassen. Das nahm Daniel ihr besonders übel. Mütter, die ihre Kinder zurückließen, waren ihm hochgradig suspekt.

Er war froh, dass Anna so gut wie erwachsen war, vor allen Dingen, wenn es mit ihm und Julia weitergehen sollte. Der permanente Streit zwischen Anna und ihr zerrte an seinen Nerven. Er fragte sich, wie er die drei Jahre bis zu Annas Umzug in eine Studienstadt überstehen sollte. Julia durchbrach seine Gedanken.

»Ich mache mich auf den Weg nach Hause«, sagte sie. »Ich muss mir eine Strategie überlegen und das kann ich besser, wenn ich dabei ungestört bin.«

»Bleib doch noch etwas«, bat Daniel enttäuscht. »Du bist gerade erst gekommen und willst sofort wieder gehen?«

»Schatz, eine Story ruft!« Theatralisch hob Julia die Arme über den Kopf. »Die größten Knaller werden von denen geschrieben, die ihre Arbeit immer an die erste Stelle setzen.«

»Du bist nicht Carl Bernstein«, sagte Daniel missmutig. Er bezweifelte, dass es in Muckeringen genauso viel Schockierendes gab wie bei der Watergate-Affäre.

»Aber ich will es werden«, entgegnete Julia. »Dafür muss man schon mal ein paar Opfer bringen.«

Daniel sah das in weiten Teilen anders, versagte sich aber, eine Diskussion anzufangen. Er wollte Julia nicht sauer machen, obwohl er das Thema Sex für heute schon ad acta gelegt hatte. Er fand das ungerecht. Alexandra hatte ihm nachher den Sex verwehrt, weil sie ihn nicht mehr liebte. Julia verweigerte ihm den jetzt, weil sie offensichtlich ihre

Arbeit mehr liebte. Daniel fragte sich, was das über seine Beziehungen aussagte, fühlte sich mit dem Thema aber unangenehm und gestattete seinen Gedanken nicht, diesen Widerspruch zu vertiefen.

Julia war schon längst Richtung Haustür verschwunden.

»Bekomme ich noch einen Abschiedskuss?«, rief sie ungeduldig. Daniel beeilte sich, ihrer Aufforderung nachzukommen. Man musste die Räder schmieren, solange sie sich drehten. Er wollte nicht riskieren, dass ein verweigerter Kuss verweigerten Beischlaf zur Folge hatte.

Christian hatte nicht viel für Bauernhöfe übrig. Der Hof von Matthias allerdings barg unbestreitbare Vorteile. Einer davon war sicherlich die Abwesenheit von Kühen. Christian konnte sich nicht erklären, wie ein Landwirt ohne eine nennenswerte Anzahl an Tieren auskam. Das aber war für Matthias kein Kriterium für Erfolg. Er hatte eine neue Möglichkeit gefunden, in Zukunft ordentlich Kasse zu machen.

Der Hof schien verlassen, vereinzelt pickten ein paar feiste Hühner unsichtbare Körner vom Boden auf. Christian schlenderte am leeren Kuhstall entlang und begab sich auf einen schmalen, grasüberwucherten Weg zu den Feldern. Tatsächlich konnte er Matthias in der Ferne ausmachen.

Matthias hatte ihm den Job als Projektleiter besorgt, obwohl er Christian nie den Eindruck vermittelt hatte, er möge ihn lieber als alle anderen Nachbarn. Allerdings hatte Matthias den Ruf, keinen leiden zu können.

»Inspizierst du den Bauplatz?«, fragte er.

»Das ist schon traurig.« Matthias verzog spöttisch die Mundwinkel. »Du solltest zumindest wissen, wo dein neuer Arbeitgeber bauen wird.«

Damit hatte er zweifellos recht. Christian kannte den genauen Standort der Biogasanlage in Muckeringen tatsächlich nicht. Er versuchte sich daran zu erinnern, was in der Zeitung gestanden hatte. Den Artikel hatte er jedoch auch nur überflogen.

»Das weiß ich doch.« Er wollte die Situation noch retten und hoffte, dass Matthias nicht weiter nachbohren würde.

»Ich dachte nur, du wolltest deinen Hof vergrößern. Jetzt, wo das Biogas kommt.«

Matthias sah ihn an, als hielte er ihn für nicht ganz dicht. Christian machte es nichts aus, für einen Idioten gehalten zu werden. Darin hatte er zu Hause jede Menge Übung. Stephanie liebte zwar Fauna und Flora und ihren Mann durchaus auch. Sie hielt ihn dennoch nicht für besonders intelligent. Sie zeigte sich unbeeindruckt von der Tatsache, dass ihr Mann studierter Ingenieur war.

In ihrem Weltbild gab es keinen Zusammenhang zwischen Intelligenz und Schulbildung. Das war für sie eine wichtige Erkenntnis, da sie nie durchgehend eine Schule besucht hatte. Der unstete Lebenswandel ihrer Mutter hatte dafür gesorgt. So hatte Stephanie viel über fremde Länder und Kulturen gelernt, aber nichts über den Satz von Euklid. Trotzdem war sie scharfsinnig und wissbegierig. Christian wusste das zu schätzen.

»Wie hat es deine Frau aufgenommen?«, fragte Matthias. Sicherlich war ihm die Antwort darauf ziemlich egal, aber er hielt sich an die Spielregeln. Leute erwarteten solche höflichen Fragen im Gespräch.

»Ich hatte noch keine Gelegenheit, es ihr zu erzählen.«

»Deine Frau hatte die Zeit, mit der unmöglichen Rotter das ganze Dorf aufzuscheuchen. Du findest aber nicht den richtigen Moment, ihr zu sagen, dass sie in Zukunft auch auf dich wütend sein kann?«

Christian suchte den Horizont angestrengt nach etwas ab, das gar nicht da war. Der kalte, frostige Atem bildete Qualmwölkchen vor seinem Gesicht, als rauche er eine

Zigarette. Er versuchte, Ringe zu blasen, aber das funktionierte nicht. Er hätte eine Zigarette gebraucht, aber seit der Zeitrechnung Stephanie war damit Schluss.

Matthias hatte den Vorteil, sich nicht mit unnötigem Small Talk abzugeben. So konnte er die Menschen besser beobachten und ihre Motive erforschen, um sie gnadenlos ans Licht zu ziehen. Das machte ihm wahrscheinlich mehr Spaß. Allerdings sah Matthias nicht aus, als hätte er sehr viel Spaß. Allgemein galt er als mürrisch.

»Ich kann es ihr noch nicht sagen. Sie ist viel zu aufgeregt. Wenn ich es jetzt beichte, habe ich nicht nur meine Frau, sondern eine komplette Bewegung am Hals.«

»Mein Mitleid hält sich in Grenzen. Was meinst du, was ich am Hals habe. Die Weiber machen mir jetzt schon die Hölle heiß, obwohl noch kein Grashalm gekrümmt wurde.«

Christian hatte so etwas schon gehört. Trotzdem entsetzte es ihn, welche Eigendynamik die Sache entwickelte. Innerhalb von 15 Stunden hatte die Bürgerinitiative, die noch nicht einmal gegründet worden war, wie ein kleiner Schneeball beim Rollen so viel Schnee mitgenommen, dass man damit schon fast einen Schneemann hätte bauen können. Er mochte sich nicht ausmalen, wo man bei solch einem Tempo am Ende des Monats angelangt wäre.

»Ich traue mich nicht, es ihr zu sagen.« Viel schlimmer konnte seine Situation jetzt auch nicht mehr werden. »Auf der Arbeit bin ich freigestellt. Wie ich das erklären soll, weiß ich auch noch nicht. Wahrscheinlich mit Überstunden abbauen, aber wie viele Überstunden kann man haben?«

Christian arbeitete als Ingenieur in einer Firma, die Bauteile für Biogasanlagen herstellte. Natürlich waren seine Vorgesetzten alles andere als begeistert gewesen, als er ihnen seine Zukunftspläne mitgeteilt hatte.

Matthias grinste tatsächlich. Da es unüblich für ihn war, fiel es direkt auf. Jetzt konnte Christian sich vorstellen, warum es Frauen in Muckeringen gab, die auf den eigentümlichen Bauern flogen. Er hatte jenen kantigen Charme, der durchaus in der Damenwelt ankam. Sogar seine Frau hatte einmal so etwas erwähnt, obwohl sie sich von Äußerlichkeiten selten beeindrucken ließ.

»Dann sollten wir beide hoffen, dass wieder Ruhe einkehrt, wenn ein paar Tage ins Land gehen. Die Leute sind immer schnell zu begeistern, wenn es ihren langweiligen Alltag aufmöbelt. Das legt sich mindestens genauso schnell wieder.« Matthias trat ein Loch zu, das sich unsichtbar und tückisch im Gras verbarg. »Verdammte Reiter«, murmelte er.

Matthias hatte recht. Nicht mit den Reitern, das konnte Christian nicht beurteilen, aber durchaus mit seiner Gelassenheit. Das Problem könnte sich von selbst erledigen. Stephanie war viel zu beschäftigt, ihren Garten zu bewirtschaften, um ihrem Mann und ihrer Tochter Mia nachhaltiges, gesundes Essen vorzusetzen.

»Ich bin froh, dass du das so siehst. Das rettet meinen Tag«, sagte er.

Matthias hörte ihm nicht mehr zu. Seine Miene hatte sich wieder verfinstert. Christian drehte den Kopf und schaute in die Richtung, die seinem neuen Freund die Laune vermieste.

Links und rechts vom Waldessaum waren zwei Gestalten aufgetaucht, die Kurs auf Matthias und Christian nahmen.

»Die haben es aber ziemlich eilig«, sagte Christian. Er rieb sich die Augen und setzte seine Brille wieder auf. Trotzdem konnte er die Spaziergänger noch nicht erkennen.

»Diese Schrulle Brigitte von der Heiden und Katharina Hamacher«, sagte Matthias. Er drehte sich abrupt um und marschierte zurück.

Christian hatte nichts gegen ein Schwätzchen mit Katharina einzuwenden. Sie war zwar die beste Freundin von Julia, aber dann endeten die Gemeinsamkeiten. Er wollte nur Brigitte von der Heiden nicht begegnen, denn die eignete sich nicht für Schwätzchen. Sie war 64 Jahre alt und hatte keine Zeit zu verlieren. Überflüssige Gespräche waren nicht drin. Sie verwendete ihren Elan darauf, jüngere Männer ins Bett zu bekommen. Momentan war Matthias der Auserwählte. Ganz Muckeringen wusste das. Unnütz zu erwähnen, dass Matthias das anders sah. Christian beeilte sich, ihm zu folgen.

»Dauernd schleicht eine der beiden hier herum«, sagte Matthias. Er trat hart gegen einen Stein, der mit einem lauten *Klong* den Kotflügel seines Traktors ausbeulte. »Das ist zum Kotzen«, sagte er.

Christian glaubte nicht, dass er die Beule meinte. Das Objekt von Brigittes Begierde zu sein, konnte einen schon den Tag versauen. Das mit Katharina war allerdings neu. Matthias verschwand im Haus. Das Gespräch war offensichtlich beendet.

Christian ging nach Hause, um dort vielleicht auch noch mal auf weibliche Begierde zu treffen, die in letzter Zeit doch ziemlich eingeschlafen war.

»Da bekommen wir ein ganz schönes Ei ins Nest gelegt«, sagte Sabine Kozarek beim Mittagessen.

Sebastian Henigbaum blickte von seinem Eintopf auf. Den gab es immer am Samstag. Schon bei seiner Mutter war samstags Suppentag gewesen. Er hasste ihn, widersprach aber nicht. Offener Widerstand endete in offener Diskussion, in der er am Ende einen Kompromiss einging, in dem es weiterhin samstags Suppe gab. Wenn der Tod seiner Mutter etwas Gutes hätte haben können, dann wäre es die Abschaffung des Suppensamstags gewesen.

»Was ist passiert?«, fragte er. Es interessierte ihn nicht wirklich, er vermutete aber, dass es von ihm erwartet wurde.

»Du solltest mal von deinem Computer hochgucken. Dann würdest du auch sehen, was in der Welt los ist«, sagte Brigitte.

Brigitte war die Dritte im Bunde des Beste-Freundinnen-Clubs, zu dem auch seine Mutter Linda gehört hatte. Ihr gedrungener Körperbau stand im krassen Gegensatz zu der großen, hageren Gestalt von Sabine Kozarek. Seine Mutter war genau die Mitte gewesen, mit schmalem Gesicht und frechem Pagenschnitt, dem auch die grauen Haare nichts von seiner Pfiffigkeit nehmen konnten.

Brigitte war weit davon entfernt, pfiffig auszusehen. Mit ihren ausladenden Hüften und den schmalen Schultern sah sie aus wie eine Birne, aber nicht wie eine besonders leckere.

»Matthias Beier lässt eine Biogasanlage bauen«, sagte Sabine.

»Ist das schlimm?«, fragte Sebastian.

»Wie man es nimmt. Es wird unsere Wohnqualität deutlich belasten.«

»Du überdramatisierst«, sagte Brigitte. Bei dem Thema Matthias war sie äußerst dünnhäutig.

Sebastian wusste bereits von seinem Sohn Jan, dass Brigitte an Matthias interessiert war. Jan drückte das nur nicht so feinfühlig aus.

»Das glaubst auch nur du«, sagte Sabine. »Ich habe mich bereits früher einmal mit dem Thema beschäftigt.«

»Das hast du dir doch jetzt ausgedacht.«

»Warum sollte ich?«

Sebastian fand das auch unwahrscheinlich. Sabine besaß keinerlei Fantasie.

»Hör bitte bei deinem Cousin nach, ob er noch Einzelheiten in Erfahrung bringen konnte.«

»Großcousin«, korrigierte Brigitte. Sie war verwandt mit Thomas Rotter. »Und wenn ich darüber etwas wissen möchte, frage ich einfach Matthias.«

»Seit wann seid ihr per Du?« Sabines Miene war steinern, nur ihre Nasenflügel vibrierten. Brigitte wollte immer demonstrieren, dass ihr Band zu Matthias enger war, als das der anderen.

»Vielleicht sind wir uns schon nähergekommen.« Brigitte wischte nicht vorhandene Krümel von ihrem Pullover.

»Davon wüsste ich aber.« Sabine musste lachen. Es klang ehrlich fröhlich und keineswegs sarkastisch. Das hagere Gesicht warf dabei Falten wie bei einer pelzigen Raupe, die sich über unebenes Terrain bewegte. Brigitte lachte tapfer mit. Sie klang wie ein defekter Anlasser.

»Ich kann nur dann eine Strategie vorbereiten, wenn ich Informationen habe«, nahm Sabine den Faden wieder auf. »Es erscheint mir wenig angebracht, Matthias Beier danach zu fragen.«

»Ihr wollt doch nicht wirklich etwas unternehmen?« Brigittes Interesse an ihrer Suppe war nun komplett erloschen.

»Wir, nicht ihr«, korrigierte Sabine.

»Ich will nichts unternehmen«, sagte Brigitte empört.

»Was denn unternehmen?« Sebastian unterbrach das Geplänkel, das ihn zunehmend nervte. Er hätte auf seinem Zimmer essen können, aber Sabine erlaubte das nicht.

»Ach Sebastian.« Sabine seufzte. »Es wäre wirklich besser, mehr am realen Leben teilzunehmen.«

»Virtual Reality ist mein Beruf«, sagte er. Die ältere Generation hatte in der Regel kein Verständnis dafür, dass er mit der Programmierung von Videospielen seinen Lebensunterhalt verdiente. Für Brigitte war das sowieso alles Quatsch. Sabine zeigte sich aufgeschlossener.

»Dann baue eine virtuelle Biogasanlage, damit wir den Ernstfall proben können.« Aus ihrem Mund klang es nicht wie ein Scherz.

»Ernstfall proben, was für ein Blödsinn. Wir bekommen schließlich kein Kernkraftwerk.« Brigitte fuhr die Turbinen hoch, da man ihrem Liebling an die Karre fahren wollte. »Mach nicht so eine Riesenwelle.«

»Das musst du schon mir überlassen.« Sabine war jetzt eindeutig gereizt. »Wenn du dich nicht engagieren willst, zwingt dich keiner. Aber lass uns bitte so handeln, wie wir es für richtig halten.«

»Du schickst Matthias in einen Spießrutenlauf. Das weißt du?«, fragte Brigitte. Sie stemmte die Handflächen auf die Tischplatte und beugte sich vor. Sebastian fragte sich, ob sie ihre Entrüstung unterstreichen oder einfach nur aufstehen wollte.

»Das hätte er sich vorher überlegen können«, sagte Sabine. »Verstehe mich nicht falsch. Ich mag ihn wirklich gern. Aber feiner Mann und Bauer, das geht nicht zusammen.«

»Du magst ihn gern? Das ist toll ausgedrückt. In Wahrheit bist du doch scharf auf ihn.«

»Du bist scharf auf ihn. Das wollen wir doch mal klarstellen.« Sabine spuckte das Wort ›scharf‹ aus, als wäre es eine faule Olive. Sie mochte keine Gossensprache.

»Im Ernst?«, fragte Sebastian. »Das wusste ich noch gar nicht.«

»Das geht dich auch nichts an«, keifte Brigitte.

»Dann sollten wir das auch nicht vor ihm diskutieren«, sagte Sabine folgerichtig.

»Ich kann ja rausgehen«, sagte Sebastian. Er schüttelte sich bei dem Gedanken, sich seine Ziehtanten beim Sex mit Matthias Beier vorzustellen.

»Nichts da, du bleibst und isst«, sagte Sabine. »Und zieh diese Baseballkappe aus, zumindest am Tisch. Die sieht schon so schlimm genug aus.«

Er war nahe dran gewesen, den Eintopf hinter sich zu lassen. Immerhin bekam Jan diese Diskussion nicht mit. Er wäre sicherlich dankbar in jedes Fettnäpfchen getreten.

Seine schüchterne Höflichkeit hatte er beinahe gänzlich aufgegeben, seit er mit der Tochter von Rotters herumzog. Er entwickelte sich in einer beängstigenden Geschwindigkeit vom Nerd zum Gesellschaftstiger.

»Wenn du gegen Matthias kämpfst, dann kämpfst du auch gegen mich«, sagte Brigitte und stapfte aus dem Esszimmer.

An Tagen wie heute erkannte Sebastian, dass alleine wohnen nicht zu verachtende Vorzüge hatte.

Christian verabschiedete sich von dem Gedanken, die Angelegenheit könnte sich im Sande verlaufen.

Stephanie hatte eingesehen, dass übereilte Hektik fehl am Platz war. Sie begann, den Protest kontinuierlich und geplant aufzubauen. Das ängstigte Christian allerdings wesentlich mehr.

Seine Frau hatte Nicole und ihren Mann für Samstagabend eingeladen, um das Nachbarschaftstreffen am Sonntag zu besprechen. Christian wunderte sich nicht, dass alle zusagten. Das kulturelle Leben in Muckeringen und Umgebung war nicht besonders ausgeprägt und diese Versammlung wahrscheinlich das Highlight der Woche.

Stephanie jagte ihn den ganzen Tag kreuz und quer durchs Haus. Sie hatte sich in den Kopf gesetzt, Protestbanner zu malen. Christian suchte Tapetenreste, Farbe und Klebebänder, die von der Renovierung vor drei Jahren übriggeblieben waren. Das Haus war eine Bruchbude gewesen, aber wenigstens eine bezahlbare.

»Wohin mit dem ganzen Zeug?«, fragte er und wünschte sich, er hätte sich damals durchgesetzt und alles weggeworfen. Das war ihr erster großer Krach gewesen. Stephanie war schon allein von dem Umstand entsetzt, Materialien zu

kaufen, die keinen natürlichen Ursprung hatten. Sie wegzuwerfen und damit die Natur noch mal zu belasten, das kam
für sie absolut nicht infrage.

»Ins Wohnzimmer natürlich«, sagte sie. »Wenn es gut
läuft, können wir am Sonntag noch mit Malen anfangen.«

»Im Wohnzimmer?« Christian stellte sich vor, wie seine
Nachbarn sich in seinem kleinen Haus drängelten und nebenbei mit vor Farbe triefenden Pinseln herumfuchtelten.
»Warum machst du die Schweinerei nicht im Garten? Du
bist doch sowieso lieber draußen.«

»Unsere Nachbarn aber vielleicht nicht.« Stephanie zeigte
sich unerwartet milde. Sie musste die Muckeringer Einwohner bei Laune halten.

»Nein, dann lieber das Wohnzimmer vollkleckern.«

Es war ein nutzloser Protest, der unbeachtet im Raum
hing, um dann durch die Tür zu verschwinden. Christian
folgte seinem Beispiel. Er nahm die einjährige Mia auf den
Arm und wanderte mit ihr in den Garten hinter den Carport. Dort setzte er sich auf einen klapprigen Plastikstuhl.
Damals brauchte er diesen Platz zum Rauchen.

»Jetzt muss ich schon hierhin gehen, um ein bisschen
Ruhe zu haben«, sagte er und betrachtete seine Tochter bedrückt. Die fand das gar nicht schlimm und tatschte mit ihren Händen aufmunternd in sein Gesicht. Mia wusste
nichts von Biogas, und es war ihr egal.

Christian suchte nach einer Strategie, seinem Dilemma zu
entrinnen. Aber außer einen Amoklauf zu begehen, bei
dem er alle Gegner der Biogasanlage meuchelte, fiel ihm
nichts weniger Blutrünstiges ein. Er schämte sich sofort.
Linda Henigbaum war letzten Sommer erschlagen worden.
Man hatte den Täter nie gefasst. Sie lag kopfüber in einem
kleinen Bachlauf im Wald, oberhalb der großen Weizenfel-
der von Matthias.

»Christian!«

Mit seiner Ruhe war es also wieder vorbei. Trotzdem war er noch nicht bereit, seine Deckung aufzugeben und somit sein Versteck zu verraten.

»Christian! Wo bist du?« Stephanies Stimme klang schwächer. Er vermutete, dass sie langsam ums Haus ging, um vorne im Garten nach ihm zu suchen.

Geschickt wand er sich durch den schmalen Spalt zwischen Carport und einer Kletterpflanze. Wie vom Himmel gefallen stand er wieder im Hinterhof. Stephanie dachte sicherlich ähnlich, als sie von ihrer Runde wiederkam.

»Wo warst du?« Sie sah nicht aus, als ob sie im Moment viel Humor hatte, was schade war. Christian konnte sich an Zeiten erinnern, in denen sie viel zu lachen hatten.

»Mia und ich waren die ganze Zeit hier im Hof«. Er pikste Mia in den Bauch. Sie gluckste zustimmend.

»Du kommst mir so vor, als sei dir das hier alles egal. Wir haben uns vorgenommen, immer gemeinsam zu kämpfen.«

Das stimmte sogar. Leider beinhaltete diese Eheklausel keine Kämpfe, die Christians Überzeugung betrafen. Bei seiner Heirat hatte er das niedlich gefunden, jetzt bestenfalls lästig.

Das windschiefe Gartentor quietschte leise. Nicole und Thomas retteten ihn vor einer Antwort. Nicole tippelte neben ihrem Mann her, ihre lächerlich hohen Absätze brachten sie auf dem glatten Kopfsteinpflaster fast zu Fall. Aber das war nicht das Einzige, was ihr die Petersilie verhagelte.

»Meine Güte, die Leute hier auf dem Land sind alle so dumpf.«

Christian sah, wie Thomas sie von hinten anstieß.

»Natürlich meine ich nicht euch.« Sie rutschte leicht und klammerte sich an Christians Arm. Der trat unwillkürlich einen Schritt zurück.

»In der Stadt hätten wir sicherlich heute schon die erste Demo organisiert, aber hier? Nichts. Keiner will so wirklich was tun. Zumindest kommen morgen alle.«

Sicherlich würden alle kommen, daran zweifelte Christian nicht einen Moment. Kulturelle Ereignisse waren in Muckeringen eher selten, da würde man sich bestimmt keinen geselligen Nachmittag entgehen lassen, und über den Protest könnte man dann ja auch einmal reden. Nicole hatte sich ein flammendes Inferno der Empörung erhofft und nur eine kleine Flamme am Gaskocher bekommen.

Thomas sah beileibe nicht so echauffiert aus wie seine Frau. Als Anwalt ging er methodischer an solche Probleme heran. Christian befürchtete, dass von ihm die größere Gefahr ausging.

»Ja, ist das nicht furchtbar?«, sagte Stephanie. »Manchmal denke ich, alle sind hier schon tot.«

Die Frauen gingen hinein. Stephanies locker hängendes Batikhemd bauschte sich in einem Luftzug. Sie wirkte auf einmal doppelt so breit wie Nicole, deren Kleidung zu körperbetont war, um leicht im Wind zu schwingen.

Mia griente und gluckste Thomas begeistert an. Der streckte reflexartig die Arme aus und nahm sie Christian ab.

»Arm«, sagte sie zufrieden und griff Thomas in seinen schwarzen Kinnbart.

»Verrückte Situation, nicht?« Thomas wehrte Mias Finger vorsichtig ab. »Gerade unsere Frauen.«

»Da sagst du was.« Christian befreite ihn wieder von seiner Tochter.

Stephanie und Nicole kamen ihm vor wie zwei Seiten eines gefüllten Keks. Er mochte sich nicht ausmalen, was passierte, wenn die Creme in der Mitte aufgegessen war.

Mit diesem düster prophetischen Gedanken ging er mit Mia und Thomas ins Haus, wo zwei Frauen auf sie warteten, die wahrscheinlich zu allem bereit waren.

Christian zwängte sich an Hans Adler und Katharina Hamacher vorbei. Er hatte das Haus noch nie so voll gesehen. Wenn der Bürgerinitiative heute Abend nicht der Garaus gemacht würde, könnten sich diese Versammlungen beunruhigend oft wiederholen.

»Wäre schon lieber auf der bequemen Couch geblieben«, sagte Hans, als Christian ihm Kaffee auf das Hemd goss.

Hans war der Ex-Schwiegervater von Katharina. Sie verstanden sich so gut, dass er nach Katharinas Scheidung einfach mit nach Muckeringen kam, als diese in das Haus ihrer Tante Sabine Kozarek einzog. Sabine zog in das Haus ihrer Freundin Linda. Ein Plan, der schon länger im Raum gestanden hatte und nur auf den richtigen Anstoß wartete.

»Tut mir leid«, sagte Christian und meinte beides, den Kaffee und den Sonntagnachmittag, den Hans Adler auf einer durchgesessenen Couch oder einem unbequemen Stuhl verbringen musste. Er reichte ihm ein Taschentuch.

»Macht nichts. So kommen wir mal raus«, sagte Hans. »Das Mädchen hier geht sonst gar nicht vor die Tür.«

»Das stimmt doch gar nicht.« Katharina wurde rot und warf Christian einen entschuldigenden Blick zu. »Was erzählst du da für einen Quatsch. Ich gehe schließlich jeden Tag zur Arbeit.« Sie war die Schlagzeugerin eines Rundfunkorchesters in Seligenwalde, eine Stadt, die 20 Kilometer von Muckeringen entfernt lag.

»Auf jeden Fall schön, dass ihr beide da seid«, sagte Christian schnell, um Katharina noch weitere Peinlichkeiten zu ersparen. Sie lächelte und zog sich fast unmerklich ein Stück zurück. Vor dem Hintergrund von Stephanies Wandgemälde aus ihrer künstlerischen Phase war sie kaum noch zu erkennen. Sie trug eine ähnlich gemusterte Bluse.

Umso präsenter war Nicole. Sie hatte sich perfekt auf diesen Nachmittag vorbereitet, zumindest musste sie das glauben. Sie trug einen braunen Cordrock, eine weiße Bluse mit braunen Pünktchen und eine grüne Trachtenjacke. Christian war sich nicht sicher, ob es einen Knigge gab, der unausgefüllten Hausfrauen Ratschläge erteilte, wie man sich beim Gründen einer Bürgerinitiative angemessen kleidete. Wenn es einen solchen gab, hatte der Autor entweder hoffnungslos danebengegriffen oder von Tuten und Blasen keinerlei Ahnung. Christian wartete darauf, dass Thomas jeden Moment aufstand, um zum Halali zu blasen. Der machte allerdings keine Anstalten. Christian sah sich unauffällig um.

Fast ganz Muckeringen war da, was sich zwar sehr spektakulär anhörte, aber bei einer Einwohnerzahl von 17 Personen eher mickrig war. Matthias Beier war nicht eingeladen. Christian bedauerte das. Er hätte gerne einen in seiner Nähe gehabt, der von sich und der Sache so überzeugt war, dass er Christians Kampf direkt hätte mit ausfechten können.

Er überdachte seine Chancen. Daniel war auf seiner Seite, das wusste er. Allerdings war er ein Gegner der Anlage. Christian vermutete, dass Katharina und Brigitte nichts unternehmen würden, was Matthias schaden könnte.

Hans Adler, Julia Lockett und Sebastian Henigbaum konnte er nicht einschätzen, dafür kannte er sie zu wenig. Seine Nichte Anna würde mit Sicherheit die gegenteilige Meinung ihres Vaters einnehmen, das tat sie immer und aus Protest. Sabine Kozarek ließ keinen Raum für Spekulationen offen. Sie war dafür bekannt, gradlinig und getreu ihren Überzeugungen durchs Leben zu gehen. Eine Eigenschaft, die Christian durchaus schätzte, die ihm in dieser Sache aber auch leicht zum Verhängnis werden könnte. Die Kinder Laura, Jan, Lukas und nicht zuletzt seine Tochter Mia bedeuteten keine ernstzunehmenden Probleme. Er zwang sich, aufzupassen und die Gespräche zu verfolgen. Stephanie würde sicherlich später mit ihm über das hier reden wollen.

»Nicole, Sie machen das wirklich fabelhaft.« Hans Adler küsste ihr die Hand. Nicole ließ es gnädig geschehen.

»Ich war Schülersprecherin, wissen Sie. Ich bin es gewohnt, zu organisieren«, sagte sie und strich sich affektiert mit den Fingerspitzen eine Haarsträhne hinter das Ohr. »Engagement ist etwas so Befriedigendes. Wir können doch mit Ihrer Unterstützung rechnen?«

»Aber unbedingt.« Hans wollte ihre Hand nochmals küssen, doch Nicole drehte sich weg. Ihre Fingerspitzen entglitten ihm.

»Sieht wohl so aus, als hätte der alte Adler einen Narren an Nicole gefressen.« Daniel trat hinter seinen Bruder.

»Wie alt ist der? Über siebzig? Halte ich für harmlos«, sagte Christian. »Er ist einfach nur galant. Alte Schule halt.«

»Nicoles Mann könnte sich mal ein Beispiel daran nehmen«, sagte Daniel. Er stopfte die Hände in die Hosentaschen. Das tat er nur, wenn er schmollte.

»Alles in Ordnung?«, fragte Christian. »Was Nicole und ihr Mann tun, kann dir doch komplett egal sein.«

»Wenn er sich mehr um seine Frau kümmern würde, ließe er vielleicht meine Freundin in Ruhe.«

Christian drehte sich um. Thomas und Julia unterhielten sich angeregt. Es sah keineswegs kompromittierend aus.

»Ach komm, sie unterhalten sich halt. Beide kommen aus Köln. Da hat man genügend Gesprächsstoff.«

»Aber sie unterhält sich schon die ganze Zeit mit ihm. Um mich hat sie sich noch gar nicht gekümmert.«

»Was willst du jetzt machen? Dich auf den Boden werfen und mit den Füßen strampeln? So hörst du dich nämlich an.«

Das tat sein Bruder natürlich nicht. Er hüllte sich in Schweigen, behielt Julia allerdings nach wie vor im Blick. Christian observierte indes weiter.

Stephanie unterhielt sich mit Katharina, die allerdings abwehrende Gesten machte. Er hatte recht, sie würde Matthias nicht in den Rücken fallen. Brigitte offensichtlich auch nicht. Sie diskutierte mittlerweile lautstark mit Nicole.

Jan und Laura hatten sich in den Flur verzogen, um Händchen zu halten und heimlich Küsse auszutauschen. Seine Nichte Anna beobachtete die beiden giftig vom Fenster aus. Christian erinnerte sich, dass Jan und Anna einmal kurze Zeit zusammen waren.

Sabine Kozarek saß wie eine Königin aufrecht auf dem einzigen bequemen Stuhl, den es im Haus gab. Sie blickte Christian direkt ins Gesicht. Er fühlte sich ertappt und drehte sich zu seinem Bruder um. Der war jedoch verschwunden.

Dafür stand Sebastian Henigbaum hinter ihm. In seinem Kapuzenshirt und der Baseballkappe hätte Christian ihn fast mit seinem Sohn Jan verwechselt. Das war gar nicht so abwegig. Sebastian war 33 Jahre und Vater eines Sechzehnjährigen. Mit 18 Jahren hatte er die Mutter seines Sohnes geheiratet. Angeblich war Linda Henigbaum an dieser Entscheidung maßgeblich mitbeteiligt gewesen. Ob die Ehe gehalten hätte oder nicht, konnte man heute nicht mehr sagen. Sebastians Frau hatte kurz nach der Hochzeit das Weite gesucht.

»Was hältst du von der Sache?«, fragte Christian. »Freund oder Feind?«, fügte er in Gedanken hinzu.

»Ich weiß nicht. Eigentlich interessiert mich das nicht so.« Freund also. »Sabine hat mich mitgeschleift.« Sebastian trank aus seinem Glas und starrte in Katharinas Richtung.

»Warum verteidigt sie ihn so?«, fragte er Christian. »Dieser Beier ist doch ein Lackaffe.«

Christian konnte sich die Antwort denken, aber Sebastian sah nicht aus, als ob er sie hören wollte.

Die einzigen wirklich Sorglosen waren Lukas und Mia, sei es in Liebesdingen oder Biogasaffären. Der neunjährige Sohn von Rotters spielte seelenvergnügt mit Christians kleiner Tochter.

Kurz vor 19 Uhr kam der große Aufbruch. Stephanie schloss die Tür hinter dem letzten Besucher und lehnte sich dagegen.

»Es ist nicht ganz so gelaufen, wie ich es mir erhofft hatte«, sagte sie. Sie klang ernüchtert. »Es ist traurig, dass die Einwohner eines Dorfes nicht gemeinsam gegen den Feind vorgehen. Plakate malen wollte auch noch keiner.«

»Wahrscheinlich empfinden es nicht alle als den Feind«, sagte Christian.

»Es ist aber auch nicht besonders hilfreich, wenn der eigene Ehemann sich aufführt, als wäre er Gast in seinem Haus. Dazu noch einer, der sich offensichtlich nicht besonders gut unterhalten fühlt.«

Also war er persönlich für das Scheitern dieser Veranstaltung verantwortlich. Er vermutete, dass er in Zukunft noch für weit mehr verantwortlich gemacht werden würde. Zumindest hatte keiner Plakate gemalt und sein Wohnzimmer vollgekleckert.

»Ich kann dich einfach nicht verstehen«, sagte Katharina und hing ihre Jacke an den Garderobenständer, bevor Hans sie ihr als Kavalier abnehmen konnte.

»Ich weiß nicht, was du meinst«, sagte Julia unbestimmt.

»Du hast so gar keine Meinung zu dem Thema.« Katharina streifte sich die Schuhe ab und schlüpfte in ihre Haussandalen. »Du gibst dich noch nicht mal unentschlossen.«

»Ich bin halt neutral.« Julia wäre es nie im Leben eingefallen, ihre Schuhe im Haus auszuziehen. Sie war der Meinung, eine Frau sollte den ganzen Tag vernünftig gekleidet und verführerisch sein. Nicht, dass Katharina verführerisch war, aber in Sandalen hatte sie keine Chance, das auch jemals zu werden.

»Hört sich gut an, ich finde das nur so gleichgültig.«

»Lass Julia doch«, mischte Hans sich ein. »Warum soll sie sich wegen dieser Sache aufreiben. Sie wohnt ja noch nicht einmal hier.«

»Im Augenblick zumindest schon«, sagte Katharina.

»Soll ich wieder abreisen?« Julia hängte beleidigt ihren Mantel auf.

»Das meine ich doch nicht«, beschwichtigte Katharina. »Du sollst erst einmal wieder zu dir selber finden. Ich bin nur der Ansicht, dass man eine Haltung haben sollte.«

»Ein guter Journalist hat keine Haltung«, mischte Hans sich ein. »Schließlich wird sie darüber schreiben.«

»Ist das wahr?« Katharina schaute Julia entsetzt an. »Du schreibst über uns in der Öffentlichkeit?«

»Anders ergäbe es ja auch keinen Sinn«, sagte Julia unkonzentriert. »Wie kommst du eigentlich darauf?«, zischte sie Hans an.

»Bis jetzt noch gar nicht«, sagte Hans. »Das war ein Schuss ins Blaue und siehe da, ich habe recht.«

»Das macht keinen Unterschied«, erwiderte Julia. »Die ganze Sache wird sowieso bald so was von öffentlich. Der Hippie und die Rotter machen da noch richtig viel Wind drum.«

»Trotzdem finde ich es irgendwie, na ja, nicht richtig«, sagte Katharina.

»Mach dir keine Sorgen, das passt schon alles.« Julia boxte sie freundlich in die Seite.

Katharina sah noch nicht überzeugt aus, rang sich aber ein Lächeln ab. Hans beobachtete die Frauen, die so unterschiedlich, aber doch beste Freundinnen waren. Die Schöne und das Mauerblümchen, der Klassiker.

»Dein Verhalten fand ich auch nicht gerade prickelnd.« Katharina zeigte sich anscheinend mit der Reportage versöhnt, hatte aber offensichtlich noch etwas anderes auf dem Herzen.

»Um Himmels willen, was habe ich jetzt wieder getan?« Julia warf in gespielter Verzweiflung die Arme in die Luft.

»Ich fand es etwas unpassend, wie du mit Thomas Rotter die Köpfe zusammengesteckt hast.«

»Ist dir heute irgendwas über die Leber gelaufen«, fragte Hans und strich ihr über das Haar.

»Lass das, ich bin kein kleines Kind mehr«, sagte Katharina mehr automatisch und schob seine Hand weg. »Es war, wie soll ich sagen — unschicklich.«

»Er ist ein attraktiver Mann und nett obendrein.«

»Und verheiratet«, ergänzte Katharina.

»Was ist dein Problem?«

»Das weißt du genau. Ich mag es nicht, wenn du dich so verhältst.«

»Wie verhalte ich mich denn?« Julia schien mittlerweile gereizt.

»So — promiskuitiv.«

»Spinnst du?«

»Entschuldige.« Katharina strich ihr über den Arm. »Das war sicherlich nicht das richtige Wort. Ich wollte nur damit sagen, du hast doch Daniel.«

»Ich bin sicherlich nicht sexuell freizügig. Da bist du bei mir an der falschen Adresse. Schau dir lieber die Rotter an, die hält jedem die Titten ins Gesicht.«

»Mir nicht«, warf Hans bedauernd ein.

»Du bist ein lüsterner alter Mann«, sagte Katharina tadelnd.

»Wenn du erst mal so alt bist wie ich, freust du dich über jeden Schuss, den du vielleicht machen kannst.«

»O Gott.« Katharina schüttelte sich. Julia musste lachen.

»Na, dann wünsche ich dir viel Erfolg«, sagte sie amüsiert und verschwand im Wohnzimmer.

»Findest du nicht auch, dass ich recht habe?« Katharina wandte sich Hans zu.

»Beide sind erwachsen. Wir sollten ihnen da nicht reinreden.«

»Warum frage ich dich überhaupt?« Katharina winkte ab. »Du bist doch sowieso nur hinter Nicole Rotter her.«

»Sie ist ja auch eine sehr scharfe Braut«, erwiderte Hans. »Wer könnte da widerstehen?«

»Mir fällt da nichts mehr ein«, sagte Katharina nur und ging ebenfalls ins Wohnzimmer.

Hans schaute ihr hinterher und schüttelte mit dem Kopf.

»Dir würde es auch guttun, etwas lockerer zu sein«, murmelte er und überlegte, ob er sich auch ins Wohnzimmer setzen sollte. In Anbetracht der dicken Luft, die ihn dort wohl erwartete, entschied er sich dagegen und ging stattdessen in sein Schlafzimmer.

Nachdem sich Katharina von seinem Sohn hatte scheiden lassen, begleitete er sie auf dem Weg in ihr neues Leben. Katharina ängstigte sich vor dem, was oder was nicht auf sie zukam und nahm deshalb sein Angebot gerne an. Das war mittlerweile zwei Jahre her. Katharina stand nun wieder mit beiden Beinen im Leben und hatte alte Zöpfe abgeschnitten.

Der älteste Zopf hoffte inzwischen, dass es nicht auffiel, dass er immer noch da war. Hans fühlte sich in Muckeringen und bei seiner Ex-Schwiegertochter wohl.

Nicht zuletzt, weil er heftig in Nicole Rotter verschossen war. Ihre langen, blonden Haare und ihr hervorquellender Busen ließen ihn nachts über Stunden wachliegen und ewig an einer Erektion basteln, die sich mit ihrem Bild vor Augen leidlich herausarbeitete. Hans nahm das, was er kriegen konnte, weil es besser war als nichts.

Er war sich sicher, dass das mit Nicoles nackten Tatsachen vor seinen Augen besser funktionieren würde, aber die waren — zumindest im Moment — unerreichbar. Trotzdem sollte er dem Augenblick nicht unvorbereitet gegenüberstehen, daher war tägliche Übung unerlässlich. Er legte sich aufs Bett.

»Hans, hast du mein Notizbuch gesehen?« Julia platzte in sein Zimmer, wie es ihre Art war. Sie schaute ihn an und fing an zu lachen. Seine jämmerliche Erektion schrumpfte sofort.

»Warum klopfe ich auch nie an?« Er hörte sie auf dem Flur immer noch lachen.

Frustriert zog er den Reißverschluss seiner Hose wieder hoch und war froh, dass Julia damals nicht auf sein Anbaggern reagiert hatte. *Nicht reagiert* war allerdings ein sehr schwacher Ausdruck dafür. Erst hatte sie es nicht ernst genommen. Später machte sie ihm unter vier Augen mit sehr vielen bösen und vor allen Dingen lauten Worten klar, dass er sie in Ruhe lassen solle.

Daher hakte er seine kurze Exkursion als Erfahrung ab und wandte sich wieder Nicole zu, die mit Sicherheit viel sanfter, lieblicher und einfühlsamer war, wenn es um die Bedürfnisse eines alten Mannes ging.

Er seufzte und beschloss zu lesen, da er Julia heute sicherlich nicht mehr begegnen wollte.

Wenn Matthias Beier überhaupt irgendeinen Freund hatte, dann war es Daniel. Matthias war vor fünf Jahren in den Ort gekommen, um das Erbe seiner Eltern anzutreten. Er war diplomierter Agraringenieur und mit Akribie und Leidenschaft bei der Sache. Allerdings hatte er nicht den Vorteil seiner Eltern, einfach dann das Arbeiten anzufangen, sobald es nötig war. Daher blieb seine Landwirtschaft rudimentär. Hätte er nicht ein bedeutendes Erbe bekommen, wäre er wahrscheinlich längst verhungert. Aber er war intelligent und naturverbunden. Daniel mochte ihn sehr.

Daher machte er sich Montagnachmittag auf den Weg, um seinen Freund über die Ereignisse im Hause Gärtner zu informieren. Matthias stand versonnen im Innenhof und inspizierte den Himmel. Er drehte Daniel den Rücken zu.

»Ich habe mich schon gefragt, wann du auftauchst«, sagte er, noch bevor er sich herumgedreht hatte.

Matthias hatte ein hoch entwickeltes sensorisches Gespür. Es erlaubte ihm, Geräusche, wie Schritte, zu lesen und zu deuten.

»Ich wollte dich zumindest auf den neuesten Stand bringen«, sagte Daniel. Er stellte sich neben Matthias und suchte den Horizont nach etwas ab, was seine Aufmerksamkeit fesseln könnte. Er sah nichts.

»Haben die Hyänen ihre Zähne gewetzt?«, fragte Matthias.

»Das ließ nicht lange auf sich warten. Stephanie und Nicole haben das Dorf gestern zu einer Komplettversammlung einberufen.«

»Mich nicht.«

»Guter Witz«, sagte Daniel nur. Beide starrten wieder in die Wolken.

»Warum hast du mir gar nichts von deinem Biogasprojekt erzählt?«, fragte Daniel schließlich.

»Ich fand es nicht von Belang.«

»Guter Witz«, sagte Daniel nochmals. Er wusste aber, dass Matthias es ernst meinte. Freundschaft mit ihm war auch immer ein Kompromiss.

»Beschwer dich nicht bei mir, beschwer dich bei deinem Bruder. Er hätte es dir auch sagen können.«

»Ihr seid beide scheiße«, erwiderte Daniel nur. Matthias nahm so was nicht krumm. »Auf jeden Fall hast du etwas Schwung in das verschlafene Nest gebracht.«

Das Dorf hätte selbst dann nicht mehr Schwung gehabt, wenn alle Bewohner hellwach gewesen wären.

»Muss ich mit größeren Problemen rechnen?«

»Schwer einzuschätzen. Wenn es nur um Stephanie und Nicole ginge, dann wohl eher nicht. Beide sind verbissen, aber in meinen Augen etwas konzeptlos. Du musst dir mehr Sorgen um Leute wie Thomas Rotter und Sabine Kozarek machen. Beide organisiert und hochintelligent.«

»Hochintelligent bist du auch«, erwiderte Matthias. »Sollte ich mir darüber Sorgen machen?«

»Ich bin nicht prinzipiell gegen die Anlage. Es muss halt gut überlegt und geplant sein. Doch ich verstehe die Sorgen der Nachbarn. Aber ich werde dir keine Steine in den Weg legen. Es war deine Entscheidung. Du wirst sie schon überdacht haben.«

Beide schwiegen wieder eine Weile.

»Julia allerdings will es über alle Grenzen publik machen«, sagte Daniel dann.

»Deine Möchtegern-Journalistin?« Matthias war belustigt.

»Nein, ist sie nicht«, sagte Daniel mehr automatisch. »Für sie ist das wie ein Sechser im Lotto.« Er seufzte.

»Da ist doch noch was anderes?«, fragte Matthias.

»Es ist albern. Eigentlich möchte ich nicht darüber reden. Du wirst mich auslachen.«

»Keine Sorge, das tue ich auch so«, sagte Matthias.

»Ach, wahrscheinlich bin ich wegen Alexandra nur empfindlicher, als es normal ist.«

»Also altmodische Eifersucht?«

»Du bist echt ein Phänomen. Aber ja, du hast recht.«

»Arg früh für Ärger im Paradies. Eure Romanze ist doch recht frisch und nun stinkt sie schon?«

»Gar nichts stinkt«, sagte Daniel verärgert. »Warum rede ich überhaupt mit dir darüber?«

»Weil ich das objektiv beurteilen kann. Mir stehen keine Gefühle oder Empathie im Weg.«

»Reizend«, sagte Daniel.

»Entweder sagst du mir jetzt, was los ist oder hältst mich nicht länger von der Arbeit ab.«

Daniel rief sich das Bild von Matthias ins Gedächtnis, als er den Hof betrat, und wünschte sich, auch so eine Arbeit zu haben.

»Julia hat sich ein wenig zu gut mit Thomas Rotter verstanden.«

»Dem Anwalt? Klar. Männer mit Macht ziehen Frauen an. Ein Gesamtschullehrer wohl eher nicht.«

»Vielen Dank.«

»Du wolltest meine Meinung. Wenn du behalten möchtest, was dir gehört, dann musst du bereit sein, in den Ring zu steigen.«

»Thomas kann nichts dafür. Julia hat sich in meinen Augen an ihn herangemacht.«

»Dann mach ihr klar, dass du so ein Verhalten nicht tolerierst.«

»Ich weiß ja noch nicht einmal, ob unsere Beziehung schon auf diesem Level ist.«

»Also schlaft ihr nur miteinander?«

»Jupp, das ist allerdings der Hammer. Aber nur für Sex halte ich solche Beziehungen für verschwendet.«

»Du bist ein merkwürdiger Mensch. Andere Männer würden sich nach einer reinen Sex-Beziehung die Finger lecken.«

»Ich muss doch auch an meine Tochter denken. Nach dem Desaster mit Alexandra will ich ihr keine oberflächliche Beziehung zu einer anderen Frau zumuten.«

»Also suchst du wahrscheinlich schon die Vorhänge aus. Herzlichen Glückwunsch, schneller kann man keine Frau in die Arme eines anderen treiben.«

»Du bist mir eine große Hilfe!«

»Wenn du nur das hören willst, was dir in den Kram passt, dann darfst du nicht zu mir kommen.«

»Ich wollte nur etwas Zuspruch in der Form, dass ich mir keine Sorgen machen muss, da mir ja sowieso kein anderer Mann das Wasser reichen kann.«

»Vergiss es«, sagte Matthias. »Das wirst du so schnell von keinem hören. Verlier nur nicht deine Würde, nur, weil du in diese Frau verliebt bist. Und jetzt scher dich davon, ich muss weiterarbeiten.«

Daniel verließ den Hof und fühlte sich nicht gerade optimistischer, was seine Zukunft mit Julia anging.

Muckeringen nannte eine kleine Dorfscheune sein Eigen, die hochtrabend als Dorfhaus bezeichnet wurde. Das verdankten sie Alfons Beier. Der Vater von Matthias hatte keine Verwendung für die kleine Hütte gehabt und sie den Einwohnern damals kurzerhand zur Verfügung gestellt. In Wirklichkeit war die Tat nicht so großmütig, wie sie erschien, da die Scheune ein besserer Bretterverschlag und das Umland schlingpflanzenartig zugewachsen war.

Die Nachbarn versetzten die Kate und das Grundstück zurück in einen Zustand, der Alfons Beier seine gute Tat fast wieder bereuen ließ. Ein paar Tage grummelte er zu Hause vor sich hin und überlegte Strategien, wie er sein Angebot zurückziehen könnte. Seine Frau, der er damit ziemlich auf den Geist ging, rief ihm unfreundlich ins Gedächtnis, dass es alles ihr Grund und Boden war und sie folgerichtig bestimmen könne, was damit geschah. Für eine Frau mit erzkonservativen Werten war geschenkt geschenkt und wiederholen gestohlen. Die Scheune wurde renoviert und Alfons Beier hob als Zeichen seines guten Willens mit seinem Radlader eine Grube aus, in der ein Teich angelegt wurde, den man ab diesem Tag stolz *Muckeringer See* nannte.

Nicole hatte die Plakataktion kurzerhand ins Dorfhaus verlegt, wofür Christian dankbar war. Es war kühl und trocken, aber die Sonne zeigte sich ab und an. Alle waren sich einig, die Malerei nach draußen zu verlegen, sodass Christian brav mit Daniel nach Hause traben musste, um Holzböcke zu holen, die er beim Tapezieren benutzt hatte.

Eigentlich hatte er bei einer Perfektionistin wie Nicole bereits fertig gedruckte Banner erwartet und keine primitiven Malereien auf Tapetenresten und Bettlaken. Mit der befriedigenden Gewissheit, dass Nicole trotz ihrer Penetranz nicht mehr auf die Beine gestellt hatte, gab er ein paar wohlwollende Bemerkungen von sich.

»Für den ersten Appell reicht es«, sagte Thomas, der sich eine rotfleckige Grillschürze umgebunden hatte, um seinen

Anzug nicht zu bekleckern. Er sah irgendwie obszön aus, wie ein kultivierter Serienmörder.

»Wir hätten viel weiter sein können, wenn du deinen Bekannten mit dem Grafikstudio angerufen hättest«, sagte Nicole, die für diesen Anlass einen blauen Arbeitsoverall mit Strassgürtel und ein windschief aufgesetztes Papierhütchen trug, das ihr Hans Adler aus einer alten Zeitung gefaltet hatte. Die Hosenbeine waren ein Stück hochgekrempelt, darunter kamen Doc Martens zum Vorschein. Christian meinte, diese Stiefel letztens an ihrer Tochter Laura gesehen zu haben.

»Ich habe angerufen«, sagte Thomas. »Er ist auch bereit, es zum Selbstkostenpreis zu machen, wenn er Zeit dafür hat.«

»Er hätte uns ruhig die paar Plakate sponsern können. Jetzt muss ich auch noch Geld sammeln.«

»Es ist nicht sein Kampf, Nicole«, sagte Thomas. »Er wird auch weiter ruhig schlafen, wenn die Biogasanlage gebaut wird.«

Christian zog sich zurück und überließ sie ihrem Disput. Laura bekleckste nicht nur ihr Laken mit Farbe, sondern auch Jan. Der gab sich cool, schlug aber in einem unbeobachteten Moment zurück. Anna malte neben Sabine Kozarek. Ihr Gesicht wurde immer verkniffener. Mit der hübschen, selbstbewussten Laura konnte sie nicht mithalten. Verdrossen schrubbte sie mit dem Pinsel auf ihrer Leinwand herum.

»Anna ist auch hier, das ist schön«, sagte Stephanie, die plötzlich hinter ihn getreten war. »Wo ist Daniel?«

»In der Schule. Probe der Theatergruppe.«

»Konnte er das nicht verschieben?«

»Wie denn das? Er inszeniert das Stück.«

»Er sollte mal nachdenken, was wirklich wichtig ist.«

Daniel war seine Theatergruppe wichtiger. Das konnte Christian gut verstehen. Er hätte es gerne ausgesprochen, aber Stephanies kämpferische Stimmung sollte sich kein neues Ziel suchen.

»Er kommt bestimmt beim nächsten Mal«, sagte er nur.

»Du musst noch mal mit ihm reden. Auf dich hört er. Du bist schließlich sein älterer Bruder.«

»Vielleicht mache ich das besser direkt«, sagte Christian. »Ich fahr in die Schule und rede mit ihm.«

»Kommt nicht infrage. Wir brauchen jeden Mann, solange wir nicht mehr Leute sind. Wie soll das in Seligenwalde denn gleich aussehen?«

Christian hatte schon befürchtet, dass sie die vermaledeiten Plakate nicht nur in Muckeringen aufhängen wollten. Er wollte auf keinen Fall nach Seligenwalde, um dort von einem gesehen oder fotografiert zu werden, der mit der Ekelon Gas zu tun hatte und sich mit Recht fragen würde, warum der neue Projektleiter gegen seinen eigenen Arbeitgeber ins Feld zog.

»Ich sollte aber Mia nach Hause bringen«, sagte er. »Ihren Mittagsschlaf hat sie schon versäumt.«

»Das bringt sie nicht um. Ihr beide kommt mit.«

Mia kam begeistert auf sie zu, als sie ihre Eltern erkannte. Mal krabbelte sie, mal versuchte sie ein Stück zu laufen. Sie hatte einen Farbklecks auf der Nase. Christian nahm sie auf den Arm.

»Bunt«, sagte Mia glücklich.

Er kitzelte sie gedankenverloren am Bauch und schaute über den Platz vor der Scheune. Julia saß auf dem Baumstamm, der vor der Feuerstelle lag, und machte sich Notizen. Sie würde sicherlich über den Kampf der Bürgerinitiative schreiben. Er musste mit seinem Bruder darüber reden. Er hatte das Gefühl, an Socken zu stopfen, an denen andauernd neue Löcher aufrissen. Um halb fünf fuhr eine mit Farbe beschmierte, erschöpfte, aber gut gelaunte Bürgerinitiative in drei Autos nach Seligenwalde.

Christian hatte es noch geschafft, eine Sturmhaube, die er bei schlechtem Wetter auf dem Fahrrad trug, eine Baseballkappe und eine Jacke mit extra hohem Kragen in seinen Kofferraum zu schmuggeln. Er hatte noch keinen Plan, wie er durch Seligenwalde streifen könnte, als wolle er eine Bank überfallen, aber er hoffte, ihm würde bei Bedarf eine Erklärung einfallen.

Seligenwalde war die Kreisstadt und gegenüber Muckeringen eine Megametropole, trotzdem erregte die — vor allen Dingen bunte — Truppe allerlei Aufmerksamkeit. Die Bürger von Seligenwalde waren nicht mondän und hochnäsig genug, um auf diesen Durchzug einer so kleinen Protestbewegung nicht zu reagieren.

Die Muckeringer hielten in der Nähe vom Markplatz, der von riesigen Pflanzkübeln mit farbenfrohen Blumen umsäumt war. Jede Minute kamen mehr Menschen, die eigentlich nur schnell letzte Einkäufe erledigen wollten, sich aber von dem seltsamen Geschehen angezogen fühlten.

Christian sah sich in akuter Gefahr, als viele Zuschauer ihre Handys und Smartphones zückten, um den Moment des Protestes auf ein Foto zu bannen, das vielleicht geschichtsträchtig werden könnte.

Er beobachtete, wie seine Frau und die anderen Plakate anbrachten und Flugblätter verteilten, von denen er nicht einmal wusste, dass sie existierten.

Christian zog Sturmhaube und Kappe an. Er klappte den Kragen seiner Jacke hoch und verzog sich so weit wie möglich nach hinten, bis er fast in einen der Blumenkübel fiel.

Er wusste in dem Moment, er musste in dieser Nacht wie ein Geist umherschleichen, um dieser Katastrophe wieder Herr zu werden.

Es dauerte länger als gedacht, bis Christian das Haus verlassen konnte, denn Stephanie war nach der gelungenen Aktion euphorisch. Sie machte eine Flasche Wein auf und erlaubte es ihm, ein Glas mit ihr zu trinken.

Daher war es schon nach Mitternacht, bis er endlich aus dem Haus kam. Wehmütig blickte er zum Carport. Er wusste, dass sich sein Auto hinter dem Gerümpel befand, das Stephanie immer wieder davorstellte und das er jeden Morgen unermüdlich wegräumte, wenn er zur Arbeit fuhr.

Mit dem Auto zu fahren war unmöglich. Motorengeräusch um diese Uhrzeit hätte nicht nur seine Frau, sondern ganz Muckeringen aus dem Schlaf gerissen, und ihm war keine gute Erklärung für einen nächtlichen Ausflug eingefallen.

Das Frühjahr hatte zwar seine Fühler ausgestreckt, aber nachts war es trotzdem noch empfindlich kalt. Trotzdem stieg er auf sein Fahrrad und radelte mit hochgezogenen Schultern gegen den Wind. Seine Laune verschlechterte sich mit jedem der 20 Kilometer nach Seligenwalde.

Die Kreisstadt war ein lebhafter Ort, aber trotz Samstagnacht lagen die Straßen um diese Uhrzeit verlassen und düster da. Er stoppte auf dem Marktplatz bei den Blumenrabatten, die im Dunkeln einiges von ihrer Pracht einbüßten, kramte eine Liste aus der Jackentasche und steckte sich eine fingergroße Taschenlampe zwischen die Zähne. Er hatte sich am Abend zuvor Notizen gemacht, um die Ausmaße des malerischen Protestes sicher wiederaufzufinden. Eine Stunde später entsorgte er zwei Müllsäcke, voll mit Laken und Tapetenresten, im Container neben dem Einkaufszentrum. Erleichtert strampelte er zurück.

In Muckeringen selber war der Rückbau des Protests schnell erledigt. Sowohl Stephanie als auch Nicole hatten den Nachbarn durchaus zugetraut, den Ernst der Situation zu erkennen, ohne an sämtlichen Straßenrändern die Gefahr zu visualisieren, in der sie schwebten.

Gegen vier Uhr setzte er sich geschafft auf die Bank vor der Dorfscheune und schaute auf den Muckeringer See, zumindest auf das, was er im Dunkeln erahnen konnte. Später würde er von diesem Platz aus die Kuppeln der Biogasanlage sehen, falls er nicht zwischenzeitlich von seiner Frau oder den Nachbarn gelyncht worden war.

Er schwang sich wieder auf sein Rad und trampelte die 200 Meter zurück zu seinem Haus. Er schlich sich durch den Vorgarten zur Hintertür in die Küche hinein. Im Vorratsraum trat er wieder in die Gemüsekiste, die ihm schon mehrmals zum Verhängnis geworden war. Christian fluchte leise. Sein Tritt schleuderte sie gegen die Apfelsaftflaschen, die aufgeschreckt lauthals klirrten. Kurze Zeit später stand Stephanie in der Küche.

»Was machst du hier?«

»Ich habe ein Geräusch gehört. Ich fand es besser, nachzugucken.«

»Und?«

»Nichts«, sagte Christian. Er fand es clever, von einem Geräusch zu reden und den Verdacht zu erwecken, ein Eindringling schleiche durch Muckeringen. Eindringlingen konnte man so ziemlich alles in die Schuhe schieben.

»Alles gut.« Mit dem Arm um die Schulter seiner Frau ging er Richtung Schlafzimmer.

Er fühlte sich auf eine irreale Weise zufrieden und genoss das Gefühl. Er wusste, es würde nicht lange anhalten. Auch konnte er nicht beantworten, was er erwartete und wie sich die Situation auflösen sollte. Für hier und heute war er zufrieden, alle Spuren vernichtet und einen Kampf, wenn auch nicht die Schlacht, gewonnen zu haben.

»Ich mache eine Petition«, teilte Nicole Thomas sonntags mit. »Ich sammle Unterschriften gegen die Biogasanlage und überreiche sie dem Landrat.«

»Ich weiß, was eine Petition ist«, sagte Thomas und wünschte sich, er könnte noch übellauniger klingen.

»Ich wollte es dir auch nur mitteilen. Ich erwarte, dass du mich begleitest.«

Die Woche war anstrengend gewesen. Als Anwalt strahlte er die Kompetenz aus, die seine Nachbarn offensichtlich bei der Führungsspitze vermissten. Das empfand er durchaus als Kompliment, aber weniger, nun als geistiger Führer dieser Initiative angesehen zu werden.

Nicole hatte sich nicht damit abgefunden, die Führung nicht vollständig in der Hand zu haben und nun nicht nur gegen Stephanie, sondern auch in ihrem eigenen Zuhause dagegen kämpfen zu müssen. Das machte den Rotter-Haushalt nicht gemütlicher. Die Plakataktion nährte ihren inneren Druck, da sie sich zwar für kreativ und begabt hielt, die Nachbarn das aber nicht erkennen konnten. Daher suchte sie krampfhaft nach einer Aufgabe, mit der sie glänzen konnte.

»Wann und wo soll der große Stimmenfang stattfinden?«, fragte Thomas versöhnlich.

»Nach dem Frühstück. Und in Muckeringen natürlich«

»Na, dann sind wir wenigstens schnell fertig.«

»Freu dich nicht zu früh. Danach fahren wir weiter nach Seligenwalde. Es sähe merkwürdig aus, wenn wir nicht ganz vorne auf dieser Liste stehen.«

Thomas ging in sein Arbeitszimmer, setzte sich und hatte das Bedürfnis, den Kopf auf die Schreibtischplatte zu schlagen. Allmählich ging ihm seine Frau mehr auf die Nerven als die eventuellen Beeinträchtigungen durch die Biogasanlage.

Pünktlich um zehn Uhr kam sie in sein Arbeitszimmer, vibrierend vor unterdrückter Aktivität. Sie trug blaue, enge

Jeans, weiße Stiefeletten mit Troddeln, eine weiße Lederjacke mit Pelzbesatz am Kragen und eine weiße, grobmaschige Baskenmütze. Die hatte sie leicht schräg aufgesetzt, weil sie der Meinung war, damit besonders keck zu wirken. Thomas fand seine Frau ohne Frage attraktiv, aber dass sie versuchte, die Weiblichkeit eines Teenagers zu kopieren, ging ihm gehörig auf den Keks.

»Was willst du denn darstellen? Disneys Eisprinzessin?«, fragte Laura, die mit wirrem Haar und langem T-Shirt durch den Flur schlurfte. Wahrscheinlich hatte sie bis spät in die Nacht auf ihr Smartphone gestarrt.

»Dein Vater und ich sammeln Unterschriften für eine Petition.« Nicole wollte sich nicht provozieren lassen.

»In dem Aufzug?«, fragte Laura. »Sollen sich die Kühe erschrecken?«

»Anstatt dummes Zeug zu reden, könntest du mitkommen«, sagte Nicole.

»Nein, danke. Da kann ich nicht mithalten.« Laura ließ ihren Blick noch mal über ihre Mutter wandern. »Mensch, das ist echt überkandidelt.«

Thomas dachte das ebenfalls, behielt seine Meinung allerdings für sich. Trotzdem amüsierte er sich noch, als sie schon längst die Straße hochgingen.

Sebastian amüsierte sich weniger, als er Nicole vor der Tür stehen sah. Erst recht nicht, als sie erzählte, warum sie gekommen war.

»Ich weiß nicht, Frau Rotter.« Er trommelte mit den Fingern auf den Türrahmen. »Zu dem Thema habe ich noch keine richtige Meinung. Und Sabine und Brigitte sind nicht da.«

»Aber Sie müssen doch eine Meinung haben.« Nicole rubbelte über seine Brust, als wollte sie die Farbe des T-Shirts auf Echtheit prüfen. »Sie wollen doch nicht, dass diese schreckliche Anlage unseren Dorffrieden zerstört.«

Sebastian wusste anscheinend auf jeden Fall, was er nicht mochte. Er mochte keine aufdringlichen Frauen und auch keine Petition unterschreiben. Thomas zog Nicole am Ärmel zurück, die unwillig versuchte, ihn abzuschütteln.

»Wir wollten Sie nicht belästigen«, sagte er. »Wenn Sie es sich anderes überlegen, kommen Sie einfach bei uns vorbei.« Er zog seine Frau zurück auf die Straße.

»Lass doch den Jungen in Ruhe«, sagte er. »Du siehst doch, dass du damit nichts erreichst.«

»Junge? Er ist über dreißig.«

»Er benimmt sich aber nicht so«, sagte Thomas. »Du übrigens auch nicht.«

»Ich bin halt jung geblieben«, sagte Nicole zerstreut. Sie blieb stehen und blickte über die Straße. Auf der anderen Seite neigten sich brüchige Eichenpfähle zur Seite, um den Blick auf die Rückseite der Dorfscheune freizugeben.

»Haben wir hier gestern nicht auch ein Plakat hingehängt?«, fragte sie Thomas.

»Das waren so viele. Da kann ich mich unmöglich an ein spezielles erinnern.«

»Natürlich hing hier eins.« Sie drehte sich auf dem Stiefelabsatz und sah die Straße hinunter am Henigbaum-Haus vorbei auf ihr Anwesen. »Bei uns an der Straße war auch eins. Wo sind die?«

»Weggeweht? Ihr habt sie sicherlich nicht gut genug befestigt.«

»Quatsch«, sagte Nicole nur.

Die Stimmung war eingedrückt wie zerknittertes Weihnachtspapier, als sie bei Gärtners ankamen. Stephanie staunte nicht schlecht.

»Eine Petition? Wann haben wir das entschieden? Davon weiß ich ja gar nichts«, sagte sie.

»Das war meine Idee«, sagte Nicole spitz. »Wie bei allen guten Ideen sollte man sie direkt in die Tat umsetzen. Christian!« Sie hatte Stephanies Mann entdeckt.

»Hallo Nicole«, sagte dieser merklich distanziert, unterschrieb aber unter den wachsamen Augen seiner Frau. Nicole zeigte ihr Lächeln mit all ihren Zähnen, was sie nur für besondere Gelegenheiten aufhob. Christian drehte schnell das Gesicht weg. Thomas seufzte.

»Stellt euch vor, die Plakate sind weg«, sagte Nicole.

»Das kann doch nicht sein.« Stephanie, die schon auf dem Weg zurück in den Garten war, drehte sich um und kam an den Zaun zurück. »Runtergefallen?«

»Nein, natürlich nicht«, erwiderte Nicole. »Da vorne müsste auch eins sein. Die sind ja wohl nicht alle gleichzeitig abgefallen.«

Sie zeigte auf die Wiese rechts neben den Gärtners, die durch die hohen Hecken vom Grundstück aus nicht zu sehen war.

»Also werden wir ernst genommen.« Stephanie fiel Christian um den Hals, der ausgesprochen schweigsam neben ihr stand. »Christian hat heute Nacht ein Geräusch gehört. Stimmt's?«

»Ja, ich habe was gehört«, sagte dieser gehorsam. »Aber keinen gesehen.«

Thomas fand, dass er etwas übernächtigt aussah.

»Dann müssen wir das auch in Seligenwalde überprüfen«, sagte Nicole. »Wir telefonieren, wann wir neue Plakate aufhängen.«

Den Weg zu Steffens legten sie schweigend zurück, nicht ohne einen Seitenblick auf den Hof von Matthias zu werfen. Dort war alles ruhig. Wenn Matthias in der Nähe war, zeigte er sich nicht.

Daniel wünschte sich das sicherlich auch, wenn er rechtzeitig gesehen hätte, wer auf sein Haus zusteuerte. Letzten Sommer hatte Thomas bei ihm auf der Terrasse gesessen. Die Vertrautheit der Gespräche stieg mit dem Alkohol. Christian, der Alkohol nicht gewohnt war, hatte ihm dabei gestanden, dass er Nicole nicht leiden konnte. Thomas empfand das weder betrunken noch nüchtern als Drama. Es gab Tage, an denen er selber sie nicht mochte.

Natürlich blieb Daniel seinen Prinzipien treu und unterschrieb, nicht, ohne von Nicole noch einen Ausblick auf ihren Spitzen-BH zu bekommen. Zu dem Zweck hatte sie sich extra ihre Jacke aufgeknöpft, obwohl es kühl war und sie nur ein Leinentop trug. Dass sie fror, konnte man trotz des BHs deutlich sehen.

»Das hättest du dir sparen können«, sagte Thomas, als sie weitergingen. »Er hatte doch schon unterschrieben.«

»Ein bisschen Einschwören kann nicht schaden.« Ein leichter, aber kalter Wind kam auf. Schnell knöpfte sie ihre Jacke wieder zu. »Obwohl er so mickrig ist, steckt ein richtiger Mann in ihm. Sonst könnte er Julia Lockett nicht halten.«

»Einen Mann hast du auch zu Hause«, sagte Thomas. »Ich hoffe, du erinnerst dich daran.«

»Wie man's nimmt«, murmelte Nicole gerade noch laut genug, dass Thomas es hören konnte.

Über diesen Wortwechsel waren sie am Haus von Katharina Hamacher angelangt. Hans öffnete die Tür und küsste Nicole wieder einmal die Hand.

»Frau Rotter«, sagte er nur, aber seine Stimme transportierte mit diesen zwei Worten sein ganzes Sehnen und seine Leidenschaft.

Nicole trat an ihn heran und drückte ihren Oberkörper an seine Brust. Obwohl sie ihre Jacke nicht erneut geöffnet hatte, verfehlte das die Wirkung auf den alten Mann nicht. Thomas platzte der Kragen.

»Wenn du hier fertig bist, weißt du ja, wo du hingehörst«, sagte er doppeldeutig und marschierte nach Hause.

Hans atmete schnell ein paar Mal ein und aus, um so viel wie möglich von Nicoles Parfüm wie ein Kokainsüchtiger durch die Nase zu ziehen. Er hoffte, noch Stunden später davon berauscht zu sein. Erst als ihm schummrig wurde, merkte er, dass er hyperventilierte. Er atmete langsamer, schließlich sollte Nicole in seine Arme gleiten und nicht umgekehrt.

»Männer.« Sie verdrehte die Augen und lachte leise. »Immer eifersüchtig.«

»Wozu er aber auch allen Grund hat«, sagte Hans. »Sie sind ja nun auch eine außergewöhnliche Schönheit.«

»Ach, Sie.« Nicole kicherte. »Ich bin Mutter von zwei Kindern und auch kein Küken mehr.«

»Wenn Sie es keinem sagen, sieht das keiner. Ich werde es keinem verraten.«

Katharina erschien im Flur. Hans wurde bewusst, dass Nicole immer noch an seine Brust gepresst stand. Diese reagierte und schob sich an ihm vorbei.

»Ich sammle Unterschriften gegen die Anlage«, sagte sie und hielt Katharina das Klemmbrett dicht unter die Nase. Diese musste fast schielen, um zu lesen, was auf dem Papier stand. »Unterschreiben Sie?«

»Nun ja, lieber nicht«, sagte Katharina und trat einen Schritt zurück, als fürchtete sie, mit der harten Unterlage geschlagen zu werden.

»Das sollten Sie aber, wenn Sie dagegen sind.«

»Ich ... eigentlich bin ich gar nicht dagegen«, sagte Katharina hilflos.

»So«, erwiderte Nicole nur und ihre Lippen verschlossen sich, bis sie gar nicht mehr zu sehen waren. »Und Sie, Frau Lockett.«

Julia war mittlerweile ebenfalls an der Haustür erschienen. Sie wehrte lachend ab.

»Ich bin Reporterin, Frau Rotter. Von mir wird quasi standesgemäß verlangt, neutral zu sein.«

»Ich werde Sie selbstverständlich unterstützen«, sagte Hans. Er unterschrieb schwungvoll und erntete ein kleines Lächeln.

»Herr Adler, ich habe nie daran gezweifelt, dass Sie mich unterstützen.«

»So schönen Frauen kann ich einfach nichts abschlagen.« Julia griff sich an den Hals und streckte die Zunge raus. Katharina schubste sie leicht. Hans blickte sie tadelnd an, obwohl Nicole mit dem Rücken zu ihnen stand.

»Nun, wenn ich hier sonst keinen mehr zu einer Unterschrift überreden kann ...« Nicole wandte sich zum Gehen.

»Soll ich Sie begleiten?« Hans nutzte die Gelegenheit.

»Ich wohne doch nur ein paar Meter weit weg.«

»Da kann viel passieren«, sagte Hans vage und beugte sich vor, um ihr so tief wie möglich in die blauen Augen zu schauen.

»Ich bin sicher, ich schaffe das allein«, sagte Nicole bestimmt und wich vor ihm zurück. »Auf Wiedersehen.« Sie klapperte in ihren hohen Stiefeln über das Pflaster Richtung Straße.

»Da geht sie hin«, sagte Julia amüsiert.

»Sie macht mir irgendwie Angst. Sie ist so aufdringlich.« Katharina schüttelte sich.

»Schäfchen, so eine muss dir doch keine Angst machen.« Julia legte ihr freundschaftlich den Arm um die Schulter.

»Ihr redet beide Unsinn«, sagte Hans ärgerlich. »Nicole ist eine richtige Dame und hat Sexappeal. Aber davon versteht ihr nichts«, sagte er noch, als Julia und Katharina losprusteten.

»Ich hoffe nur, das geht nicht zu weit«, sagte Katharina, als sie sich wieder beruhigt hatten.

»Was meinst du damit?«, fragte Hans.

»Lauf ihr bitte nicht hinterher.«

»Was heißt hinterherlaufen? Ich kann ihr doch ein bisschen den Hof machen.«

»Lass ihn doch«, sagte Julia. »Ich bin auf seiner Seite, solange er mich in Ruhe lässt.«

»Hör auf. Deine Motive kenne ich.«

»Was ist dir denn über die Leber gelaufen?«, fragte Julia.

So viel Gegenwehr war unüblich für sie. Katharina führte nicht gern Diskussionen, da sie nicht besonders argumentationsstark war. Irgendetwas hatte sie gereizt.

»Ich glaube, sie hat bei ihrem Spaziergang heute Morgen Brigitte getroffen«, sagte Hans. »Schon als sie nach Hause kam, war sie unausstehlich.«

»Da kann ich nichts für«, sagte Julia folgerichtig. »Was willst du mir denn jetzt schon wieder vorwerfen?«

»Wenn Hans Nicole abschleppt, kannst du dich mit ihrem Mann befassen.«

»Jetzt kommt das schon wieder. Meinst du nicht, dass du dich da etwas verrennst.«

»Ich sehe, was ich sehe.«

Hans beschloss, in der kommenden Zeit Nicole so nah wie möglich zu sein, damit er Trost spenden konnte, falls es wirklich so weit kam.

»Du wirst langsam paranoid.« Julias Stimme brachte ihn wieder ins Hier und Jetzt zurück.

»Ich will nur nicht mit zwei Ehebrechern zusammenwohnen«, erklärte Katharina.

»Keiner von uns hat eine Ehe gebrochen. Thomas und ich sind Freunde, wir sprechen die gleiche Sprache. Jetzt beruhige dich bitte.«

»Vielleicht sehe ich das wirklich falsch. Du hast ja Daniel und ihr beide seid verliebt.«

»Eben«, sagte Julia und bewarf sie mit einer Mütze, die an der Garderobe hing. »Hans möchte auch einfach nur gucken und nicht anfassen. Nicht wahr, Hans?« Ihrem Blick nach zu urteilen, sollte er jetzt nicht widersprechen.

»Nur gucken«, sagte er daher schnell. »Ihr wisst, ich liebe schöne Frauen.«

»Und ob«, bestätigte Julia in einem Tonfall, der ihm sagte, beide wussten etwas, was Katharina nicht wusste. Hans war froh, dass sie ihn nicht erhört hatte. Mit Ironie konnte er bei Frauen nichts anfangen.

Er schaute noch mal durch die Scheibe der Haustür in der Hoffnung, einen letzten Blick auf Nicole werfen zu können, aber die war längst außer Sichtweite.

»Dann bis zum nächsten Mal«, sagte er zu sich selber und folgte seinen Mitbewohnerinnen ins Wohnzimmer.

Christian hatte ein paar anstrengende Tage hinter sich, da er nachts durch die Gegend streifte, um die immer wieder neu aufgehängten Plakate zu entfernen. Das machte sich allmählich sowohl bei seiner Konstitution als auch bei seiner Laune bemerkbar. Er war geradezu herausfordernd gereizt, befand sich aber fast im permanenten Tiefschlaf. Eine Kombination, die seine Frau mehr als verwirrte.

Daniel hielt seine Versuche, das Unheil auf diese Art abzuwehren, für Schwachsinn. Trotzdem tat ihm Christian leid. Das Mitleid reichte jedoch nicht, um sich nachts mit ihm auf die Socken zu machen.

Dafür hatte er eine andere Idee gehabt, die Christians Einsatz spürbar erleichterte. Er lieh ihm sein Auto. Daniels Haus lag ein Stück abseits, als wollte es aus Muckeringen fliehen und hätte es dann aufgegeben. Anna schlief nach hinten raus und das schon immer äußerst fest. Es war ideal für nächtliche Aktionen. So konnte Christian die Strecke nach Seligenwalde nicht nur schneller, sondern auch entspannter zurücklegen.

Den Schrecken der ersten Nacht, in der seine Frau plötzlich in der Küche stand, wollte er allerdings nicht wiederholen. Im Schlaf würde sie ihm nicht in die Quere kommen, also musste er dafür sorgen, dass sie das möglichst ausgiebig tat. Daniel äußerte seine Zweifel, gab ihm aber dennoch die leichten Schlaftabletten, die er in der Zeit verordnet bekommen hatte, als Alexandra ihn verließ.

Christian zerkleinerte jeden Abend eine Tablette in Stephanies grässlichem Kräutertee, der sowieso so penetrant schmeckte, dass das nicht weiter auffiel. Er war nicht sehr stolz auf sich.

Dadurch wurde seine Situation eher schwieriger. Er konnte Mia nicht im Haus lassen, wenn Stephanie nicht wach werden würde, wenn ihre Tochter sie brauchte. Stephanie wunderte sich, da nicht nur ihr Mann, sondern auch ihr Kind unter Dauermüdigkeit litt.

Muckeringens Einwohner waren nach dem ersten Boykott beunruhigt, mittlerweile allerdings in heller Aufregung. Verschwörungstheorien wurden diskutiert und wieder verworfen, bis man zu dem Schluss kam, dass nur der Biogasbetreiber *Ekelon Gas* oder Matthias Beier selber infrage kam. Nur Sabine Kozareks beherztem Eingreifen war zu verdanken, dass Nicole nicht umgehend loszog, um ihn auf der Stelle zur Strecke zu bringen.

Nicole und Thomas fuhren an diesem Wochenende nach Köln, um alte Freunde zu besuchen, daher war Christian Freitagmorgen optimistisch, dass er die kommende Nacht nicht ausrücken musste. Stephanie alleine war keine direkte Gefahr.

Er begann seinen mitternächtlichen Weg durch die Hintertür und die Küche in den Flur und machte einen langen Schritt über die blöde Kiste. Das sollte ihm allerdings nichts helfen. Er hätte ein Konzert mit scheppernden Blechdosen veranstalten können, es hätte Stephanie nicht wacher gemacht, als sie es jetzt schon war.

Sie stand im Flur und hielt ein Kästchen in der Hand, das vielleicht 10 mal 15 Zentimeter maß. Nach ihrem Blick zu urteilen, hätte es auch gespaltenes Uran sein können. Christian setzte Mia ab, die ermattet ins Wohnzimmer krabbelte, um dort auf ihrer Spieldecke in tiefen Schlaf zu fallen.

Während Christian noch darüber spekulierte, was das geheimnisvolle Kästchen bedeuten konnte, hatte er es auch schon am Kopf.

»Du bist ein Schwein, nein, warte, Schwein ist noch zu gut für dich.« Obwohl Stephanie leise sprach, um Mia nicht zu verängstigen, war der Zorn unverhohlen.

»Du bist ein Betrüger. Ein Betrüger, der sich als zuvorkommender und harmloser Ehemann tarnt.«

Christian konnte ihr da nicht widersprechen. Trotzdem war er noch auf der Suche nach dem Zusammenhang, der sich anscheinend in dem grün-braunen Kasten verbarg, den er nun näher betrachtete.

»Das ist eine Wildkamera.« Stephanie kam ihm zuvor. »Ich habe sie gestern aufgehängt. Glaubst du im Ernst, ich nehme den Vandalismus einfach so hin?«

Christian überraschte mehr, dass sie eine Wildkamera bedienen konnte, er hatte aber keine Zeit, sich länger darüber zu wundern. Da Stephanie kein Wurfgeschoss mehr hatte, griff sie zum nächsten Utensil, was habhaft war. Unglücklicherweise war das die Sichel, mit der sie im Garten Gemüse erntete.

Christian hielt es für besser, die Flucht zu ergreifen. Er rannte zur Hintertür und trat dabei in die Gemüsekiste.

Daniel fragte nicht weiter, sondern reichte ihm nur einen Stapel Decken, mit dem er ihn ins Wohnzimmer schickte. Christian schlief den Rest der Nacht nicht besonders gut. Er redete sich ein, dass es an Daniels knubbeliger Couch lag und nicht an seinem schlechten Gewissen.

Am nächsten Morgen schlich er in die Küche, da er hoffte, vor Daniel wach zu sein. Bei der Hoffnung sollte es allerdings bleiben. Zumindest gab es noch keine Spur von seiner Nichte.

»Zieh deine Klamotten grade«, sagte sein Bruder. »Vielleicht sieht es dann nicht ganz so aus, als hättest du drin geschlafen.«

»Ob Anna uns nachts gehört hat?«

»Das wäre ein Wunder. Sie hat die ganze Nacht Kopfhörer in den Ohren und lässt ihr Unterbewusstsein mit Vokabeln berieseln. Schlafsuggestion.«

»Wenn es funktioniert«, sagte Christian. Er goss sich eine Tasse Kaffee ein und setzte sich. Daniels Küche strahlte die spießige Gemütlichkeit aus, in der sie in ihrer Kindheit schon gelebt hatten.

»Ich denke, das heute Nacht war kein Höflichkeitsbesuch«, sagte Daniel. »Ich denke ebenfalls, Stephanie ist dir auf die Schliche gekommen.«

Christian nickte und rührte missmutig in seiner Tasse.

»Dann hat sie es wohl auch nicht so gut aufgenommen, dass du demnächst bei Ekelon Gas arbeitest.«

»Falsch«, sagte Christian. »Sie konnte es nicht schlecht aufnehmen, da ich es ihr nicht gesagt habe.«

»Ach Christian, wirklich! Es wäre die Gelegenheit gewesen, reinen Tisch zu machen. Jetzt bist du nicht weiter als vorher.«

»Falsch«, sagte Christian noch mal. »Ich stecke noch tiefer in der Scheiße.«

»Kann man so sagen. Wie hat sie es erfahren?«

Sie hörten im Badezimmer auf der anderen Seite des Flurs Wasser rauschen. Daniel stieß die Küchentür mit der Fußspitze an. Sie klackte leise ins Schloss.

»Wildkamera«, sagte Christian kleinlaut.

»Raffiniert.« Daniel pfiff anerkennend durch die Zähne. Eine Fähigkeit, um die ihn sein Bruder als Kind sehr beneidet hatte. »So viel Raffinesse hätte ich ihr gar nicht zugetraut.«

»Ich bin mir sicher, sie sich auch nicht. Aber ich glaube nicht so recht an das neu erwachte technische Interesse. Ich denke, da waren andere Personen dran beteiligt.«

»Du meinst Thomas und Nicole?«

»Natürlich meine ich die. Kommen aus der Stadt und hetzen mit ihrer Einstellung friedliche Bürger auf. Sie liefern Probleme, von denen wir vorher nicht wussten, dass wir sie hatten.«

»Du weißt aber, dass ich auch kein Fan der Biogasanlage bin?«

»Ja, ich weiß«, sagte Christian. »Du führst dich aber nicht auf wie der Erzengel persönlich, der auf die Erde fährt und die Guten gegen das Unrecht verteidigt.«

»Du hast Vorurteile«, meinte Daniel mild. »Sie wollen das Dorfleben leben und sich integrieren.«

»Du kannst Nicole nicht leiden.«

»Ja, das stimmt. Aber Thomas ist in Ordnung. Und ich möchte trotzdem objektiv bleiben und meine Meinung nicht durch meine Gefühle verzerren lassen.«

»Da bist du mir weit voraus. Das habe ich bei dir immer bewundert.«

»Gut, deswegen brechen wir hier ab, etwas Netteres werde ich heute von dir nicht mehr zu hören bekommen. Außerdem müssen Anna und ich gleich in die Schule fahren.« Daniel stand auf und räumte die Kaffeetassen in die Spülmaschine. Das hatte er immer gemacht, auch in den Zeiten, als Alexandra noch da war.

»Ich würde dir empfehlen, nach Hause zu gehen und Stephanie alles zu sagen.«

Christian fühlte sich unzulänglich, wenn er von seinem jüngeren Bruder belehrt wurde. Erst recht, wenn es stimmte, was er sagte. Er schaffte es, das Haus zu verlassen, bevor Anna ihn sah. Er hatte nicht vor, die Probleme in seiner Ehe und seine Verlogenheit mit seiner minderjährigen Nichte zu diskutieren. Stephanie war im Kinderzimmer und wickelte Mia. Sie schaute ihn an, als wäre er ein besonders widerlich stinkender Fisch. Das war durchaus möglich. Er hatte nachts ziemlich geschwitzt.

»Wir sollten reden«, sagte er lahm.

»Du bist immer noch ein Betrüger. Daran haben die letzten Stunden nichts geändert.« Sie bewegte die Hand leicht auf und ab, in der die gebrauchte Windel lag. Christian fragte sich, ob sie über ihr Gewicht Rückschlüsse auf die etwaige Flugbahn zog. Er trat einen Schritt zurück.

»Ich wollte dich nicht verletzen«, sagte er. Stephanie gefielen Sprüche, die bei anderen Frauen längst als abgeschmackt auf einer roten Liste standen. Er vermutete, es lag weniger an seinem Charme als an ihrer mangelnden Erfahrung bei amourösen Details.

»Ihr habt alles mit diesen Plakaten gepflastert. Glaubst du, dass Ekelon sich das einfach so gefallen lässt? Ich wollte helfen.«

»Ich verstehe das trotzdem nicht, Christian.« Stephanie hatte die Windel Gott sei Dank im selbst geflochtenen Weidenkorb versenkt, der zwar sicherlich hochökologisch, aber leider nicht vollkommen geruchsdicht war. »Warum dürfen wir keine Plakate aufhängen?«

»Stephanie, hier geht es um Geld, um richtig viel Geld. Biogas ist ein einträgliches Geschäft.« Christian fand die Frage seiner Frau vielversprechend. Die konnte er wenigstens sinnvoll beantworten. »Die sind mit ganz anderen Wassern gewaschen.«

Christian hoffte, ein düsteres Szenario geschaffen zu haben, in der eine Handvoll Plakate Morddrohungen oder zumindest ein paar Anzeigen nach sich zogen.

»Ihr dürft keine Demo machen, ohne sie anzumelden. Ihr dürft keine Plakate aufhängen, ohne das genehmigen zu lassen. Es sollte einfach keinen Ärger geben.«

Stephanie nahm Mia auf den Arm und drehte sich zu ihm. Ihre grünen, leicht schrägen Augen verliehen ihr ein alienhaftes Aussehen.

»Ich sage dir was«, erwiderte sie ruhig und schaukelte Mia, die vergnügt quietschte. »Du stehst auf der Seite, auf der ich stehe. Wenn ich gegen das Biogas kämpfe, wirst du auch kämpfen. Haben wir uns verstanden?«

Es hatte morgens trotz April noch leicht geschneit. Der Himmel war trübe. Der Schein von Mias Wickellampe brach sich in ihren Augen und reflektierte. In Christian breitete sich ein ungutes Gefühl aus.

»Haben wir wohl«, sagte er resigniert.

Wenn es eine Möglichkeit zum Beichten gegeben hatte, war sie jetzt definitiv vorbei.

»Ich weiß nicht, was Katharina sich dabei denkt«, sagte Brigitte und wischte die Arbeitsplatte ab. Ihr Mund war ärgerlich verkniffen. Sie sah aus wie ein pralles Sofakissen, dem man einen Fausthieb gegeben hatte.

Beim Namen Katharina hörte Sebastian auf, mit einer Büroklammer in den Zähnen zu stochern und Jans Comic zu lesen. Er hob den Kopf und schaute unter dem Schirm seiner Baseballkappe hervor. Er hoffte die ganze Zeit schon auf eine Gelegenheit, ihr näherzukommen, dafür hätte er sich sogar in der Bürgerinitiative engagiert. Das Interesse erlahmte umgehend, als es Katharina offensichtlich nicht im Traum einfiel, den Boykott gegen die Biogasanlage zu unterstützen. Er war froh über diese Wendung, da er zwar herausfordernde Aktivitäten schätzte, aber nur solange sie nicht in körperliche Arbeit umschlugen. Seinem Ziel, Katharina öfter zu begegnen, war er damit allerdings keinen Schritt nähergekommen. Sie waren locker befreundet und im gleichen Alter, sonst nichts.

»Was sollte sie denn denken?«, fragte er und versuchte, sich nicht allzu gierig anzuhören.

»Sie wirft sich Matthias an den Hals. Das ist so was von schamlos.«

Es war eine interessante Feststellung von einer Frau, deren zweiter Vorname Schamlosigkeit war. In einem anderen Zusammenhang hätte Sebastian sicherlich mehr Spaß daran gehabt, aber Matthias mit Katharina war ein Bild, das ihm gar nicht behagte. Brigitte deutete sein Schweigen falsch.

»Matthias Beier«, erläuterte sie, da er noch nicht reagierte. »Der Landwirt. Hier im Dorf. Menschenskind, Sebastian.«

»Ich weiß, wer Matthias Beier ist.« Sebastian war gekränkt. »Tut nicht immer so, als bekäme ich gar nichts mit.«

»Sie scharwenzelt immer in der Nähe seines Hofes herum und hofft, dass er sie in ein Gespräch verwickelt«, sagte Brigitte.

Wenn sie das so genau wusste, musste sie sich genauso oft dort aufhalten, ging es ihm durch den Kopf.

»Daran ist noch nichts schlimm. Sie mag ihn, na und?« Er konnte sich selber etwas beruhigen, bei Brigitte klappte es nicht.

»Es ist schlimm genug«, sagte sie. »Sie kann sich das nur erlauben, weil sie 30 Jahre jünger ist als ich.«

Vielleicht auch, weil sie hübscher ist, dachte Sebastian. Die Vision einer nackten Brigitte drängte sich ihm auf und ließ sich nicht einfach wieder verjagen. Ihre ausladenden Hüften waren schon im bekleideten Zustand unappetitlich genug.

»Dabei braucht sie sich auf ihr Aussehen nichts einbilden. Ausgesprochen durchschnittlich, wenn du mich fragst.«

Ich frage dich aber nicht, dachte Sebastian wieder, sprach es jedoch auch nicht aus.

»Finde ich nicht«, sagte er daher nur.

»Du siehst auch nicht viele Frauen. Am Computer kann man keine vernünftigen kennenlernen.«

Sebastian wollte sie darauf hinweisen, dass er schließlich verheiratet gewesen sei und ihr daher etwas voraushatte. Aber es schien ihm der Mühe nicht wert. Nicht auch noch eine Diskussion darüber, dass er es als Minderjähriger ohne Verhütung zum Vater geschafft hatte.

»Ich verstehe auch nicht, dass Sabine das gutheißt. Was wirft das für ein Licht auf ihre Familie. Sie sollte das verbieten.«

Dagegen hatte Sebastian nichts einzuwenden. Alles, was den Kontakt zwischen Katharina und Matthias beschränkte, war ihm recht. Er beschloss, sie bei nächster Gelegenheit selber danach zu fragen. Brigitte lieferte ihm mit ihren Hetzreden unbemerkt die Tür zum Hamacher-Haushalt. Es war das perfekte Alibi, Katharina besuchen zu können.

Sabine betrat das Wohnzimmer und Brigitte verstummte. Sie sortierte betont langsam die Zeitschriften, die in der Eckbank auf ihre Reise ins Altpapier warteten. Sebastian wartete gespannt, ob sie die Diskussion offen vor Sabine wiederaufnahm.

Die Freundschaft zwischen Sabine, Brigitte und damals noch seiner Mutter Linda bestand schon seit ihrer Kindheit und hatte so etliche Stürme überlebt. Die ballten sich in dem Moment zu einem Orkan, wenn bei Brigitte ein Mann ins Spiel kam. Sabine war 30 Jahre treu verheiratet gewesen, ihr Mann war viel zu früh gestorben. Daher hielt sie romantische Beziehungen in Ehren, die bei Brigitte auf die für sie einzig wichtige Komponente beschränkt wurden — die sexuelle. Immer wieder neu empört über diese offene Zurschaustellung einer Unmoral, die Sabine einfach nicht akzeptieren wollte, geriet das sonst so ausbalancierte Kräfteverhältnis schnell aus der Waage.

»Deine Nichte läuft hinter Matthias her.« Brigitte gab nicht mehr vor, Zeitungen zu sortieren. »Das solltest du unterbinden.«

»Sollte ich das?«, fragte Sabine gelassen. Sie holte eine Flasche Kräuterlikör und einen Schnapshumpen aus dem Wandschrank. Diskussionen mit Brigitte verleiteten sie immer zum Alkohol. Es war nur ihrer unerschütterlichen Konstitution zu verdanken, nicht schon längst ein ausgeprägtes Suchtproblem zu haben.

»Du weißt genau, dass er für mich ist.« Brigitte lief leicht rot an. Entweder hatte sie schon wieder Herzprobleme oder war inkontinent. Die Zeichen dafür waren bei ihr recht ähnlich.

»Weiß er das auch?« Sabine ließ sich aus der Reserve locken. »Ich habe gegen einen Flirt zwischen Katharina und Matthias nicht viel einzuwenden. Vom Alter passt das eh besser.«

»Deine Nichte sollte erst einmal ihre verpatzte Ehe innerlich richtig abschließen und nicht direkt schon wieder einen anderen Mann unglücklich machen.«

Sebastian öffnete den Mund, schloss ihn dann aber wieder. Trotzdem stieg Zorn in ihm hoch. Katharina hatte ihm viele Dinge über ihre Ehe verraten. Sie war es sicherlich nicht, die ihren Mann unglücklich gemacht hatte. Er wäre gerne aufgesprungen, um sie zu verteidigen, jedoch ein Streit konnte ihm das Leben recht unangenehm machen, angefangen von ausfallenden Mahlzeiten bis zu seiner Wäsche, die nicht mehr gewaschen wurde.

»Ich halte mich komplett da raus. Doch lass Katharina in Ruhe«, sagte Sabine und füllte Likör nach.

Sebastian beneidete sie um ihre Gelassenheit, doch er mochte keinen Alkohol. Er ging in sein Zimmer. Wenn er nichts mehr hörte, erwartete man von ihm auch keine Stellungnahme.

Die ungemütliche Stimmung fühlte sich im Hause Gärtner wohl und blieb über Nacht.

Samstagnachmittag sollte sich die Bürgerinitiative wieder in ihrem neuen Hauptquartier treffen. Christian hätte sich das gerne erspart. Stephanie allerdings ließ keinen Zweifel daran, dass er keinerlei Aussichten hatte, das Treffen zu schwänzen — weder mit einer fingierten noch einer echten

Ausrede. Daher schlappte er nach dem Mittagessen äußerst kleinlaut zum Muckeringer See und hatte keine Ahnung, was ihn da erwartete. Die Sorge war erst einmal unbegründet. Anscheinend hatte Stephanie noch keinem etwas erzählt.

»Diese Nacht sind alle Plakate bei uns und in der Umgebung hängen geblieben.« Nicole klatschte in die Hände. »Wir haben dem Dieb mit Videoüberwachung eine Falle gestellt. Das hat er sicher gemerkt und aufgegeben.«

»Das ist unlogisch«, sagte Sabine. »Wenn er das mitbekommen hat, hätte er sicherlich versucht, die Kamera zu zerstören oder mitzunehmen.«

Christian warf ihr einen schnellen Blick von der Seite zu. Er hatte fast vergessen, dass Sabine über einen bemerkenswert scharfen Verstand verfügte. Sein Blick wanderte zu Nicole, die angefressen aussah.

»Die Kamera wurde gestohlen«, sagte diese dann.

»Das ist noch unlogischer.« Sabine verspielte wahrscheinlich gerade das letzte Fünkchen Sympathie. »Wenn er die Kamera gestohlen hat, gibt es keinen Grund, die Plakate nicht wieder abzureißen.«

Christian begann zu schwitzen. Er war zwar im Moment nicht ernsthaft in Gefahr, wusste aber auch nicht, was seine Frau noch vorhatte. Sie hatte sich seit Freitagmorgen nicht weiter über die Art seiner Bestrafung geäußert.

»Wir werden das wohl nicht mehr erfahren«, sagte Stephanie in dem Moment. »Wir haben wichtigere Dinge zu tun, als uns weiter um den Störenfried zu kümmern. Ich glaube, der hat das jetzt aufgegeben.«

Aha, heute sollte Christians Bestrafung ausfallen. Er lächelte seine Frau dankbar an, die ihm einen düsteren Blick zuwarf, den er nicht deuten konnte.

»Ich bin aber superfroh, da mein Mann sich jetzt voll mit reinhängen will. Er ist ja sonst eher zurückhaltend.«

Christian fragte sich, wann das beschlossen worden war, hielt Protest jedoch in seiner jetzigen Situation nicht für ratsam.

»Ihm haben unsere Aktionen wirklich gefallen, aber er will mehr machen.«

»Dann wollen wir ihn nicht davon abhalten«, sagte Sabine.

Christian schaute hilflos zu Daniel rüber, der ein Stück weiter weg am Wasser stand und mit einer Weidenrute versuchte, einen Pappteller an den Teichrand zu bugsieren. Er zuckte mit den Schultern.

»Na, Junge, dann kommen Sie mal ein bisschen aus sich raus«, sagte Hans Adler und klopfte ihm so fest auf die Schulter, dass er fast vornüber kippte. »Ist mir schon aufgefallen, dass Sie arg ruhig sind.«

»Das ist auch nicht so schlimm«, sagte Stephanie. »Hauptsache, er ist meiner Meinung und er kämpft mit.« Sie fixierte seinen Blick, bis er ihn senkte. Thomas rettete ihn unbewusst, indem er die Aufmerksamkeit auf sich lenkte.

»Ich interessiere mich sehr für die Geschichte dieser Gegend. Dabei bin ich auf etwas gestoßen, was uns helfen könnte. Hier ist die Heimat des Kuckucksfalken, der unter Naturschutz steht. Darauf könnte man aufbauen.«

»Nur zu schade, dass seit zwanzig Jahren hier keiner mehr einen gesehen hat«, sagte Sabine. »Das wird uns wohl nicht helfen.«

»Christian lässt sich was einfallen«, sagte Stephanie. »Er hat im Moment frei und daher viel Zeit.«

Am frühen Abend ging Christian mit einer sehr genauen Vorstellung nach Hause, was man von ihm erwartete. Er konnte nicht behaupten, dass ihm das besonders gefiel.

Teil 2

»Ich gehe noch zu Daniel«, sagte Christian, als Stephanie ihr Gartentor öffnete. Es schien ihm unmöglich, jetzt Zeit mit seiner Frau zu verbringen. Er brauchte dringend Abstand. Wenn Stephanie etwas dagegen einzuwenden hatte, sagte sie es zumindest nicht.

Daniel war keineswegs überrascht, ihn zu sehen.

»Dachte ich mir doch, dass es diese Versammlung in sich hatte«, sagte er.

»Wenigstens hat sie mich nicht bloßgestellt. Das muss ich ihr noch meilenweit anrechnen.«

»Für Stephanie ist es sicherlich auch nicht lustig, wenn sich ihr Mann als Verräter entpuppt.«

»Geht's noch etwas dramatischer? Vielleicht sollte ich wegen Landesverrat standrechtlich erschossen werden.«

»Das heben die sich bestimmt noch als letzte Maßnahme auf.«

»Das befürchte ich auch.«

»Lass uns zu Matthias rübergehen«, schlug Daniel vor. »Er interessiert sich auch für Neuigkeiten. Außerdem habe ich heute keine Lust, den Abend mit Julia zu verbringen.«

Sie schlenderten die Straße hoch.

»Ärger im Paradies?«

»Sei nicht so doof. Nein, aber sie ist so schwierig, seit das mit dem Biogas läuft. So besessen. Ach, ich weiß nicht.«

»Sie war bis jetzt bei jeder Aktion dabei, das stimmt«, sagte Christian. »Aber besessen? Wenn sie es ist, versteckt sie es gut. Sie macht halt ihren Job.«

Der Hof von Matthias war wie gewohnt leer, selbst die plustrig-dicken Hühner hatten sich in ihr Haus verzogen. Sie überquerten den Platz und öffneten die Tür zu seinem übersichtlich eingerichteten Büro, das blitzblank geputzt, aufgeräumt und wo die Papiere ordentlich sortiert waren.

Matthias absolvierte gerade eine weiterführende Ausbildung als Fachagrarwirt für erneuerbare Energien und Biomasse. Er blickte hinter seinem Schreibtisch auf.

»Krisenrat beendet?«, fragte er.

»Hast du ein Bier?«, fragte Christian stattdessen, da auch sein Bruder aussah, als könnte er eins vertragen.

»So schlimm?« Matthias deutete auf einen kleinen Kühlschrank, der neben der Tür in der Ecke stand. Christian holte zwei Flaschen heraus und setzte sich vorsichtig neben Daniel auf die teure Chesterfield-Couch, auf der Matthias ab und zu lag, wenn er über neuen Ideen grübelte. Er hoffte nur, er kleckerte nicht.

»Die ganze Angelegenheit wird noch ziemlich ungemütlich.«

»Für wen ungemütlich?«, fragte Matthias. »Für dich oder für mich?«

»Für mich sicherlich ungemütlicher als für dich«, sagte Christian. »Du hast ja trotz der Biogasanlage ein reines Gewissen.«

»Hast du es ihr etwa immer noch nicht gesagt?«, fragte Matthias. „Was soll das? Du reitest dich immer mehr rein. Das kann doch nicht so schwer sein.«

»Du kennst meine Frau nicht richtig. Sie wird mir nicht nur die Hölle heiß machen, sie bringt die Hölle sogar noch zum Explodieren.«

»Du bist ein Waschlappen«, sagte Matthias. »Es kann doch nicht sein, dass du dich nicht traust, bei deiner Frau mit der Wahrheit rauszurücken.«

Christian schwieg gekränkt, obwohl Matthias natürlich recht hatte.

»Ganz so einfach ist das auch nicht«, sprang Daniel in die Bresche. »Du bist nicht verheiratet, du weißt nicht, wie schwer es sein kann, Kompromisse auszuhandeln.«

»Stimmt, ich bin nicht verheiratet, und ich weiß auch, wieso«, sagte Matthias.

»Es ist nicht immer schlecht«, relativierte Daniel. »Das Problem ist nur, wenn man zu lange verheiratet ist. Solange du verliebt bist, ist es meist rosiger. Aber auch nicht immer.«

Der Unterton war seinem Bruder nicht entgangen.

»Was stimmt denn jetzt nicht mit Julia? Nur von ihrer Arbeit besessen kann es doch wohl nicht sein.«

Daniel drückte sich so tief in die Couch, dass es aussah, als stecke er in einer viel zu weiten Jacke.

»Ich finde, sie versteht sich ein bisschen zu gut mit Thomas Rotter.«

Christian war das auch schon aufgefallen, er maß der Sache allerdings keine so große Bedeutung bei.

»Das würde ich mal nicht so schwernehmen«, sagte er. »Miteinander reden ist nicht gleichzeitig fremdgehen. Außerdem ist Julia das komplette Gegenteil von Nicole. Und anscheinend scheint Thomas ja eher auf Frauen wie Nicole zu stehen.«

»Oder er findet die Lockett gerade deswegen scharf«, sagte Matthias. Christian warf ihm einen Blick zu, den Matthias geflissentlich ignorierte.

»Ja, das habe ich auch schon befürchtet«, gestand Daniel resigniert. »Ich habe sie drauf angesprochen. Sie sagte, es sei nichts. Aber sie hatte so eine Art, das zu sagen, die mich misstrauisch machte.«

»Ich weiß genau, was du meinst«, bestätigte Christian.

»Ihr seid beide ganz schön erbärmlich«, sagte Matthias. »Wenn ihr euch von euren Frauen dominieren lasst, dann auch von allen anderen.«

»Man kann doch nicht immer mit der Brechstange durchs Leben gehen«, sagte Christian.

»Darum geht es auch nicht. Ihr steht aber nicht für das ein, was euch wichtig ist. Du, Christian, bist von deinem Job in der Biogasanlage überzeugt. Daniel stört es, wie sich seine Julia in ihrer Beziehung verhält. Und was passiert?«

Er erwartete offensichtlich keine Antwort.

»Ihr sitzt hier bei mir und weint euch aus, während eure Frauen zufrieden sind, dass alles so läuft, wie sie das wollen. Mir braucht ihr das nicht zu erzählen, ich kann es nicht ändern. Ihr müsst euer Leben schon selber auf die Reihe bringen.«

»Du hast recht«, sagte Daniel. »Ich weiß auch nicht, warum ich mir das gefallen lasse. Vielleicht, weil es mal wieder schön ist, einen Menschen zu haben, seit Alexandra Anna und mich verlassen hat.«

»Das ist zumindest ein Argument«, meinte Matthias. »Jetzt bin ich gespannt, was dein Bruder für eins bringt.«

Erst einmal brachte Christian nur eins, nämlich kein Wort heraus. Er drehte mit den Händen die Bierflasche im Kreis und starrte auf den Boden. Als er wieder aufblickte, schauten Matthias und Daniel ihn unvermindert an.

»Ich habe kein Argument«, sagte er trotzig. »Ich will nur keinen Ärger mit meiner Frau — und erst recht keinen mit dem ganzen Dorf.«

»Na ja, dem ganzen Dorf ja wohl nicht«, sagte Daniel. »Es gibt immerhin noch welche, die das Projekt unterstützen.«

»Ach, lass mich in Ruhe«, gab Christian ungehalten zurück und stand auf.

»Jetzt sei nicht piefig.« Daniel zog ihn am Arm.

»Du stellst dich an wie ein Mädchen«, sagte Matthias. »Die Wahrheit solltest du schon vertragen.«

»Ich geh jetzt nach Hause«, erwiderte Christian. »Das war mir heute alles ein bisschen viel.«

Daniel stand ebenfalls auf.

»Ich komme mit. Wenn man einen Teenager um die Uhrzeit alleine zu Hause lässt, ist man entweder zu vertrauensselig oder komplett bescheuert.«

»Haltet mich auf dem Laufenden«, rief Matthias ihnen noch hinterher.

Schweigsam gingen Christian und Daniel ein Stück des Weges gemeinsam, um sich an der Gabelung ebenfalls schweigend, nur mit einem Handzeichen, voneinander zu verabschieden. Dann bog Christian rechts und Daniel links ab und trabten nach Hause, um dort wieder in ihre Rollen zu schlüpfen.

Es hatte seine Vorteile, Rechtsanwalt zu sein. Zu den beliebteren Vorzügen gehörten sicherlich die gesellschaftliche Anerkennung und die finanzielle Unabhängigkeit. Zumindest, wenn man wie Thomas im Wirtschaftsrecht arbeitete.

Die Nachteile waren bis jetzt spärlicher, aber die Zugehörigkeit zu einer Bürgerinitiative, so klein sie auch sein mochte, machte ihm im Moment mehr zu schaffen als so mancher Fall, den er verhandelte. Anscheinend wurde die Arbeit umso größer, je kleiner die Gruppe war. Die Muckeringer Bürgerinitiative hatte noch die Besonderheit, dass ihre zwei Vorsitzenden zwar noch nicht offiziell vom Volk gewählt worden waren, aber auf der Enervierungs-Skala bereits ganz oben standen. Der einen konnte er aus dem Weg gehen, aber die andere wohnte Seite an Seite in seinem Haus und ging ihm schon am frühen Sonntagmorgen auf den Wecker.

»Du kümmerst dich überhaupt nicht um die Sache. Wenn es nach dir ginge, könnten sie uns ein Atomendlager vor die Nase setzen«, klagte Nicole.

Thomas flüchtete sich zu einer ausgedehnten Jogging-Route, bei der er rein zufällig an Katharina Hamachers Gartentor auf Julia Lockett traf, allerdings erst, als er dort lange und ausgiebig Dehn- und Lockerungsübungen absolviert hatte. Sie liefen gemeinsam weiter.

Als er zurückkehrte, war er trotz der frischen Temperaturen aufgeheizt, was nicht alleine nur auf seine schnelle Gangart, sondern mit Sicherheit auch auf den freien Blick auf Julias wohlgeformtes Hinterteil zurückzuführen war.

Nicole empfing ihn schon im Flur, anscheinend hatte sie die ganze Zeit wie ein Kiebitz hinter den kleinen Fenstern gestanden und darauf gewartet, seine Gestalt in der Gartenauffahrt zu sehen.

Thomas entledigte sich gemächlich seiner Laufschuhe, während er heimlich Nicoles Hintern observierte und an ihm keine gravierenden Nachteile zu Julias feststellen konnte. Wie Ersterer aussah, wusste er aber mittlerweile ebenso wenig wie der von Julia. Trotzdem war es ein schönes Bild an einem schönen Sonntagmorgen, in das die quengelige Stimme seiner Frau so gar nicht passen wollte.

»Wir müssen unbedingt ausloten, wie die rechtliche Lage ist und welche Möglichkeiten wir haben», sagte Nicole. »Und das so schnell wie möglich.«

»Dem Weltfrieden wird es nicht abkömmlich sein, wenn ich jetzt erst frühstücke», erwiderte Thomas. Diese Gelassenheit konnte seine Frau offensichtlich nicht teilen.

»Immer musst du Sachen machen, die mich ärgern«, klagte sie weinerlich und ihre Lippen bebten leicht.

»Frühstücken?«, fragte Thomas, obwohl er sehr wohl wusste, wie es um die Gemütsverfassung seiner Frau bestellt war. Er war sich aber nicht klar, dass selbst prosaische Dinge wie Nahrungsaufnahme ihrer Vorstellung von einer ungerechten Welt entsprachen. Das tat es anscheinend und er beschloss, um des lieben Friedens willen darauf zu verzichten und begab sich gottergeben in sein Büro, seine Frau im Schlepptau.

Er war nicht so untätig gewesen, wie Nicole ihn beschuldigte. Er hatte sich die letzten Abende bereits damit beschäftigt, welche Maßnahmen möglich und überhaupt sinnvoll wären. Allerdings war das nicht so vielversprechend, wie Muckeringen dachte und hoffte. Alles würde davon abhängen, ob auch Einwohner aus Seligenwalde an einer Bewegung interessiert waren, obwohl es sie nicht direkt betraf.

Er zeigte Nicole ihre Möglichkeiten auf und sah, dass sie enttäuscht war. Sie hatte die Hoffnung gehabt, ihr Mann würde als glühender Reiter heranpreschen und das Dorf vor der Verwüstung retten. Oder irgendein anderer Mann; er glaubte nicht so recht daran, dass er für seine Frau noch der personifizierte Superheld war. Superheld oder nicht, Nicole kam in Rage.

»Ich finde das vollkommen unglaublich.« Sie rannte hektisch von einer Raumseite zur anderen. Ihre Wangen blühten rosig und ihre gerade Haltung war äußerst gespannt. Es machte Thomas wieder bewusst, wie attraktiv sie doch war. Der leidende Zug um ihre Mundwinkel, den noch nicht einmal mehr die Happy-Pills zu vertreiben vermochten, war verschwunden, ebenso ihre Rastlosigkeit.

»Das können wir uns nicht gefallen lassen. Wir werden ihnen zeigen, dass mit Muckeringen zu rechnen ist, und mögen wir auch noch so klein sein.«

Nicole schüttelte die Faust ihrer rechten Hand kämpferisch zur Decke und wirkte einen Moment wie eine Walküre aus der Nibelungen-Saga. Es fehlte nur der Hörnerhelm.

Trotzdem sah sie sexy aus. Ihr Pullover war aus der Hose gerutscht und gab einen Blick auf ihren von der Sonnenbank gebräunten Bauch frei, der trotz zweier Kinder nach endlosen Besuchen im Fitnessstudio mit Personal Trainer überraschend straff und flach war. Ihre Brust hob und senkte sich, da sie etwas außer Atem gekommen war und ließ Thomas fast vergessen, dass diese wohlgeformte Silhouette einzig und allein auf Silikon zurückzuführen war. Ihre Brüste waren im Laufe ihrer Ehe mitgewachsen.

Thomas glitt aus dem Stuhl und näherte sich ihr, da sie ihn auf einmal sehr anmachte. Die Erinnerung an sein erotisches Joggen mit Julia drängte sich wieder in den Vordergrund. Das war nicht das Einzige, was sich nach vorne drängte. Er stellte sich hinter Nicole. Seine Arme umgriffen sie und fassten an ihren Silikonbusen.

Die Empfindung brauchte zwar einen Moment, bis sie von Nicoles Nervenzellen in ihrem Gehirn ankam, dann aber war ihre Reaktion schnell und spürbar negativ. Sie rammte ihren Arm nach hinten und traf ihren Mann genau in den Bauch, der dafür noch dankbar sein konnte. Da er ein gutes Stück größer war als seine Frau, hätte das fast die Attacke auf ein anderes Körperteil zur Folge gehabt.

»Lass das«, kreischte Nicole lauter, als es für sein Hörvermögen nötig gewesen wäre. »Du weißt genau, ich mag das nicht.«

»Nein, das weiß ich nicht«, sagte Thomas säuerlich, der versuchte, die Enge in seiner Hose zu ignorieren und alles wieder auf ein normales Maß zu schrumpfen. »Du redest ja nie über unser Sexualleben, wenn man es so überhaupt nennen kann. Ich weiß nur, dass ich es lange nicht mehr bekommen habe.«

»Und du wirst es auch jetzt nicht bekommen«, sagte Nicole bestimmt und wich weiter zurück. »Vielleicht kann man ja noch mal darüber reden, wenn du es geschafft hast, diese Katastrophe abzuwenden«, sagte sie dann. Sie merkte wohl, dass sie etwas zu heftig reagiert hatte.

»Also wahrscheinlich nie mehr«, knurrte Thomas vor sich hin, obwohl sie den Raum bereits verlassen hatte.

Sonntagnachmittag bekam Sebastian Gelegenheit, Katharina wegen ihrer Vorliebe für Matthias Beier auf den Zahn zu fühlen.

Sie brauchte Hilfe bei einer Webseite, damit Tonstudios sie engagieren konnten. Der Job beim Rundfunkorchester brachte nicht so viel Geld, um sich den ein oder anderen Luxus zu leisten. Sebastian hatte selbstverständlich kurzfristig Zeit, wenn er auch sicher war, es gab keine so große

Nachfrage nach Klarinettistinnen, die eine eigene Homepage rechtfertigte.

Trotzdem genoss Sebastian sehr, mit ihr zusammen zu sein und haderte lange mit der Frage, die ihm am meisten auf der Seele brannte. Er wollte die gelöste Stimmung nicht gefährden.

»Es wird viel geredet in den letzten Tagen«, fing er das Thema vorsichtig an.

»Was hast du denn erwartet, wenn eine Biogasanlage nach Muckeringen kommen soll?« Katharina hatte seine Frage völlig falsch aufgefasst. Es wunderte ihn nicht, er hatte sie auch selten dämlich gestellt.

»Ich meine, es wird viel geredet über dich«, wagte er einen neuen Versuch.

»Über mich?« Katharina war ernsthaft verblüfft. »Was ist denn an mir so interessant?«

»Man fragt sich, wie eng deine Beziehung zu Matthias Beier ist.«

»Wer ist denn *man*?« Katharinas Wangen verfärbten sich zartrosa.

»Na ja, Brigitte und deine Tante.« Er verschwieg, dass Sabine auf ihrer Seite stand.

»Warum lässt die mich nicht in Ruhe?«, sagte Katharina und ihre Stimme kippte leicht. »Ich habe ihr doch gar nichts getan.«

»Brigitte? Wahrscheinlich ist sie eifersüchtig. Sie ist schließlich in den Typen verliebt.«

»Aber das ist doch vollkommen unsinnig. Sie ist doch viel älter als er.« Katharinas Moralvorstellung hatte keinen Sinn für extraordinäre Liebschaften.

»Glaub mir, das hält sie nicht ab«, sagte Sebastian. »Aber es kann dir doch ganz egal sein. Sag einfach, du willst nichts von ihm und schon hast du deine Ruhe.«

»Aber warum muss ich denn lügen?«, fragte Katharina. »Das will ich nicht. Aber ich will auch nicht mit Brigitte aneinandergeraten.«

»Warum lügen?« Sebastian hatte nach dem ersten Satz nicht mehr weiter zugehört. »Du willst doch nicht wirklich was von dem?«

»Na ja, ich wollte es eigentlich keinem erzählen. Aber da jetzt sowieso schon darüber geredet wird, kann ich es dir auch sagen. Du bist schließlich mein Freund.«

Sebastian fragte sich, was ihm das denn nützen könnte, wenn sie offensichtlich in einen anderen verliebt war. Nur ihr Freund und nicht ihr Liebhaber, diese Aussicht stimmte ihn nicht gerade fröhlich. Da half nur intervenieren.

»Was willst du denn von diesem Lackaffen?«, fragte er mit gespieltem Entsetzen, was ihm leichtfiel, da er wirklich entsetzt war.

»Er ist kein Lackaffe. Wie kannst du so etwas sagen.« Katharinas Stimmung wechselte von verhuscht in ärgerlich. Das hatte er eigentlich vermeiden wollen.

»Ja, okay, Lackaffe war doof. Aber trotzdem passt er nicht zu dir.«

»Woher willst du denn das wissen? Du kennst ihn doch gar nicht näher.«

»Du doch auch nicht«, konterte Sebastian. »Ihn aus der Ferne anhimmeln ist noch weit entfernt von näher kennen.«

»Ach, lass mich doch in Ruhe«, sagte Katharina. »Ich dachte, du verstehst mich.«

»Ich möchte ja, aber in dem Fall kann ich das nicht.«

»Warum denn nicht?«, fragte Katharina. »Es wäre mir wichtig.«

Sebastian tröstete sich mit der Vorstellung, dass sein Verständnis für sie wichtig war. Wirklich weiter brachte ihn das aber jetzt auch nicht. Trotzdem sollte kein Missklang zwischen ihnen sein und er beschloss einzulenken.

»Ist gut, wenn es so wichtig für dich ist, dann ist es das auch für mich«, sagte er und brachte Katharina zum Lächeln. Das war schließlich auch schon was.

Allerdings fiel ihr das Lächeln ziemlich schnell aus dem Gesicht, als es an Sebastians Tür klopfte und Brigitte ihren Kopf ins Zimmer reinsteckte. Auch bei Brigitte konnte Sebastian förmlich sehen, wie sich ihre Laune ein paar Etagen nach unten bewegte, um noch nicht einmal im Erdgeschoss haltzumachen, sondern sich unverzüglich Richtung Keller zu verziehen.

»Du hast Besuch«, stellte Brigitte fest und schaffte es, in solch einen kurzen Satz so viel Unfreundlichkeit hineinzulegen, dass Sebastian sich fragte, wozu sie in der Lage war, wenn sie wirklich sauer wurde.

Katharina versuchte derweil, Brigitte einfach nicht zu sehen und starrte auf den Bildschirm vor ihr, wo sie sich mit Sebastian einen Entwurf ihrer Webseite angesehen hatte.

»Reicht es dir nicht, wenn du Matthias belästigst? Muss es jetzt auch noch Sebastian sein?«, fragte Brigitte. Offensichtlich war sie auf Streit aus.

»Ich habe sie eingeladen«, sagte Sebastian.

»Ich will sie nicht im Haus haben. Sie soll gehen.«

»Aber es ist mein Haus«, erwiderte Sebastian.

»Und?«, bellte Brigitte.

»Ich wollte es nur mal erwähnen.«

»Lass nur, ich gehe. Wir können auch ein anderes Mal weitermachen.« Katharina klaubte ihre Tasche vom Boden und stand auf. Sie vermied es, Brigitte anzusehen.

»Bleib ruhig. Brigitte hat sicherlich noch was zu tun.«

»Nein, habe ich nicht«, sagte Brigitte. »Zumindest versuche ich nicht, anderen Frauen den Mann abspenstig zu machen.«

»Vielleicht sollte Matthias das entscheiden«, sagte Sebastian. »Schließlich betrifft es ja ihn.«

Insgeheim hoffte er, Matthias würde sich komplett aus der Sache zurückziehen. Er hasste es nämlich, bevormundet zu werden. Auf jeden Fall erzählte man sich das im Dorf.

»So weit kommt es noch«, sagte Brigitte. »Sollen wir uns komplett lächerlich machen.«

In Sebastians Augen war der Zug längst abgefahren. Wenn schon er die Situation skurril fand, dann mochte er nicht wissen, wie Matthias Beier die Sache sah.

»Ich bin weg.« Katharina erhob sich und schlängelte sich an Brigitte vorbei, die keine Anstalten machte, zur Seite zu gehen. Ihre Leibesfülle erschwerte das noch zusätzlich.

»Ja, geh ruhig. Das ist auch besser so«, rief sie Katharina hinterher.

Sebastian wollte sie zurechtweisen, aber Brigittes Blick ließ ihn schweigen.

Julia war die ganze Woche nicht zu greifen. Immer entwischte sie Daniel, um irgendetwas zu recherchieren oder auszuarbeiten. Sie verlor kein Wort über Thomas Rotter. Er ärgerte sich, seine Sorgen Christian und Matthias gegenüber überhaupt erwähnt zu haben.

Daniel öffnete ihr die Tür, als sie klingelte. Julia rauschte ins Haus, auf dem Arm Ordner und Notizbücher, ihr Laptop balancierte sie oben auf diesem Stapel. Daniel griff im letzten Moment danach, als es sich selbstständig machen wollte.

»Ich habe Berge Material«, sagte Julia. »Du glaubst gar nicht, wie kontrovers das Thema Biogas diskutiert wird.«

Daniel glaubte das unbesehen. Er wunderte sich, dass Julia das nicht schon längst klar war. Solche Dinge waren in den Medien durch die Energiewende überall präsent. Man musste schon mit Scheuklappen durch die Gegend laufen, wenn einem das nicht auffiel. Ein Verhalten, das er für eine Journalistin eher kontraproduktiv fand. Er öffnete vorausschauend die Tür zu seinem Arbeitszimmer, Julia war allerdings längst im Wohnzimmer verschwunden.

Normalerweise wäre das zu einem Problem geworden, da Anna sich dort gerne zu allen möglichen Tages- und Nachtzeiten aufhielt, weil Daniel keinen Fernseher auf dem Zimmer gestattete. Anna war allerdings noch in Seligenwalde, da sie dort mit Klassenkameraden an einem Schulprojekt arbeiten wollte. Daniel fühlte sich zwar immer erleichtert, wenn sie wohlbehalten im Haus war, heute begrüßte er ihre Abwesenheit allerdings.

»Und deine Nachbarn, ein Traum«, schwärmte Julia. Daniel fielen zu seinen Nachbarn so einige Vergleiche ein. Traum gehörte nicht dazu.

»Was für schräge Vögel. Die sind perfekt für eine Reportage.«

»Du meinst, sie lassen sich besser vermarkten.«

»Lebst du hinterm Mond?« fragte Julia.

Aufgrund ihrer vorherigen Aussage hielt Daniel diese Bemerkung für wenig angemessen.

»Reportagen gibt es viele. Wenn du mit deiner nicht untergehen willst, musst du schon etwas Schräges bieten«, sagte Julia.

»Also sind sie Mittel zum Zweck.«

»Mit dir kann man darüber einfach nicht reden«, entgegnete Julia. »Da fehlt dir irgendwie der Weitblick. Wenn du mit der Medienbranche zu tun hättest, wüsstest du, wovon ich rede.«

»Hier geht es um Moral. Dafür muss ich mich nicht in der Medienbranche auskennen«, sagte Daniel. »Alle machen sich Hoffnung, dass du ihr Vorhaben unterstützt, indem du es öffentlich machst.«

»Aber das mache ich doch.«

»Das machst du nicht«, erwiderte Daniel. »Ich meine, ja natürlich, du machst es öffentlich, aber ihre Ziele sind nicht deine Ziele.«

Julia schob ihre Unterlagen auf dem Wohnzimmertisch hin und her. Daniel sah ihrem Gesicht an, dass sie so gar nicht seiner Meinung war.

»Mach mir keine Schuldgefühle. Alle sind erwachsen und alle sind geradezu begierig darauf, sich zu präsentieren«, sagte Julia. »Ich schreibe nichts ohne ihr Einverständnis. Lächerlich machen sie sich schon ganz alleine, allerdings ohne es zu merken.«

»Lass uns jetzt nicht darüber streiten«, lenkte Daniel ein. »Ich habe dich in den letzten Tagen fast gar nicht gesehen. Jetzt bist du hier und Anna ist nicht da. Ich denke, wir haben vielleicht Besseres zu tun.«

»Ja, natürlich«, sagte Julia zerstreut. Daniel wollte sie umarmen, kam aber gar nicht erst so weit. Julia war mit ihren Überlegungen noch nicht fertig.

»Ich könnte sogar eine Reportage fürs Fernsehen machen.« Daniel befürchtete, sie wäre nun endgültig übergeschnappt.

»Hast du denn schon mal fürs Fernsehen gearbeitet?«, fragte er behutsam.

»Nein, das nicht«, gab Julia zu. »Aber mit einer Hammerstory kann es doch nicht so schwer sein.«

»Ich verstehe nicht, wie du gleichzeitig so weltgewandt und doch so weltfremd sein kannst«, sagte Daniel und seufzte. »Meinst du, du schickst ein Konzept da hin und dann drehen die das einfach? Und wenn, dann sicherlich mit ihren eigenen Reportern.«

»Dann suche ich mir einen Job beim Fernsehen«, sagte Julia. Sie wollte sich ihre Tagträume offensichtlich nicht vermiesen lassen.

»Das ist eine gute Idee«, sagte Daniel versöhnlich und nahm sie in den Arm. Er hoffte nur für seinen Bruder und Muckeringen, das würde nie passieren.

Die Aussicht auf eine glorreiche Fernsehkarriere hatte ihren sexuellen Antrieb, der in der Regel ohne jegliche zusätzliche Befeuerung auskam, gänzlich abgestellt. Daniel fand nicht die nötigen Kohlen, um ihn wieder zum Laufen zu bringen. Daher erfüllte er seine moralische Pflicht, indem er zu verhindern versuchte, dass Muckeringen den Medien zum Fraß vorgeworfen wurde.

»Auf jeden Fall kannst du die Nachbarn nicht auch noch im Fernsehen vorführen«, sagte er sanft.

»Ach, hör auf, Menschen lieben das Fernsehen. Alle sind immer ganz begeistert, ihre Nase in die Kameras zu stecken. Warum sollte das hier anders sein?«

»Denk daran, Katharina ist auch dabei. Deine Freundin willst du doch wohl nicht öffentlich blamieren.«

»Katharina muss mal dringend etwas lockerer werden«, sagte Julia. »Aber ich bezweifle sowieso, dass sie sich vor der Kamera blicken lässt.«

»Wenn sie gescheit ist«, murmelte Daniel. »Aber vielleicht wirst du es mir zuliebe nicht tun.« Julia sah ihn erstaunt an.

»Du?«, fragte sie. »Was macht dir denn das aus?«

»Wenn ich dich bitten würde, es nicht zu tun, ohne einen Grund zu nennen, würdest du es dann mir zuliebe lassen?«

Zu Daniels Leidwesen überlegte Julia da nicht lange.

»Nein, natürlich nicht«, sagte sie empört. »Du willst meine Karriere bremsen. Um das zu tun, müsstest du mir schon einen sehr triftigen Grund liefern.«

Daniel war einen Moment versucht, ihr von Christians Problem zu erzählen, aber dieser Moment ging schneller vorbei, als er eine Entscheidung treffen konnte. Er sah Julia an, die herausfordernd zurückstarrte, und fragte sich, warum ihm nicht ernsthaft in den Sinn kam, seine Freundin in seine Geheimnisse und vertraulichen Gedanken einzuweihen. Selbst Alexandra hatte er immer alles erzählt. Den Tod ihrer Ehe hatten andere Dinge zu verantworten.

»Komm, du Brummbär, du wolltest mich doch vernaschen«, sagte Julia verführerisch und massierte seine Brust.

Daniel beschloss, später über alles nachzudenken.

Hans liebte es, mit Sabine Kozarek immer dann zu einem langen Spaziergang aufzubrechen, wenn er einen Gesprächspartner mit ähnlicher Lebenserfahrung brauchte. Auch Brigitte hatte einmal ihr Interesse an gemeinsamen Spaziergängen bekundet, aber das wäre ihm im Traum nicht eingefallen. Brigitte beleidigte nicht nur seinen Sinn für Ästhetik, er konnte sie auch auf den Tod nicht ausstehen.

Sabine war zwar für seinen Geschmack mit ihren 65 Jahren zu alt, aber klug und eine adäquate Gesprächspartnerin. Er mochte es, wenn sie Geschichten aus ihrem Leben erzählte, was weitaus weniger aufregend gewesen war, als allgemein vermutet wurde. Ließ man die romantischen Vorstellungen von einer Missionslehrerin in Afrika weg, blieb ein unstetes Leben, das zwar mit vielen Eindrücken gespickt war, aber feste Wurzeln vermissen ließ. Sie lebte in Muckeringen seit dem Tod ihres Mannes vor zehn Jahren und schien ihre Basis gefunden zu haben, die von Lindas Tod kurzfristig erschüttert wurde. Aber sie war zu geerdet, um aus diesem Tal nicht wieder zurückzufinden.

»Seit diesem Biogasprojekt ist viel Unruhe im Dorf«, sagte Hans, nachdem sie schweigend die Dorfstraße von Muckeringen hinter sich gelassen hatten und in den Wald abgebogen waren.

»Ich hoffe, das legt sich wieder.« Sabine sah nicht aus, als glaubte sie das. »Auf jeden Fall lassen alle keine Gelegenheit aus, sich in irgendeiner Weise lächerlich zu machen.«

»Wen meinst du konkret?«

»So den und den.« Sabine hatte offenbar keine Lust, seine Frage noch konkreter zu beantworten.

»Aber du bist doch auch dagegen. Es ist doch gut, wenn die Nachbarn sich organisieren.«

»Man kann sich organisieren oder sich zum Narren machen. Ich befürchte leider Letzteres.« Sabine sah da anscheinend nicht viel Beurteilungsspielraum.

Hans schwieg wieder. Er verbarg seine Haltung zu dem Thema schon die ganze Zeit vor ihr, aber als Architekt konnte er nicht gegen wirtschaftlichen Aufschwung und die damit verbundenen Baumaßnahmen sein.

»Stephanie Gärtner ist eine nette Frau«, sagte Sabine scheinbar aus der Luft gegriffen. »Aber sie kämpft den Kampf mit den falschen Waffen. Idealismus und Enthusiasmus sind löblich, bringen einen aber leider nur selten ans Ziel.«

»Sie hat ja noch Nicole.«

»Na, das wird eine Hilfe sein.« Sabines Nasenflügel blähten sich leicht. »Sie fühlt sich in ihren Menschenrechten verletzt, ohne zu wissen, was das überhaupt bedeutet.«

»Warum so bissig?«, fragte Hans. Brigitte war schließlich mit den Rotters verwandt. Obwohl das auch nichts aussagte, wenn er genauer darüber nachdachte.

»Menschen wie Nicole sind Parasiten.« Sabine drückte sich nicht lange um eine Aufklärung herum. »Sie sind erzogen worden, um hübsch zu sein und ihren Mann zufriedenzustellen. Schön, wenn es auch funktioniert. Bei Thomas und ihr hat es leider nicht geklappt.«

Hans merkte, dass seine Ritterlichkeit sich in ihm regte, wenn es keine Blähungen waren. Er entschied sich für die Ritterlichkeit und fühlte sich verpflichtet, für seine Angebetete in die Bresche zu springen.

»Ich finde, sie macht das beeindruckend«, sagte er und bemühte sich, es nicht allzu emotional klingen zu lassen.

»Ich habe schon gehört, dass du dich ein wenig zu sehr für sie interessierst«, sagte Sabine und blickte ihn amüsiert an.

»Wer behauptet denn das?«, fragte Hans so unbeteiligt wie möglich.

»Das muss keiner behaupten, das sehen einfach alle, die Augen im Kopf haben.«

»Wegen mir.« Hans wurde sauer. »Das geht aber auch keinen etwas an. Es sollte sich mal jeder hübsch um sich selber kümmern.«

»Entschuldige mal, du hast schließlich damit angefangen.«

»Ich finde Nicole auf jeden Fall ganz wunderbar«, sagte Hans trotzig.

»Solange du die Finger bei dir lässt, kannst du das auch finden.«

»Das geht dich jetzt nun wirklich nichts an.«

»Doch, tut es. Anstand und Sitte sollte jeden etwas angehen. Denk daran, sie ist immerhin verheiratet.«

»Das ist doch heutzutage nun wirklich nichts mehr wert.«

»Du musst es ja wissen. Meines Wissens warst du nicht einmal verheiratet.«

»Zum Glück. Sonst hätte ich noch eine erwischt wie dich.«

»Das finde ich sehr unpassend«, sagte Sabine beherrscht, schaffte aber, es so herüberzubringen, als hätte sie *Leck mich* gesagt.

»Unpassend? Wer zum Teufel drückt sich denn so aus? «

»Eine vernünftige Ausdrucksweise hat noch keinem geschadet.«

Hans blies Luft aus, in der Hoffnung, den Druck in seinem Oberkörper loszuwerden. Sabine machte ihn manchmal wahnsinnig mit ihrer steifen Art und der gestelzten Ausdrucksweise, die sie sicherlich gepflegt nannte. Er ignorierte ihre letzte Bemerkung, musste aber feststellen, dass die davor auch nicht viel besser gewesen war. Aber es drückte ihn, noch mal seinen Standpunkt klarzumachen.

»Ich möchte und werde Nicole den Hof machen. Sie liebt die Aufmerksamkeit der Männer.«

»Die Sache hat zwei Haken«, erwiderte Sabine. »Sie lässt sich von jedem mit Aufmerksamkeit beschenken, und der andere Punkt ist, es geht um Männer, wie du schon gesagt hast. Nicht um Greise.«

»Mancher Mann wäre froh, wenn er mehr von mir hätte.« Hans war froh, dass sie den Faktor Potenz nicht überprüfen konnte, denn auf dem Pferd fühlte er sich nicht fest im Sattel. Äußerlich machte er durchaus noch was her.

Er war groß und schlank, ohne klapprig zu wirken. Seine Bräune zeigte, dass er viel Zeit draußen verbrachte. Die weißen Haare und der weiße Bart konnten nicht darüber hinwegtäuschen, dass er in seiner Jugend ein sehr attraktiver Mann gewesen sein musste.

»Und überhaupt. Gewagte Aussage«, fuhr er fort. »Wenn man mal bedenkt, von welcher Trockenpflaume das kommt.«

Sabine schnappte nach Luft. Hans hatte die winzige Hoffnung, es hatte ihr die Sprache verschlagen.

»Mit dir ist offenbar nicht zu reden, solange du das blonde Gift vor Augen hast«, sagte sie. »Aber geh ruhig, mach dich nur lächerlich. Denn du bist nichts anderes als ein alter, geiler Mann.«

Sie drehte sich abrupt um und ging zielstrebig zurück nach Muckeringen.

»Kann ich davon ausgehen, dass unser Spaziergang jetzt beendet ist?«, rief Hans ihr nach, bekam aber keine Antwort mehr.

»Damit kann ich leben«, murmelte er und machte sich ebenfalls zurück nach Hause, allerdings in einem gemäßigten Schritt, der verhindern sollte, dass er Sabine nachher noch einholte und dort auf frostiges Schweigen traf. Alles in allem war er jedoch nicht unzufrieden. Die Auseinandersetzung hatte ihm genau den Pep gegeben, den er manchmal einfach brauchte.

Er passierte das Henigbaum-Haus und kurz darauf die Rotter-Villa und war sich sicher, dass die nahe Zukunft sehr interessant zu werden versprach.

Der Sonntag war im Hause Gärtner recht ruhig und fast schon harmonisch gewesen. Zumindest gab es keine Neuigkeiten und kein Treffen bezüglich der Bürgerinitiative, und auch das Thema Biogas wurde an diesem Tag ausgespart. Fast kam Christian alles wieder normal vor. Stephanie und er verbrachten den Tag mit ihrer Tochter Mia in Muckeringen und Umgebung, streiften durch den Wald, ehrten die Natur und ließen sich von den schon fast wärmenden Sonnenstrahlen unter der Nase kitzeln.

Die Stimmung war friedlich, Stephanie war nicht auf Streit aus und Christian überkam kurz der Reflex, ihr heute alles zu beichten. Es blieb allerdings beim Reflex. Er wollte den schönen Tag und die daraus resultierende Stimmung nicht gefährden.

Stephanie hatte den Sonntag aber scheinbar nur genutzt, Kraft und Energie zu tanken, um jetzt mit doppelter Anstrengung an den Aktionen für die Bürgerinitiative zu arbeiten. Christian versuchte den ganzen Tag, ihr aus dem Weg zu gehen, das gelang ihm allerdings nur in den seltensten Fällen. Ihr Haus war kein Palast, in dem man tagelang umherwandern konnte, ohne sich zu begegnen. Christian bekam jedes Mal eine Aufgabe, bis er nicht mehr wusste, wo ihm der Kopf stand.

Nach einem gemeinsamen Mittagessen wurde er wieder nahtlos in den Arbeitsprozess eingefügt. Er ging zum Carport, da Stephanie dort einen Ballen Leinen vermutete, der irgendwann aus unerfindlichen Gründen dahingeraten sein sollte. Christian wusste noch nicht mal, wie ein Ballen Leinen aussah, geschweige denn, wofür man ihn brauchte.

Der Carport wurde mittlerweile für alles genutzt, was so wenig mit seinem eigentlichen Zweck zu tun hatte, wie es überhaupt möglich war. Sein Auto stand trotzig und schweigend mittendrin und behauptete seinen Platz, wohl wissend, dass es nur der Umstand rettete, mit einem kleinen Kind im Haus mobil sein zu müssen. Stephanie tat nichts, was ihrer Tochter schadete, daher war eine Diskussion über einen Autoverkauf erst einmal vom Tisch.

Er wühlte etwas halbherzig in Kartons herum, bis ihm auf einmal ein zusammengeknülltes Tuch in die Hände fiel. Es war weich und hatte eine kühle, glatte Oberfläche in Orange, Braun und Beige. Stephanie würde so etwas nie tragen. Trotzdem kam es ihm vage bekannt vor. Er zog das Tuch auseinander und etwas fiel auf den Boden. Es war ein schmales, goldenes Medaillon mit einer Auflage aus Perlmutt. Er wusste, bei wem er es schon einmal gesehen hatte, bevor er es aufklappte und auf Bilder von einem wesentlich jüngeren Sebastian und Jan blickte.

Linda Henigbaum hatte es immer getragen. Das Medaillon jetzt in Stephanies Besitz zu finden, beunruhigte ihn. Als er darüber nachdachte, fand er *beunruhigend* als Reaktion auf seinen Fund arg untertrieben.

Linda war eine Verfechterin der Biogasanlage gewesen und hatte das Projekt zusammen mit Matthias vorangetrieben. Dann passierte der Mord an ihr, der bis jetzt nicht aufgeklärt wurde. Wie viel wusste Stephanie bereits vorher von dem Projekt?

Linda selber hatte es keinem erzählt außer Matthias. Protest war zu erwarten gewesen und sie wollten sich nicht früher als nötig damit auseinandersetzen. Trotzdem hätte Stephanie es irgendwie erfahren können.

Christian ließ das Tuch durch seine Finger gleiten, bis er bemerkte, dass die rostbraunen Flecken nichts mit dem Muster zu tun hatten. An diesen Stellen verlor die Stola ihre Luftigkeit und war steif. Es dauerte einen Moment, bis er realisierte, dass es Blut war. Er unterdrückte einen Aufschrei und den Reflex, alles fallen zu lassen.

Christian wusste, wie impulsiv Stephanie war. Sie war so überzeugt, für eine gute Sache zu kämpfen, dass sie vielleicht sogar den Tod eines Menschen billigend in Kauf nahm.

Christian wurde schlecht. Das war mehr, als er sich für sein biederes und spießiges Leben vorstellen konnte. Eine Frau zu haben, die wie ein zweiter Ted Bundy mordend durch die Gegend zog, das war mehr, als er verkraften konnte. Wenn er jemals vorgehabt hatte, Stephanie seinen neuen Job freiwillig zu beichten, war es jetzt damit absolut vorbei.

Was bedeutete das für die anderen Bewohner in Muckeringen? Für ihn, wenn er es nicht schaffte, seine Tarnung aufrecht zu halten? Christian sank ermattet auf den Boden.

»Christian, wie lange dauert das denn?«, rief Stephanie durch die Hintertür der Küche.

Er rappelte sich auf und wickelte das Medaillon wieder in das Tuch. Schnell stopfe er es zurück in die Kiste, in der er es gefunden hatte, und beförderte sie mit einem Tritt unter die Werkbank. Den Ballen Leinen hatte er auch nicht gefunden. Er hoffte, dass seine Frau das nicht zum Anlass nahm, ihm sein Leben auszuhauchen. Stephanie rief erneut seinen Namen.

»Ich komme«, fiepte er unnatürlich. Das hörte sich nicht nur eindeutig schwul an, sondern konnte seine Frau auch darauf bringen, irgendetwas sei nicht in Ordnung.

Er räusperte sich und beschloss, ab jetzt auf der Hut zu sein. Etwas wackelig ging er in die Richtung seiner neuen Verdammnis.

Teil 3

Christian war auf der Hut. Das war anstrengend, da er tunlichst vermied, seiner Frau den Rücken zuzudrehen, um nicht hinterrücks erschlagen zu werden. So war Linda Henigbaum gestorben. Am Hinterkopf getroffen, wahrscheinlich mit einem Stein, wenn auch die Tatwaffe nie gefunden wurde.

Christian versuchte, den hinterhältigen Mord mit dem Wesen seiner Frau in Einklang zu bringen. Erschreckenderweise fiel ihm das nicht so schwer wie erwartet. Stephanie war durchaus militant, wenn sie ihre Ziele durchsetzen wollte.

»Kannst du mir mal verraten, warum du hier wie ein Krebs herumschleichst?«, fragte sie, als er sich bei einer ruckartigen Bewegung am Türrahmen stieß. »Das nervt.«

»Ich habe Rückenschmerzen«, entgegnete Christian, da ihm auf die Schnelle nichts noch Dämlicheres einfiel. Er verzog sich ins Kinderzimmer und setzte sich neben Mia auf den Boden. Stephanie würde ihn nicht umbringen, wenn ihre geliebte Tochter in der Nähe war.

Der Gedanke, durch die Hand seiner Ehefrau zu Tode zu kommen, katapultierte ihn in die Höhen eines solchen Wahnsinns, den er für sein Leben nie vermutet hatte.

Was sollte er tun? Er konnte die Sache kaum auf sich beruhen lassen und mit der Angst im Nacken weiterleben, ebenfalls beseitigt zu werden, falls Stephanie etwas nicht passte.

Er überlegte kurz, zur Polizei zu gehen. Aber wenn keine Fingerabdrücke auf dem Tuch und dem Medaillon waren, war es schwer zu beweisen, dass sie es getan hatte. Vielleicht geriet sogar noch er in Verdacht. Außerdem ging es hier immer noch um seine Ehefrau und die Mutter seines Kindes. Auch gab es ja doch die Möglichkeit, es könnte alles ganz anders sein.

Er verließ seinen sicheren Posten im Kinderzimmer und ging wieder in die Küche, wo er Stephanie aber nicht mehr fand. Im Schlafzimmer war ebenfalls keine Spur von ihr. Überhaupt war das ganze Haus merkwürdig still. Normalerweise hörte man von Stephanie immer etwas, und wenn es nur leises Trällern war und das Tripp-trapp der nackten Füße, mit denen sie treppauf und treppab über Holztreppen und -böden des alten Hauses eilte, immer in Bewegung und niemals wirklich zur Ruhe kommend. Er drehte sich um und lugte ins Wohnzimmer, das nur in sehr seltenen Fällen benutzt wurde. Er schlich zurück in die Küche und fragte sich, warum es auf einmal so leise war.

Als er sich umdrehte, stand Stephanie hinter ihm. Er riss die Arme hoch und stolperte rückwärts. Stephanie schüttelte verständnislos mit dem Kopf und drängte sich mit dem Wäschekorb an ihm vorbei. Sie hatte die Wäsche draußen von der Leine geholt. Christian konnte förmlich die frische, klare Luft riechen, die sich in seinen Shirts und Unterhosen eingenistet hatte.

»Du kannst den Lauch putzen«, sagte sie und hielt ihm das Küchenmesser hin. Christian nahm es ihr schnell ab.

Stephanie hatte kein Talent für Hausarbeit und erst recht keins fürs Kochen. Das war ihm nach der Hochzeit schnell klar geworden, obwohl sie sich redlich Mühe gab. Sie war ein hübscher Schmetterling, der, flatterhaft und zerbrechlich, für solche profanen Dinge wie Hausarbeit nicht zu gebrauchen war. Leider entpuppte sie sich langsam zur schwarzen Motte. Christian hoffte, dass sie nicht noch zur Schwarzen Witwe mutierte.

Gedankenverloren schnüffelte er am Lauch und überlegte, wie er das Gespräch möglichst unverfänglich auf etwas bringen konnte, das so wenig erfreulich war wie Mord und Totschlag. Er beschloss, mit der Weltpolitik anzufangen und sich dann zum Kleinen vorzuarbeiten.

»In Syrien tobt ja das Chaos«, begann er möglichst unauffällig. »Das ist schon schlimm, wenn jeder, der eine andere Meinung hat, um sein Leben fürchten muss.«

Stephanie stand an der Spüle und ließ Wasser in eine Vase laufen, in die sie die frisch gepflückten Blumen aus dem Garten stellen wollte. Christian fragte sich, ob das der richtige Einstieg gewesen war. Tiefe Einblicke in die Politik waren Stephanie fremd, obwohl das Leben in der Zivilisation ihr mit der Zeit beibrachte, dass nicht alles nur Liebe und Friede war.

»Hm«, sagte sie nur. Christian versuchte einen anderen Weg.

»Ich habe mich mit Daniel über den Tod von Linda Henigbaum unterhalten«, pirschte er sich weiter vor. »Die Polizei ist kein Stück weiter. Es gibt keine Spuren. Heutzutage vielleicht ungewöhnlich, aber anscheinend auch nicht undenkbar.«

»Sie war kein guter Mensch«, sagte Stephanie schlicht. Das wollte Christian nun gerade nicht hören.

»Sie war nicht besser und schlechter als andere Menschen«, sagte er.

»Sie ließ keine Meinung gelten außer ihrer eigenen«, sagte Stephanie. »Und sie hat ihren Sohn nicht erwachsen werden lassen, sondern ihn an sich gebunden.«

Da konnte Christian nicht mal widersprechen. Sebastian war als Jugendlicher Vater geworden. Linda hatte seine schon volljährige Freundin so lange drangsaliert, bis diese ohne Kind und ohne Worte auf Nimmerwiedersehen in ein anderes Land verschwand.

»Der Tod ist trotzdem eine zu harte Strafe«, gab er zu bedenken.

Stephanie drehte sich um und schaute ihn an.

»Ist es nicht«, entgegnete sie. »Menschen wie Linda stören das Gleichgewicht der Natur. Es ist kein Verlust, wenn sie aussortiert werden. Das unterliegt einer eigenen göttlichen Ordnung, die wir nicht verstehen.«

Christians Verstand weigerte sich, seine Frau zu verstehen, er gab die Diskussion allerdings aus Rücksicht auf seine Gesundheit auf.

Sebastian fühlte sich mit Katharina verbunden, da sie ebenfalls als Musikerin einen der ungewöhnlicheren Berufe hatte, die von der breiten Bevölkerung mit Misstrauen beäugt oder sogar belächelt wurden.

Sebastian rangierte auf dem Level *belächelt*. Selbst seine Mutter hatte seine Programmiererei nur für ein Hobby und einen Zwischenstopp auf dem Weg zu einer richtigen Arbeit gehalten.

Katharina war es ähnlich ergangen, obwohl ihr Beruf mehr als echtes Talent angesehen wurde, das sicher faszinierend, aber gleichzeitig auch niedlich war. Jedoch hatte sie als Künstlerin das Privileg, mit Samthandschuhen angefasst zu werden. Keiner mäkelte an ihr herum, obwohl ihre Tante es mit Sicherheit besser gefunden hätte, wenn sie etwas Feminineres wie Klavier oder sogar Harfe gespielt hätte.

Ungewöhnliche Berufe brachten aber auch manchmal ungewöhnliche Vorteile mit sich. Daher begleitete Sebastian Katharina am Donnerstagmorgen nach Seligenwalde, um von ihr eine exklusive Führung im Sender zu bekommen. Als sie gegen Mittag fertig waren, bemühte er sich, ihre gemeinsame Zeit noch auszudehnen.

»Was meint du, direkt nach Hause oder noch irgendwo einkehren?«

»Ich weiß nicht, ich bin ziemlich kaputt.« Katharina streckte den Körper, als wollte sie jeden einzelnen Muskel wieder an ihren Platz bringen.

»Trotzdem solltest du essen.« Fürsorglichkeit erschien ihm ein probates Mittel. Frauen liebten so etwas.

»Überzeugt.« Anscheinend lag er richtig. »Essen wäre wirklich nicht schlecht.«

»Dann sag, wohin. Schwerstarbeiterinnen haben heute freie Wahl.« Sebastian kam sich dabei ungemein souverän und gentlemanlike vor. Es klappte aber auch so gut. Katharina schenkte ihm ein Lächeln.

Ein paar Minuten später bereute er seine Großzügigkeit allerdings etwas, als er sich in einem Sushi-Restaurant wiederfand. Ihm muteten exotische Experimente beim Essen eher unheimlich an. Trotzdem schaffte er es, kulinarisch halbwegs interessiert zu wirken, als er auf einem Hocker saß und den kleinen Schalen zuschaute, die immer wieder im Kreis liefen.

Er hatte sich vorgenommen, Katharina seine Gefühle zu gestehen. Warum sollte es nicht in diesem barbarischen Restaurant sein, wo Menschen tatsächlich rohen Fisch aßen?

Er wünschte sich, er könnte ihr unter dem Tisch einfach ein Zettelchen zuschieben mit der ultimativen Multiple-Choice-Frage *Willst du mit mir gehen?*. Er vermisste seine Teenagerzeit.

»Katharina, ich mag dich«, sagte er.

»Ich mag dich auch.« Sie lächelte und hatte offensichtlich gar nichts verstanden.

»Schön — oder nein, nicht schön. So meine ich das nicht.«

»Und wie hast du es gemeint?«

»Ich bin verliebt in dich.« So, endlich war es raus. Katharina lief rot an. Er vermutete, dass das gut war, solange sie es nicht aus Wut tat.

»Das ist wirklich nett.« Auf Dank wollte er nicht raus. »Aber sei mir nicht böse, ich bin nicht verliebt in dich.«

Böse war er schon, aber nicht auf sie.

»Ich hätte mir denken können, dass du das von diesem Möchtegern-Bauern lieber hören würdest als von mir.«

»Du hast recht. Ich bin in Matthias verliebt. Sprich bitte nicht so von ihm.«

»Sorry, größere Gefühle kann ich für den leider nicht aufbringen.«

»Das verlangt ja auch keiner. Ich weiß, du bist verletzt. Aber Matthias kann wirklich nichts dafür.«

»Aber wir verstehen uns doch so gut«, sagte er. »Und ich finde, wir passen auch gut zusammen.«

»Aber du bist nicht mein Typ.«

»Das verstehe ich nicht.« Er merkte, dass er sich trotzig anhörte. »Ich bin flippig, nett und interessant. Außerdem sehe ich gut aus. All das hast du mal selber gesagt. Und ich bin für dich da, ebenfalls deine Worte.«

»Das stimmt«, sagte Katharina unglücklich.

Er merkte, wie ihr das Gespräch zunehmend unangenehmer wurde. Aber er musste es einfach wissen.

»Also, wo ist der Grund?«

»In meinen Augen bist du noch ein Kind«, entgegnete sie.

Damit hatte er nicht gerechnet. Nicht, dass er es nicht schon mal gehört hatte. Seine Mutter und Wahltanten hatten es schon häufiger gesagt. Aber das waren alte Damen, da erwartete man das.

»Ein Kind? Aber ich bin Vater.«

»Trotzdem noch ein Kind. Matthias ist ein richtiger Mann, das zieht mich an, darauf stehe ich. Tut mir leid, Sebastian.«

Sie strich mit der Hand über seinen Kopf und verstärkte damit ihre Meinung über ihn. Er war ein Kind für sie.

Eines stellte er aber gerade fest: Abzublitzen tat in jeder Phase des Lebens weh, ob man nun ein Mann oder ein Kind war.

Den Rest der Woche verbrachte Christian damit, Flugblätter für eine Mahnwache aufzuhängen, die für den kommenden Freitagabend geplant war. Die Aufgabe gestaltete sich nicht so leicht, wie sie sich anhörte, da Stephanie ihm strikt untersagte, Nägel in Bäume zu hämmern.

Nicole hatte es geschafft, die örtliche Presse für die Veranstaltung zu begeistern, so lautet zumindest ihre Version. In Wirklichkeit handelte es sich um den Seligenwalder Kurier, der zu sehr von seiner eigenen Wichtigkeit überzeugt war, als wirklich gefährlich zu werden. Christian war dankbar dafür.

Gegen 19.30 Uhr trafen sie sich an der Dorfscheune, um mit Fackeln und Kerzen schweigsam den Weg zum großen Beier-Feld anzutreten. Christian fand die Fackeln übertrieben, da sie schließlich nicht zu einer Hexenverbrennung unterwegs waren. Auch ging die Sonne frühestens in einer Stunde unter, was den dramatischen Effekt deutlich minderte.

Die Flugblätter hatten fremde Zuschauer angelockt. Christian vermutete, dass sie aus Seligenwalde kamen. Der Seligenwalder Kurier hatte es sich nicht nehmen lassen, außer einem Reporter auch noch einen Fotografen mitzuschicken. Die Reportage einer Mini-Bürgerinitiative war sicherlich die spannendste, die sie seit Jahren hatten. Christian war froh, Schal und Mütze mitgenommen zu haben. Mit einem Fotografen hatte er nicht gerechnet.

Matthias war ebenfalls da. Er stand abseits und hatte seine finsterste Miene aufgesetzt. Christian wäre gern zu ihm gegangen, hielt es aber in Anbetracht seiner gefährlichen häuslichen Situation nicht für ratsam.

Er grub das Kinn tiefer in seinen Schal, sodass fast sein ganzes Gesicht verschwand.

»Eigentlich empfinde ich die Temperatur heute Abend als ganz angenehm«, sagte Thomas, der unbemerkt neben ihn getreten war.

»Mir ist aber kalt«, erwiderte Christian und rieb sich zur Demonstration mit den Handflächen über die Oberarme.

»Er benimmt sich schon die ganzen Tage so eigenartig«, sagte Stephanie.

»Ich bin nicht eigenartig, ich bin krank.« Christian flüchtete schnell zu Daniel, um einer Diskussion zu entgehen. Er fragte sich, ob und wann Stephanie erneut zuschlagen würde.

Im Moment schlug allerdings nur eine zu. Das war Brigitte, die Nicole eine kleben wollte. Das wäre ihr auch gelungen, wenn Thomas ihr nicht rechtzeitig in den Arm gefasst und das Schlimmste verhindert hätte. Nicole war so perplex, dass ihr ausnahmsweise einmal nichts einfiel und sie Brigitte nur fassungslos ansah.

»Ihr solltet euch schämen«, fauchte Brigitte und warf sich mit ihrer ganzen Körperfülle in Positur. »Wenn ihr Nein zum Biogas sagt, sagt ihr Nein zum Wohlstand und zur Entwicklung unseres Dorfes.«

Die Mahnwache sollte eine friedliche Demonstration ihrer Ziele werden. Davon war nun keine Rede mehr. Es gab ein unübersichtliches Getümmel und der Rest von Nicoles Familie stürmte auf Brigitte zu, die von Sabine auf die Seite gezogen wurde. Christian hoffte nur, dass seine Frau kein verstecktes Beil aus ihrem Kaftan zog, um Brigitte damit den Kopf abzuschlagen.

Brigitte derweil ließ sich nicht mundtot machen.

»Matthias kann mit seinem Land machen, was er will. Keiner von euch kann es ihm verbieten. Ich bewundere ihn. Er hat den Mut, gegen den Strom zu schwimmen und seine Vorstellungen und Visionen in die Tat umzusetzen.«

»Visionen habe ich anscheinend wirklich«, sagte Matthias plötzlich hinter Daniel und Christian. »Wann habe ich der alten Vettel eigentlich gestattet, mich beim Vornamen zu nennen?«

Die Handgreiflichkeiten weiteten sich aus. Die sonst so schüchterne Katharina versetzte Nicole einen Schubs, der sie fast zu Boden schickte. Anna nutzte die Gelegenheit und zog Laura unsanft an den Haaren. Laura drehte sich um und holte empört aus. Leider duckte Anna sich geistesgegenwärtig, so dass Laura Brigitte mitten ins Gesicht traf. Die wollte anscheinend kein Kind schlagen, holte das aber schnell bei Lauras Mutter nach.

Die Schlacht der Frauen endete selbst dann nicht, als Matthias drohte, sie mit Hühnerdung zu bewerfen.

Es war eine sehr schlecht riechende Stephanie, die sich später auf den Weg nach Hause machte. Christian zockelte mit Mia auf dem Arm hinter ihr her. Seine Tochter weinte ungehalten, denn zumindest sie hatte sich amüsiert.

»Matthias ist komplett danebenen«, sagte Stephanie.

Christian musterte seine Frau. Ihr Kaftan war zerrissen und fleckig, Kot klebte in ihren Haaren. Er konnte ihre desolate Erscheinung schlecht mit der beherrschten und ruhigen Art von Matthias in Einklang bringen.

»Stimmt, völlig außer Kontrolle«, sagte er nur.

Thomas fühlte sich ausgelaugt.

Nicole und er waren sich in dieser Woche zwar nicht aus dem Weg gegangen, vermieden es aber, direkt miteinander zu sprechen. Wenn das den Kindern aufgefallen war, erwähnten sie es nicht. Daher brachen sie an diesem Freitag ziemlich schweigsam zur Mahnwache auf.

Thomas nickte Christian zu und registrierte, dass dieser von Mal zu Mal unglücklicher aussah. Stephanie Gärtner setzte ihm offensichtlich ebenso zu wie seine Frau ihm.

Er schaute sich nach Nicole um. Die war allerdings schon vorher abgebogen und unterhielt sich angeregt mit Sabine Kozarek, besser gesagt Nicole redete und Sabine hörte offensichtlich nicht sehr aufmerksam zu. Thomas konnte ihr das nicht verübeln. Er wollte Sabine erlösen, dazu kam es aber nicht mehr.

Nicole wanderte weiter zu Hans Adler, der sich sichtlich über ihre Aufmerksamkeit freute. Thomas blies genervt Luft aus. Brigitte schoss auf einmal aus dem Nichts auf ihn zu. Thomas war zwar leidensfähig, aber die Cousine seiner Mutter nervte ihn, obwohl er das nie offen zeigen würde.

»Ich kann nicht verstehen, dass du hier mitmachst«, sagte Brigitte. »Gerade du solltest doch wissen, was Fortschritt bedeutet.«

»Deswegen kann ich trotzdem meine eigene Meinung haben.« Thomas suchte mit den Augen den Platz nach seiner Frau ab. Diese versuchte gerade, mit Daniel auf eine äußerst kunstvolle körperbetonte Weise zu diskutieren, die diesem sichtlich unangenehm war.

Währenddessen sprach Brigitte weiter auf Thomas ein. Dieser hegte allerdings nicht den Wunsch, ihr länger zuzuhören, und würgte sie etwas unsanft ab.

Er sah Julia und lächelte sie an, vermied aber, sie anzusprechen. Er wollte seiner Frau keine Möglichkeit geben, ihn mit seinen eigenen Waffen zu schlagen. Daniel war misstrauisch genug. Julia hatte ihm das erzählt. Nicole sollte sich nicht ebenfalls mit diesem Virus infizieren und seine moralische Überlegenheit infrage stellen können.

Thomas allerdings fand an seinem Verhalten nichts auszusetzen, aber mittlerweile umso mehr an dem seiner Frau. Ihre Promiskuität schien er hier in Muckeringen das erste Mal wirklich zu bemerken. Das lag wohl daran, dass er nicht mehr jeden Tag das Haus verließ, um ins Büro zu gehen. Er lief zu ihr hinüber. Daniel entfernte sich diskret.

»Findest du dein Verhalten eigentlich normal?«, fragte er so ruhig wie möglich.

»Ich weiß nicht, was du meinst«, erwiderte Nicole schnippisch.

»Doch, das weißt du sehr wohl«, sagte Thomas. »Du machst mich vor den Nachbarn zum Narren. Das tust du ganz bewusst. Und es gefällt mir nicht sonderlich.«

»Das ist mir egal«, entgegnete Nicole. »Wenn ich zu Hause keine Anerkennung bekomme, muss ich sie mir woanders suchen.«

»Anerkennung muss man sich verdienen, Nicole. Anstatt mit mir zu reden, flüchtest du dich in Pillen und irgendwelche mehr oder weniger sinnvolle Projekte.«

»Müssen wir unbedingt jetzt darüber reden?«

»Nein, das müssten wir nicht, wenn du sonst mir dir reden lassen würdest. Da das aber nicht geht, klären wir das jetzt hier.«

»Ich kläre jetzt überhaupt nichts«, sagte Nicole trotzig. »Ich werde hier gebraucht. Schließlich kämpfen wir für eine Sache, und du kommst mir mit deinen sinnlosen Anschuldigungen.«

»Es ist schade, dass du das so siehst«, sagte Thomas traurig. »Unsere Familie war mir immer wichtiger als alles andere. Aber ich bin in unserer Beziehung nicht der Fehler, das habe ich jetzt endlich mal eingesehen.«

»Na, dann komm dir jetzt toll vor mit deiner Wahnsinns-Erkenntnis«, zischte Nicole und ging zurück zu Hans Adler.

Christian kam Stephanie fast nicht hinterher. An ihrem Schritt konnte er feststellen, dass sie wütend war. Er war froh, dieses Mal nicht die Zielscheibe ihrer Wut zu sein. Er drückte seine Tochter fester an sich, da es um diese Uhrzeit im April noch empfindlich kühl war. Mia hatte das Weinen aufgegeben und krähte wieder vor Vergnügen. Wann konnte man schon mal die Erwachsenen dabei beobachten, wie sie sich komplett danebenbenahmen.

Christian brachte Mia ins Bett und ging ins Schlafzimmer. Er war überrascht, Stephanie nicht im Bett vorzufinden, da sie nur selten nach zehn Uhr abends schlafen ging. Sie passte sich dem Rhythmus der Natur an. Daher huschte sie aus dem Bett, sobald der Tag erwachte, und ging schlafen, wenn der Tag sich verabschiedete. Ihr Engagement in der Bürgerinitiative brachte ihre Gewohnheiten zwar ein wenig ins Wanken, aber selbst dafür war es für Stephanie spät.

Sogar die Geburt von Mia brachte das nicht durcheinander. Als die Wehen am frühen Abend einsetzten, beschloss sie, diese so lange zu ignorieren, bis es wieder Zeit zum Aufstehen war. Die Natur hatte sich dem Willen seiner Frau gebeugt.

Also ging er ins Wohnzimmer, wo er sie zuletzt gesehen hatte. Stephanie war aufgewühlt. Sie stand am Fenster und zerrte an den Vorhängen, bis es den Gardinenrollen zu viel wurde und sie abrissen.

»Was bildet sich diese Person ein?«, fragte sie. »Alles hat sie uns kaputtgemacht. Es war so schön organisiert. Der Fotograf hatte tolle Bilder, es wäre morgen in der Zeitung so gut angekommen.«

»Schöne Bilder haben sie auch so«, sagte Christian. Die Schlägerei von Nicole und Brigitte würde er so schnell nicht vergessen. »Und Aufmerksamkeit bekommt ihr auf jeden Fall.«

»Hältst du mich für komplett bescheuert?«, fragte Stephanie. Da sie sonst nie Kraftausdrücke in den Mund nahm, fiel das umso mehr auf. Diese ganze Bewegung und die Bürgerinitiative brachten das Schlechteste in ihr hervor.

»Nein, tue ich natürlich nicht«, erwiderte Christian schnell. Er wollte auf keinen Fall ihren Zorn auf sich lenken. Das könnte nur gefährlich werden. »Ich meine das ernst. Du kennst das doch. Jede Presse ist gute Presse.«

»Das kann schon sein«, sagte Stephanie. »Ich wäre nur gerne in einer Bewegung, die in der Zeitung nicht als ein Haufen wild gewordener Verrückter gehandelt wird.«

»Das ist ja jetzt wohl nicht mehr zu ändern.«

»Solche Leute wie diese Brigitte sollten sie einsperren.« Stephanie war mit Brigitte noch nicht fertig.

»Sie hat ihre Meinung«, sagte Christian ruhig. »Ich hätte sie zwar etwas dezenter zum Besten gegeben, aber vertreten darf sie sie schon.«

»Das ist eine Scheißmeinung.«

Schon wieder ein Kraftausdruck. Christian war allmählich ernsthaft besorgt.

»Dafür sollte sie bestraft werden.«

Der Kiesel in Christians Magen entwickelte sich zum Klumpen.

»Das heute Abend wird Konsequenzen für sie haben.«

Christian fragte nicht, von welchen Konsequenzen sie konkret sprach.

»Irren ist menschlich, vergeben göttlich«, sagte er ziemlich lahm. »Das ist von Pope, wenn ich nicht irre.«

Sicherlich wurden keine Plattitüden von ihm erwartet, aber zu größerer geistiger Leistung war er im Moment nicht fähig. Stephanie ließ das unkommentiert. Sie ging ins Schlafzimmer.

»Ich trink noch einen Schluck«, sagte Christian, da er einen Vorwand brauchte, in die Küche zu gehen, um sich mit dem Nötigsten zu versorgen.

In dieser Nacht schlief er mit dem Küchenmesser in seinem Nachttischschrank.

Sebastian war schon einen Schritt weiter, denn für ihn lag die Lösung seines Problems auf der Hand.

In seinem Alter sollte er sich wie ein Mann benehmen. Er grübelte, welche Werte die Gesellschaft damit verknüpfte und was sie demzufolge von ihm erwartete. Es war schwierig für ihn, Vorbilder aus dem realen Leben zu finden, denn viel zu lang hatte er seine Zeit mit Frauen verbracht. Daher tat er das Logischste, was seine Situation hergab: Er holte sich seine Vorbilder aus seiner Umgebung.

Deshalb kam er am späten Samstagmorgen ausgeschlafen und voller Tatendrang in die Küche. Es gab keinen Hinweis darauf, dass echte Männer auch früh aufstehen mussten.

Er drehte den Stuhl so, dass die Lehne am Tischrand stand und schlug seine Beine breitbeinig darüber. Brigitte blickte ihn missbilligend an, auch Sabine wollte etwas sagen, aber er war schneller.

»Kaffee, und zwar zackig, wenn ich bitten darf.«

Sabine klappte den bereits offenen Mund wieder zu. Brigittes Überraschungssekunde brauchte noch einen Moment, bis sie zu wirken begann.

»Wie sprichst du denn mit uns? Geht es dir noch gut?«

»Ich glaube, es wird höchste Zeit, hier einmal andere Saiten aufzuziehen«, sagte Sebastian, ohne zu wissen, was für Saiten er damit eigentlich meinte.

»Bist du über Nacht plötzlich verrückt geworden?«, erkundigte sich Sabine und klang wirklich interessiert.

»Nein, nur erwachsen«, sagte Sebastian und hätte sich gerne im selben Augenblick geohrfeigt. Genau das hätte ein Erwachsener nicht gesagt. Das merkte auch Sabine.

»Soso, meinst du«, sagte sie amüsiert. Brigitte stierte ihn immer noch kampflustig an. »Trotzdem ziehst du deine Kappe am Tisch aus. Dass ich das immer wieder sagen muss.«

»Ich glaube, ich lasse das Frühstück ausfallen«, sagte Sebastian. Es klang kleinlaut, das merkte er selber.

»Ja, ich finde auch, dass das besser ist«, entgegnete Sabine. »Ich weiß nicht, wie lange ich Brigitte noch zurückhalten kann.«

Sebastian trollte sich. Er entschied dabei, seine Männlichkeit erst auf einem sichereren Terrain auszuprobieren und machte sich auf ins Dorf, um dort ein geeignetes Opfer zu finden.

Samstags war ganz Muckeringen auf den Beinen und alle nutzten die Gelegenheit, bei dem schönen Wetter etwas im Garten zu arbeiten oder anderen von der Terrasse aus beim Arbeiten zuzugucken, wie Nicole Rotter. Sebastian hatte schon gehört, dass sie sich gerne an die klassische Rollenverteilung hielt und außerhalb des Hauses lieber einen Gärtner beschäftigt hätte. Da Thomas Rotter ihr aber Standesdünkel vorwarf und das nicht mitmachte, erledigte er diese Arbeiten im Endeffekt lieber selber.

Daher war er für Sebastian sowieso schon zu bemitleiden und nicht das geeignete Opfer, einen Streit zu provozieren, um seine Fähigkeiten zu perfektionieren. Ein Stück weiter sah er Herrn Adler die Straße hochspazieren. Einen Rentner anzupöbeln ging nun wirklich nicht.

Er folgte ihm im gebührenden Abstand, bis er auf der Höhe von Daniels Haus war. Das brachte ihn aber auch nicht weiter. Er mochte Daniel Steffens und es widerstrebte ihm, ohne Grund bei ihm plötzlich einzufallen und den wilden Mann zu spielen. Das lieferte ihm aber den dringend benötigten Geistesblitz. Wenn er sich beweisen wollte, dann am besten direkt dort, wo er sich einen Vorteil verschaffen konnte. Wenn man es so betrachtete, gab es nur einen, der dafür infrage kam, und auf diesem Weg befand er sich gerade. Matthias Beier sollte die Auferstehung seiner Männlichkeit sein. Dieser Gedanke trieb ihn die Straße hoch zum Hof von Matthias.

Der ahnte offensichtlich nichts von seinem Glück, da er recht entspannt im Innenhof stand, seinen Traktor reparierte und Sebastian finster entgegensah. Das tat er sicherlich mehr aus Gewohnheit als aus der Gewissheit, dass Sebastian Ärger bedeuten könnte.

»He, Beier«, rief Sebastian und stellte sich breitbeinig, wenn auch weit genug weg, in die Hofeinfahrt. Matthias zog die Augenbrauen hoch, antwortete aber nicht.

»Tu nicht so, als würdest du mich nicht hören.«

»Das mache ich gar nicht«, sagte Matthias. »Ich habe nur nicht geantwortet.«

»Das ist auch nicht schlimm. Ich bin nämlich mit Reden noch nicht fertig.«

»Nur zu«, sagte Matthias, aber es klang nicht aufmunternd. Sebastian versuchte, sich davon nicht beirren zu lassen, fragte sich aber ernsthaft, was er Matthias eigentlich sagen wollte. Wenn Katharina in ihn verliebt war und nicht umgekehrt, dann konnte er sicherlich nichts dafür. Trotzdem hatte er das Bedürfnis, Matthias zu sagen, wo der Hammer hing und hoffte, dass sich das bis zu Katharina herumsprechen würde. Die Chancen dafür standen ausgezeichnet, da Hans Adler nur bis zur Ecke von Gärtners Haus spaziert und nun wieder auf dem Rückweg war.

Sebastian bemühte sich, seiner Stimme ein extra raues Timbre zu geben.

»Mir ist das mit dem Biogas zu Ohren gekommen und es gefällt mir nicht.«

»Das ist mir ziemlich egal.« Wenn Matthias beeindruckt war, verbarg er es geschickt.

»Ich will nur sagen, wenn du Unruhe ins Dorf bringen willst, dann bist du bei mir gerade richtig.«

Herr Adler war auf Hörweite herangekommen und verlangsamte seinen ohnehin gemütlichen Gang zusehends.

»Du?«, fragte Matthias, der keineswegs beunruhigt oder gewarnt wirkte. »Ich dachte, wir sind immer noch *beim Sie*«.

»Eines will ich dir sagen, Beier«, drohte Sebastian. »Wenn es für uns Einwohner durch deine Biogas-Eskapade im Dorf ungemütlich wird, dann kannst du was erleben.«

»Ich zittere schon.«

»Verarsch mich bloß nicht. Das wird dir schlecht bekommen. Ich mach dich fertig.«

»Also, das reicht mir jetzt«, sagte Matthias. Er packte Sebastian, hob ihn hoch und hing ihn mit der Schlaufe seiner Jacke am Haken der Stallwand auf.

Christian liebte es, an einem Sonntagmorgen lange im Bett zu liegen, dabei aus dem Fenster zu sehen, die Natur zu genießen und deren Lauten zu lauschen. Stephanie brachte ihm dann immer Mia ins Bett, damit er mit seiner Tochter noch eine ganze Weile kuscheln konnte, bevor er aufstand, um ein kerngesundes Frühstück zu sich zu nehmen. Letzteres war der einzige Wermutstropfen.

Heute sollte es nicht bei dem einen Wermutstropfen bleiben, da er bereits gegen sieben Uhr vom Klingeln des Telefons aus dem Schlaf gerissen wurde. Stephanie stand zwar mit den Hühnern auf, war aber anscheinend nicht im Haus, um den Hörer abzunehmen. Das überraschte Christian nicht. Stephanie sah sich die Natur nicht nur vom Fenster aus an, sondern verbrachte auch so viel Zeit wie möglich in ihr. Wahrscheinlich war sie im Garten oder auf einem Spaziergang durch Fauna und Flora.

Dem Telefon gefiel es nicht, ignoriert zu werden und es klingelte unverdrossen weiter. Christian kämpfte sich aus dem Bett und hob ab, wünschte sich jedoch im nächsten Augenblick, er hätte es gelassen. Matthias war am Apparat und aufgebracht. Das war eine abgeschwächte Version seiner Stimmung, die er durch den Hörer verbreitete. Er befahl ihm, unverzüglich zu ihm zu kommen. Da es Christian nicht fremd war, Befehle entgegenzunehmen, zog er sich notdürftig an. Er sah nach, ob seine Frau Mia mitgenommen hatte, und begab sich auf den Weg zum Hof von Matthias.

Als er die Einfahrt passierte, ahnte er schon, was der Grund für die Aufregung war. Christian stand im Innenhof und blickte entsetzt auf die Schmierereien, die ihm ganz unverschämt von Matthias' Hauswand entgegenstrahlten. Er las harmlose Worte wie *Schwein*, *Verräter* und *Geldhai*. Aber auch freundliche Wünsche wie *verrecke*, *stirb* und — besonders schön — *platz in 1000 Stücke*. Darüber hätte er fast gelacht, konnte es sich aber noch im letzten Augenblick verkneifen. Matthias kam aus der Tür und sah nicht danach aus, als würde er das jetzt komisch finden.

Christian hatte ihn noch nie wirklich wütend gesehen. Matthias hatte sich immer extrem gut im Griff. Da er meistens eine düstere Miene zur Schau trug, konnte man ihm selten ansehen, wie gut oder wie schlecht er gelaunt war. Jetzt gab es allerdings keinen Zweifel. Seine Laune konnte nicht mieser sein.

»Mir reicht es langsam«, brüllte Matthias unvermittelt. Christian zuckte zusammen.

»Bis jetzt habe ich ja zu den Verrücktheiten dieser Pseudo-Bürgerinitiative und deiner verdrehten Frau sowie der nymphomanen Stadtschnepfe geschwiegen. Aber das geht mir nun eindeutig zu weit.«

Christian war es nicht so recht, dass Matthias seine Frau verdreht nannte, er konnte es ihm aber nicht übelnehmen, zumal er so etwas Ähnliches auch schon gedacht hatte. Natürlich wäre es jetzt seine Aufgabe gewesen, Matthias die Stirn zu bieten und ihm für diese Unverschämtheit ein paar vors Brett zu hauen. Er entschied sich jedoch, die Fäuste lieber bei sich zu lassen. Matthias war groß, stattlich und muskulös. Sich für die Ehre seiner Frau grün und blau schlagen zu lassen, erschien ihm als schlechter Tausch. Matthias war auch noch nicht fertig.

»Du musst deine Frau in Schach halten. Sie oder diese Nicole waren das. Wahrscheinlich alle beide. Kein anderer in dieser schwachsinnigen Bürgerinitiative hat dafür den Mumm.«

»Meine Frau war heute Nacht gar nicht weg«, sagte Christian. »Das wäre mir aufgefallen.«

»Dann war's halt diese Rotter.« Matthias wollte nicht auf einen Schuldigen verzichten.

»Dann solltest du auch Thomas herzitieren«, sagte Christian pikiert. »Für die kann und will ich keine Verantwortung übernehmen.«

»Keine Sorge, dem werde ich das auch noch sagen.« Matthias hatte die Fassung wiedergewonnen. Seine Stimme war deutlich ruhiger.

Christian tat sich selber leid. Er sah wieder Diskussionen auf sich zukommen. Auch war er sich durchaus nicht sicher, ob seine Frau wirklich die ganze Nacht brav neben ihm gelegen hatte. So leicht war sein Schlaf nämlich gar nicht. Er hielt es nicht für vernünftig, das zuzugeben. Die unausgesprochenen Prügel standen immer noch im Raum.

»Was wirst du jetzt unternehmen?«, fragte Christian vorsichtig.

„Was meinst denn du? Ich rufe die Polizei. Dann sollen die sich darum kümmern.«

Christian wollte das unbedingt vermeiden. Polizei in Muckeringen hätte ihm gerade noch gefehlt. Nicht auszudenken, wenn ein übereifriger Beamter Zusammenhänge zu dem Fall Linda Henigbaum herstellte, die das Biogasprojekt unterstützt hatte. Er war zwar nicht damit einverstanden, dass Stephanie mordend durchs Land zog, aber ans Messer liefern wollte er sie trotzdem nicht. Es war eine verfahrene Situation, die ihn immer wieder von der einen zur anderen Seite pendeln ließ.

»Tu das bitte nicht«, sagte er daher. »Ich kümmere mich darum. Ich lasse deine Hauswand streichen.«

»Das darf nicht wahr sein«, eiferte sich Matthias. »Bevor du deiner Frau mal richtig Bescheid sagst, machst du lieber die Faust in der Tasche und bügelst eine Scheiße aus, von der du noch nicht mal sicher weißt, ob deine Frau sie auch verzapft hat?«

»Ich werde mich mit Thomas darüber unterhalten«, sagte Christian. »Ich denke, er wird die Hälfte der Kosten tragen, damit seine Frau nicht von der Polizei befragt wird.«

Es war Matthias anzusehen, dass er Christian für nicht ganz knusper hielt. Er war aber besänftigt.

»Gut, dann machen wir das so. Gib mir morgen Bescheid, wie es weitergeht.«

Er reichte Christian die Hand und der schlug erleichtert ein.

»Tut mir leid, dass ich so die Beherrschung verloren habe«, sagte Matthias. Christian wehrte ab.

»Ich kann dich ja verstehen«, erwiderte er. »Mir wäre das auch passiert.«

Damit brachte er Matthias wenigstens zum Lachen. Das war selten bei ihm.

»Na, wer's glaubt«, sagte Matthias. »Da hätte ich eine Riesenangst.« Er lachte noch, als er wieder im Haus verschwand.

Christian konnte den mangelnden Respekt vor seiner Männlichkeit nicht gutheißen. In Anbetracht der Tatsache, dass er unversehrt aus dem Gespräch gekommen war, beschloss er, da allerdings nicht zu kleinlich zu sein.

Die Wellen der Mahnwache schwappten nach Seligenwalde, sogar bis an die Käsetheke des Supermarktes, in dem Hans immer einkaufte.

»Geprügelt haben die sich«, sagte eine Frau. Ihr Unterleib hatte die Form des Käselaibs, von dem eine Verkäuferin ein Stück abschnitt. »Heute war ein Bild in der Zeitung. So was wollen feine Leute sein. Pfui.«

Sie spuckte winzige Tröpfchen über die Theke, um ihren Standpunkt zu untermauern. Hans verzichtete auf Käse.

Einen Moment war er versucht, einen Streit zu provozieren, wollte aber nicht auch noch sein Bild in der Presse sehen.

Nicole hatte nach ihrem Kampf mit Brigitte einige Blessuren davongetragen, was sie für andere wie eine irre Amazone, in den Augen von Hans aber nur noch schöner aussehen ließ.

Muckeringen verharrte seit zwei Tagen in einer Totenstarre. Es hatte nur ein kleiner Funke genügt, um die angestaute Energie in den Köpfen zu einer zwar nicht gewaltigen, aber doch beeindruckenden Explosion zu bringen. Hans fragte sich, was wohl als Nächstes kommen würde.

Die Frage bekam er zügig beantwortet, da Nicole ihn sonntags anrief und um seine Hilfe bat.

»Wie kann ich helfen?«, fragte er. Sein Körper, der nach einem üppigen Mittagessen müde in sich zusammensackte, nahm wieder Haltung an.

»Das ist schwierig am Telefon zu besprechen«, sagte Nicole. »Können Sie heute Nachmittag nicht rüberkommen?«

Sein ohnehin schon von Fantasien überreiztes Gehirn spornte sich zu Höchstleistungen an. Er legte sich auf die Couch, um wieder zu Kräften zu kommen, bis es Zeit wurde aufzubrechen. Der Rest der Familie Rotter schien ausgeflogen zu sein. Heute war es zum ersten Mal in diesem Jahr angenehm warm. Nicole führte ihn auf die Terrasse, von der er eine beeindruckende Aussicht auf den Garten hatte. Er war nie im Haus gewesen und entzückt von dem Geschmack und der Atmosphäre. Er machte innerlich dem Architektenkollegen ebenso wie dem Gartengestalter ein Kompliment. Sie hatten ganze Arbeit geleistet.

Nicole trug weiße Leggins und ein ausladend weißes Hemd, das wie ein Schleier um sie herumschwang, als sie durchs Haus schwebte. Hans fand sie wunderschön, obwohl sie in ihrem weißen Ensemble schlecht von dem vorherrschend weißen Hintergrund des Hauses zu unterscheiden war. Er gab seiner nachlassenden Sehkraft die Schuld und fiel in die verlockende Hollywoodschaukel, was er im selben Augenblick bereute, da ihm bewusst wurde, dass er früher oder später auch wieder aufstehen musste. Leider setzte Nicole sich gegenüber auf einen Stuhl mit hoher Lehne. Hans blickte sie erwartungsvoll an.

»Eins habe ich bei der Mahnwache gelernt«, sagte Nicole. »Der Zusammenhalt in unserer Bürgerinitiative lässt stark zu wünschen übrig, sonst könnten uns Querulanten wie Brigitte nicht so aus der Bahn werfen.«

»Ja, da haben Sie recht.« Hans hätte Nicole gerne mit einer originelleren Antwort überrascht, aber in seinem Kopf herrschte Blutleere. Allerdings war das Blut auch nicht anderweitig wiederaufgetaucht. Er fragte sich, wo es sich sonst aufhalten könnte.

»Wir kämpfen einfach nicht genug«, fuhr Nicole fort. »Jeder beschwert sich, aber keiner will richtig was tun.«

Hans wollte entgegnen, dass die Muckeringer sich in seinen Augen schon sehr einsetzten, wollte Nicole aber nicht widersprechen, sondern wiederholte sich lieber.

»Da haben Sie recht«, sagte er erneut. Da er sich aber wie ein Idiot vorkam, sah er zu, doch noch etwas Intelligenteres beizutragen.

»Verfügen Sie über mich. Ich bin Ihr Diener«, sagte er galant.

»Danke, sehr schön«, erwiderte Nicole unkonzentriert. »Ich finde es unmöglich, dass einige Nachbarn nicht mitmachen. Normalerweise sollten wir Geschlossenheit demonstrieren.«

Hans war zwar der Ansicht, dass man anderen Leuten die eigene Meinung nicht aufzwingen sollte, behielt das allerdings für sich. Er wollte sich seine Chancen auf keinen Fall mit unüberlegten Äußerungen verderben.

»Sebastian Henigbaum zum Beispiel. Er hat nur keine eigene Meinung, weil er in Ihre Schwiegertochter verliebt ist.«

Das war Hans zwar neu, für unmöglich hielt er es jedoch nicht.

»Dabei wäre er der Richtige für unsere Gruppe. Als junger Mann mit Kind kann er wunderbar junge Leute und Familien erreichen. Außerdem zeigt er seit einigen Tagen sehr viel Initiative. Leider nur für die falsche Seite«, sagte Nicole.

»Weil er in Katharina verliebt ist?«

»Genau. Wenn man diese Energie nur richtig kanalisieren könnte«, sann Nicole vor sich hin. »Vielleicht sollte ich mich etwas näher mit ihm beschäftigen.«

Hans wollte so ziemlich alles, aber das auf keinen Fall. Wenn Nicole sich mit dem jungen Sebastian zusammentat, geriet der alte Hans zügig ins Hintertreffen. Sebastian hatte zwar eine flapsige Art, die jedoch auf Frauen durchaus charmant wirken konnte.

»Frau Rotter, konzentrieren Sie sich auf die wichtigen Aufgaben der Bürgerinitiative. Ich versuche, über Katharina an ihn heranzukommen.«

»Ich weiß nicht, ob Sie das schaffen können.« Nicole sprang nur zögerlich an. »Ich glaube nicht, dass er etwas tut, wovon Ihre Schwiegertochter nicht überzeugt ist.« Sie seufzte, schluckte und seufzte wieder.

»Verlassen Sie sich ganz auf mich«, sagte Hans und fragte sich, wie er einen kompletten Meinungsumschwung bei Katharina und Sebastian bewerkstelligen sollte. Aber darüber würde er sich später Gedanken machen, erst einmal war wichtig, dass Nicole sich nicht näher mit Sebastian beschäftigte.

»Dann mache ich das«, sagte Nicole und schenkte ihm ein Lächeln, von dem ihm schwindelig wurde.

Das Gefühl hielt noch an, als er sich kurze Zeit später auf den Heimweg machte, obwohl er nicht sagen konnte, ob es

Liebe oder ganz einfach nur sein Alter war, das seinen Kreislauf verrücktspielen ließ.

Montagabend fand eine Informationsveranstaltung in Seligenwalde statt, an der der dortige Bürgermeister, der Landrat und Ekelon Gas die Bürger auf das vorbereiten wollten, was sie erwartete.

Den ganzen Sonntag summten die Telefondrähte in Muckeringen. Das Ende vom Lied war allerdings, dass keinem am Sonntagabend so wirklich klar war, wer wo was sagen sollte und wer nicht. Christian fand das nicht weiter schlimm. Die ganze Bürgerinitiative hatte in dem kurzen Zeitraum ihres Daseins nicht wirklich viel auf die Beine gebracht, außer vielleicht, andere Leute gegen sich aufzubringen.

Am Samstagmorgen hatte er ein Gespräch mit einem Maler aus Seligenwalde gehabt, das ihn nicht glücklich machte. Auch Thomas trug zu seinem Glück nur wenig bei, denn der weigerte sich vehement, den Schaden bei Matthias mitzutragen und die Hälfte des Arbeitslohns für den Maler zu bezahlen.

»Das geschieht ihm recht«, sagte er nur, als Christian ihn anrief.

»Eine merkwürdige Haltung für einen Anwalt«, erwiderte Christian.

»Hat er Beweise, dass Nicole etwas damit zu tun hat?«

»Braucht er die wirklich? Du kennst doch unsere Frauen. Sein Eigentum ist beschädigt worden.«

Er konnte Thomas trotzdem nicht überzeugen, sein Portemonnaie aufzumachen.

Stephanie hüllte sich in vornehmes Schweigen. Auf Christians halbherzige Frage, was sie von dem Vorfall

wusste, reagierte sie wie die Sphinx. Sie log nicht, sie leug-
nete nicht, sie gab auch nichts zu. Christian fand sich damit
ab, die Wahrheit so schnell nicht zu erfahren. Er musste
sich damit abfinden, einen Batzen Geld für etwas loszuwerden, von dem er noch nicht mal wusste, ob er auch verpflichtet war, es zu bezahlen.

Man machte sich Montagabend auf den Weg nach Seligenwalde in die große Sporthalle, in der neben den sportlichen
auch alle anderen Ereignisse der Region stattfanden. Ebenso
wenig wie über ihre gemeinsamen Ziele konnte man sich
über eine Fahrgemeinschaft einigen, was zur Folge hatte,
dass fast jede Partei mit ihrem eigenen Auto fuhr und ein
kleiner Konvoi sich über die schmale Straße nach Seligenwalde schlängelte.

Christian hatte es allerdings nicht geschafft, bei Daniel
und Anna im Auto mitzufahren. Trotz Nieselregen waren
Stephanie und er mit dem Fahrrad vorgefahren. Dement-
sprechend war seine Laune, als sie endlich in Seligenwalde
ankamen. Mia blieb in der Obhut von Laura Rotter, die
ganz verrückt nach der Kleinen war und sowieso keine Lust
hatte, an dieser ›öden Veranstaltung‹ teilzunehmen.

Der Saal war nicht annähernd so voll, wie sie es erwartet
oder gehofft hatten. Viele Plätze blieben leer. Seligenwalde
interessierte die Biogasanlage nicht. Sie waren zu weit weg
und hatten bereits seit Jahren ein Fahrverbot für Lkw in
ihrem Ort. Selbst wenn Schwerlast-Lkws mit Gülle kolon-
nenweise Richtung Muckeringen pilgerten, würden sie nie
Seligenwalde passieren.

»Wir lassen uns das nicht gefallen«, rief Nicole, als Landrat Stuben eine Pause machte. »Wir sind zwar nur eine
kleine Gemeinschaft, aber wir werden uns wehren.«

Bürgermeister Brodesser fing an zu schwitzen. Nicoles
Ruf war anscheinend über die Grenzen von Muckeringen
hinaus gewandert. Was seine Frau betraf, hatte Christian
auch nicht mehr Hoffnung. Seine Erwartung sollte nicht

enttäuscht werden. Stephanie sprang ebenfalls von ihrem Sitz.

»Sie können uns nicht einfach so überfahren«, schrie sie. »Auch, wenn wir nur ein kleines Dorf sind, haben wir trotzdem Rechte. Wir wollen Lebensqualität. Und wir wollen unberührte Natur. Alles wollt ihr kaputtmachen.«

Der Geschäftsführer Gerd Bolonnes von Ekelon Gas hob beschwichtigend die Hände. Sein Blick schweifte unstet durch die Halle. Das hatte er schon mehrmals gemacht. Es war nicht so voll, wie Christian gehofft hatte, trotzdem schaffte er es, sich so nah wie möglich an den schlecht beleuchteten Reckstangen herumzudrücken. Bolonnes hatte ihn bei dem Vorstellungsgespräch mit dem Personalchef gesehen. Christian bezweifelte allerdings, dass dieser sich an ihn erinnern konnte, geschweige denn, dass er ebenfalls aus Muckeringen kam. Bolonnes hatte nicht den Eindruck gemacht, sich sonderlich für seine neuen Projektleiter zu interessieren.

»Das ist Raubbau an der Natur«, gellte Stephanie. »Die Natur ist friedlich, nur der Mensch ist es nicht.«

»Jawohl!« Nicole versuchte, die Aufmerksamkeit wieder auf sich zu lenken. Christian wäre das auch lieber gewesen.

»Frau Gärtner, denken Sie doch mal logisch«, entgegnete Geschäftsführer Bolonnes. »Das Biogas soll die Kernkraft verdrängen. Das müssten doch gerade Sie gutheißen.«

Christian war nicht begeistert davon, dass Bolonnes den Nachnamen seiner Frau kannte, vor allen Dingen, da er hier nicht einmal genannt worden war. Er fragte sich, ob sich das nicht als böses Omen erweisen sollte. Leider sollte er recht behalten.

»Wenn alle Menschen etwas vernünftiger wären, bräuchten wir weder das eine noch das andere«, erwiderte Stephanie. »Die Biogasanlage verwertet doch nur das, was durch das Leiden von Tieren angefallen ist.«

»Sie leben in Ihrer eigenen Welt«, sagte der Geschäftsführer. »Mit Realität hat das leider nicht viel zu tun.«

»Aber bitte«, lenkte der Bürgermeister beschwichtigend ein. »Es soll doch nicht persönlich werden.«

Stephanie drängte sich durch ihre Stuhlreihe zum Gang und schritt nach vorne. Christians Blut stieg auf, um sich in seinem Kopf zu sammeln.

»Ich lebe in meiner eigenen Welt?«, fragte Stephanie. »Gut, wenn ich da lebe, kann mich ja hier keiner sehen. Dann können Sie auch nicht sehen, was ich von Ihrem ganzen Projekt halte.«

Stephanie drehte sich um, beugte sich nach vorne und lüftete ihren Kaftan. Christian betete, dass jetzt nicht das passieren würde, was er befürchtete — umsonst.

Stephanie zog ihre Unterhose herunter und präsentierte dem unfreiwilligen Publikum auf der Empore ihren nackten Hintern. Christian schloss die Augen und hoffte, ein Erdbeben oder ein Blizzard würde Seligenwalde dem Erdboden gleichmachen. Der Wunsch wurde ihm nicht erfüllt.

Der Krawall war unbeschreiblich. Die Fotografen knipsten wie von Sinnen, die Journalisten kritzelten wie wild, und als Ehemann war er jetzt gefragt wie nie zuvor. Er quetschte sich durch das Getümmel, bedeckte den Hintern seiner Frau mit seiner Lederjacke und zog ihr die Kleidung wieder zurecht. Dann legte er den Arm um sie und schob sie fort, um schließlich auf der Flucht vor den Journalisten durch das Fenster einer Toilette zu entfliehen.

Wenn die Bürgerinitiative noch nie wirkliche Aufmerksamkeit erregen konnte, hatte sie es jetzt auf jeden Fall geschafft.

Daniel hatte sich auf der Bürgerversammlung prächtig amüsiert, schämte sich insgeheim aber dafür, wenn er an seinen Bruder dachte. Stephanie erreichte damit natürlich genau das, was Christian unbedingt vermeiden wollte:

extreme Öffentlichkeit und jede Menge Beachtung. Dennoch hätte er gerne mit Julia über den Auftritt seiner Schwägerin ein klein wenig hergezogen, wenn seine Freundin sich nicht schon vor der Tür von ihm verabschiedet hätte.

Es brauchte kein scharfes Auge, um die Fehler im Bild zu finden. Anstatt im Liebestaumel zu sein und sich wie verliebte Trottel aufzuführen, waren sie bereits auf dem absteigenden Ast. Fairerweise musste er zugeben, dass Thomas sich heute Abend zurückgehalten hatte, was Julia offensichtlich irritierte. Immer wieder versuchte sie, seinen Blick aufzufangen, wenn sie sich von Daniel unbeobachtet fühlte. Julia und Thomas wirkten wie das perfekte Paar, und wenn Nicole Rotter nicht so sehr mit ihrem Kreuzzug beschäftigt wäre, würde ihr das auch auffallen.

Er setzte sich in sein Arbeitszimmer und versuchte, seinen Unterricht vorzubereiten, was ihm nur leidlich gelang. Anna hatte sich direkt in ihr Zimmer verzogen, in dem festen Glauben, ihr Leben sei vorbei, weil sich ihre Verwandtschaft mehr als peinlich aufgeführt hatte. Das Telefon klingelte. Er fragte sich, wer um Himmels willen um zehn Uhr abends noch etwas von ihm wollte, wenn es seine Freundin schon mal nicht war.

Als er den Hörer abhob und sich meldete, verfluchte er, vorher nicht auf die Rufnummer geschaut zu haben. Die Handynummer seiner Frau Alexandra hatte er nicht vergessen.

»Gut, du bist da«, sagte Alexandra statt einer Begrüßung.

»Wo sollte ich um diese Uhrzeit schon sein.«

»Ach ja, stimmt. Das Lehrerleben ist nicht so spannend.« Alexandra klang eindeutig pampig. Vermisst hatte er diese Eigenschaft bisher nicht.

»Alexandra, was willst du?«, fragte Daniel und versuchte gar nicht erst, seinen Ärger zu verbergen.

»Mich melden«, sagte diese nur.

»Du hast ein ganzes Jahr nichts von dir hören lassen.« Daniel war ein ruhiger Mensch, aber jetzt kurz davor, einfach aus der Haut zu fahren.

»Dann wird es ja langsam Zeit«, erwiderte Alexandra. »Kann ich meine Tochter sprechen?«

»Deine Tochter?«, fragte Daniel gepresst. »Glaubst du im Ernst, ich lasse dich mit Anna sprechen, nach dem, was du ihr angetan hast?«

»Ach Daniel, sei nicht so melodramatisch«, entgegnete Alexandra. »Ich habe ihr gar nichts angetan. Anna war schon von klein auf absolut selbstständig. Darauf habe ich bei ihrer Erziehung Wert gelegt.«

Daniel atmete ein paarmal aus und ein. Das hielt er für besser, als unüberlegt zu antworten.

»Du versuchst, dich abzuregen. Ich höre dich atmen«, sagte Alexandra belustigt. »Siehst du, ich kenne dich immer noch sehr gut.«

»Was nutzt es, du bist trotzdem gegangen.«

»Ja, weil ich sonst in dem Kaff erstickt wäre.«

»Ich habe dich in deiner Entfaltung nicht gebremst.«

»Nein, du hast mich aber auch nicht gerade ermutigt.«

»Ich war nur der Meinung, dass du dich so lange um Anna kümmern solltest, bis sie erwachsen ist.«

»Siehst du, und deswegen bin ich gegangen. Anna ist erwachsen und du wolltest mich festhalten.«

»Ich habe dich ja nicht gerade angebunden.«

»Nein, aber du hast mir ein schlechtes Gefühl gegeben und mich immer so angesehen, als wäre ich furchtbar egoistisch, nur, weil ich etwas für mich erreichen wollte.«

»Können wir das abkürzen?«, fragte Daniel müde. »Du bist weg. Ich habe mein Leben neu sortiert. Also, warum meldest du dich jetzt?«

»Ich möchte die Scheidung«, sagte Alexandra.

»Kein Problem.« Daniel hatte damit gerechnet. »Nimm dir einen Anwalt. Der soll mir die Unterlagen zuschicken.«

»Vielleicht gibt es doch ein Problem«, sagte Alexandra. »Ich möchte das Sorgerecht für Anna.«

Daniel atmete wieder tief ein, verschluckte sich aber und bekam nicht nur Schnappatmung, sondern auch noch einen Hustenanfall.

»Du hast sie doch nicht alle«, brachte er schließlich heraus. »Du verschwindest für ein ganzes Jahr, ohne dich zu melden, dann rufst du an und sagst mir so mir nichts dir nichts, du willst deine Tochter?«

»Ja, das ist das, was ich mit meinem kurzen Satz meinte.«

Daniel konnte vorerst nicht mehr antworten, da ihm diese Dreistigkeit unwirklich vorkam. So war Alexandra allerdings immer gewesen. Sie nahm sich das, was sie wollte und dann, wann sie es wollte. Die ersten Jahre nach Annas Geburt hatte Daniel gehofft, ihr Wesen würde sich abschleifen. Sie schien zufrieden, dabei hatte sie ihren Drang zur Freiheit nur verborgen, bis dieser schließlich mit überwältigender Macht zurückkam.

»Jetzt hör mir mal zu«, sagte er gefährlich ruhig und hoffte, dass er auch genauso klang. Die Hoffnung starb immer zuletzt. »Ich werde es auf gar keinen Fall zulassen, dass du Anna mitnimmst.«

»Sie ist 15 Jahre alt. Sie kann das selber entscheiden.«

»Und du glaubst wirklich, Anna sagt dazu Ja?«

»Könntest du sie zumindest fragen?«

»Ich soll deine dreckige Wäsche waschen? Wenn du was von ihr willst, frage sie gefälligst selber.«

»Dann hol sie ans Telefon.«

»Gibt es da, wo du jetzt wohnst, keine Uhr?«, fragte Daniel ärgerlich. »Anna liegt schon im Bett und da bleibt sie auch.«

»Du versuchst immer noch, den Autoritären zu spielen.« Alexandra lachte. »Aber selbst durch das Telefon gelingt dir das nicht. Aber gut, sag ihr, ich rufe noch mal an.«

Daniel überlegte sich noch krampfhaft eine schlagfertige Antwort, als Alexandra schon aufgelegt hatte.

Daniel lehnte sich in seinem Arbeitssessel weit zurück. Er hätte vor Frust am liebsten laut geschrien, sah aber davon ab. Eine Diskussion mit Anna so spät am Abend war nicht das, was sein Blutdruck jetzt noch verkraften konnte.

Christian wollte am nächsten Morgen nur kurz die Toilette aufsuchen, um dann noch etwas weiterzudösen, als ihm bei einem Blick aus dem Fenster die Lust darauf gründlich verging. Stephanies Aktion auf der Bürgerversammlung würde Aufmerksamkeit erregen, das war ihm klar. Dieses Ausmaß jedoch hatte er nicht erwartet.

Er hechtete von einem Fenster zum anderen und bemühte sich, in Deckung zu bleiben. Das windschiefe Gärtner-Anwesen war offenbar über Nacht zum begehrten Ausflugsziel und lohnenden Fotomotiv geworden. Christian hatte nicht die geringste Lust, einem der Schaulustigen vor seinem Gartentor Modell zu stehen.

Stephanie kam aus dem Garten in die Küche. Der Garten konnte von außen nicht eingesehen werden. Stephanie hatte ihm immer verboten, die wildwuchernde Kirschlorbeerhecke zu beschneiden. Jetzt war er froh, sich nicht durchgesetzt zu haben.

»Ist das nicht toll?«, fragte sie. »Endlich wird überregional von uns berichtet.«

»Ich sehe aber nur den Seligenwalder Kurier«, entgegnete Christian.

Das stimmte sogar. Was vorher wie eine Ansammlung von Presse und Fernsehen ausgesehen hatte, waren nur jede Menge Schaulustige, die anscheinend bei einem Spaziergang oder Ausflug mit dem Fahrrad zufällig in Muckeringen und noch zufälliger an seinem Haus vorbeikamen.

»Miesmacher«, sagte Stephanie und hob triumphierend die Tageszeitung hoch. »Mit dem Seligenwalder Kurier fängt das an. Die bringen eine Meldung und die anderen Zeitungen greifen das auf.«

Christian nahm ihr die Zeitung aus der Hand und hegte die Hoffnung, dass gerade das nicht passieren würde. Aber es war schon passiert. Natürlich, die Anführerin einer Bürgerinitiative mit nacktem Hintern in der Öffentlichkeit zu sehen, das ließ sich keiner entgehen, vor allen Dingen, wo es noch so ein hübscher Hintern war.

»Gut getroffen«, witzelte er schlapp und erntete ausnahmsweise keinen bösen Blick. Bei Stephanie funktionierte Ironie nicht. Aber bis gestern Abend hatte sie auch noch nie Körperregionen öffentlich in die Luft gehalten, die eigentlich gerade dort bedeckt sein sollten.

»Ich gebe mal ein Interview.« Stephanie machte Anstalten, das Haus zu verlassen. Christian hechtete durch den Flur und hielt ihre Hand fest, bevor sie die Türklinke runterdrücken konnte.

»Bist du wahnsinnig!«, keuchte er. »Die nehmen dich komplett auseinander. Die stellen Fragen, auf die bist du nicht vorbereitet.«

»Glaubst du, ich schaffe das nicht?« fragte Stephanie. »Hausfrau und Mutter. Nie eine richtige Schule besucht. Meinst du, ich bin zu doof dafür?«

»Nein, natürlich nicht«, sagte Christian schnell. »Aber denk doch mal nach. Ihr wollt als Bürgerinitiative ernst genommen werden. Deine Aktion gestern, das war gut, um auf sich aufmerksam zu machen. Jetzt sollte einer mit ihnen sprechen, der besonnener ist.«

»Du redest doch wohl nicht von dir?«, fragte Stephanie. Jetzt teilte sie auch noch ironische Kommentare aus. Sie wurde immer mehr zu einer Fremden.

»Nein, ich denke eher an Thomas«, erwiderte Christian. „Ein Anwalt, überleg mal, wenn das keinen Eindruck macht.«

»Vielleicht hast du recht.« Stephanie schien sich mit dem Gedanken anzufreunden. »Das könnte echt nicht schaden. Ich rufe ihn eben an.«

»Na also.« Christian hoffte, seine Erleichterung war nicht allzu spürbar. Jetzt konnte er nur beten, dass Thomas heute zu Hause arbeitete. Das Glück blieb ihm hold. Thomas wollte kommen. Christian hielt ihn für vernünftig genug, nicht nackt, sondern mit Argumenten zu überzeugen.

Christian wusste zwar nicht, wie Thomas es fertigbrachte, aber der Seligenwalder Kurier brach die Zelte vor dem Haus der Gärtners ab. Als die Presse abrückte, hatten die Zuschauer ebenfalls keine Lust mehr. Später sollte er erfahren, dass Thomas ihnen mit einer Klage gedroht hatte, sollten sie die Bürgerinitiative durch zu einseitige Berichterstattung ins Lächerliche ziehen.

Christian hielt Stephanie den Rest des Tages davon ab, das Grundstück zu verlassen. Der Journalist und der Fotograf verbrachten noch den gesamten Vormittag in Muckeringen, um Einwohner zu befragen, bis sie kurz vor Mittag — wahrscheinlich aus Hunger — den Ort verließen. Damit war der Pressespuk fürs Erste beendet.

Stephanie war aus dem Visier der Öffentlichkeit. Christian hoffte inständig, dass sie sich nicht wieder ins Visier brachte. Die Zeichen dafür standen nicht so schlecht. Die Bürgerinitiative hatte ihre Meinung gesagt, Plakate verteilt, Körperteile gezeigt und mit der Presse geredet. Was sollte jetzt noch kommen? Die Biogasanlage würde gebaut werden, es gab noch ein wenig Protest, bis man sich wieder dem Alltag zuwandte. Sein Job als Projektleiter würde nahtlos in sein Leben gleiten. Vielleicht konnte er es den Nachbarn als Chance verkaufen, mit seinem Job einen positiven Einfluss zu nehmen. Er selber wusste natürlich, dass das Quatsch war. Aber es könnte klappen. Fast hatte er sich wieder alles glücklich geredet, bis ihm auf einmal erneut einfiel, dass er mit einer mutmaßlichen Mörderin zusammenlebte.

Daniel war zwar wütend auf seine Noch-Ehefrau, aber ihm war durchaus klar, dass er seiner Tochter Alexandras Wunsch nicht unterschlagen durfte. Anna musste selber entscheiden, ob sie das Angebot annehmen wollte. Vor allen Dingen musste sie wissen, dass ihre Mutter ein Lebenszeichen von sich gegeben hatte.

Alexandra hatte sich durch ihr plötzliches Verschwinden als Mutter disqualifiziert. Daniel glaubte nicht, dass ein Gericht seiner Frau das Sorgerecht zusprechen würde, wenn Anna das nicht wollte. Leider wusste er nicht genau, was Anna wollte. Nach der Schule beschloss er, es nicht weiter aufzuschieben. Anna hatte sich in ihrem Zimmer vergraben und gab nicht nur vor zu lernen. Sie war tatsächlich so eine ehrgeizige Streberin. Das fand er sogar als Lehrer suspekt.

Sie blickte Daniel ungehalten an, denn sie liebte es nicht, gestört zu werden.

»Jetzt nicht«, sagte sie und beugte ihren Kopf wieder über ihr Buch. Daniel zog ihr das Buch unter der Nase weg.

»Was soll das werden?«

»Wir müssen miteinander reden«, sagte Daniel. Das war abgedroschen, er wusste das. Wenn seine Eltern so angekommen waren, wussten Christian und er immer, dass sie etwas ausgefressen hatten.

»Keine Sorge, du hast nichts falsch gemacht«, sagte er daher.

»Weiß ich. Was gibt es?«

»Deine Mutter hat gestern Abend angerufen.«

Daniel hatte eigentlich erwartet, dass Anna darauf zumindest oberflächlich gelassen reagieren würde. Er irrte sich.

»Wie bitte?« Anna sprang von ihrem Stuhl auf. »Warum hast du mich nicht geholt?«

»Es war schon spät.«

»Ich bin doch kein Kleinkind, das man nicht wecken darf!«

»Reg dich bitte nicht so auf. Jetzt erzähle ich es dir ja. Sie will sowieso noch mal anrufen.«

»Das kann sie sich sparen«, sagte Anna. »Gestern wollte sie mich ja auch nicht sprechen.«

»Nun ja ...«, sagte Daniel. Er wollte einfach nicht lügen.

»Mensch, Papa, also wirklich«, sagte Anna. Es klang weniger böse, als er erwartet hatte.

»Ich wollte dir die Gelegenheit geben, dich auf das Gespräch vorzubereiten. Schließlich ist es lange her.«

Anna warf sich auf ihr Bett und verschränkte die Beine. Daniel setzte sich auf ihren Schreibtischstuhl.

»Was passiert jetzt? Kommt sie wieder?« Sie versuchte, ihre Stimme nicht zu hoffnungsfroh klingen zu lassen. Es gelang ihr nicht.

»Nein, sie kommt nicht wieder«, sagte Daniel. »Sie möchte die Scheidung.«

Beide schwiegen und beobachteten die Zweige des Ahorns, der vor Annas Fenster stand.

»Das war ja zu erwarten«, sagte Anna dann. »Blöd von mir zu glauben, sie käme wieder.«

»Nein, nicht blöd«, erwiderte Daniel. »Nur verständlich. Aber weißt du, das mit deiner Mutter und mir passt nicht mehr. Selbst wenn sie jetzt zurückkommen wollte, würde ich es nicht mehr wollen.«

»Wegen dieser dämlichen Julia.«

»Nein, nicht deswegen, und Julia ist nicht dämlich, nur weil du sie nicht magst.« Daniel blieb ruhig. »Zwischen deiner Mutter und mir klappte es schon lange nicht mehr. Es ist zwar nicht schön, aber wahrscheinlich ist es so besser.«

Daniel konnte nicht erkennen, ob Anna gerade am meisten störte, dass Julia nicht dämlich war oder ihre Eltern nicht mehr zusammenkamen. Den entscheidenden Teil hatte er bisher ausgelassen, was es nicht einfacher machte, jetzt damit rauszurücken.

»Da ist noch was«, sagte er behutsam. »Deine Mutter möchte, dass du bei ihr wohnst.«

»Ich soll bei ihr wohnen?« Diesmal konnte man genau in Annas Seelenleben blicken. Sie war wirklich überrascht.

»Nur, wenn du willst«, sagte Daniel.

»Natürlich nur, wenn ich will«, erwiderte Anna. »Du kannst mich ja schlecht an den Haaren zu ihr schleifen.«

»Klar«, sagte Daniel knapp.

»Warum will sie mich jetzt?«

»Weil sie dich liebt.« Daniel sagte das nicht nur so, er glaubte wirklich daran. »Selbstverständlich kannst du es ihr nachtragen, dass sie sich so lange nicht bei dir gemeldet hat. Das kann sie dir nicht übelnehmen.«

»Das tue ich gar nicht«, sagte Anna. »Dir nehme ich es übel.«

»Warum mir?« Mit diesem Vorwurf hatte er nicht gerechnet.

»Du hast sie nie richtig verstanden. Sie war dir immer zu wild, zu verrückt und sonst was. Wahrscheinlich hat sie es einfach nicht länger mit dir ausgehalten.«

»Das hört sich fast so an, als wäre ich ein Monster.« Leider konnte er den Klang seiner Stimme nicht gut manipulieren, er klang definitiv gekränkt.

»Ach Papa, versteh das nicht falsch. Ihr seid beide einfach zu verschieden. Mittlerweile weiß ich das. Ich bin nicht böse auf Mama. Sie hatte ihre Gründe, und jetzt ist sie wieder da. Ich bin froh darüber.«

»Wenn du bei ihr wohnen möchtest, kannst du es ruhig sagen.«

»Ich weiß noch nicht. Vielleicht, vielleicht auch nicht. Ich muss mal darüber nachdenken. Muss ich dann die Schule wechseln?«

Daniel wurde klar, dass er Alexandra nicht gefragt hatte, wo sie sich jetzt überhaupt aufhielt.

»Da gucken wir dann bei«, sagte er schnell und stand auf. »Das brauchen wir sicherlich heute nicht mehr zu entscheiden.«

Er verließ Annas Zimmer und lehnte sich im Flur erleichtert an die Wand.

Hans hatte keine großen Vorstellungen von seinem Rentnerdasein gehabt, als er noch arbeitete. Er war sich aber sicher gewesen, dass Hektik für ihn ein Fremdwort werden würde. Davon war er jetzt weit entfernt. Nicole hatte beschlossen, ihren neuen Untertan so sehr wie möglich zu strapazieren. Sie scheuchte ihn den ganzen Tag durch Seligenwalde, um Materialien zu besorgen, die dem Protest einen neuen und professionellen Anstrich geben sollten.

Ihre Bemühungen der letzten Zeit zahlten sich aus. Ein ordentlicher Batzen Sach- und sogar Geldspenden versetzte die Bürgerinitiative in die glückliche Lage, anstatt mit selbst gepinselten Plakaten auf Bettlaken und Tapetenresten mit ansprechend bedruckten Bannern auszulaufen. Die Schwelle seiner Bewunderung für Nicole war sowieso schon niedrig, jetzt verehrte Hans sie nahezu.

Daher trottete er mit offenem Mund und verzückten Augen in Seligenwalde hinter ihr her, was ihm ein dümmliches Aussehen verlieh und ein Kind, das eine Weile neben ihm herlief, dazu verleitete, ihm die Zunge herauszustrecken. Man bekam keinen Respekt mehr, wenn man ein Idiot und die Menschheit auf dem absteigenden Ast war. Das alles konnte ihn in seiner blendenden Laune allerdings nicht stören, die ihn überkam, wenn ihm ein freier Ausblick auf Nicoles Figur gewährt wurde.

Trotzdem fühlte er sich müde, merkte sein Alter und hoffte, dass sein Lohn dem Aufwand angemessen war. Mittlerweile war er aber auch schon so hungrig, dass ihm keine sexuellen Fantasien kommen konnten, auch wenn Nicole nackt und in Schinkenspeck gewickelt wäre, geschweige denn eine Erektion, was im Normalfall schon schwierig genug war.

»Sollen wir nicht eine Pause einlegen und etwas essen gehen?«, rief er ihr zu. »Sie sind selbstverständlich mein Gast.«

»Ich denke nicht, dass wir Zeit dazu haben.« Nicole verringerte ihr Tempo nicht. »Wir sollten noch in ein paar Geschäften um Unterstützung bitten.«

Hans bemühte sich, seinen Unmut nicht zu zeigen. Er hatte Nicole in der Hoffnung begleitet, mit ihr Zeit zu verbringen, am liebsten in romantischer Atmosphäre in einem lauschigen Lokal. Trotzig blieb er stehen, damit sein Atem sich wieder normalisieren konnte. Sie schob ihren Arm in seine Armbeuge und atmete leicht in seinen Nacken.

»Sie sind mir solch eine Hilfe«, schnurrte sie. »Ich wüsste nicht, was ich heute ohne Sie gemacht hätte.«

»Liebste Frau Rotter, ich bin nicht mehr der Jüngste!«

»Sagen Sie das nicht«, hauchte Nicole. »Ich verspreche mir noch so viel von Ihrer Manneskraft. Ich freue mich darauf, wenn dieser ganze Spuk vorbei ist.«

»Sie meinen ...?« Hans verschlug es die Sprache.

»Genau das.« Nicoles Hand glitt seinen Oberkörper hinab und schwebte einen Augenblick unentschlossen über seinem Gemächt, bevor sie mit ihrer Handfläche leichten Druck ausübte.

Das reichte, um Hans für weitere zwei Stunden bei der Stange zu halten. Nachmittags hielt Nicoles Wagen vor dem Henigbaum-Haus. Hans wäre gerne direkt nach Hause gefahren, doch Nicole erinnerte ihn an sein Versprechen, Sebastian in das Lager der Bürgerinitiative zu überführen.

Er sparte sich einen Einwand. Er hoffte, noch mal die Berührung ihrer Hand genießen zu können, konnte jedoch nur ein strahlendes Lächeln abgreifen. Das musste ihm erst einmal genügen.

Er klingelte und Sabine öffnete ihm die Tür. Sie verzog das Gesicht, als sie Nicoles Auto weiterfahren sah.

»Die Königin und ihr Hofnarr«, sagte sie in den Raum. Seit dem Streit hatten sie nicht mehr miteinander gesprochen.

»Ich will nicht zu dir«, erwiderte er, bevor sie die Möglichkeit bekam, ihn abblitzen zu lassen. »Ich möchte mit Sebastian sprechen.«

Schweigend machte Sabine Platz und ließ ihn ins Haus. In der Küche traf er auf Brigitte. Die Damen saßen gerade bei Kaffee und Kuchen. So hatte Hans sich seinen Nachmittag auch eher vorgestellt. Brigitte blickte ihn ungehalten an. Sie war nicht begeistert von seinen Ausflügen mit ihrer besten Freundin. Sie hielt ihn für einen schlechten Umgang.

»Ach, der Gigolo«, sagte sie süffisant.

»Ach, der Puma«, erwiderte Hans.

»Puma?«, fragte Sabine, die auch wieder in die Küche gekommen war.

»Ältere Frau, die hinter jüngeren Männern herläuft«, klärte Hans sie auf.

»Du hast es gerade nötig«, sagte Brigitte.

»Ich möchte diese Diskussion nicht«, unterbrach Sabine. »Ihr werdet beide eure Gründe haben. Ich persönlich bin der Meinung, ihr macht euch nur zum Narren.«

»Warum hast du so ein Problem damit?«, fragte Hans. »Sonst bist du doch so weltoffen und aufgeschlossen.«

»Ich habe kein Problem damit, ich möchte nur nicht, dass ihr euch aus lauter Verblendung komplett töricht benehmt.«

»Ich passe auf mich auf, das weißt du doch«, sagte Brigitte.

»Das wird dir auch nicht schwerfallen, da Matthias so offensichtlich gar kein Interesse an dir zeigt«, entgegnete Sabine.

»An dir auch nicht.«

»Moment, das geht mir jetzt zu schnell.« Hans schwirrte der Kopf. Der verpasste Mittagsschlaf machte sich bemerkbar. »Warum sollte Matthias Beier Interesse an Sabine haben?«

»Weil sie auch in ihn verknallt ist«, erwiderte Brigitte.

Hans schaute wieder zu Sabine und brach in Gelächter aus.

»Sieh mal einer an«, amüsierte er sich. »Das finde ich jetzt mal richtig gut.«

»Ihr seid beide verrückt«, sagte Sabine nur. »Und übrigens, du kannst wieder verschwinden. Sebastian ist nicht da.«

»Das hättest du mir auch vorher sagen können.«

»Und diese Diskussion hier verpassen? Das wäre ja schrecklich.«

Hans verließ die beiden mit dem guten Gefühl, wieder Oberwasser zu haben.

Am Mittwochabend trafen sie sich in aufgekratzter Stimmung erneut in der Dorfscheune.

»Frau Gärtner ist wirklich so cool«, hörte Christian Laura sagen. »Warum war ich bloß nicht dabei?«

Er vermutete, sie spielte damit auf den Vorfall in der Turnhalle an.

»Was ist daran cool?«, fragte Nicole. »Nur, weil sie sich sonst nicht zu helfen wusste?«

»Sich ausziehen, für seine Überzeugung? Eindeutig cool«, erwiderte Laura.

»Auf jeden Fall haben wir dadurch Öffentlichkeit bekommen«, sagte Thomas. »Trotzdem möchte ich, dass du deine Klamotten anbehältst.«

Die Ereignisse der letzten Tage hatten dem kleinen Dorf eine Wichtigkeit verliehen, die sogar Sabine auf ihre Art in innere Unruhe versetzte.

»Jetzt kommen wir endlich voran«, sagte sie. Trotz der straffen Haltung konnte Christian ihre Halsmuskeln vibrieren sehen. Das war ihm schon einmal an dem Tag nach

Linda Henigbaums Tod aufgefallen. »Die Übeltäter öffentlich brüskieren, das ist immer noch die beste Methode.«

»Ja, ja«, sagte Nicole schnell. »Aber wir können uns jetzt nicht darauf ausruhen.«

»Richtig. Der Rummel hält nicht ewig an«, meinte Thomas. »Wir sollten ihn aber nutzen und sofort weitermachen.«

Stephanie schwieg zwar, aber es war ein sichtlich missvergnügtes Schweigen. Christian ahnte nichts Gutes. Die kurze, euphorische Hoffnung, die ihn gestern Abend übermannt hatte, verschwand wieder im Orbit. Sein Problem würde sich nicht einfach so erledigen.

»Das hört sich alles toll an«, sagte Stephanie schließlich. »Wir planen hier doch nur ins Blaue. Aber nichts bringt uns wirklich weiter.«

»Das ist leider das Problem«, pflichtete ihr Thomas bei. »Uns fehlt die richtige Handhabe und die Macht der großen Gruppe. Wir sind die Einzigen, die die Biogasanlage wirklich stört. Das haben wir am Montag gesehen.«

»Dann müssen wir halt deutlicher werden.«

Christian wurde es mulmig.

»Wie meinen Sie das?«, fragte Sabine.

»Ihnen zeigen, dass wir uns nichts gefallen lassen. Nur protestieren? Die lachen uns doch aus. Unseren Standpunkt durchsetzen halt.«

»So wie du am Montag«, sagte Daniel belustigt. Stephanie ignorierte ihn.

»Das ist eben Krieg.«

Christian betrachtete seine Frau, die Zöpfchen in ihrem kurzen, braunen Haar mit den bunten Bändern, das unvorteilhafte bodenlange Kleid, das ihre schöne Figur verdeckte. Seine Frau, die Natur und Liebe predigte und Kampf und Gewalt immer verabscheut hatte. Diese Frau redete auf einmal von Krieg. Christian schauderte.

»Ich halte nichts von Gewalt«, sagte Sabine, als hätte sie seine Gedanken erraten.

»Natürlich nicht körperlich«, erwiderte Stephanie. »Ich habe da eine andere Idee. Christians Hobby ist perfekt für eine neue Aktion.«

Christian, der kurzzeitig von Nicoles Dekolleté abgelenkt war, schreckte hoch, als er seinen Namen hörte. Er hoffte, er hatte geträumt.

Die anderen schauten ihn neugierig an. Christian lächelte verkrampft.

»Ich halte eigentlich nichts davon, das gebe ich zu«, fuhr Stephanie fort. »Aber für uns ist es toll.«

»Was macht er denn?«, stellte Hans Adler die Frage, die Christian liebend gerne vermieden hätte.

»Paintball. Einmal im Monat. Echt kindisch, aber was soll's.«, sagte Stephanie.

»Paintball?« Sabine konnte damit offenbar nichts anfangen.

»Mit einem Farbgewehr auf Menschen schießen«, half Hans ihr aus der Bredouille.

»Wofür soll das gut sein?«

»Es ist ein Spaß, Frau Kozarek«, sagte Laura. »Keinem passiert etwas. Man wird mit Farbkugeln beschossen und hat nachher bunte Flecken auf den Klamotten.«

»Wenn es ein Spaß sein soll, mit Gewehren auf Menschen zu schießen«, sagte Stephanie. »Aber da lässt er nicht mit sich reden.«

»Ich bin zu alt für diese Welt«, konstatierte Sabine.

»Ich habe meine Einstellung dazu einfach geändert«, sagte Stephanie. »Es ist halt kein Gewehr mehr, sondern ein Werkzeug, um Farbe in die Welt zu bringen.«

Christian war sich sicher, dass die anderen Stephanies Argumentation ein wenig an den Haaren herbeigezogen fanden. Aber er war damals froh gewesen, dass sie sich auf diese Weise mit seinem Hobby anfreunden konnte und nicht verlangt hatte, es aufzugeben.

»Wofür sollen wir die ganz besondere Fähigkeit deines Mannes jetzt einsetzen?« Daniel hatte Erklärungsbedarf. Christian übrigens auch.

»Er kann nachts auf die Firmenzentrale von Ekelon Gas schießen.«

Christian hoffte, sich verhört zu haben. Er musste sich verhört haben, das konnte seine Frau nicht ernsthaft vorgeschlagen haben. Diese Selbstberuhigung hielt allerdings leider nicht lange an.

»Ob Vandalismus der richtige Weg ist?« fragte Sabine dann.

Christian hätte sie küssen können.

»Das glaube ich auch nicht.« Daniel war ebenfalls nicht überzeugt.

Leider blieb es bei nur zwei Skeptikern. Sogar Thomas, der sich das bei seinem Beruf gar nicht hätte erlauben können, war von der Idee zumindest angetan.

»Dann ist das beschlossen«, entschied Nicole. Mit einem Richterhammer hätte sie sicherlich auf den Tisch geklopft.

»Ihr seid doch verrückt«, sagte Christian verzweifelt. »Was passiert denn, wenn man mich dabei erwischt? Dann fahr ich ein. Ins Gefängnis, ich hoffe, ihr versteht das.«

»Dann lass dich nicht erwischen«, sagte Stephanie nur.

»Da box ich dich schon raus«, beschwichtigte ihn Thomas und klopfte ihm auf die Schulter.

Christian wünschte, er hätte ein bisschen von seinem Optimismus.

Sie redeten noch eine Weile etwas durcheinander und freuten sich, endlich einen Plan mit Hand und Fuß zu haben, obwohl das Bauernopfer mitten unter ihnen saß.

Thomas war sich inzwischen sicher, seinen Beruf verfehlt zu haben.

Nach der Bürgerversammlung wurde es hektisch, sodass er als Feuerwehrmann überall zugleich sein musste, um Eskalationen vorzubeugen. So nett er Stephanie Gärtners Hintern im wirklichen Leben auch fand, auf dem Papier war er ein Ärgernis und es bedurfte mehrerer ›Näher, mein Gott, zu dir‹, bevor der Landrat davon absah, Anzeige zu erstatten. Auch der darauffolgende Presseansturm im Dorf hielt ihn in Atem. Er hatte schon oft an seiner Fachrichtung gezweifelt, stellte aber fest, dass Wirtschaftsrecht doch nicht die schlechteste Sache war.

Als die Presse antanzte, bekam es Thomas mit einem weiteren menschlichen Problem zu tun: der Geschwätzigkeit. Stephanies Auftritt und seine Folgen waren sicherlich den einen oder anderen Kommentar wert. In diesem Fall wäre Thomas weniger eindeutig lieber gewesen, zumal seine Frau zwar keine nackten Körperteile zeigte, dafür aber umso mehr Kommentare auf Lager hatte.

Von all dem brummte ihm gehörig der Kopf, so dass er es als absolutes Highlight der Erholung empfand, als sich Julia Lockett mit ihm treffen wollte, um den Status quo auszuleuchten. Von dem hatte Thomas zwar keine konkrete Vorstellung, dafür aber umso mehr die Hoffnung, es würde keine Rolle spielen.

Thomas war durch die Diskussion mit Nicole am Tag der Mahnwache angezählt und hatte den Rest der Woche vermieden, unnötig das Wort an sie zu richten, gerade nur so viel, dass es den Kindern nicht auffiel. Laura würde sowieso nichts auffallen, außer, er würde sie ins Knie beißen. Lukas jedoch war eindeutig aufmerksamer und seinen Eltern durchaus nicht so wohlgesonnen, wie man es von einem Kind in seinem Alter erwarten konnte. Er hielt tapfer die Stange für seinen Freund Matthias, bei dem er sich oft und gerne aufhielt und der in ihm die Freude an der Landwirtschaft geweckt hatte. Thomas reagierte angefressen, verstand aber, dass die Helden seiner Kinder nicht zwangsläufig die Eltern waren. Nicole war es sowieso egal. Alles in allem war die Stimmung im Hause Rotter eindeutig verbesserungswürdig.

Daher stand er Donnerstagabend sowohl erregt als auch aufgeregt vor Hamachers Haustür und fragte sich, welchem Gefühl er den Vorzug geben wollte. *Erregt*, entschied er sich sofort, als Julia die Tür öffnete und ihre schlanke Gestalt in einem verwegenen schwarzen Catsuit präsentierte. Bei jeder anderen Frau hätte er das Wort ›gepresst‹ verwendet, selbst bei seiner eigenen, die sicherlich schlank war, aber das Wort passte hier absolut nicht. Julia war eine grazile, schöne Erscheinung.

Sie führte ihn ins Wohnzimmer, das immer noch den viktorianischen Charme seiner eigentlichen Besitzerin Sabine ausstrahlte, aber eindeutig gemütlich war. Thomas versuchte, sich Nicole hier vorzustellen und verglich die Einrichtung mit der weißen Hölle zu Hause, bei der man immer den Eindruck hatte, man wäre in einen Blizzard geraten. Leider war weiß für Nicole die einzig akzeptable Farbe für kultiviertes Wohnen.

Fairerweise musste er zugeben, dass Julia hier ebenfalls nicht reinpasste, aber irgendwie machte sie was daraus.

»Möchtest du etwas trinken?«, fragte sie und Thomas hätte schwören können, dass sie gurrte wie eine Taube.

»Vielleicht einen Martini?«, sagte er und kam sich sehr kosmopolitisch vor.

»Wir haben nur Wasser und Bier, sorry.« Julia machte ihm schnell klar, dass er sich in Muckeringen und nicht in Manhattan befand. Thomas räusperte sich.

»Wasser ist gut«, sagte er rasch.

»Ich habe dir schon mal die Gliederung ausgedruckt.« Julia kramte in ihrer Dokumentenmappe. »Ich hoffe, Stephanie Gärtner beschert mir noch mehr solche genialen Vorlagen. Aber ohne ein Interview mit ihr ist das nichts.«

»Du musst sie am richtigen Nerv packen«, sagte Thomas. »Auf jeden Fall will sie ernst genommen werden. Du solltest ihr also nicht den Eindruck vermitteln, dass du die ganze Sache als Groteske siehst.«

»Also gilt das wievielte Gebot ›Du sollst nicht lügen‹ für mich so nicht?«, fragte Julia und fing an zu lachen. Thomas stimmte ein, aber nicht, ohne den mahnenden Zeigefinger zu erheben.

»Lach nicht, das ist eine durchaus ernste Angelegenheit.« Was Julia nur noch lauter zum Lachen brachte.

Thomas lachte laut und befreit mit und stellte sich Nicole vor, die nach diesen Aussagen sicherlich stumm mit zusammengepressten Lippen auf der Ottomane sitzen würde. Cool und hip zu sein fühlte sich definitiv besser an, stellte er fest.

Julia legte ihm ihre Entwürfe fein säuberlich vor. Sie machte sich offensichtlich Gedanken über Gliederung und Aufbau. Sie bemühte sich um ernsthaften Journalismus und hatte einfach das Pech, die Geschehnisse in Muckeringen als Eintrittskarte in die wirkliche Medienwelt zu sehen. Thomas bezweifelte, dass dieser Plan aufging. Er hielt das Potenzial und die Ereignisse nicht für spannend genug, hütete sich aber, etwas darüber verlauten zu lassen, da er die gelöste Stimmung nicht aufs Spiel setzen wollte.

Also klärte er sie über die rechtlichen Dinge auf, die beim Schreiben einer solchen Dokumentation mit lebenden Menschen auf einen Autor zukamen.

Julia beugte sich interessiert vor, sodass er ihr Parfüm und sogar das Shampoo ihrer Haare riechen konnte. Ihm wurde leicht schwindelig. Das lag vermutlich daran, dass sein Kopf nicht mehr so gut durchblutet wurde. Es bewies auch, dass Männer nicht ausschließlich bei Nacktheit auf Touren kamen, da ihr Oberteil hochgeschlossen war, was gerade den Reiz dieses Outfits ausmachte.

Es wäre wahrscheinlich ein Leichtes gewesen, sie jetzt zu küssen. Er war sich sicher, sie würde ihn nicht abweisen.

Ihr Mund war leicht geöffnet und ihre Pupillen weiteten sich, aber er zögerte und lehnte sich zurück. Damit war der flüchtige Moment auch vorbei. Er spürte ihre Enttäuschung, konnte aber nichts tun, um sie zu mildern.

»Ich sollte wieder nach Hause«, sagte er. »Nicole wartet bestimmt schon.« Damit hatte er alles erklärt. Er war ein Mann, dem der Wert der Ehe etwas bedeutete.

»Dann solltest du wohl gehen«, sagte Julia emotionslos. Es war unmöglich zu erkennen, was sie dachte.

Thomas erhob sich und ging zur Tür.

»Wir sehen uns«, sagte er und trottete zurück zu seiner freudlosen Ehe.

Die nächsten Tage lebte Christian unter einer Käseglocke, an deren Rändern die Nachbarn patrouillierten, um ihn aus der Entfernung zu beobachten und miteinander zu tuscheln. Vielleicht hatte er einen Heldenstatus, der verloren ging, wenn man ihn direkt ansprach. Wahrscheinlicher war allerdings, dass ihn alle für komplett verrückt hielten.

Christian war weder zum Held geboren noch wollte er der Mittelpunkt allgemeinen Interesses sein. Leider wurde er hierzu nicht befragt. Stephanie hatte sich in den Kopf gesetzt, ihr Mann sei der Richtige, die Ziele der Bürgerinitiative durchzusetzen. Dass dieser Vorschlag angenommen wurde, wertete sie als persönlichen Sieg. Sie führte einen Wettkampf mit Nicole, und ihr einziges Pferd im Stall hatte das Rennen gewonnen. Etwas Ähnliches konnte Nicole nicht bieten. Christian hatte auch seine Probleme damit, sich Thomas in Tarnkleidung und mit Paintball-Gewehr vorzustellen.

Dann kam wieder ein Morgen, an dem er in dem Moment ein ungutes Gefühl bekam, als er richtig wach war, wie viel zu oft in der letzten Zeit. Der Samstagabend schien für alle als ein geeigneter Tag, der Zentrale von Ekelon Gas einen Besuch abzustatten. Christian war dafür fast dankbar. Er hatte die Befürchtung gehabt, mitten in der Woche in einem belebten Stadtteil als Untergrundkämpfer entlang der Häuserschluchten schleichen zu müssen, um dem Feind mit einem gezielten Schuss aus einem Farbgewehr eins vor den Latz zu knallen.

Er schlurfte in die Küche. Dort war seine Frau, die er unter den Umständen nicht lange ertragen konnte. Er zog sich an und gab vor, joggen zu gehen. Tatsächlich wollte er seinem Bruder einen Besuch abstatten, um sich dort ein wenig bedauern zu lassen.

Normalerweise war der Weg am Hof von Matthias vorbei der kürzere. Da er aber so lange wie möglich aus dem Haus sein wollte, entschied er sich für die andere Runde. Das hatte allerdings den Nachteil, bei sämtlichen anderen Nachbarn vorbeizukommen. Auf der Höhe des Henig-baum-Hauses schoss Brigitte dermaßen schnell auf die Straße, als hätte sie nur darauf gewartet, ihn zu sehen.

»Ich habe gehört, was Sie vorhaben«, zeterte sie. »Das kann nicht Ihr Ernst sein. Sie sollten sich was schämen.«

Christian ignorierte sie, ging aber beschämt weiter, wie gewünscht. Ihm wurde klar, dass der ganze Aufruhr auch Konsequenzen für Matthias haben könnte, und den mochte er wirklich. Aber sein Leben mochte er ebenfalls. Er hatte nicht vor, das aufs Spiel zu setzen.

Außerdem beschlich ihn eine andere ungute Ahnung. Würde Brigitte ihn bei der Polizei verpfeifen? Sabine Kozarek kam ihm entgegen. Sie hatte Brigittes letzte Worte anscheinend gehört.

»Lassen Sie sich nicht verunsichern«, sagte Sabine. »Ich habe Brigitte im Griff. Obwohl ich auch nicht gutheiße, was ihr vorhabt.«

»Ich weiß«, erwiderte Christian unglücklich. »Ich auch nicht. Ich werde nur nicht gefragt.«

Sabine lächelte. »Sie sind ein guter Junge«, sagte sie. »Man macht viel für einen Menschen, den man liebt.«

Christian verschwieg, dass seine Motivation weniger mit Liebe als mit Selbstschutz zu tun hatte. Trotzdem trösteten ihn ihre freundlichen Worte.

Bei Rotters werkelte Thomas vor dem Haus, was umso verwunderlicher war, da Christian ihn nie vor dem Haus und erst recht nicht mit irgendwas beschäftigt gesehen hatte, was handwerkliches Geschick voraussetzte. Christian vermutete, der Dorffunk hatte ihm seine Ankunft frühzeitig angekündigt.

»Alles Gute für heute Nacht«, sagte Thomas. »Es ist ein Risiko. Vermumm dich gut, bleib in Deckung und mach dich sofort weg, wenn dir was Merkwürdiges auffällt.«

»Deine Ratschläge könnten auch für einen Banküberfall passen. Wirklich beruhigen tut mich das nicht.«

»Was soll ich sonst sagen? Ich bin froh, nicht in deiner Haut zu stecken? Das wäre die Wahrheit.«

Christian sah in sein angespanntes Gesicht. Thomas hatte es mit seiner Nicole auch nicht einfach.

Er war nicht im Mindesten überrascht, Hans vor Katharinas Haus zu sehen. Das hatte er wohl Sabine zu verdanken.

Hans kam auf ihn zu und schüttelte seine Hand, wobei er ihm direkt in die Augen schaute.

»Sehr gut, Junge«, sagte er. »Man braucht Männer wie Sie, wenn man etwas erreichen will.«

»Da bin ich nicht so sicher«, entgegnete Christian. »Reden wir noch mal drüber, wenn ich wieder da bin.«

Bei Daniel war keiner. Christian erinnerte sich dunkel, dass er heute ein Schulprojekt in Seligenwalde betreute. Er wollte dennoch nicht nach Hause gehen und beschloss, noch Matthias zu besuchen.

Auf dem Weg konnte ihn keiner mehr beobachten, es sei denn, man würde ihn gezielt verfolgen.

»Ich habe keine Zeit für dich«, sagte Matthias schroff. Er saß auf der Bank im Hof und genoss die ersten Sonnenstrahlen, die wirklich richtig wärmten. Der Mai war im Anmarsch.

»Was ist dir über die Leber gelaufen? Deine Wand ist doch frisch gestrichen.«

»Das kannst du dir doch denken.«

»Sagen wir mal so, ich ahne es. Wer hat es dir gesteckt?«

»Was glaubst du wohl? Meine Freundin Brigitte. Für irgendetwas muss das Weib ja gut sein.«

»Ich konnte mich da nicht durchsetzen.«

»Das genau ist das Problem. Dieser Scheißverein schafft es noch, die Anlage zu boykottieren. Das ist meine Existenz, um die es da geht.«

»Tut mir leid.«

»Davon kann ich mir echt nichts kaufen. Dein passives Verhalten war schon schlimm genug. Jetzt lässt du dich auch noch selber vor den Karren spannen. Tummle dich, für heute habe ich von dir so ziemlich die Nase voll.«

Christian wanderte zu dem Feld, um das sich die ganze Aufregung in den letzten Tagen drehte. Er setzte sich ins Gras und ließ die Landschaft so lange auf sich wirken, bis er nicht mehr länger von zu Hause wegbleiben konnte, ohne aufzufallen.

Teil 4

Daniel fühlte sich hilflos, aber auch sauer, da er von den Frauen in seinem Leben nicht ernst genommen wurde. Julia hatte sich mit Thomas getroffen und noch nicht mal so viel Respekt vor ihm, es zu verschweigen.

Ihre Begegnung klang weder anzüglich noch besonders aufregend, aber für Daniel war der Spielraum zwischen ›Hallo‹ und ›Auf Wiedersehen‹ groß genug, um ihn mit den lebhaftesten Bildern zu füllen. In seinem Szenario öffnete Julia Thomas schon nackt die Tür, um sich ihrer überquellenden Leidenschaft hinzugeben, damit sie sich nach erfolgreichem Akt kichernd über ihn und seine Ahnungslosigkeit lustig machen konnten. In Daniels Augen sprach einiges für diese Theorie. Sein Sexleben ließ in der letzten Zeit sehr zu wünschen übrig. Julia war sinnlich veranlagt. In der ersten Phase der Verliebtheit hätte sie mit Daniel zu jeder Tages- und Nachtzeit an allen möglichen und unmöglichen Stellen Sex haben sollen und nicht nur so zufällig und quasi im Vorbeigehen mit ihm zu schlafen. Daniel war kein vordergründig erotischer Mensch, aber ein bisschen mehr Begeisterung von Julias Seite erwartete er schon noch.

Daher war er nur leidlich gelaunt, als er nach Hause kam. Julia saß mit angesäuertem Gesicht in seinem Arbeitszimmer und las in einem Buch. Anna schien sie hereingelassen zu haben. Das erklärte auf jeden Fall ihren Gesichtsausdruck.

Sie klappte das Buch zu und sprang auf, als sie ihn sah.

»Daniel, so geht das nicht. Du solltest mit deiner Tochter sprechen, aber es passiert so gar nichts.«

Daniel seufzte. »Sie hat es nicht leicht. Vor allen Dingen nicht jetzt, seit Alexandra sich gemeldet hat.«

»Das ist kein Grund für schlechtes Benehmen.«

»Da gebe ich dir recht.« Daniel hoffte, dass er mit dieser Taktik durchkam. Er kam nicht.

»Sei nicht so ein Waschlappen. Sag es ihr deutlicher. Du machst einen auf verständnisvollen Vater und denkst, dass sie dir daraufhin jeden Gefallen tut.«

»Kinder sind kompliziert.«

»Sie ist kein Kind mehr, sie ist eine kleine Intrigantin.«

»Ich sage ihr direkt Bescheid, wenn du mir versprichst, dass wir dann einen ruhigen Samstagabend haben.«

Julias ungläubigem Gesichtsausdruck war nicht zu entnehmen, ob er etwas mit Zweifeln an seiner Durchsetzungsfähigkeit oder mit dem Entsetzen darüber zu tun hatte, dass Daniel einen Samstagabend zu Hause verbringen wollte. Das wahrscheinlich auch noch vor dem Fernseher.

Anna erschien derweil ungefragt auf der Bildfläche.

»Ich habe mit Mama telefoniert.«

»Das ist nichts Neues«, erwiderte Daniel. Anna hatte seit Mittwoch jeden Tag mit ihr gesprochen. Daniel fragte sich zwar, womit Alexandra ihre plötzlich wieder aufwallende Liebe zu ihrer Tochter rechtfertigte, aber Annas Motive waren über jeden Zweifel erhaben. Sie war einfach nur ein Kind, das seine Mutter wieder hatte.

»Du sollst sie zurückrufen«, sagte Anna. »Ich habe ihr gesagt, dass du mit einer Geliebten rumturtelst.«

»Ich bin nicht *eine Geliebte*. Ich bin seine Freundin«, sagte Julia empört.

»Aber Papa ist noch mit Mama verheiratet«, entgegnete Anna süffisant. »Du hast sie ja noch gar nicht gesehen. Sie ist sehr hübsch.«

Anna hielt Julia ein Foto ihrer Mutter vor die Nase.

Julia hob hochmütig die Augenbrauen. Daniel warf ihr einen warnenden Blick zu.

»Sehr hübsch«, bemerkte sie daher nur.

»Ich rufe sie morgen an«, sagte Daniel.

»Ich glaube, du solltest es heute noch tun«, riet Anna.

»Hat sie das gesagt?«

»Nein, aber sie möchte mit dir über den Unterhalt und das Haus reden.«

»Das Haus?«, brauste Daniel auf. »Das Haus ist mein Elternhaus und gehört mir.«

»Papa, das ist mir egal. Ruf sie einfach an.«

»Tut mir leid. Damit wollte ich dich nicht belasten«, sagte er. »Ich rufe sie nachher an.«

Anna drehte sich auf dem Absatz um und verschwand wieder in ihrem Zimmer.

»Du wolltest ihr doch Bescheid sagen«, quengelte Julia unzufrieden. Daniel fragte sich nicht das erste Mal, ob er mittlerweile zwei Kinder unter seinen Fittichen hatte.

Deswegen klang er nun leicht gereizt.

»Julia, du hast keine Kinder. Dir fehlt die nötige Kompetenz, meine Erziehungsmaßnahmen zu beurteilen.«

»Trotzdem kann sie etwas Anstand zeigen.«

»Ich weiß nicht, ob du die richtige Adresse bist, bei der man Kurse in Anstand nehmen kann«, sagte Daniel gefährlich ruhig.

»Was soll das bitte bedeuten?«

»Überlege erst mal, wie angebracht es ist, dauernd mit Thomas Rotter abzuhängen.«

»Dauernd? Das ist wohl leicht übertrieben.«

»Dann eben oft. Mir reicht es jedenfalls. Es gehört sich nicht.«

»Mit dir ist heute einfach nicht zu reden«, sagte Julia. »Ich gehe jetzt. Morgen komme ich wieder und gucke, ob du wieder gute Laune hast.«

»Das ist wohl besser so«, antwortete Daniel resigniert. Julia gab ihm einen Schwesternkuss auf die Stirn und rauschte aus dem Haus. Ein wohlriechender Hauch ihres Parfüms schwebte noch eine Weile durch den Raum.

Daniel blickte ihr nach und war weniger enttäuscht, als er befürchtet hatte. Heute brauchte er alle Kraft für den Anruf bei Alexandra, da war es besser, wenn die andere Quelle, die ihm seine Kraft raubte, sich in sicherer Entfernung befand.

Er gab sich einen Ruck und nahm den Telefonhörer.

Es war ein recht mürrischer Christian, der gegen 23.30 Uhr mit Stephanie vor der Haustür auf Nicole wartete. Stephanie hatte es sich nicht nehmen lassen, ihn so zu verkleiden, dass er — wie sie fand — kaum mehr von einem Baum zu unterscheiden war. Hätte man Christian danach befragt, hätte er sicherlich einiges dazu zu sagen gehabt. Er würde sich ebenfalls Sorgen um das Auto machen, wenn es seines gewesen wäre. Er war sich nicht sicher, wie gut es für Rotters Sitze war, wenn sich seine Äste, die Stephanie kunstvoll um seinen Körper gebunden hatte, in das weiche Leder piksten. Ebenfalls gab er zu bedenken, dass es in der Innenstadt nicht unbedingt viele Bäume gab, und ob er nicht besser als Litfaßsäule oder als Mülleimer gehen sollte. Stephanie zog es vor, das nicht zu kommentieren.

Nicole fuhr pünktlich vor, was Christian nicht überraschte. Menschen wie Nicole waren darauf angewiesen, ihr Leben entsprechend zu strukturieren, um das zu kompensieren, was ihrer eigenen Persönlichkeit fehlte: Stringenz und Struktur. Mia schaute ihren Vater mit großen Augen an. Christian wusste nicht, ob sie vielleicht verwirrt war, so spät noch draußen zu sein. Im Hause Gärtner war so vieles nicht normal, dass das dem Kind nicht unbedingt auffallen musste. Stephanie verteufelte altmodische Erziehung zwar nicht, war aber nicht zwingend auf sie angewiesen, wenn es sich ohne sie genauso gut leben ließ. Aber natürlich musste seine Tochter mit, da man sie nicht alleine im Haus lassen konnte.

Die Fahrt nach Seligenwalde verlief schweigend. Mia war in ihrem Kindersitz eingeschlafen. Christian hatte keine Lust zu reden und die Frauen anscheinend auch nicht. Stephanie hatte ihm nachmittags zigmal den Ablaufplan erklärt, bis er schließlich genervt sagte, er hätte es kapiert, er wäre schließlich Ingenieur. Gleich darauf bereute er diese Aussage wieder, da Stephanies Gesichtsausdruck sich beunruhigend verfinsterte. Dabei wollte er doch nichts tun, was ihren Ärger hervorrufen könnte. Der gewaltsame Tod im

Schlaf, oder — wenn er Glück hatte — ganz offen in der Küche oder sonst wo im Haus war immer in seiner Vorstellung präsent. Verrückte sollte man nicht reizen, und wenn seine Frau mordlustig Menschen mit anderer Meinung niederstreckte, war das ein verdammt guter Rat.

Etwa einen Kilometer vor der Firmenzentrale von Ekelon Gas hielt Nicole den Wagen an und stellte den Motor ab. Christian ahnte, was ihn erwartete, wollte es aber noch mal aus ihrem Mund hören.

»Warum hältst du hier schon an?«

»Natürlich hier, wo sonst?«, erwiderte Nicole. »Wir wollen doch unerkannt bleiben.«

»Wäre es dir lieber, dich direkt vor die Tür zu fahren?«, fragte Stephanie kopfschüttelnd. »Dann könnten wir dich ja besser sofort am Gefängnis absetzen.«

»Wieso mich?«, knurrte Christian. »Das ist ja nicht mein Auto.«

Aber er fügte sich in sein Schicksal und kletterte aus dem Auto, was nicht so einfach war, weil die widerspenstigen Zweige sich überall verhedderten und hängen blieben. Als er es endlich geschafft hatte, sah er ein bisschen gerupft aus. Stephanie versicherte ihm, dass das seiner perfekten Tarnung keinen Abbruch tat und setzte sich schnell wieder ins warme Auto. Dafür, dass sie Zivilisation so verabscheute, wunderte Christian sich immer wieder, wie vertraut sie sich darin bewegte. Vor allen Dingen, wie schnell sie die damit verbundenen Annehmlichkeiten zu schätzen gelernt hatte.

Widerstrebend machte er sich auf den Weg, um es so schnell wie möglich hinter sich zu bringen.

Es war ein langer, unbequemer Weg. Christian mochte sich nicht ausmalen, wie er als verkleideter Baum aussah, der ein Paintball-Gewehr geschultert hatte. Wahrscheinlich wie ein komplett Irrer. Als er Ekelon Gas erreichte, blieb er erst einmal auf der gegenüberliegenden Straßenseite stehen und sondierte das Terrain. Glücklicherweise befand sich das Gebäude außerhalb eines Wohngebietes. Er hoffte daher, seine Aufgabe ungesehen und möglichst schnell erledigen zu können.

Christian befand die Luft als rein und überquerte die Straße. Er brachte sein Paintball-Gewehr in Position, um einen gezielten Schuss auf die makellos betongraue Wand abzufeuern. Er ließ die Waffe wieder sinken und tat sich unendlich leid. Allerdings hatte er nicht die Möglichkeit festzustellen, wie leid er sich wirklich tat, da er auf einmal eine Sirene hörte.

Keinem in dieser glorreichen Bürgerinitiative war der Gedanke gekommen, dass eine Firma in dieser Größe eventuell überwacht werden könnte. Ebenfalls war keinem vorher eingefallen, das eventuell vorher bei einer Orientierungsfahrt zu überprüfen. Wäre das geschehen, hätte man die Überwachungskameras gesehen, die Christian im Dunkeln nicht aufgefallen waren. Er stand einen Augenblick paralysiert in der Gegend herum, bis ihm sein Instinkt den Befehl gab zu flüchten.

Als Flucht fassten die Beamten im Streifenwagen das auch auf. Sie traten ebenso instinktiv auf die Bremse und wendeten den Wagen filmreif. Christian lief ein kurzes Stück wie ein gehetztes Kaninchen, den ein oder anderen Haken schlagend, bis er sich dazu entschloss, in eine schmale Gebäudeflucht zu verschwinden.

Er hatte genug amerikanische Filme gesehen, um zu wissen, dass man unbedingt vermeiden musste, mit dem Auto auf offener Straße verfolgt zu werden. Ein Baum konnte nicht so schnell rennen wie ein Auto. Christian ebenfalls nicht.

Anscheinend hatten die Beamten ziemlich schnell eingesehen, dass eine Verfolgung im Auto nicht der richtige Weg war, um Christian festzunehmen. Deshalb verließen sie das Auto, um ihn zu Fuß zu verfolgen.

Das machte seine Situation allerdings nicht gerade besser. Seine merkwürdige Verkleidung hinderte ihn daran, schnell voranzukommen. Er versuchte es mit lautlosem Schleichen, das brachte allerdings nichts, da seine noch übrig gebliebenen Blätter raschelten. Da er sich in einem Industriegebiet befand, welches nur recht wenig Vegetation zu bieten hatte, fiel er damit über Gebühr auf.

Er passierte erneut eine Hausecke und war sowohl überrascht als auch recht glücklich, dort eine Hecke vorzufinden. Jetzt machte seine Verkleidung vielleicht doch den nötigen Sinn. Er legte sich auf die Erde und robbte, sein Gewehr immer noch fest an sich gedrückt, Richtung Hecke, um unter ihr hindurchzukriechen.

Das war nicht so einfach wie erwartet. Seine Zweige verkanteten sich in den Zweigen der Hecke und er wurde das Gefühl nicht los, dass er sich an einer delikaten Körperstelle verletzt hatte. Was er allerdings in seiner jetzigen Position nicht zweifelsfrei feststellen konnte. Seine Laune wurde langsam immer übler.

Es war zwar jetzt nicht der richtige Moment dafür, aber es kam ihm langsam in den Sinn, dass fehlendes Rückgrat das Leben recht anstrengend werden ließ. Vielleicht wäre es weniger anstrengend gewesen, die Wahrheit zu sagen. Zumindest hätte er sich dann keine Gedanken machen müssen, was passierte, wenn er von der Polizei gestellt werden würde. Die Konsequenzen waren noch unübersehbar.

Außerdem war er noch nicht aus dem Schneider. Die Beamten hatten zwar kurzfristig seine Spur verloren, aber Christian konnte sie immer noch in beunruhigender Nähe hören und nicht sicher sein, zufällig entdeckt zu werden. Also war es ratsam, den Abstand zwischen den Beamten und seiner Person um eine ungefährliche Entfernungskomponente zu erweitern.

Christian biss die Zähne zusammen, ignorierte die Schmerzen in seinen Lenden und kroch vorsichtig weiter. Als er die Hecke passierte, blieb seine Tarnung komplett in ihr stecken. Er nahm es ihr nicht weiter übel. Jetzt konnte er sich immerhin wieder freier bewegen und wesentlich schneller laufen. Das Wichtigste war, dass er sein Gewehr bei sich hatte. Auf ihm war sein Name eingraviert.

Er hörte die Beamten auf der anderen Seite der Hecke auf und ab gehen, aber nach ihren Gesprächen zu urteilen hatten sie seine Fährte verloren und keine Ahnung mehr, wo er sich befand. Sie beratschlagten sich noch einen Moment, bis sie die Entscheidung trafen, Meldung in der Zentrale zu machen und die Umgebung erneut mit dem Streifenwagen zu erkunden. Die Stimmen entfernten sich langsam. Christian blieb noch etwa zehn Minuten fast regungslos stehen, bis er sich in Sicherheit wähnte.

Dann hielt er es an der Zeit, nach Hause zurückzukehren und machte einen beherzten Schritt, um wieder zurück zum Wagen von Nicole zu gelangen. Der Schritt ging jedoch ins Leere, da an dieser Stelle das Gelände leicht absank, was er in der Dunkelheit allerdings nicht sehen konnte.

Er stürzte unsanft und landete in etwas Weichem, aber eindeutig Ekligem, das einen muffigen Gestank verbreitete. Dort lag er dann und grübelte über sein Leben nach. Eine Parallele zu seiner jetzigen Situation war unverkennbar: Sein Leben stank. Und seit vier Wochen ganz besonders. Wäre er nie in dieses verfluchte kleine Dorf gekommen, wäre ihm das hier und heute erspart geblieben. Natürlich hätte er dann ebenfalls seine Frau nicht kennengelernt und natürlich später auch nicht geheiratet. Allerdings war er sich in seiner momentanen Situation nicht sicher, ob das nicht vielleicht ein Vorteil gewesen wäre.

»Komm aufs Land«, hatte sein Bruder gesagt. »Hier gibt es Ruhe und Frieden. Keine Hektik, wie in der Stadt. Hier begegnest du dem wahren Leben.«

Christian hätte auch weiterhin gut ohne die Bekanntschaft mit dem wahren Leben existieren können. Die heutige Nacht hatte nur etwas auf die Spitze getrieben, was sich in den letzten Wochen immer weiter hochgeschaukelt hatte. Kurz kam ihm der Gedanke aufzustehen und in eine Richtung zu marschieren, die ihn nicht mehr nach Muckeringen führte. Dann verwarf er diesen Gedanken wieder. Denn wo sollte er auch hingehen? Dazu noch zu Fuß. Außerdem nachts und in der Kälte. Mit nichts weiter dabei als seinem Paintball-Gewehr. Er war sich darüber im Klaren, damit konnte man weder weit kommen noch erfolgreich werden.

Also wanderte er wieder zurück in die Richtung, in der er das Auto vermutete. Tatsächlich, die Richtung stimmte, aber das Auto war weg. Stephanie und Nicole hatten die Flucht ergriffen. Das war zwar verständlich und auch nicht schlimm, schlimm war allerdings, dass sie es nicht für nötig befunden hatten, zurückzukommen.

Von Nicole konnte er keinen Rückhalt erwarten, aber dass Stephanie so einfach bereit war, ihren Mann den Löwen zum Fraß vorzuwerfen, das schockierte ihn jetzt doch. Er drehte sich ein paarmal im Kreis und beschloss dann, in Deckung und sicherer Entfernung zur Straße erst einmal abzuwarten. Als nach einer Stunde immer noch kein Auto in Sicht war, musste er sich damit abfinden, dass keiner mehr kommen würde, ihn abzuholen. Er stand neben einem Müllcontainer, der unappetitlich roch, ihm war kalt und es waren noch fast 20 Kilometer bis nach Hause. Das musste die Talsohle des Lebens sein, die jeden einmal heimsuchte, wenn man Therapeuten und Seelsorgern glauben durfte.

Warum ihn die allerdings so weit von zu Hause entfernt treffen musste, das konnte ihm wohl keiner beantworten.

Seiner Meinung nach hätte es vollkommen gereicht zu frieren und eklig zu riechen. Das empfand er als Bestrafung genug.

Kurz ging ihm durch den Kopf, Daniel anzurufen, damit der ihn abholte, musste aber dann feststellen, dass er sein Handy entweder bei Nicole im Auto verloren oder erst gar nicht in die Tasche gesteckt hatte. Vielleicht war auch Stephanie der Meinung gewesen, dass er es nicht brauchte oder es sogar die ganze Aktion gefährdete, und sie hatte es ihm aus der Tasche geholt. Christian hatte zwar nicht die geringste Ahnung, wer ihn mitten in der Nacht anrufen sollte, aber Stephanie war davon überzeugt, dass von technischen Dingen — auch wenn sie noch so leblos waren — immer eine unterschwellige Gefahr ausging und man sie deswegen am besten gar nicht benutzen sollte. Auf viele andere Annehmlichkeiten traf dieser Kodex bei ihr aber nicht zu.

Also trottete er gottergeben Richtung Muckeringen, dem Ort, der sich seit geraumer Zeit gegen sein Wohlergehen kollektiv verschworen hatte und anscheinend immer noch nicht bereit war, es gut sein zu lassen. Wohl wissend um seine Leidensfähigkeit erwartete Christian auch nichts mehr.

Bei seinen Mitbewohnerinnen stimmte etwas nicht. Das war Hans klar, als er Sonntagmorgen die Küche betrat. So, wie sie am Küchentisch saßen und ihn anstarrten, erinnerte ihn das an die spanische Inquisition. Ihm fiel nicht ein, was er verbrochen haben sollte. Er beschloss, die lauernden Blicke zu ignorieren und seinen Tag mit einer Tasse Kaffee zu beginnen.

Leider begannen seine Tage seit geraumer Zeit nicht mehr wie immer. Er stand morgens deutlich später auf, da er manchmal bis tief in die Nacht Arbeiten für Nicole ausführte. Die Änderung seines Tagesablaufes ärgerte ihn nicht nur, sie machte ihn auch unausgeglichen und schlapp. Vielleicht lag das auch an seinem Erektionstraining, das er brav ebenfalls noch in den frühen Morgenstunden durchführte, um für den Ernstfall gerüstet zu sein. Das blieb alles in allem eher unbefriedigend. Er machte sich Sorgen, im entscheidenden Augenblick zu versagen.

Er besuchte einen Arzt in Seligenwalde, der ihm beunruhigend schnell und ohne viel Federlesen ein Rezept für ein Potenzmittel ausstellte. Der Beipackzettel versprach nicht viel Gutes, was Hans trotzdem nicht davon abhielt, täglich eine Tablette einzunehmen, um dem Motto ›Allzeit bereit‹ auch gerecht zu werden. Leider bescherte ihm das häufigen Durchfall mit einem Dauerständer, was noch zu anderen interessanten Problemen führte.

Da es ihm heute Morgen ganz gut ging, war seine Bereitschaft gering, sich von Katharina und Julia herunterziehen zu lassen. Beide machten nicht den Anschein, als seien sie an seinen Wünschen interessiert.

»Wir müssen uns mal unterhalten«, sagte Julia auch prompt. Hatte er es sich nicht gedacht?

»Wir machen uns Sorgen«, entschärfte Katharina den rüden Ton ihrer Freundin.

»Nett von euch, aber nicht nötig.« Hans hoffte immer noch auf das Wunder, den Angriff aus dem Hinterhalt abzuwehren.

»Ich denke schon.« Katharina blieb hartnäckig.

»Du siehst nämlich aus wie der Tod auf Rädern«, ergänzte Julia.

»Ich bin schließlich alt. Da ist das nicht ganz so verwunderlich.«

»Ich habe noch keinen gesehen, der im Tagestakt altert«, erwiderte Julia. »Was treibst du eigentlich mit deiner geliebten Rotter?«

»Leider nichts«, sagte Hans bedauernd.

»Aber anscheinend stresst dich das auch ziemlich«, sagte Katharina.

»Meinst du, wenn ich Dampf ablassen könnte, würde es besser?«

»O Mann«, sagte Katharina angewidert. Julia lachte.

»Deine Gesundheit ist angeschlagen und du machst Witze«, sagte Katharina. »Ich wäre froh, wenn du das etwas ernster nehmen würdest.«

»Ich bin ein erwachsener Mann und kann meine Entscheidungen selber treffen.«

»Gerade das bezweifeln wir«, erwiderte Katharina und blickte hilfesuchend zu Julia, die ihr den Gefallen tat, für sie in die Bresche zu springen.

»Vielleicht sind es nicht immer die klügsten Entscheidungen«, sagte diese. »Du nimmst seit einiger Zeit deine Blutdrucktabletten nicht mehr.«

»Wie kann euch das denn auffallen?« Hans war wirklich verblüfft. Die Medikamente bewahrte er in seinem Zimmer auf und hatte bislang geglaubt, dass er dort vor Schnüffeleien sicher war. Er beschloss, seine Tür in Zukunft abzuschließen.

»Weil der Streifen schon die ganze Zeit unberührt herumliegt«, sagte Julia logisch. »Dafür scheinst du aber eine rege Vorliebe für andere Pillen zu haben.«

Da es darauf nichts halbwegs Gescheites zu erwidern gab, hielt Hans vorsorglich den Mund.

»Bist du komplett verrückt geworden?« Katharina gab ihre vorgetäuschte Ruhe schneller auf, als er erwartet hatte. »Bluthochdruck und Potenzmittel? Willst du unbedingt einen schnellen Tod?«

»Lass diese Dramatik, du weißt, ich hasse das«, sagte Hans.

»Ich auch«, pflichtete Julia ihm bei. »Aber trotzdem hat sie recht. Mein Gott, was ist denn dran an dieser Rotter-Braut, dass du dafür deine ganze Gesundheit aufs Spiel setzt?«

»Ich bin halt verrückt nach ihr.«

»Nach ihr oder nach einer Nummer mit ihr?«

»Das kann man nicht trennen.«

»Ich schon«, sagte Julia. »Sex kannst du heute noch haben, wenn du das möchtest. Ich organisiere dir was.«

»Das wäre nicht dasselbe.«

»Also Verblendung total«, stellte Julia fest. »Nichts zu retten.«

»Siehst du, Diskussion beendet.«

»Nein, Diskussion nicht beendet.« Katharina mischte wieder mit. »Das Problem ist noch nicht gelöst. Bis jetzt habe ich noch keine vernünftige Antwort bekommen.«

»Eine Sache verstehe ich nicht. Warum nimmst du die Pillen, wenn du mit ihr gar nichts hast?«, fragte Julia.

»Prophylaxe«, sagte Hans. Er merkte selber, wie verrückt sich das anhörte.

»Du bist wirklich nicht dicht, das kann mir keiner erzählen«, sagte Julia. Katharina schien es jetzt endgültig die Sprache verschlagen zu haben.

»Wenn ich euch verspreche, meinen Konsum runterzufahren, lasst ihr mich dann in Ruhe?«

»Das ist nicht der Kompromiss. Du stellst deinen Konsum ein, bis du die Pillen wirklich brauchst.« Katharina hatte ihre Stimme wiedergefunden. »Ich habe keine Lust und keine Zeit, einen Pflegefall zu versorgen, wenn du einen Schlaganfall bekommst. Und ich vermute, Julia auch nicht.«

»Gott bewahre«, sagte diese.

Hier gab es nichts mehr auszuhandeln, das sah er ihnen an. Insgeheim gab er ihnen recht. Er fragte sich selber schon, warum er bei Nicole nicht mehr in der Lage war, seinen Verstand zu gebrauchen.

»Ist ja gut«, sagte er dann laut. »Ich sehe es ein. Ich verspreche euch, verantwortlich mit den Medikamenten umzugehen.«

Katharina atmete sichtbar erleichtert aus und schenkte ihm das erste Lächeln des Morgens. Hans lächelte zurück. Julia sah amüsiert aus, das konnte er ihr nicht verübeln.

»Dann frühstücke ich jetzt«, sagte er und zog das Brotkörbchen zu sich rüber. Einen Moment schwebte sein Arm über den Brötchen. Er entschied sich dann aber unter Katharinas aufmerksamem Blick für eine Scheibe Vollkornbrot. Wenn er seinen Lebensstil verbessern wollte, konnte es nicht schaden, jetzt schon damit anzufangen.

Es war Sonntagmorgen 10.30 Uhr, als Thomas sich das erste Mal ärgerte. Sein Rasierschaum war leer. Er griff in den Badezimmerschrank, um eine neue Dose herauszuholen, es war keine zu finden. Er rief nach Nicole, die nach einer beeindruckend langen Zeit endlich erschien, um von ihr in einem patzigen Ton zu erfahren, dass sie überhaupt keinen gekauft hatte. Er verkniff sich die Frage, was sie am Tag davor den ganzen Vormittag in Seligenwalde gemacht hatte, und rasierte sich behelfsmäßig mit Seifenschaum.

Bei seinem späten Frühstück, das er sich sonntags als Luxus erlaubte, fehlte sein obligatorischer Räucherlachs, was von Nicole mit einem flapsigen »Hab ich vergessen« kommentiert wurde. Hier ärgerte er sich das zweite Mal, diesmal schon etwas ausgiebiger.

Seine Tochter schlurfte herein und trank einen großen Schluck Milch aus der Packung. Nicole ignorierte das völlig. Thomas sah sich gezwungen einzugreifen.

»Lass das«, herrschte er sie an, obwohl es ihn nicht so sehr störte wie normalerweise seine Frau. »Das ist unhygienisch.«

»Mir wurscht«, erwiderte Laura.

»Mir aber nicht.« Thomas war jetzt wirklich sauer. »Und wenn wir schon dabei sind, dein Zimmer ist mittlerweile ein Saustall. Überhaupt hast du seit Ewigkeiten nicht mehr im Haushalt geholfen. Darüber hinaus war es gestern Abend deutlich später, als mir lieb war. Wann sollte sie zu Hause sein?« Die Frage war an Nicole gerichtet.

»Ich habe ihr nichts gesagt«, antwortete Nicole unbeteiligt und blätterte in ihrer Zeitung.

»Was soll das heißen?«, fragte Thomas ungläubig. »Wo war sie überhaupt?«

»Das weiß ich doch nicht«, giftete Nicole. »Du könntest ihr ja auch mal was sagen. Ich war schließlich mit den Gärtners unterwegs.«

»Ich war nur bei Jan«, warf Laura schnell ein, als sie merkte, dass die Stimmung ihrer Eltern kippte. Thomas ignorierte sie.

»Nicole, so geht das nicht«, sagte er mühsam beherrscht. »Wir waren uns immer einig, dass du dich um die Kinder und die Erziehung kümmerst. Aber in letzter Zeit funktioniert hier anscheinend überhaupt nichts mehr.«

»Ich habe auch ein Leben«, sagte Nicole.

»Das habe ich nie bezweifelt«, erwiderte Thomas. »Trotzdem kannst du nicht mittendrin die Regeln ändern und es nicht mit mir besprechen.«

Laura verdrückte sich schnell durch die Küchentür. Thomas tat es leid, dass seine Tochter mal wieder Zeuge einer Auseinandersetzung werden musste. Jetzt ärgerte er sich zum dritten Mal.

Nicole störte das anscheinend wenig. Thomas bekam einen Eindruck davon, warum manche Männer ausflippten. Das hieß nicht, dass er es guthieß, er verstand es jetzt nur besser.

Nicole verschränkte herausfordernd die Arme.

»Dafür bin natürlich wieder ich verantwortlich«, sagte sie beleidigt.

»Natürlich bist du dafür verantwortlich. Das war unsere Regelung, die nun schon seit Jahren gilt. Wenn du daran etwas geändert haben willst, sollten wir darüber sprechen.

Aber du kannst Laura nicht einfach machen lassen, was sie will.«

»Geh mir nicht auf die Nerven. Laura ist kein Kind mehr.«

»Du dafür mittlerweile umso mehr. Ich erkenne dich nicht mehr wieder, seit wir in Muckeringen sind.«

»Du sitzt hier auch nicht fest.«

»Du auch nicht«, erwiderte Thomas. »Setz dich ins Auto und fahre, wohin du willst. Darf ich dich daran erinnern, dass es genauso deine Idee war wie meine, hierhin zu ziehen. Ich habe dich nicht gegen deinen Willen aufs Land geschleift.«

»Du passt hier auch besser rein als ich«, sagte Nicole.

»Nicht besser oder schlechter als du. Ich bin nur anpassungsfähiger und nebenbei ausgeglichen.«

»Jetzt bin ich auch noch verrückt«, schnappte Nicole.

»Das habe ich nicht gesagt. Aber du nimmst schon eine ganze Zeit Antidepressiva, auch wenn du dir Mühe gibst, es vor mir geheim zu halten.«

Nicole zog es vor, darauf nicht zu antworten. Das war Thomas egal, er hatte sich in Rage geredet.

»Hier im Haus passiert nichts mehr. Gar nichts. Die Blumen vertrocknen, die Wollmäuse kann man durch die Wohnung jagen. Bei dem ganzen Staub kann ich froh sein, noch keine Lungenkrankheit zu haben.«

»Ich bin nicht nur deine Putzfrau«, herrschte Nicole ihn an.

»Natürlich nicht, ich wäre auch durchaus glücklicher, wenn du etwas anderes für mich wärst. Aber das habe ich jetzt schon so lange nicht mehr gehabt, ich weiß gar nicht, ob ich das überhaupt noch kann.«

»Das war ja klar. Putzen und Sex. Das siehst du, wenn du mich anguckst.«

»Ach Nicole, du redest Blödsinn«, sagte Thomas müde. »Ich habe dich schon immer als eigenständigen Menschen gesehen. Nicht nur als hübsches Anhängsel. Aber du lässt mich überhaupt nicht mehr an dich ran, egal, was ich tue oder sage.«

Nicole presste die Lippen zusammen. Thomas schaute sie an und seufzte.

»Liebst du mich eigentlich noch?«, fragte er dann unverblümt.

»Wie meinst du das?«.

»Daran gibt es nicht sehr viel misszuverstehen.«

»Liebst du mich denn noch?«, fragte Nicole im Gegenzug.

»Du solltest keine Frage mit einer Frage beantworten«, sagte Thomas. »Ich sage dir ehrlich, ich weiß es im Moment nicht genau. Aber trotzdem ist mir unsere Ehe wichtig, weil man das nicht so einfach aufgeben sollte. Zumindest haben wir uns so etwas Ähnliches vor dem Altar versprochen.«

Nicole gab ihm darauf keine Antwort und starrte wieder in ihre Zeitschrift. Thomas gab es auf und verließ die Küche.

Nachdem Christian seine unfreiwillige nächtliche Wanderung beendet hatte, fühlte er sich außerstande, wieder nach Hause zurückzukehren. Er war wütend, aber das gefiel ihm nicht besonders. Er hatte zu wenig Übung darin und Wut war eine sehr schlechte Option, wenn die eigene Ehefrau eine potenzielle Mörderin war.

Er wählte die einzig mögliche Alternative und klingelte in den frühen Morgenstunden bei seinem Bruder. Der war nicht sonderlich überrascht, Christian verfroren und übermüdet zu sehen. Das Gute an Brüdern war, dass sie neugierige Fragen erst dann stellten, wenn Zeit dazu war. Daniel trat beiseite und ließ ihn herein.

»Geh schon mal ins Bad«, sagte er. »Ich bringe dir ein Handtuch.«

Christian war froh, seinen kalten Körper unter einer warmen Dusche wieder zum Leben erwecken zu können.

Daniel steckte den Kopf zur Tür rein.

»Ich habe dir das Bett in Alexandras Atelier bezogen«, sagte er. Alexandra hatte am Anfang ihrer Ehe gemalt. Als ihr das jedoch weder Geld noch Ruhm einbrachte, war schnell wieder Schluss damit. »Schlaf du dich erst einmal aus.«

Je länger Christian duschte, umso mehr flossen sein Widerstand und seine Wut aus ihm heraus. Es blieb eine dumpfe Verzagtheit. Er hatte sich zwar mit jedem Schritt eine Kampfbereitschaft erlaufen, die sich allerdings jetzt wieder verflüchtigte. Er machte sich Sorgen, wie Stephanie reagieren würde, obwohl seine Frau sich mehr über seine Reaktion sorgen müsste. Einen als Baum verkleideten Ehemann mitten in der Nacht sitzenzulassen, wenn er von der Polizei gesucht wurde, das war nicht gerade das, was man sich unter einer liebenden Frau vorstellte.

Er schaltete seine negativen Gedanken ab und legte sich hin.

Das funktionierte wider Erwarten gut, er wachte erst gegen 11.30 Uhr wieder auf.

Er streifte durch das ruhige Haus und fand seinen Bruder im Arbeitszimmer. Daniel blickte auf und grinste.

»Wieder unter den Lebenden?«

»Offensichtlich.« Christian ließ sich in Daniels Lesesessel fallen.

»Das war ein kompletter Reinfall«, sagte er. »Die Frauen haben sich verpisst und ich hätte fast eine Nacht im Gefängnis verbracht.«

»Also wart ihr erfolgreich?«

»Nein, noch nicht mal das hat geklappt«, sagte Christian. »Ich habe mich in Gefahr begeben, mir fast jeden einzelnen Knochen im Leib gestoßen, mich im Dreck gesuhlt und dann habe ich es noch nicht einmal verdient, mit dem Auto nach Hause gefahren zu werden.«

»Sei froh, dass es so gekommen ist«, sagte Daniel. »Sonst hättest du es auch bereut.«

Mit diesen warmen Worten machte Christian sich auf den Heimweg und fragte sich, was er jetzt wohl wann zu bereuen hatte. Immerhin war er sich diesmal sicher, nicht viel falsch gemacht zu haben.

Diese Überzeugung hielt ziemlich genau 400 Meter an. Je näher er seinem windschiefen Zuhause kam, desto kraftloser wurde sein Schritt. Er schloss die Haustür auf, hing seine Jacke an den Haken und überlegte sich eine Strategie.

Auch für eine Mörderin war es unentschuldbar, ihren Mann nachts in der Gefahr sitzenzulassen, die sie selber heraufbeschworen hatte. Mörderin oder nicht, trotzdem könnte sie sich an ihr Eheversprechen halten.

Stephanie sah leider in keiner Weise schuldig aus. Er hatte sich für verhaltene Offensive entschieden, bekam aber keine Gelegenheit, sie durchblicken zu lassen.

»Das hast du wirklich toll vermasselt«, sagte sie. »Hätte ich es doch bloß selber gemacht.«

»Ich? Vermasselt?« Christian war in den letzten Wochen schon einiges gewohnt, aber das verblüffte ihn.

»Darf ich dich daran erinnern, dass die Polizei angerückt ist? Von vermasseln kann man da ja wohl nicht reden.«

»Doch. Vermasselt.« Stephanie ließ sich davon nicht abbringen. »Du hast nicht einmal geschossen. Nicole und ich haben das heute Morgen überprüft.«

»Heute Nacht war das ja wohl auch schlecht möglich«, keifte Christian. Er wusste gar nicht, dass er keifen konnte. »Da musste man ja vor der Polizei fliehen und das arme Schwein zurücklassen.«

»Und? Bist du geschnappt worden?«, fragte Stephanie.

»Vielen Dank für die mitfühlende Nachfrage«, sagte Christian. »Nein, bin ich nicht. Ich musste mir die Kraft für einen langen Rückweg aufsparen.«

Stephanie trat dichter an ihren Mann heran. Leider nicht, um Zärtlichkeiten auszutauschen.

»Nicole findet, du schadest unserer Bewegung«, sagte sie.

»Ehrlich gesagt, ich glaube das langsam auch. Darüber müssen wir nachdenken.«

Christian wollte sich nicht vorstellen, was sie dachte und nicht aussprach. Der Knoten im Magen meldete sich mal wieder, indem er sich ruckartig zusammenzog.

»Du meinst, der Zweck heiligt die Mittel?«, quetschte er zwischen den Zähnen hervor.

Stephanie überlegte einen Augenblick und lächelte dann. Es war mörderisch.

»Ja«, sagte sie heiter. »Ja, genauso könnte man es nennen. Guter Vergleich.«

Christian freute sich natürlich, dass er gute Vergleiche machen konnte. Aber für einen kleinen Ruhm mit dem Leben zu bezahlen, erschien ihm doch übertrieben.

Sebastian hing lange in seiner unglücklichen Position, bis Matthias sich erbarmte und ihn wieder herunterhob. Die Hoffnung, der Aufhänger seiner Jacke würde abreißen, erfüllte sich nicht. Er sinnierte über Wertarbeit aus Bangladesch und stellte fest, dass es damit besser bestellt war als gemeinhin vermutet. Er hatte sowieso viel Zeit zum Nachdenken, da er keine Unterhaltung hatte, wenn man von den Hühnern absah, die unermüdlich und fleißig imaginäre Körner unter seinen Füßen pickten.

Matthias sprach nicht mit ihm, als er ihn aus seiner misslichen Lage befreite. Sebastian war ebenfalls nicht an einem Plausch interessiert, wollte aber den bereits entstandenen Schaden mildern. Es war schlimm genug, dass Hans Adler seine Schmach mit angesehen und sicherlich nichts Besseres zu tun hatte, als es umgehend weiterzuerzählen.

Er zog seine Jacke und sein Sweatshirt gerade und zwang sich, Matthias in die Augen zu sehen. Er musste den Kopf ziemlich heben. Der Schirm seiner Baseballkappe nahm ihm die Sicht.

»Tut mir leid, war ziemlich daneben von mir«, murmelte er.

»Soso«, sagte Matthias.

»Ich wollte mir selber was beweisen. Aber irgendwie habe ich das falsch angefangen.«

»Sehe ich ähnlich«, bestätigte Matthias.

Sebastian guckte ihn hilflos an und wartete auf eine weitere Reaktion. Matthias erbarmte sich.

»Ich nehme es dir nicht übel«, sagte er.

»Ich geh dann mal«, knirschte Sebastian, immer noch recht kleinlaut.

»Mach das«, sagte Matthias nur.

Sebastian hatte auf dem Weg nach Hause den Eindruck, er würde von allen Seiten beobachtet, obwohl er nur an dem Haus von Christian und Stephanie Gärtner vorbeikam.

Die Schmach jedoch lauerte im eigenen Haus. Hans Adler hatte keine Zeit verstreichen lassen und Sabine angerufen, um sie auf den neuesten Stand zu bringen.

»Manchmal weiß ich nicht, was in dir vorgeht«, sagte sie. Das war allerdings besser als das, was Brigitte zu bieten hatte.

»Matthias hat wohl den Film *Hängt ihn höher* gesehen«, spottete sie und kicherte ziemlich dämlich, wie Sebastian fand.

Er verzog sich in sein Zimmer, ohne erneut seine Männlichkeit zu beweisen.

Dort blieb er die ganze Woche und kam nur zum Vorschein, um sich Essen zu holen oder auf die Toilette zu gehen. Es passte gut, dass er ein neues Spiel programmierte und sich daher nicht in der Firma sehen lassen musste.

Scheinbar war es keine nennenswerte Veränderung zu seinem sonstigen Verhalten, denn außer ihm fiel das keinem auf. Nicht einmal sein Sohn Jan äußerte irgendwelche Wünsche. Das machte ihm mit einem Schlag klar, wie wenig er sich um Haus und Familie kümmerte. Er hätte sich gerne näher mit dem Problem beschäftigt, fühlte sich aber im Moment aus Scham und Frust über seine Situation außerstande und verschob es auf einen anderen Tag.

Katharinas Webseite war mittlerweile fertig und wartete auf ihre Abnahme. Sebastian schob den längst fälligen Anruf vor sich her, bis ihm das am Sonntag von Katharina abgenommen wurde. Sie kündigte sich für nachmittags an und schaffte das, was in dieser Woche keiner fertiggebracht hatte: Sebastian verließ sein Zimmer.

Sebastian dachte, die Sache wäre damit erledigt, da Katharina ihn nicht sofort auf den Vorfall bei Matthias ansprach. Das hatte sie sich jedoch bis zum Schluss aufgehoben.

»Was war das eigentlich letzte Woche?«, fragte sie.

»Was meinst du?«, fragte Sebastian zurück in der Hoffnung, sie würde auf halbem Weg vergessen, dass er ihr eine Antwort schuldig bleiben wollte.

»Dein Auftritt bei Matthias.« Keine Chance aus dieser Richtung.

»Ich wollte meinen Standpunkt klarmachen.«

»Das hat ja geklappt.« Katharina lachte.

»Eigentlich wollte ich beweisen, dass ich genauso ein Mann bin wie er«, sagte er kleinlaut und unerwartet ehrlich. Das schien zu wirken.

»Das finde ich süß von dir«, meinte Katharina.

»Ich will nicht, dass du mich süß findest. Ich will, dass du mich ernst nimmst.«

»Aber das tue ich doch.«

»Nicht so sehr, um dich in mich zu verlieben.«

»Du hast den ganzen Zirkus veranstaltet, damit ich mich in dich verliebe?«

»Hat es geklappt?«

»Nein, hat es nicht«, sagte Katharina. »Ich habe es auch nicht so ernst genommen.«

»Siehst du. Ich habe doch gesagt, du nimmst mich nicht ernst.«

»Hör richtig zu. Dich nehme ich ernst. Nur nicht das, was du gesagt hast.«

Es hatte keinen Zweck, in ihren Worten nach einer versteckten Botschaft zu suchen. Katharina merkte, wie betreten er war.

»Sebastian, es tut mir leid. Ich wusste nicht, dass das bei dir so tief geht«, sagte sie und strich ihm mit der Hand über den Arm.

Sebastian beschloss, sich genug lächerlich gemacht zu haben. Mehr konnte er nicht verkraften.

»Ich werde es überleben«, sagte er. »Aber ich gebe die Hoffnung noch nicht auf. Vielleicht hast du Matthias Beier irgendwann mal über.«

»Ja, wer weiß«, erwiderte Katharina. Sebastian wusste zwar, dass es nur eine automatische Antwort war, aber es tat ihm trotzdem gut.

Christian hatte nicht viele Plätze, wohin er sich zurückziehen konnte. Deswegen war das kleine, nicht mehr genutzte Gartenhaus sein Heiligtum, das sich am Ende des Grundstückes befand. Der Hütte konnte noch nicht mal Stephanie etwas abgewinnen. Hier verwahrte Christian Sachen, die ihm wichtig waren. Da die Meinung seiner Frau und seine eigene über die Bedeutung von wichtigen Sachen öfters auseinanderdrifteten, waren im Haus nicht viele persönliche Dinge von ihm zu finden.

Das Gartenhaus hatte den Vorteil, dass Stephanie sich nicht darum kümmerte. Auch war es durch einen Kastanienbaum vor dem Haus und vom vorderen Teil des Gartens nicht einzusehen.

Ende April war es zwar nicht warm genug, trotzdem saß Christian in einem alten, mit gelben Plastikbändern bezogenen Liegestuhl, der so durchgelegen war, dass er aufpassen musste, nicht durch die Bänder zu rutschen. Christian störte das nicht. Er gehörte zu seinem Reich, hier konnte er seinen Gedanken nachhängen. Allerdings waren es heute durchweg dunkle Gedanken.

Das Gespräch mit Stephanie heute Morgen war nicht so gelaufen, wie er es sich vorgestellt hatte. Irgendwie hatte sie es geschafft, die moralische Oberhand zu behalten. Er war wahrscheinlich der einzige Mann auf der Welt, der keine Straftat beging und trotzdem zum schwarzen Schaf gestempelt wurde. Das war eine Logik, der nur seine Frau folgen konnte. Christian saß in der Falle. Er konnte die Angelegenheit nicht mehr einfach aussitzen, obwohl er es verzweifelt probiert hatte. Er zählte seine Optionen und stellte fest, dass es nicht sehr viele gab.

Sein Leben war schon schwer genug gewesen, bevor Stephanie als Liquidator von Muckeringen durch die Gegend zog. Die Erkenntnis machte seine Situation so gut wie aussichtslos. Er war jedoch nicht gewillt, ohne Weiteres von dieser Welt abzutreten und ebenso wenig, den guten Ruf seiner Tochter zu gefährden. Das machte ihm schlagartig bewusst, dass er jetzt handeln musste.

Stephanie zu beichten, schied aus. Er hatte keine Lust, den Rest seines Lebens nachts wach zu bleiben, um sich seiner Haut zu wehren. Das war auf Dauer wenig praktikabel. Er wäre besser dran, wenn Stephanie etwas zustoßen würde. Reflexartig zog er die Luft ein und glaubte einen Augenblick, das laut ausgesprochen zu haben. Hektisch drehte er sich auf der Liege. Das rostige Gestell quietschte empört auf. Seine Augen suchten die Büsche ab. Keiner lauerte dahinter und keiner beobachtete ihn.

Einmal entschlüpft, nahm der Gedanke schnell Form an. Er spielte halbherzig ein paar Szenarien durch, kam aber zu keinem befriedigenden Ergebnis. Er eignete sich einfach nicht als Verbrecher, dafür war er zu fantasielos. Man brauchte Einfallsreichtum für ein perfektes Verbrechen und Christian kannte den passenden Mann dafür. Er nahm sein Handy und rief seinen Bruder an. Der klang merkwürdig dumpf.

»Kannst du vorbeikommen? Ich muss dich dringend etwas fragen.«

»Jetzt?«

»Natürlich jetzt«, sagte Christian. »Sonst wäre es ja nicht dringend. Ich bin beim Gartenhaus.«

»Meinetwegen«, gurgelte Daniel und legte auf.

Daniel ließ auf sich warten. Als er endlich erschien, trug er ein idiotisches Grinsen zur Schau.

»Na toll. Du hattest Sex«, stellte Christian missmutig fest.

»Was ist schlimm daran?«

»Nichts«, sagte Christian. Missgunst war keine Eigenschaft, die er gerne mochte.

Dennoch dachte er an Sex als Täuschungsmanöver, Sex als Mäntelchen über unkeusche Gedanken, die Julia sicherlich Thomas gegenüber gehabt hatte. Anders konnte Christian sich Sex an einem Sonntagnachmittag nicht erklären. Das passte wiederum zu seiner Fantasielosigkeit und schloss den Kreis.

»Warum wolltest du mich jetzt so dringend sprechen?«, fragte Daniel.

»Ich brauche dein Köpfchen«, sagte Christian.

Daniel kicherte. Daniel kicherte sonst nie. Der Sex musste extraordinär gewesen sein.

»Was weißt du über das perfekte Verbrechen?«

»Nun ja, bei Alexandra kam mir zum Schluss schon mal der Gedanke.«

»Und? Hattest du einen Plan?« Christian konnte es nur hoffen.

»Das war ein Spaß«, erklärte Daniel beunruhigt.

»Dann mach mir keine Hoffnung«, sagte Christian enttäuscht.

»Hoffnung worauf?« Sex machte wohl auch begriffsstutzig.

»Du sollst mir helfen, Stephanie aus dem Weg zu räumen.«

Entsetzter wäre Daniel auch nicht gewesen, wenn er ihm mitgeteilt hätte, im Keller eine Atombombe zu bauen.

»Bist du irre?« Seiner Mimik war zu entnehmen, dass er das wirklich glaubte.

»Nicht irrer als gestern«, erwiderte Christian. »Nur verzweifelter.«

»Das ist doch kein Grund, einen Mord zu begehen«, sagte Daniel. »Um Gottes willen, versuch, deine Verzweiflung anderweitig zu kompensieren.«

»Du weißt, dass ich erwischt werde, wenn ich es alleine plane.« Christian appellierte an Daniels Mitleid und Bruderliebe. Vergeblich.

»Das will ich auch schwer hoffen.« Daniel gab sich kompromisslos. »Wenn du so einen Quatsch vorhast, verdienst du es nicht besser.«

Christian schwieg und konnte sich nicht entscheiden, ob er beleidigt oder erleichtert sein sollte.

»Ich kann verstehen, die Sache setzt dir zu«, sagte Daniel. »Da kommt man schon mal auf blöde Ideen. Aber glaub mir, es wird sich alles auch so richten.«

»Ich wünschte, ich hätte deinen Optimismus.«

»Sei froh, dass du mich hast. Ich beschütze dich vor dir selber.«

Das stimmte. Daniels Haltung hatte seine Pläne und sein Vorhaben schnell relativiert. Stephanies Tod wäre zwar eine endgültige Lösung, sicher aber nicht die einfachste und beileibe nicht die komfortabelste. Dann gab es noch das Problem, dass der Mord auch durchgeführt werden musste. Davor hatte Christian noch mehr Angst, als in einem Gefängnis zwischen Schwerverbrechern zu sitzen.

»Wahrscheinlich hast du recht«, sagte er daher. »Die ganze Sache verstopft schon mein Gehirn.«

»Wenn du mir versprichst, nicht gleich einen Teil der Muckeringer Bevölkerung auszurotten, würde ich gerne wieder nach Hause gehen. Heute ist sicherlich noch mehr für mich drin.«

Die Aussicht auf Sex machte scheinbar nicht davor halt, einen Bruder in einer Lebenskrise sitzenzulassen. Er blickte Daniel nach.

»Also bin ich wieder auf meine eigene Weisheit angewiesen«, sagte Christian wehmütig.

Stephanie war bestimmt der Meinung, alles Wichtige über ihren Mann zu wissen. Christian behielt für sich, dass das nicht so war. Kleine Geheimnisse zu bewahren, war für ihn kostbar und gab ihm die Möglichkeit, sich verwegen und geheimnisvoll vorzukommen. Natürlich nur so lange, wie Stephanie nicht dahinterkam.

Seine Vorliebe für Paintball hatte ihr am Anfang zu schaffen gemacht. Sie arrangierte sich dann aber mit seinem Hobby auf ihre Weise. So wurde aus dem von ihr verhassten Kriegsspiel eine fröhliche Farbenkleckserei. Bis es allerdings so weit war, hatten sie eine lange und vor allen Dingen diskussionsreiche Phase, die Christian freiwillig nicht so schnell wiederholen wollte. Daher fand er es besser, ihr sein zweites Hobby wohlweislich zu verschweigen.

Er hatte sich während seines Studiums zum Sprengmeister ausbilden lassen. Er hielt es für die passende Ergänzung zu seinem Maschinenbaustudium. Damals hatte er große

Ambitionen und noch größere Träume, Deutschland zu verlassen, um in einem kleinen, unterentwickelten Land explosive Landschaftspflege zu betreiben. Leider bekam er keine Gelegenheit mehr, sein Können zu beweisen. Bei Stephanie versandete jedes Korn Gewalt erst einmal im großen See der Ignoranz.

In Seligenwalde hatte er sich dann für ein Jugendprojekt gemeldet, in dem straffällig gewordene Jugendliche im Rahmen einer Therapie ihre Aggressionen mit Gewalt bekämpfen sollten. Christian hörte dem Therapeuten über eine Stunde lang zu und konnte danach immer noch nicht den Zusammenhang zwischen passiver und gelebter Aggressivität erkennen. Das war auch nicht wichtig. Er konnte wieder einmal einen Sprengkörper knallen hören und etwas in tausend Teile zerspringen sehen.

Es war eine ehrenamtliche Aufgabe, zu der er sich schnell bereiterklärte. Doch bereits auf dem Weg nach Hause überlegte er, wie er Stephanie das und diesen Teil seiner Vergangenheit schonend erklären sollte. Er entschied sich dafür, es zu lassen. Seitdem war das sein Geheimnis, das er keinem erzählte, noch nicht einmal seinem Bruder.

An diesem Montag war er mit dem Fahrrad auf dem Weg nach Seligenwalde, um sich um 18.30 Uhr mit seiner Gruppe an der alten Kiesgrube zu treffen. Nach den Anspannungen der letzten Wochen freute er sich darauf, dass die offizielle Winterpause endlich beendet war.

Sein Hinterreifen schlitterte leicht auf dem sandigen Untergrund, als er an dem großen Eisentor vorbeifuhr und seine Gruppe auf dem Gelände warten sah. Nach der Winterpause waren noch alle Mitglieder dabei, das wusste er bereits. Obwohl er am Erfolg der Therapie zweifelte, war er froh, zumindest noch ein Jahr weitermachen zu können. Aber nicht nur deswegen war er gut gelaunt. Ihm war heute Nacht etwas Geniales eingefallen, wie er die Bürgerinitiative etwas einschüchtern konnte.

Die Jugendlichen blickten ihm gelangweilt entgegen. Selbst das Zünden von Sprengkörpern hatte sie nur im ersten Monat fasziniert. Ein Mädchen mit langen, regenbogenfarbigen Haaren und einem Nasenring zog an ihrer Zigarette und schnippte einen Popel auf den Typ, der vor ihr stand und eine Dose Bier trank.

Christian blickte auf den müden Haufen. Seine Idee war den Tag über herangereift. Muckeringen hatte sicherlich andere Sorgen, wenn den Ort eine Reihe Detonationen heimsuchten, die gerade nur so schlimm waren, um den Eindruck entstehen zu lassen, die Bürgerinitiative solle gewarnt werden. Wenn er es geschickt anstellte, würden seine Nachbarn begreifen, dass die Betreiberfirma keinen Spaß verstand.

Christian hatte tagsüber im Carport ein wenig aufgeräumt. Mal hier, mal da, damit Stephanie keinen Verdacht hegte. Emsig trabte er zwischen Haus und Abstellplatz hin und her, immer kleine, unauffällige Sachen unter dem Arm, obwohl Stephanie seine Geschäftigkeit mittlerweile auffiel. Da sie aber nichts Verdächtiges entdecken konnte, beobachtete sie ihn zwar immer mit einem Auge, ihr Interesse ließ aber Stück für Stück nach, bis es sich nach dem Mittagessen schließlich komplett auflöste.

Christian hatte am Ende eine übersichtliche Ordnung hergestellt und es geschafft, jederzeit wieder den Wagen benutzen zu können. Das gab ihm ein gutes Gefühl, denn irgendwie wurde er den Gedanken nicht los, dass Flüchten wichtiger werden könnte, als ihm lieb war.

Er hatte es ebenfalls erreicht, die Wände freizubekommen. Im Keller fand er eine große Rolle mit weißer Papiertischdecke, die sie benutzten, um die Tische von Bierzeltgarnituren zu verschönern. Jetzt war sie der perfekte Untergrund für seinen Schlachtplan. Er rollte das Papier auf der linken Seite über die komplette Breite der Wand aus, die weder vom Haus noch vom Garten oder der Straße einzusehen war. Das war wichtig, falls Stephanie sich doch einmal hierhin verirrte und ihn unweigerlich fragen würde, ob er Maler werden wollte oder nur hirnlose Striche zeichnete.

An beidem war Christian nicht besonders interessiert, es überraschte ihn aber trotzdem, dass er zum Zeichnen ein gewisses künstlerisches Talent mitbrachte. Er malte eine Karte von Muckeringen, die Häuser der Nachbarn und landschaftliche Besonderheiten. Nachdem das erledigt war, wechselte er auf die andere Seite seines Autos und guckte sich sein Werk aus der Entfernung an. Muckeringen war eindeutig gut getroffen. Sinnend stand er da und überlegte, wo er den Erstschlag platzieren sollte. Wo sollte der Terror in Muckeringen beginnen?

Ihm wurde klar, dass sein Plan einige Schwächen aufwies. Er hatte kein Interesse daran, das Eigentum seiner Nachbarn zu zerstören. Er hatte ebenfalls nicht die Absicht, etwaige Fische im Muckeringer See mit einer Detonation in Stücke zu reißen. Er hielt von solchen Angelmethoden nichts und wollte auch jetzt nicht damit anfangen.

Das *Was* war ihm klar, an dem *Wie* haperte es in der Praxis noch erheblich. Der einzige Werkstoff, den er mit Explosionen in Verbindung brachte, war Dynamit. Da man das allerdings nicht im Internet bestellen konnte, wurde es schwierig. Außerdem war es sicherlich nicht klug, ausgerechnet in dem Dorf Dynamit zu zünden, in dem er als ausgebildeter Sprengmeister wohnte. Einen scharlachröteren Buchstaben auf der Stirn hätte er sich nicht aufmalen können.

Also musste etwas her, was im schlimmsten Fall noch als Dummejungenstreich durchging. Das funktionierte sicherlich nicht mit Dynamit. Feuerwerksraketen kamen ihm in den Sinn. Er begann, die Menge an Sprengkraft auszurechnen, die er brauchte, um Feuerwerksraketen zu kleinen Bomben umzufunktionieren. Alles andere schien ihm zu gefährlich und zu schnell zurückverfolgbar.

Das stellte ihn vor die neue Herausforderung, Berechnungen anzustellen, damit die Muckeringer Bevölkerung nicht einem farbenprächtigen Feuerwerk zusah und dabei vergaß, dass sie eigentlich Angst haben sollte.

Christian kam sich wieder einmal jämmerlich vor. Er schaffte es noch nicht mal, sich mit einem coolen Hobby, mit dem er ganz Muckeringen von der Landkarte radieren könnte, den nötigen Respekt zu verschaffen und vor seiner Frau und dem Rest der Nachbarn wieder Oberwasser zu bekommen. Er war schlichtweg erbärmlich.

Er machte ein paar vage Kreuze als mögliche Ziele, überlegte angestrengt und verwarf das wieder. Dummerweise hatte er die Kreuze mit Filzstift gemacht. Er studierte das Kleingedruckte auf dem Stift und stellte fest, dass es ein wasserlöslicher Stift war. Er ging zurück ins Haus, um den Badeschwamm zu holen. Das brachte ihm wieder einen von Stephanies merkwürdigen Blicken ein.

»Wo willst du mit dem Schwamm hin?«, fragte Stephanie, als er im Begriff war, das Haus zu verlassen.

»Ich muss was wegwischen.«

»Mit unserem Badeschwamm?« Stephanie war zwar ein Naturkind, aber dennoch entsetzt.

»An meinem Körper«, sagte Christian kryptisch und verschwand aus der Haustür.

Während Stephanie noch überlegte, woran er wohl draußen im Freien mit ihrem Badeschwamm an seinem Körper wischen wollte, hatte Christian diesen längst im Regenfass mit Wasser befeuchtet. Er drückte den Schwamm sorgfältig aus und versuchte, den wasserlöslichen Filzstift wieder zu entfernen. Das funktionierte nicht so reibungslos, wie er sich das vorgestellt hatte. Die Papiertischdecke erwies sich als außerordentlich saugfähig. Da er den Schwamm nicht so ausgepresst hatte, wie er glaubte, saugte sich das Papier in alle Richtungen wie eine splitternde Glasscheibe mit Wasser voll. Sein wohlgezeichneter Landschaftsplan sah aus, als wäre er im Meer versunken.

Zornig riss Christian das Papier wieder von der Wand, was nicht so einfach war, da er es bei dem Versuch immer mehr zerfetzte. Er schaute die Rolle, die noch in der Ecke stand, mit sichtlichem Abscheu an und entschloss sich, den neuen Lageplan etwas kleiner und in seinem Arbeitszimmer auf einem ganz normalen DIN A3-Blatt zu zeichnen. Eventuell war ein Lageplan für so ein winziges Nest, das von der Mitte des Muckeringer Sees aus vielleicht gerade mal einen Radius von 300 Metern hatte, sowieso eine komplett schwachsinnige Idee.

Er ging ins Haus, wo Stephanie ihn fragend ansah. Er drehte auf dem Absatz um, um den Badeschwamm auch wieder hereinzuholen. Stephanie nahm ihn entgegen und drehte ihn prüfend in alle Richtungen, fand aber anscheinend nichts Auffälliges. Es beruhigte sie wohl auch, Christian komplett bekleidet zu sehen. Deshalb stellte Stephanie keine Fragen, als Christian eine Etage höher in sein winziges Arbeitszimmer ging.

Den Rest des Abends ergötzte Christian sich an komplizierten Berechnungen, bis er sich gegen 20 Uhr zufrieden in seinem Stuhl zurücklehnte. Er hatte es geschafft, einen Plan zu entwerfen, und war begierig darauf, ihn in der Kiesgrube zu testen.

Sebastian machte die interessante Feststellung, dass ihm seine Lieblingsbeschäftigungen Computer, Schlafen und Faulenzen nicht über Katharinas Absage hinweghalfen.

Daher schmiedete er einen Plan. Das fiel ihm nach seiner letzten Blamage zwar nicht leicht, war aber unbedingt nötig, um Katharinas Hoffnung auf Matthias zu zerstören. Wenn er Matthias überreden konnte, Katharina zu vergraulen, würde sie sicherlich von ihm ablassen. Das erschien ihm trotz der unausgesprochenen Gemeinheit nur logisch. Er fasste sich ein Herz und stattete Matthias Mittwochnachmittag einen Besuch ab.

Auf dem Hof schien alles verlassen. Sebastian öffnete auf gut Glück die Tür zu einem Büro, das so gar nicht zu einem Bauernhof passen wollte. Es hätte ihn nicht verwundert, wenn Matthias von hier aus die Geschicke eines Multimilliarden-Konzerns gelenkt hätte, so auserlesen und hochwertig war das Mobiliar. Sein Besitzer war es allerdings nicht.

»Anklopfen ist nicht?« Mürrisch blickte Matthias ihn an.

»'tschuldigung«, quetschte Sebastian kleinlaut heraus und blieb unentschlossen im Türrahmen stehen.

»Komm rein, dann bleiben wenigstens die Fliegen draußen.«

Nach dieser freundlichen Aufforderung betrat Sebastian den Raum.

»Heute wieder auf Aggressionskurs?«, fragte Matthias. Seine Laune schien sich immer dann zu bessern, wenn er andere Menschen mit unliebsamen Wahrheiten konfrontieren konnte.

»Nein«, sagte Sebastian unbestimmt und setzte sich auf einen unbequem aussehenden Hocker, ohne zum Sitzen aufgefordert worden zu sein. Falls Matthias es bemerkte, ließ er es bewundernswert unkommentiert.

»Ich wollte dich nur um etwas bitten.«

»Da bin ich gespannt«, sagte Matthias.

»Lass Katharina in Ruhe.«

»Wie bitte?« Matthias schien wahrhaftig verblüfft. »Was tue ich ihr denn?«

»Na ja.« Sebastian hatte den Faden auf halbem Weg verloren. »Ich meine, vielleicht machst du sie ja an, oder so.«

Es klang lahm, das merkte er selber. Aber aus irgendeinem Grund war Katharina doch auf Matthias abgefahren. Mit seiner normalen Persönlichkeit war das nicht zu erklären. Er musste Katharina noch eine andere Seite gezeigt haben, und das galt es herauszufinden.

»Ich mache Katharina Henigbaum an.« Die Antwort von Matthias klang mehr wie eine Feststellung als eine Frage. Dennoch konnte man Fragezeichen auf seiner Stirn erkennen. Sebastian missverstand das.

»Sag ich doch«, betonte Sebastian. »Aber ich bin echt in sie verliebt. Vielleicht sind deine Gefühle nicht ganz so stark wie meine, und du könntest sie mir überlassen.«

Matthias war jetzt eindeutig belustigt. Sebastian fand es erstaunlich, wie leichtfertig er mit Gefühlen umgehen konnte.

»Oder irre ich mich?«, fragte er daher.

»Sehe ich aus wie ein Kummerkasten?« Matthias seufzte. »Ich weiß nicht, warum die Leute in letzter Zeit ihren Gefühlsmüll bei mir abladen. Es interessiert mich wirklich keinen Deut.«

»Heißt das, du überlässt sie mir?«

»Ich glaube das alles nicht«, sagte Matthias. »Was hält das Fräulein Henigbaum denn davon, wie ein Besitz von dir herumgereicht zu werden?«

»Ich glaube nicht, dass sie es gut fände.«

»Hör zu«, sagte Matthias. »Ich weiß, du hast es in der Vergangenheit schon mal schwer gehabt. Hast dich zwar bei deiner Mama verkrochen, aber gut. Du solltest trotzdem langsam erwachsen werden. Sonst ist es Essig mit deiner Katharina.«

»Du hast recht«, bestätigte Sebastian, der nur verstanden hatte, dass Matthias ihn anscheinend nicht bei Katharina verpfeifen würde. Das war die Hauptsache.

Um das Muckeringer Endzeitszenario adäquat gestalten zu können, fuhr Christian am nächsten Tag in ein Internetcafé nach Seligenwalde. Es war groß und ungemütlich, lag aber nah genug am Bahnhof, um trotzdem gut besucht zu sein.

Christian musste recherchieren und wollte dabei so anonym wie möglich bleiben. Er war zwar kein IT-Experte, hielt es jedoch für keine gute Idee, am heimischen PC nach Bombenbau für den Hausgebrauch zu suchen.

Er rief unentschlossen ein paar Seiten über eine Suchmaschine ab und stellte fest, dass er es unterschätzt hatte, an ein Thema, von dem er reichlich Hintergrundwissen hatte, mit glaubwürdig laienhaftem Verständnis heranzugehen.

Es war wichtig, so stümperhaft wie möglich zu handeln, wenn er nicht die nächsten Jahre im Gefängnis verbringen wollte. Eine Sprengung zu planen, war eigentlich mehr ein künstlerischer Akt, in den ein Sprengmeister all sein Können legte. Christian bezweifelte stark, dass die Polizei eine ausgeklügelte Choreografie so zu schätzen wüsste wie er.

Er rollte mit dem Cursor über Dutzende Seiten, bis er etwas fand, was sich interessant anhörte. Er schaute sich vorsichtig um. Keiner nahm Notiz von ihm. Zwei Mädchen standen am Drucker und kicherten, gingen dann aber weiter. Christian druckte 21 Seiten aus und hoffte, dass keiner im Moment etwas Ähnliches vorhatte. Er hatte Glück. Der Stapel Blätter verschwand in seiner Ledertasche, wo er sich mit dem Lageplan von Muckeringen in bester Gesellschaft befand. Er traf sich mit seiner Anti-Aggressionsgruppe auf einem Schrottplatz, wo sie nach Lust und Laune mit Steinen und Baseballschlägern auf alten Karossen herumschlagen durften. Christian selber hielt das für vollkommen sinnlos. Wie sollte es einen befriedigen, auf Dinge einzuschlagen, die schon vorher kaputt waren. Der zuständige Therapeut machte am Telefon sehr deutlich, Christian solle seine Schützlinge nur beaufsichtigen und nicht behandeln, da ihm jegliche Ahnung fehle. Er schaffte es, dass er sich trotz Ingenieurstudium wie ein ausgemachter Trottel fühlte. Das verstand man wohl unter angewandter Psychologie.

Seine Sporttasche war aus dem Gepäckträger gerutscht und baumelte nun kopfüber gefährlich nah an den Speichen des Hinterrades. Da sie sich in der Feder des Fahrradsattels verklemmt hatte, war sie nicht schon während der Fahrt heruntergefallen.

Er zerrte sie unsanft heraus, um sie zu überprüfen, als ihn etwas am Kopf traf. Eines seiner Schäfchen hatte ein Stück Kühlerschlauch nach ihm geworfen.

»Geht's jetzt endlich los?«, brüllte ein pickliger Typ zu ihm rüber, dessen Baggy Pants weit heruntergerutscht waren. Christian hätte schwören können, Blümchen auf der Unterhose zu erkennen. Kleidungsstücke wurden halt unter Kindern oft weitervererbt. Es war sicher keine gute Idee, ihn auf das Design seiner Unterwäsche anzusprechen. Er hatte jemanden krankenhausreif geschlagen, weil ihm sein Gesicht nicht passte. Bevor Christian zur Gruppe ging, stellte er seine Tasche neben das Fahrrad.

Später in der Dämmerung blickte er ratlos in diese hinein. Der Reißverschluss stand offen und seine Brieftasche, der Lageplan, die Bombenbau-Anleitung und anderer Krimskrams waren verschwunden. Er hatte die Sachen offenbar auf dem Weg hierher verloren. Christian nahm es als göttliches Zeichen, seine Aktion abzublasen. An die andere Alternative wollte er partout nicht denken.

Einen Tag später saß Christian abends friedlich in der Küche. Es war kein schlechter Tag gewesen. Stephanie verhielt sich umgänglich und freundlich und er hatte seine desolate Situation fast vergessen. Das änderte sich, als jemand nachdrücklich und unaufhörlich an die Vordertür klopfte.

Die Klingel ging schon eine Weile nicht mehr. Stephanie hatte ihm verboten, eine neue anzubringen. Sie hielt es für sehr individuell und stressfreier für Mia, die so nicht beim Schlafen gestört wurde. Christian konnte nicht nachvollziehen, wie eine fehlende Klingel zu seiner Individualität beitragen sollte.

Stephanie war oben. Christian begab sich lustlos zur Tür. Egal, wer davorstand, er hatte ein extrem schlechtes Benehmen. Von dieser Meinung kam er auch nicht ab, nachdem er die Tür geöffnet hatte und Nicole erblickte.

Sie war komplett aus der Fassung und fuchtelte mit einem Bündel Papier vor seiner Nase herum. Christian lehnte sich automatisch zurück. Nicole kam ihm mal wieder deutlich zu nah. Die schien das nicht zu merken und beugte sich dafür etwas mehr vor. Christian ging zurück in die Küche in der Hoffnung, sie würde sich hinter ihm in Luft auflösen. Das Schicksal tat ihm diesen Gefallen leider nicht. Nicole lief wie selbstverständlich hinter ihm her, obwohl er sie nicht hereingebeten hatte. Der Zusammenschluss zu einer Bürgerinitiative hatte viele grundlegende Anstandsregeln außer Kraft gesetzt, das stellte er in den letzten Wochen immer wieder fest.

Stephanie trat in die Küche und er aus dem Fokus von Nicole. Zwar aus den Augen, aber leider nicht aus dem Sinn. Er wollte sich gerade rückwärts aus der Tür stehlen, als Stephanie sich umdrehte und ihn wieder heranwinkte. Während Nicoles Redeschwall deutete sie ihm mit dem Zeigefinger an, er solle sich setzen. Christian ergab sich und nahm lustlos wieder auf einem Stuhl Platz. Er begann, sich auf das zu konzentrieren, was Nicole erzählte.

Offensichtlich sah Ekelon Gas in der Bürgerinitiative keine harmlose kleine Gruppe mehr und drückte das wohl ebenso unmissverständlich in ihrem Schreiben aus. Die Muckeringer Bürgerinitiative war zu einer beißenden Zecke geworden, die zwar mit dem bloßen Auge kaum zu sehen war, aber äußerst schmerzhafte Wunden reißen konnte. Ekelon Gas ging das jetzt entschieden zu weit.

»Sie wollen uns verklagen«, empörte sich Nicole. „Stell dir das mal vor. Wir wollen nur unsere Heimat schützen und sie wagen es, uns mit einer Klage zu drohen.«

Stephanie nahm Nicole den Brief aus der Hand und studierte in scheinbarer Ruhe die einzelnen Seiten. Da sie nur sehr langsam lesen konnte, dauerte das eine Weile. Merkwürdigerweise hielt Nicole in dieser Zeit den Mund. Sie setzte sich und saß nun Christian gegenüber. Der bemühte sich, nicht hinzusehen. Nicole versuchte in dieser Auszeit, mit ihm zu flirten, obwohl Stephanie direkt danebenstand. Er bezweifelte, dass sie ihn überhaupt leiden konnte, allerdings war das für Frauen wie Nicole egal. Eroberung war Eroberung.

Stephanie war mit ihrer Lektüre fertig. Sie blickte auf und unterbrach damit Nicoles Bemühungen, Christians Aufmerksamkeit auf sich zu ziehen.

»Wir sollten uns auf gar keinen Fall einschüchtern lassen«, sagte sie. „Wir kämpfen für die gute Sache. Wenn man das tut, ist man moralisch immer auf der richtigen Seite."

Christian wagte nicht zu fragen, was an ihrer guten Sache jetzt unbedingt moralischer war als der Bau einer Biogasanlage, die langfristig ebenfalls dazu beitrug, von der Atomkraft wegzukommen. Er hatte bei seiner Frau im Moment sowieso nicht so viele Pluspunkte und wollte sich die wenigen, die er hatte, nicht noch verscherzen.

»Wir können nicht angezeigt werden«, sagte Nicole leicht hysterisch. »Das wäre nicht gut für den Ruf von Thomas.«

Erneut fragte Christian sich, warum ein Einsatz für die gute Sache den Ruf von Thomas beschädigte, verkniff sich das aber erneut.

»Wir werden schon nicht angezeigt«, beruhigte Stephanie sie. »Natürlich machen die jetzt Wind. Sie dürfen ihr Gesicht nicht verlieren.«

Christian witterte seine Chance. Wenn er es jetzt richtig anstellte, könnte der Spuk bald beendet sein.

»Na, ich weiß nicht«, sagte er. »Sie könnten schon klagen. Die Einzigen, die etwas gegen die Anlage haben, kommen aus unserem Dorf. Und das ist nicht gerade für seine hohe Einwohnerzahl bekannt. Sie fürchten hier nicht den Gegenwind wie in einem Ballungsgebiet.«

»Christian hat recht«, sagte Nicole und klimperte Christian mit ihren Wimpern an.

»Dann müssen wir den Druck wohl etwas erhöhen«, meinte Stephanie.

Christian wurde wieder flau. Zu Recht, wie sich herausstellen sollte.

»Wie meinst du das«, fragte er schwach.

»Da wir mit der lokalen Presse nicht viel Glück hatten, versuchen wir es mit der nächsten Instanz.«

»Die nächste Instanz?«, fragte Nicole.

»Das Fernsehen natürlich«, sagte Stephanie ungeduldig. Christian hatte schon früher gemerkt, dass ihr Nicole ab und zu auf die Nerven ging. Was mal wieder bewies, dass der Kampf an einem gemeinsamen Projekt auch immer ein Schmelztiegel der Persönlichkeiten war.

»Fernsehen?« Nicoles Augen leuchteten auf. Sie lotete wahrscheinlich schon die Möglichkeiten dieses Planes aus. Sicherlich hatte das nicht viel mit dem Kampf gegen die Biogasanlage zu tun. Christian vermutete, Nicole ging im Geist bereits ihre Garderobe durch, um das auszusortieren, was sie bei diesem Event anziehen könnte. Er ärgerte sich, dass ihn das beschäftigte, wo er doch verdammt noch mal genug eigene Probleme hatte.

»Ja, Fernsehen«, betonte Stephanie. Dazu gab es nicht mehr viel zu sagen. Christian erhob sich.

»Kann ich ...«, fragte er unbestimmt und zeigte mit einem Finger Richtung Tür. Stephanie nickte gnädig und setzte sich näher zu Nicole, um alles Weitere mit ihr zu besprechen.

Daniel hatte schlechte Laune. Der Direktor seiner Schule fand, er sei der perfekte Organisator für das Schulfest, das im Sommer stattfinden sollte. Seine Kollegen waren von dieser Idee begeistert. Daniel hegte den starken Verdacht, es hatte weniger mit seiner Popularität als mit der Erleichterung zu tun, nicht selber für diese Aufgabe ausgewählt worden zu sein.

Zu Hause lief es nicht besser. Julia hatte wegen ihrer Reportage kaum noch Zeit für ihn. Das war die offizielle Version, an der er jedoch immer mehr zweifelte. Alexandra hatte ihm eine lange und unerfreuliche Gerichtsverhandlung angedroht, die er weder mit Logik noch mit guten Worten wegdiskutieren konnte. Anna war ebenfalls aufmüpfig. Anscheinend hetzte ihre Mutter sie auf.

Er saß im Arbeitszimmer und wartete, dass der Abend zu Ende ging. So war es in den letzten Tagen häufig. Er hatte keine Lust, im Wohnzimmer oder in der Küche zu sitzen, wo ihn ein schlecht gelaunter Teenager erwartete. Er kritzelte halbherzig Ideen für das Schulfest auf einen Block, als plötzlich Anna im Türrahmen stand.

»Ich brauche mehr Taschengeld.«

»Du bekommst genug«, sagte Daniel.

»Andere bekommen mehr.«

»Andere interessieren mich nicht.« Daniel hasste diese Stereotypen, die er und sein Bruder bereits von ihren Eltern zur Genüge gehört hatten.

»Das sagst du immer. Fakt ist, ich komme mit meinem Geld nicht zurecht.«

»Fakt ist, du könntest dir einen Nebenjob suchen.«

»Ich muss lernen.«

»Du lernst genug. Ein paar Stunden Babysitten oder Zeitungen austragen in Seligenwalde bringen dich nicht um.«

»Dann brauche ich einen Roller.«

»Fahr mit dem Bus.«

»Dann bitte ich einfach Mama um Geld.«

Anna verschwand. Daniel merkte, wie ihm der Ärger hochstieg, sich einen Weg zu seinen Ohren bahnte, um dort als weißer Dampf aufzusteigen.

Jetzt, wo die Dichtungen zu seinem beherrschten Verstand verschmort waren, überkam ihn ein seltenes Gefühl von erfrischender Wut. Er schnellte aus seinem Stuhl hoch, der Zorn trug ihn wie eine Feder über den Flur. Er stieß die Tür zum Zimmer seiner Tochter ohne Vorwarnung auf. Ihr fassungsloses Gesicht sollte ihn noch Jahre später für ihre Frechheiten entschädigen.

»Hör gut zu, mein Fräulein«, herrschte er sie an. »Mir reicht es mit deinen Unverschämtheiten.«

»Aber ...«, hob Anna an.

»Aber am Arsch!«, brüllte Daniel. »Es hat sich ausgeabert. Du erpresst mich nicht mit deiner Mutter, du bekommst nicht mehr Taschengeld und du suchst dir einen Nebenjob. Haben wir uns verstanden?«

Wenn Anna geschockt war, verbarg sie es gut. Ihr Gesicht war unbeweglich, nur ihre Kiefer mahlten. Daniel hoffte, dass sein Auftritt so überzeugend war, dass sie ohne Widerrede klein beigab. Er wusste nicht, ob er den Kampf weiterführen konnte.

»Ist gut«, sagte Anna dann. Sie klang kleinlaut.

»Gut«, erwiderte er nur, schloss die Tür und ging wieder in sein Arbeitszimmer.

Dort ließ er sich auf seinen Stuhl fallen und hoffte, sich mit regelmäßiger Atmung wieder in den Griff zu bekommen. Trotzdem fühlte es sich so gut an, dass er Alexandra anrief, solange das Adrenalin noch durch seine Adern strömte. Selbst wütend auf die Tasten zu hauen, machte auf einmal Spaß.

»Ich bin es, dein Noch-Ehemann«, sagte er so düster wie möglich. »Ich habe mit dir zu reden.«

»Nur zu«, erwiderte Alexandra.

»Ich bin es leid, dass du unsere Tochter gegen mich aufhetzt. Damit ist jetzt Schluss.«

»Ich hetze sie nicht auf.«

»Lüg mich nicht an«, donnerte Daniel. »Du tust es und jetzt ist Schluss damit. Wenn du glaubst, mich einschüchtern zu können, indem du mich um Haus und Hof bringen willst, damit ist ebenfalls Schluss.«

»Aber das tue ich nicht«, sagte Alexandra.

»Du hast wirklich nicht mehr zu sagen, nicht? Du warst noch nie rhetorisch differenziert«, höhnte Daniel. Er wusste, Alexandra hasste es, wenn er sich geschwollen ausdrückte.

»Beleidige mich bitte nicht«, sagte Alexandra.

»Ich dich beleidigen? Du beleidigst mich, wenn du hinter meinem Rücken mit meiner Tochter und irgendeinem Winkeladvokat Komplotte schmiedest.«

»Beruhige dich wieder.«

»Ich will mich nicht beruhigen. Ich werde gegen dich eine einstweilige Verfügung erwirken. Du lässt mich und Anna in Ruhe, bis das Gericht über die Scheidung und den Verbleib unserer Tochter entschieden hat.«

Er trennte die Leitung. Sein Pulver war verschossen und er fühlte sich wie nach einem Sprint, erschöpft, leer und unendlich zufrieden. Die Anspannung der letzten Wochen war weg. Er war kein Freund von Gebrüll, heute fühlte es sich jedoch richtig an.

Es war eine geknickte Nicole, die Hans abends im Dorfhaus antraf. Zwar hatte Sabine die Organisation der Bürgerinitiative schleichend übernommen, trotzdem kämpfte sie unverdrossen weiter, auch wenn es mit nur einem Fan ein einsamer Kampf war. Zumindest war dieser eine treu.

Hans bewunderte und bemitleidete sie und fragte sich, wie solche ambivalenten Gefühle zusammenpassten und ob sie mehr über seine Persönlichkeit aussagten als über ihre.

Überhaupt war sein heißes Blut etwas abgekühlt. Er wusste nicht, ob es eine Nebenwirkung der Medikamente oder bereits nachlassende Leidenschaft war. Beides behagte ihm nicht, da es ihm deutlich sein fortgeschrittenes Alter vor Augen führte und ein ungutes Gefühl hervorrief, dass seine beste Zeit schon lange auf und davon war. Um das wettzumachen, konzentrierte er sich umso stärker auf seine Traumfrau und hing ihr noch mehr an den Lippen als gewöhnlich.

Sie hatte Hans zu sich gebeten, um einen weiteren Einsatzplan auszuarbeiten. Dass die anderen Nachbarn nicht anwesend waren, schien sie nicht weiter zu stören.

»Ich weiß nicht, wie die anderen das aufnehmen. Was meinen Sie?«, fragte Nicole.

Hans hatte nicht zugehört, da er in Gedanken an seinen Medikamentenkonsum und die daraus resultierenden Folgen versunken war.

»Ich glaube, dass Sie das Richtige tun«, sagte er genauso galant wie ausweichend und hoffte, dass das auf jeden Fall die richtige Antwort war. Anscheinend war es so, denn Nicole lächelte ihn an. Hans hoffte, dass er sich jetzt aus Unaufmerksamkeit nicht in etwas Unangenehmes hineingeritten hatte, aber wer so lächelte, konnte nichts Übles im Schilde führen.

»Wenn die anderen nur auch so denken würden wie Sie«, sagte Nicole. Hans zwang sich, wieder zuzuhören.

»Sie sind in letzter Zeit gar nicht mehr bei der Sache«, bemerkte sie.

»Nein, das stimmt nicht«, sagte Hans schnell. Vielleicht zu schnell.

»Ich weiß nicht, was los ist. Ich scheine auf Männer nicht mehr zu wirken.«

Hans traute seinen Augen nicht. Nicole knöpfte ihre Bluse auf, um ihm nicht nur einen Ausblick auf ihre verlockenden Hügel zu geben, sondern auch seine Hand den Gipfel erklimmen zu lassen. Der Aufstieg war so plötzlich und unerwartet, dass Hans heftig nach Luft schnappen musste. Gleichzeitig verfluchte er Katharina und Julia. Warum konnten sie ihre Predigt nicht ein paar Tage später halten. Sein intensiv herbeigefieberter großer Tag war da und er war in keiner Weise vorbereitet. Hans wollte etwas erwidern, brachte aber keinen Ton heraus.

»Überhaupt scheine ich keine Überzeugungskraft mehr zu haben«, sagte Nicole, was Hans im Moment nicht bestreiten konnte. Ihr Exhibitionismus reichte nicht aus, die dringend benötigte Erektion hervorzurufen.

»Seien Sie versichert, beides funktioniert noch gut«, krächzte er, während er sich davon abzulenken versuchte, dass ihre Wirkung und Überzeugungskraft bei ihm so gar nicht funktionierte. Da er sich nicht bis auf die Knochen blamieren wollte, rückte er ein Stück von ihr ab, vermeintlich, um nach einem Glas Wasser zu greifen, das er sich vorher eingeschenkt hatte.

»Sehen Sie, sogar Sie wollen nichts mehr mit mir zu tun haben«, sagte Nicole gekränkt. Ihre Lippen zitterten, als wollte sie in Tränen ausbrechen. Hans legte ihr den Arm um die schmalen Schultern. Sie wirkte sehr zerbrechlich und schutzbedürftig.

»Das dürfen Sie nicht sagen. Sie haben mich nur einfach überrascht«, murmelte er. »Ich würde alles für Sie tun.«

»Dann schlafen Sie mit mir«, sagte Nicole. »Hier und jetzt.«

Hans blickte sich im Dorfhaus um, was sicherlich hübsch eingerichtet war, aber keinerlei Komfort für solch eine Art von Betätigung bot. Er hatte Angst, sich noch einen seiner porösen Knochen zu brechen, wenn er sich auf dieses Angebot einließ. Das Risiko schien ihm zu groß für eine unausgereifte Nummer, die er darüber hinaus auch noch ohne Potenzmittel vorführen musste.

»Nicole, glauben Sie mir, ich würde nichts lieber tun. Aber ich halte das nicht für den richtigen Ort.«

»Warum nicht? Wir sind allein. Die Rollos an den Fenstern sind zu. Wir schließen die Tür ab. Bessere Voraussetzungen gibt es nicht.«

Hans mochte diese Art Unterhaltung nicht. Sie klang entwürdigend. Er wollte nicht nur eine schnelle Nummer sein. Ebenfalls hatte er nicht vergessen, dass seine alte Fahne noch nicht einmal auf halbmast hing. Er konnte auf solch eine Erniedrigung locker verzichten.

»Wir finden einen neuen Termin«, sagte er. Es hörte sich an wie eine Geschäftsbesprechung. »Das kommt mir jetzt einfach zu unerwartet.«

Hans zweifelte bereits an dem Erfolg seiner Taktik. Nicole fragte nicht nach, sah aber auch nicht sonderlich überzeugt aus. Er befürchtete, sie würde sich jemand anderem zuwenden, wenn sie von ihm enttäuscht war. Sebastian stand sicherlich ganz weit oben auf der Liste. Gegen einen jungen Stecher würde er nie wieder seine Chance bekommen.

Also traten seine Hände eine Forschungsreise unter ihre Bluse an und pirschten sich Richtung Spitzen-BH, wo er seine Finger unter den Bügel gleiten ließ, die Nicoles nicht naturgegebene, schwere Brust stützen sollten. Diese schloss die Augen und brummte leise, kein Ton, den er sich von ihr gewünscht hätte und der sich nicht nach dem Gipfel der Ekstase anhörte. Er glitt mit seiner anderen Hand in ihre Jeans, um die flachen Pobacken zu umfassen.

Nicole zog seine Hand zurück.

»Sie haben recht, ein anderes Mal«, sagte sie kurz und ließ Hans allein im Dorfhaus stehen.

Am Samstag traf Thomas Julia. Er flüchtete abends aus seinem Haus, als ihm das Geplapper seiner Frau zunehmend auf den Geist ging. Wen interessierte die Entzündbarkeit von Biogas, wenn ihre Ehe vor einer längst überfälligen Explosion stand? Thomas fürchtete sich vor der Druckwelle und beschloss, einen Spaziergang zu machen, der seinen Kopf wieder durchblasen sollte. Er hatte die Wahl, links hochzugehen, was der kürzeste Weg zum Wald war. Er ging allerdings nach rechts. Er hoffte, Julia zufälligerweise vor dem Haus zu sehen. Er wusste zwar nicht, warum sich Julia vor dem Haus aufhalten sollte. Gartenarbeit machte sie sicherlich nicht.

Trotzdem lungerte er eine Weile vor dem Hamacher-Anwesen herum, ohne aufzufallen, kam sich dann aber albern vor und rief sie an. Sie ging überraschend schnell ans Telefon. Vielleicht hatte sie ihn längst hinter dem Vorhang beobachtet.

»Lust auf einen Spaziergang?«, fragte er und wurde mit einer sofortigen Zusage belohnt. Ebenso schnell wie ans Telefon kam sie aus der Haustür, was ihn in seiner Vermutung bestärkte, sie hätte Ähnliches schon erwartet und sich bereits parat angezogen. Sie wirkte frisch, proper und wunderschön. Nicole brauchte die doppelte Zeit und sah nicht annähernd so aus, nur angemalt.

Sie gingen die Hauptstraße hinauf zur Waldgrenze.

»Jetzt kann sich Muckeringen das Maul über uns zerreißen.« Julia grinste.

»Auf dieser Seite wohnt Daniel. Das ist nicht seine Art«, erwiderte Thomas. »Trotzdem weiß ich nicht, wie er es aufnimmt, wenn er uns zusammen sieht.«

»Er ist sehr misstrauisch, das stimmt«, sagte Julia. »Ich habe ihm nie einen Exklusivvertrag unterschrieben. Am Anfang war das ganz nett. Jetzt wird er zum Klammeräffchen.«

Sie lachten beide und gingen dann wieder wortlos nebeneinander her, bis der Wald sie schließlich vor neugierigen Augen schützte.

»Wie geht es dir?«, fragte Julia behutsam. »Bei Nicole und dir alles in Ordnung?«

»Warum sollte es nicht?«, fragte Thomas verhalten und überlegte, auf was Julia anspielen könnte. Er war sich nicht sicher, ob Nicole etwas über ihre Beziehung nach draußen verlauten ließ. Vielleicht zu Stephanie Gärtner, aber das war ziemlich unwahrscheinlich. So grün waren die beiden Frauen sich nicht. Selbst wenn, Stephanie war zwar etwas komisch, aber keine Klatschtante. Julia sollte ihn aufklären.

»Hans verhält sich merkwürdig, seit er mit deiner Frau zu tun hat. Gut, er war schon immer ein Gockel, aber er gräbt mich nicht mehr dauernd an. Das finde ich komisch. So, als hätte er Ersatz gefunden.«

»Hast du denn mit ihm geschlafen?«, fragte Thomas.

»Was denkst du denn von mir!«, empörte sich Julia.

»Warum sollte dann Nicole etwas mit ihm haben?«, fragte Thomas zu Recht.

»Nicht böse sein«, sagte Julia. »Vielleicht bin ich nur eifersüchtig auf Nicole und eure Ehe.«

Thomas lachte. Es klang nicht fröhlich.

»Da brauchst du nicht mehr eifersüchtig zu sein«, sagte er. »Für mich war die Familie immer an erster Stelle. Doch langsam glaube ich, das wird einfach überschätzt.«

»Ich freue mich darüber. Auch wenn es sich gemein anhört«, sagte Julia. »Dann kann ich ja noch hoffen.«

»Du musst doch schon gemerkt haben, dass ich in dich verliebt bin«, sagte Thomas.

»Ich war mir nicht sicher. Dein Ehrenkodex in Sachen Ehe verbarg das etwas.«

»An meinen Prinzipien hat sich auch nichts geändert«, erklärte Thomas. »Doch wenn die Grundlage nicht mehr gegeben ist, kann ich auch sagen, wie es wirklich ist.«

»Und wie ist es wirklich?«

»Ich kann dir keine gemeinsame Zukunft versprechen, wenn du das meinst. Ich bin meiner Familie immer noch verpflichtet. Aber du bist die Erste, die erfährt, wenn sich das ändert.«

Diesmal wandte er sich nicht ab, sondern küsste sie überraschend. Julia brauchte einen Moment, um zu verstehen, was da passierte, und küsste ihn dann umso heftiger zurück. Thomas war auf der Stelle benebelt und kämpfte gegen permanent aufsteigende Säfte, was nicht einfach war, da sich Julia stark an ihn presste. Er dankte Gott, dass an dieser Stelle der Wald so dicht war. Er wollte sich zwar nicht wehren, aber seine Moralvorstellung zwang ihn dann doch dazu. Er schob Julia sanft, aber bestimmt von sich.

»Wenn wir weiter in den Wald gehen, kann uns garantiert keiner erwischen«, sagte Julia, die seine zögerliche Haltung falsch interpretierte.

»Es wird uns keiner erwischen, da es nicht weitergeht als dieser Kuss«, sagte Thomas. »Julia, ich bin nicht zum Ehebrecher geboren. Es fühlt sich nicht richtig an, und das soll es, wenn wir das erste Mal Sex haben.«

»Du bist zu anständig«, sagte Julia enttäuscht. »Das wusste ich vom ersten Tag an. Aber genau das finde ich so toll an dir.«

»Daniel ist mit Sicherheit auch ein anständiger Kerl.«

»Der ist anständig, weil er langweilig ist. Du bist es, weil du ein wirklicher Mann bist.«

Thomas ging darauf nicht näher ein.

»Ich möchte nur, dass wir beide unsere Angelegenheiten sauber haben, bevor es mit uns weitergeht.«

»Ich respektiere das, aber ich verstehe es nicht«, sagte Julia.

Zusammen, aber doch getrennt gingen sie zurück nach Muckeringen.

Christian glaubte von Anfang an, die Bürgerinitiative wäre die Wurzel allen Übels und Stephanies Haltung ein Resultat der Meinung der Bürgerinitiative. So einfach war es leider nicht geblieben. Die Erkenntnis, dass Stephanie zu seinem Feind mutierte, traf ihn unvermittelt, dafür umso heftiger.

Er war so nah dran gewesen. Nicole war schon fast überzeugt, den Widerstand gegen Ekelon Gas aufzugeben. Stephanie ließ sich davon leider gar nicht beeindrucken. Es wurde Zeit, sich über seine Alternativen klar zu werden. Die waren allerdings nicht so zahlreich wie erhofft.

Auch ohne Bürgerinitiative blieb das Grundproblem bestehen. Er war Angestellter bei Ekelon Gas und Stephanie würde ihm das nicht verzeihen. Die Nachbarn mit der Zeit sicher. Falls er dann noch lebte. Die Gefahr, die von seiner Frau ausging, war präsent und akut.

Er sehnte sich zurück zu seinem kleinen, nicht perfekten, aber durchaus zufriedenen Leben, glaubte aber inzwischen, dass es keinen Weg dorthin zurückgab. Aber er musste seine Situation dringend verbessern. Wenn er sich Gedanken machen musste, ob Stephanie eine Mörderin war und entweder er oder jemand anderes auf ihrer Liste der möglichen Opfer stand, dann war nicht er fehl am Platz, sondern seine Frau. Sein Job bei Ekelon Gas war nicht so verwerflich, dass er den Tod verdient hätte.

Christian beschloss, gezielt nach zusätzlichen Beweisen zu suchen, die Stephanie mit ihrer Tat oder sogar mit ihren Taten in Verbindung bringen würden.

Er wartete bis Sonntagmorgen, als Stephanie mit Mia das Haus verließ, um mit ihrer Tochter im Zimmer Gottes — der Natur — in sich zu gehen, um einen inneren Gottesdienst zu zelebrieren.

Christian hatte sonntags zu allem Möglichen Lust, aber auf keinen Fall, sich im Zimmer Gottes von Ameisen beißen und vom Regen durchnässen zu lassen. Stephanie hatte das schon lange akzeptiert und fragte ihn erst gar nicht, ob er sich ihnen anschließen wollte.

Christian wartete ab, bis er ihre Gestalt und die seiner Tochter durch das Flurfenster aus den Augen verlor. Er wollte auf keinen Fall riskieren, dass Stephanie noch einmal zurückkam. Dann begann er, methodisch zu suchen. Dieses Talent zahlte sich bei Stephanies chaotischer Ordnung aus. Ihr gemeinsames Heim war zwar klein, trotzdem brauchte er fast zwei Stunden, bis er hörte, wie die Hintertür aufging. Er war mittlerweile in dem winzigen muffigen Keller angelangt, wo allerdings auch nichts Ungewöhnliches zu finden war. Er stieg die krummen Stufen wieder hinauf und gelangte in die Küche. Stephanie schaute ihn konsterniert an.

»Was machst du im Keller?«, fragte sie. »Da gehst du doch nie runter.«

»Ich habe mein Plotterpapier gesucht«, erwiderte Christian.

»Wozu? Du hast doch gar keinen Drucker mehr, um Papier in dieser Größe zu benutzen?«

Manchmal hörte sie ihm anscheinend doch zu.

»Ich brauche es auf der Arbeit.«

»Du verhältst dich sehr merkwürdig in letzter Zeit.«

»Ein Gutes hat die Sucherei gehabt.« Christian ignorierte ihre letzte Bemerkung. »Ich habe ein paar meiner alten Sachen ausgemistet, zum Beispiel Kalender.«

»Kalender?«, fragte Stephanie unaufmerksam. Sie bugsierte Mia gerade in ihren Kindersitz. Das war gar nicht so einfach, da diese sich mit Händen und Füßen wehrte.

»Du weißt schon, die alten Filofax-Einlagen«, versuchte er zu erklären. »Es ist interessant, in alten Terminen zu blättern.«

»Wenn du meinst«, sagte Stephanie uninteressiert und schob Mia versuchsweise einen Löffel Kleie in den Mund. Die spuckte, was Christian nur verständlich fand.

»Dabei ging mir durch den Kopf, wo ich war, als Linda ermordet wurde.« So leicht gab er nicht auf.

»Aha«, sagte Stephanie nur, die damit bewies, dass sie gar nicht bei der Sache war. Sie wischte sich Kleieflocken aus dem Gesicht.

»Weißt du noch, wo *du* warst?«, fragte Christian und kam sich sehr listig vor.

»Nein«, sagte Stephanie, die sich dem Willen ihrer Tochter beugte und ein Gläschen Fruchtmus aufmachte. Für sie war das Gespräch ganz offensichtlich beendet.

Christian stellte wehmütig fest, dass er sich nicht zum Detektiv eignete. Wahrscheinlich gab er dafür ein umso besseres Opfer ab.

Teil 5

Einen Tag später fand eine außerordentliche Versammlung statt, bei der Nicole die Klageandrohung verlas. Diese wurde allgemein gelassener aufgenommen, als es Nicoles Reaktion am Vortag hätte vermuten lassen.

Stephanie hatte ein Wunder bewirkt und ein Fernsehteam eines privaten Senders für den nächsten Tag nach Muckeringen gelockt. Das lag wahrscheinlich an ihrem Auftritt bei der Infoveranstaltung, der ihr scheinbar eine bescheidene Berühmtheit eingebracht hatte. Es war trotzdem eine beachtliche Leistung, einen Drehtermin innerhalb von zwei Tagen auf die Beine zu stellen. Christian fühlte Stolz auf seine Frau, wenn ihm nicht wieder eingefallen wäre, dass es dazu keinerlei Grund gab.

Obwohl alle nicht besonders beeindruckt von dem Vorhaben des Biogasbetreibers waren, spürte er Hektik aufkommen. Bis jetzt war die Bürgerinitiative eher durch schwachsinnige Aktionen als durch überlegte Professionalität aufgefallen. Deswegen wunderte es ihn nicht, dass Sabine die Zügel ein bisschen mehr in die Hand nahm. Nicole und Stephanie widersprachen nicht, da Sabine durch ihr Auftreten und die gerade Haltung genug Respekt verströmte, um jede Diskussion im Keim zu ersticken.

Sabine war es auch, die es mit ihren Beziehungen geschafft hatte, kostenlose Banner zu bekommen. Alle schönen Sprüche — zum Teil von Sabine allerdings erheblich entschärft — konnten sie nun in professioneller Form auf Plane und Leinwand bewundern. Christian sah, dass Nicole sich ärgerte, aber sie war der gemeinsamen Sache zu sehr verpflichtet, um sich dagegen auszusprechen.

Die allgemeine Bewunderung war groß, die Sabine ganz damenhaft und nur mit einem Kopfnicken annahm.

»Jetzt, wo wir wissen, was uns morgen erwartet, sollten wir unsere Strategie überdenken«, sagte sie. »Ausschreitungen wie beim letzten Mal bringen uns auf keinen Fall weiter.« Stephanie guckte angestrengt in eine andere Richtung.

»Es ist unsere letzte Chance, seriös aufzutreten. Wir sollten sie nutzen.« Sabine blickte streng in die Runde, aber von keinem kam Widerspruch. Christian bekam ein Bild davon, wie sie als Lehrerin gewirkt hatte.

»Ich wünsche, dass sämtliche Streitereien in die zweite Reihe verbannt werden. Schaffen wir das?«

Da es nicht aussah, als ob sie darauf eine Antwort erwartete, schwiegen alle oder nickten unmerklich mit dem Kopf.

»Gut.« Sabine schien zufrieden. »Dann sollten wir nun überlegen, wie unsere Organisation morgen aussieht.«

Die Frage löste eine heftige Debatte aus, die Sabine allein mit einer Handbewegung zum Schweigen brachte. Christian bewunderte sie unverhohlen. Ähnliches konnte er bei seinem Bruder entdecken. Daniel sah Sabine wehmütig an. Sich so durchsetzen zu können und ernst genommen zu werden, hatte er sich immer gewünscht. Christian dagegen hatte es nie wirklich versucht.

Die folgende halbe Stunde waren alle überraschend friedlich mit der Tagesplanung beschäftigt. Es gab einen kurzen Disput, als Julia und Thomas beauftragt wurden, gemeinsam eine Rede zu schreiben. Daniel protestierte so heftig, dass ihm Thomas um des lieben Friedens willen seinen Platz überließ. Er seinerseits hatte sich ebenfalls schon einen skeptischen Blick seiner Frau eingefangen.

»Könnten wir diesen Kinderkram bitte beiseitelassen?«, fragte Sabine.

»Genau, schließlich geht es hier um höhere Ziele«, sagte Thomas süffisant und fing sich damit einen Seitenhieb von Julia ein. Nicole verzog das Gesicht, was sofort Hans auf den Plan brachte, der versuchte, ihr beschützend den Arm über die Schulter zu legen. Nicole schüttelte ihn ab. Allerdings nicht mehr ganz so bestimmt wie noch vor ein paar Wochen, fand Christian.

Interessant war zu beobachten, wie Sabine reagierte. Ihre Miene wirkte zwar immer wie versteinert, jedoch Christian hatte mit der Zeit gelernt, die Nuancen in ihrem Gesichtsausdruck zu deuten. Er fand schon länger, dass Sabine und Hans ein gutes Paar abgeben würden. Wenn man den Grad der Zuneigung in der Anzahl und Heftigkeit ihrer Meinungsverschiedenheiten maß, waren beide auf einem guten Weg.

»Oder was meinst du?« Stephanie wandte sich ihm zu. Unaufmerksamkeit wurde halt immer bestraft.

»Natürlich, Schatz«, sagte er schnell, was sich als doppelt dämlich herausstellte, da es eine Standardantwort war, wenn man nicht zugehört hatte, und er außerdem seine Frau nie Schatz nannte. Sie blickte ihn erstaunt an. Merkwürdigerweise fuhr ihm dabei nicht mehr so der Schreck in die Glieder wie erwartet. Anscheinend gewöhnte man sich auch an die Todesangst.

Um halb zwölf verließen alle erledigt, aber zufrieden das Dorfgemeinschaftshaus und begaben sich zurück in ihre eigenen vier Wände. Sabine hatte es geschafft, aus dem wirren Haufen ein Team zu machen. Den Weg zu ihrem Haus legten Christian und Stephanie schweigend zurück.

»Du hattest heute nicht viel zum Thema zu sagen«, bemerkte Stephanie plötzlich.

»Nein.« Christian hielt es für klüger, einsilbig zu bleiben.

»Warum? Ich wollte doch, dass du dich mehr einsetzt.«

»Ich halte es für gut so, wie es ist«, sagte Christian mutig. »Man sollte die reden lassen, die mehr zu sagen haben.«

Mit dieser philosophischen Aussage ließ er Stephanie stehen und ging ins Haus.

Die Aufregung am nächsten Morgen war überall im Dorf spürbar. Obwohl es noch sehr früh war, gab es hinter jedem Fenster oder vor jedem Haus Bewegung.

Christian hatte morgens noch eben auf eigene Faust das Gelände für die geplante Biogasanlage besichtigt, um die Plätze zu suchen, an denen er am besten nicht in den Fokus der Fernsehkameras kam. Er wusste allerdings, dass er das Unvermeidliche damit nur aufschob. Er schalt sich selbst einen Feigling, aber es war nötig, bis er herausbekam, was seine Frau wirklich getan hatte oder nicht.

Gott sei Dank regnete es an diesem Tag in Strömen. Für den Dreh war das nicht gerade günstig, für ihn jedoch echtes Glück. So konnte er sich regenfest und unerkennbar anziehen. Er kam nach der Platzerkundung hoffnungsfroh wieder zurück nach Hause.

Stephanie stand im Flur und schaute aus dem kleinen Fenster neben der Treppe, als er das Gartentor passierte. Man konnte ihr ansehen, dass sie sich über seine gute Laune ärgerte.

»Musst du so deutlich zeigen, dass dir das alles scheißegal ist?«, fragte sie. Schon wieder so ein Wort. Schimpfwörter passten wirklich nicht zu ihr. Mord vielleicht, aber definitiv keine Schimpfwörter.

»Ist es nicht«, erwiderte Christian. »Das unterstellst du mir nur. Aber sei sicher, es ist mir definitiv nicht egal.« Das war schließlich die Wahrheit und fühlte sich gut an, wenn auch aus den falschen Gründen. Stephanie betrachtete ihn prüfend.

»Ich verstehe dich in letzter Zeit gar nicht mehr«, sagte sie. Christian meinte, Bedauern herauszuhören. »Du hast dich verändert.«

»Kommt dir nur so vor«, sagte er und versuchte, überzeugend zu klingen, was ihm aber nicht ganz gelang. Stephanies Augen ruhten auf ihm und sahen traurig aus. Instinktiv zog er sie an sich. Für einen Moment war alles wieder so wie vor der Biogas-Katastrophe. Mia saß auf dem Dielenboden und fing plötzlich an zu weinen. Die kurz aufgekeimte Romantik war wieder zerstört. Stephanie nahm sie liebevoll hoch und trat vor die Haustür. Christian schloss hinter den beiden ab und folgte ihnen auf dem Weg zum Baugelände.

Als sie den Hof von Matthias passierten, spuckte Stephanie auf den Boden, als hätte sie den Satan gesehen. Christian war davon mehr als geschockt. Seine Frau zeigte langsam Seiten, die ihm absolut fremd waren. Er fragte sich allmählich, ob er sie auch geheiratet hätte, wenn er diese gekannt hätte. Er machte sich Sorgen um das Wohl von Matthias und war erleichtert, als er diesen ebenfalls auf dem Gelände sah und er noch nicht das Zeitliche gesegnet hatte.

Überhaupt war heute ausnahmslos das ganze Dorf erschienen. Gegner oder Befürworter, keiner wollte die Gelegenheit verstreichen lassen, seine Meinung über das Projekt in irgendeiner Form kundzutun. Das Biogas hatte das Dorf in zwei Teile gespalten. Die Bürgerinitiative rüstete mit ihren Bannern auf, die bei Tageslicht beeindruckend zünftig aussahen. Auf der gegenüberliegenden Seite stand der Rest der Einwohner und starrte seine Nachbarn an. Matthias hielt sich etwas abseits und alleine. Es war eine ungemütliche Situation, die sich erst dann etwas auflockerte, als der Übertragungswagen von Conquer Media TV um die Ecke bog.

Die Reporterin sprang mit strahlendem Gesicht aus dem Wagen. Sie hatte offensichtlich Spaß an dieser Bürgerinitiative, die so klein war und so großartig auftrat, dass sie ein ganzes Fernsehteam ordern konnte und dieses dann auch wirklich noch kam. Stephanie eilte zielstrebig auf sie zu. Nicole lief mit ihr um die Wette. Keine von ihnen gewann das Rennen, da sie den Wagen zeitgleich erreichten und drängelnd und schubsend um den ersten Platz kämpften.

Diese Kinderei machte sich Sabine zunutze, die zum Laufen viel zu vornehm war und mit ihrer geraden Haltung und ihrem Südwester eher aussah wie eine Königin, die Hof hielt. Ihre Würde konnte selbst das absolut beschissene Wetter nicht kleinkriegen. Leider konnte man das von Nicole nicht behaupten. Der Frust darüber, dass sie gegen Stephanie nicht gewonnen hatte und resultierend daraus ihren Platz als Frontfrau zusätzlich noch an Sabine verlor, ließ sie förmlich aus der Haut fahren.

»Du gehst mir auf den Geist«, zischte sie Stephanie an. »Ständig drängst du dich in den Vordergrund, obwohl ich fast alle Arbeit gemacht habe.«

»Du hast sie wohl nicht alle.« Stephanie wollte das keinesfalls auf sich sitzen lassen. »Deine Geltungssucht geht mir schon lange auf den Wecker.«

»Liebes, beruhige dich«, sagte Thomas und lächelte entschuldigend Richtung Kamera.

»Lass du mich bloß in Ruhe«, schrie Nicole ihn an. »Du willst doch nur diese kleine Pissnelke aus der Stadt vögeln.«

»Wie bitte?«, fragte Daniel empört. »Julia, du hast doch gesagt ...«

»Mensch, Daniel. Lass mich jetzt mit deiner Eifersucht in Ruhe«, zischte Julia genervt. »Geht's noch?«, fauchte sie dann Richtung Nicole.

»He, lass meine Mutter in Ruhe«, mischte Laura sich ein.

»Deine Mutter ist doch an allem schuld«, sagte Anna. »Seit ihr hier seid, ist Unruhe.«

»Du bist doch nur eifersüchtig, weil Jan mit mir geht anstatt mit dir«, sagte Laura hämisch.

»Haltet mich da raus. Ich will nichts damit zu tun haben«, wehrte Jan ab.

»Was soll das denn heißen«, keifte Laura. »Du sollst für mich Partei ergreifen.«

»Wenn Jan sich raushalten will, dann ist das sein gutes Recht«, ergriff Sebastian Partei für seinen Sohn. »Schließlich muss er euren Zickenkrieg nicht mitmachen, wenn er nicht will. Ihn nervt es eh schon, dass du ihn die ganze Zeit anhimmelst und ihm hinterherrennst.«

»Wie sprechen Sie eigentlich mit meiner Tochter?«, fragte Thomas ungehalten. »Sie rennen doch selber Frau Hamacher hinterher, obwohl die ja augenscheinlich in Matthias Beier verliebt ist.«

Die angesprochene Frau Hamacher wurde knallrot. Trotzdem richtete sie sich zu ihrer vollen Größe auf.

»Was ist so schlimm daran?«, fragte sie. »Ja, ich bin in Matthias verliebt. Und das ist gut so.«

Christian blickte zu Matthias. Der sah aus, als wollte er umgehend das Land verlassen.

»Du in ihn verliebt?«, fragte Brigitte höhnisch. »Und jetzt gleich behauptest du noch, er wäre auch in dich verliebt. Niemals gibt er sich mit so einer dummen Gans ab.«

»Brigitte, halt den Mund«, herrschte Sabine sie an, der es offensichtlich gegen den Strich ging, dass ihre Nichte derart verunglimpft wurde. Das schien zu helfen. Brigitte öffnete kurz den Mund, schloss ihn dann aber wieder.

»Bei Ihnen ist ja was los«, sagte die Reporterin glücklich, deren Kameramann alles aufgezeichnet hatte. »Und ich dachte immer, in diesen kleinen Orten herrscht eine ungeheure Verbundenheit. Da ist man ja fast froh, wenn man anonym in der Stadt lebt.«

»So sollte man meinen«, sagte Sabine. »Aber Sie sehen ja, gewisse Ereignisse bringen das Schlechteste in den Menschen hervor.«

»Und der ist an allem schuld«, kreischte Nicole und zeigte mit dem Finger auf Matthias, der sie seinerseits seelenruhig betrachtete.

»Als wir hierherkamen, war alles harmonisch. Er hat alles kaputtgemacht.«

»Nicole, es reicht jetzt«, sagte Thomas. »Du bist hysterisch.«

Wenn schon ein Mann wie Thomas die Beherrschung verlor, war es um die Welt schlecht bestellt, ging es Christian durch den Kopf.

Nicole brach in Tränen aus und lief durch die Menge Richtung Waldrand. Hans folgte ihr als treuer Lakai auf dem Fuß. Mit einem Schlag war Ruhe eingekehrt und keiner schaute dem anderen in die Augen.

»Ich denke mal, das ist das Ende Ihrer Reportage«, sagte Sabine lakonisch, drehte sich um und ging Richtung nach Hause.

Thomas fand den Tag so schon ziemlich ereignisreich. Er konnte sich nicht vorstellen, dass der noch durch einen krönenden Abschluss getoppt werden sollte.

Er folgte dem Weg, den seine Frau genommen hatte, allerdings mehr aus Pflichtgefühl als aus tiefer Überzeugung. Als er sie entdeckte, wünschte er sich allerdings, er hätte sein Pflichtgefühl links liegen gelassen. Nicole stützte sich vornübergebeugt an einem Baum ab, der sich, wenn er Gefühle haben sollte, wahrscheinlich an einen anderen Ort gebeamt hätte. Dann bräuchte er diesem Elend nicht zuzusehen. So wie Thomas jetzt.

Der Grund, warum Nicole in solch einer merkwürdigen Stellung verharrte, stand unmittelbar hinter her und versuchte, den Teil seiner Männlichkeit in Nicole zu verstauen, auf dessen Anblick Thomas hätte verzichten können. Das funktionierte anscheinend nicht wie erwartet, zumindest, wenn man in das angestrengt konzentrierte Gesicht von Hans Adler und in das frustrierte von Nicole blickte. Mehr brauchte Thomas dann nicht mehr zu sehen, über den Rest hatte er eine ziemlich genaue Vorstellung. Beide entdeckten ihn unmittelbar, er hatte sich schließlich auch nicht angeschlichen. Sie erstarrten in ihrer Haltung und Bewegung.

»Uff«, sagte Hans. Mehr fiel ihm dazu wohl nicht ein. Er löste sich von Nicole und verstaute seine Gonaden. Nicole richtete sich langsam wieder auf und zog ihre Hose hoch. Der einzige Weg, der aus diesem Schlamassel herausführte, war der an Thomas vorbei.

»Entschuldigung«, nuschelte er, als er Thomas erreichte. Der machte ihm Platz. Somit war die kurze Karriere von Hans als Liebhaber einer erheblich jüngeren Frau vorbei.

Nicole war in der Zwischenzeit ebenfalls wieder komplett bekleidet. Sie wartete allerdings gar nicht erst, dass ihr Mann ihr Platz machte, sondern drängelte sich an ihm vorbei. Thomas drehte sich um, blickte seiner Frau nach und überlegte, ob er jetzt nach Hause oder in eine Kneipe gehen sollte. Das war für ihn ein sehr revolutionärer Gedanke. Er ging nie in Kneipen. Er entschied sich für sein Zuhause. Am Waldrand stand Julia und blickte ihm entgegen.

»Ich habe es gesehen«, sagte sie nur.

»Ja, mein Leben ist momentan die reinste Freude«, erwiderte Thomas.

»Es tut mir leid«, sagte Julia. »Ich weiß, dass dir das wehtut.« Sie legte ihre Arme um seinen Hals und drückte ihn fest.

»Ich weiß noch nicht, was das mir tut«, sagte Thomas. »Aber ich verspreche dir, ich werde es heute noch herausfinden.«

Sie gingen schweigend die Straße herunter, wo Thomas vor seinem Haus mit einem kurzen Gruß in seine Einfahrt abbog und Julia zu ihrer Unterkunft weiterzog.

Das Haus wirkte leer. Thomas war froh, nirgendwo etwas von den Kindern zu sehen. Was er ihrer Mutter zu sagen hatte, wollte er mit Sicherheit alleine tun. Er fand seine Frau im Schlafzimmer, wo diese — scheinbar unbeteiligt — ihren Kleiderschrank neu sortierte. Es wirkte wie ein Bild des Friedens und Thomas fragte sich, ob er in ein kurzzeitiges Bewusstseinskoma verfallen war und sich alles nur eingebildet hatte. Jedoch war seine Erinnerung so frisch und schmerzhaft, dass er sich von der Situation nicht einlullen ließ. Nicole drehte sich um und blickte an ihm vorbei zur

Zimmertür hinaus. Man sah ihr an, dass sie nicht viel Interesse daran hatte, sich mit ihm auseinanderzusetzen.

Thomas war das herzlich egal.

»Du wolltest mich gezielt der Lächerlichkeit preisgeben. Das werde ich dir nicht vergessen«, sagte er ruhig. »Aber du hast es Gott sei Dank nicht geschafft. Und ich werde dir auch keine Gelegenheit mehr dazu geben.«

»Mir egal«, sagte Nicole trotzig. Es machte den Anschein, als wollte sie noch etwas sagen, schwieg dann aber.

»Du kannst hierbleiben, ich werde das Haus verlassen«, sagte Thomas. »Die Kinder bleiben auch hier, zumindest bis alles geklärt ist.«

Nicole schwieg weiter hartnäckig.

»Du wirst dich nicht trauen, deine Liebschaften hier zu empfangen, wo meine Kinder sind. Wenn ich das erfahre, hole ich sie direkt weg.«

»Ich kann machen, was ich will.« Nicole wollte sich nicht so ohne Weiteres bevormunden lassen.

»Falsch«, sagte Thomas. »Das ist vorbei. Du konntest fast alles machen, was du wolltest, doch du hast die Grenze überschritten. Daher hast du dir jedes Recht auf freie Entscheidung in dieser Angelegenheit verwirkt.«

Nicole schien langsam zu begreifen, dass ihr unbeschwertes Leben sich gerade verflüchtigte. Ihre Miene zerfloss langsam von stur zu fassungslos. Dann machte sie das, womit sie ihr ganzes Leben durchgekommen war, wenn es für sie heikel wurde. Ihre Lippen öffneten sich leicht und fingen an zu beben, die Augen weiteten sich unverhältnismäßig und bekamen einen feuchten Schimmer.

»Das kannst du uns nicht antun«, hauchte sie schwach. »Wir sind eine Familie.«

»Das sind wir schon lange nicht mehr«, entgegnete Thomas. »Vielleicht sind wir das nie gewesen. Wir waren nur das Bild einer Familie, bei dem die Farben verlaufen, wenn die Kamera nicht mehr draufhält.«

Das war ihm gerade ziemlich leicht ohne weitere Überlegung über die Lippen gekommen, aber nachdem er es ausgesprochen hatte, merkte er, wie sehr der Vergleich der Wahrheit entsprach. Sie waren immer so sehr darum bemüht gewesen, eine Bilderbuchfamilie darzustellen und die Fassade aufrechtzuerhalten, und hatten nicht bemerkt, dass sie ohne den Kleber der Öffentlichkeit auseinanderbröckelten.

Nicoles Gesichtszüge hatten sich versteinert. Zum ersten Mal fiel es Thomas richtig auf, dass sie zwar nicht hässlich, aber auf keinen Fall hübsch war. Hatte vorher die Jugend das Gröbste verschleiert, konnte sie mit zunehmendem Alter nicht mehr darauf bauen.

Thomas begann, ruhig und methodisch einige Sachen in eine Reisetasche zu packen. Das ging ihm leicht von der Hand, denn als Anwalt war er Reisen gewohnt. Nicole stand weiter wie paralysiert mitten im Raum und beobachtete ihn noch nicht einmal mehr.

»Ich melde mich«, sagte Thomas knapp und verließ sein Haus.

Daniel fragte sich, ob er diese Woche einen ruhigen Samstagabend mit seiner Angebeteten verwirklichen konnte. Nach den Ereignissen des Tages hatte er es bitter nötig, wieder ein Stück Normalität in sein Leben zu lassen. Was passte da besser, als ein ereignisloser Abend vor dem Fernseher und vielleicht etwas Sex.

Julia war nicht mit ihm nach Hause gegangen, sondern vorher schon einfach in der Menge verschwunden. Die Fernsehreportage hatte viele Neugierige aus der Umgebung angelockt, die das Gelände bevölkerten, sodass es nicht mehr so einfach war, jemanden wiederzufinden. Daniel saß zu Hause und fand es ziemlich armselig, auf eine Frau zu warten, von der er nicht mal wusste, ob sie überhaupt kam. Er fragte sich nicht zum ersten Mal, was das über ihre Beziehung aussagte. Julia aber kam und man sah ihr an, dass sie vor Mitteilungsdrang nahezu platzte.

»War das nicht absolut Wahnsinn?«, fragte sie, ohne eine Antwort abzuwarten. »Wer hätte gedacht, dass das verschlafene Örtchen solche Knaller zu bieten hat.«

»Ja, wer hätte das gedacht«, sagte Daniel zerstreut. »Du riechst nach Parfüm.«

»Dummchen, das tue ich doch immer.«

»Du riechst aber nicht immer nach Männerparfüm.«

Wenn er gedacht hatte, dies würde Julia aus der Fassung bringen, hatte er sich getäuscht.

»Du lässt mich ja nicht zu Ende erzählen«, sagte sie. »Es ist ja noch etwas passiert.«

»Da bin ich gespannt.« Daniel war ungehalten.

»Thomas hat seine Frau mit Hans erwischt, wie der im Wald versucht hat, die Rotter von hinten zu nehmen.«

»Was bitte?« Das lenkte Daniel einen Moment von seiner eigentlichen Frage ab.

»Ja, echt. Kannst du dir das vorstellen? Ich habe bis jetzt nicht geglaubt, dass Frauen wie die diese Stellung kennen. Anscheinend ist Hans aber nicht richtig zum Schuss gekommen.«

»Können wir diese Diskussion bitte abbrechen?«, fragte Daniel angewidert. »Das muss ich mir nicht vorstellen. Es interessiert mich aber immer noch brennend, warum du nach Männerparfüm riechst?«

»Du bist ein Schäfchen«, sagte Julia. »Meinst du, ich hätte mich dazugestellt und wir alle hätten einen flotten Vierer gemacht?«

»Ich mag das nicht, wenn du so vulgär bist. Also?«

Julia verdrehte die Augen.

»Ich habe Thomas kurz in den Arm genommen, da er so geschockt war und etwas Zuspruch nötig hatte.«

»Wenn es dabei geblieben ist. Trotzdem kann ich nicht behaupten, dass mir das gefällt.«

»Du musst lockerer werden«, sagte Julia. »Du hast genau das gleiche verkrampfte Gebaren wie alle in Muckeringen, die noch nie in der Stadt gelebt haben oder schon zu lange da weg sind.«

»Loyales Benehmen ist überall angesagt«, erwiderte Daniel. »Und ich bin locker. Aber wenn locker heißt, dass man sich einem an den Hals wirft, obwohl man selber und der andere einen Partner hat, nein, dann möchte ich nicht locker werden.«

»Was unterstellst du mir denn da?« Julia wirkte angesäuert. »Ich bumse mich nicht quer durch die Gegend.«

»Das mit einem Mann zu tun, würde mir schon reichen«, sagte Daniel und ignorierte ihren Ausdruck. »Was in letzter Zeit so vor sich geht, gefällt mir nicht. Ich kann es nicht greifen, aber ich weiß, es ist da. Irgendwie passiert auch nichts, was mich da beruhigt.«

»Ich weiß nicht, was ich dir dazu noch sagen soll.« Julia warf in gespielter Verzweiflung die Arme hoch. »Du bist eifersüchtig, du willst es aber auch sein. Ich glaube beinahe, das macht dir Spaß.«

Daniel war reflektiert genug, diesen Gedanken wenigstens in Erwägung zu ziehen, fand in ihm aber nicht die nötige Logik.

»Wem sollte so etwas Spaß machen?«, fragte er stattdessen.

»Siehst du, deswegen hören wir auch jetzt auf damit«, erwiderte Julia erstaunlich logisch. Sie schlängelte sich in seinen Arm und küsste ihn auf den Hals. Daniel schloss die Augen, um das zu genießen, bis der maskuline Geruch ihn wieder auf sein ursprüngliches Problem brachte.

»Tu mir bitte einen Gefallen, wasch dir das ab.«

Julia hielt es nicht für nötig, vor ihm zu verbergen, dass sie die Augen verdrehte.

»Übertreib bitte nicht so.«

»Ich übertreibe nicht. Aber so kann ich mich einfach nicht aufs Wesentliche konzentrieren.«

»Ich freue mich, dass du dich überhaupt aufs Wesentliche konzentrieren willst. Da die Moralpredigt jetzt wohl beendet ist, tue ich dir natürlich den Gefallen, mir alles zu waschen, was du möchtest. Oder vielleicht willst du dich davon überzeugen, dass es richtig ist, und es direkt selber machen.«

»Verlockende Vorstellung. Aber Anna ist in ihrem Zimmer.« Julia stöhnte.

»Konntest du sie nicht wegschicken?«

»Wohin? Ins Kinderheim?« Daniel war der ewigen Diskussion über seine Tochter überdrüssig. »Sie ist erstens zu jung, sich abends noch draußen rumzutreiben, und zweitens wüsste ich auch nicht, mit wem sie das sollte. Anna hat keine Freunde.«

»Wundert mich nicht«, murmelte Julia laut genug, dass Daniel sie noch verstehen konnte. Der zog es vor, das zu ignorieren, um nicht schon wieder vor einer endlosen Diskussion zu stehen.

»Gegenvorschlag«, sagte er versöhnlich. »Du wäschst dich eben, und ich mache uns was Leckeres. Dann verziehen wir uns auf die Couch, lassen den Tag noch mal Revue passieren, gucken einen Film und später werde ich alle Teile deiner Anatomie im Schlafzimmer einer genaueren Untersuchung unterziehen.«

Julia gab ihm einen Kuss und verschwand Richtung Badezimmer. Daniel ging in die Küche und machte sich eine Flasche Bier auf. Er meinte, jetzt eine vertragen zu können. Unterhaltungen mit Julia erhöhten immer sein Stresslevel. Er fragte sich, warum er sich das antat. Noch nicht mal ausufernden Sex bekam er als Gegengewicht. Er glaubte ohnehin, dass Julia ihn ziemlich langweilig im Bett fand, obwohl sie sich nie darüber geäußert hatte. Er nahm einen Schluck und schaute sinnend aus dem Fenster. Die Beziehung schlauchte ihn zusehends. Seine Verliebtheit konnte nicht darüber hinwegtäuschen, dass etwas schieflief. Mittlerweile kam ihm seine einjährige Zeit als unfreiwilliger Single wieder sehr verlockend vor.

Er hörte Julia ins Wohnzimmer gehen und beschloss, später darüber nachzudenken. Der Gedanke, heute noch Sex zu haben, war doch zu verführerisch.

Im Hause Gärtner wurde nicht viel über den Vorfall am Samstag gesprochen. Christian wurde allerdings den Verdacht nicht los, dass Stephanie ab und zu verstohlen in sich reinkicherte. Die ganze Situation war einfach zu absurd gewesen, als nicht darüber lachen zu können. Auf jeden Fall stand er diesmal nicht in der Schusslinie. Stephanie war den Rest des Tages fast liebevoll zu ihm. Er konnte heute nicht sehr viel falsch machen. Das hatten andere schon trefflich erledigt.

So verbrachte er einen nahezu vergnüglichen Nachmittag mit seiner Frau und seiner Tochter. Aber nichts hielt ewig. Er bildete da keine Ausnahme. Am frühen Abend klingelte sein Handy und beendete seinen Tagtraum. Es war der Verfahrensleiter Lindemann von Ekelon Gas, der den Vorfall auf dem Gelände ebenfalls in den regionalen Abendnachrichten gesehen hatte.

»Herr Gärtner, haben Sie gestern die Reportage verfolgt?«

Christian hielt es für ratsam, darauf die Wahrheit zu sagen.

»Ja«, antwortete er nur, was ja auch zweifellos stimmte.

»Wir haben morgen auf dem Platz ein Treffen anberaumt«, sagte Lindemann.

Christian bekam Kopfschmerzen.

»Ach ja?«, sagte er lahm.

»Ja. Wir müssen jetzt Flagge zeigen. Die Genehmigung ist durch. Theoretisch könnten wir am Montag schon anfangen. Da sich diese kleine, hinterwäldlerische Bürgerinitiative jetzt ja quasi selber ausgeknockt hat, kann ich nur sagen: Feuer frei!«

»Natürlich, Feuer frei«, erwiderte Christian schwach.

»Sie müssen natürlich kommen. Wir treffen uns gegen halb elf. Schaffen Sie das? Ich weiß ja nicht, wie weit Sie fahren müssen.«

»Nicht weit«, krächzte Christian.

»Wo wohnen Sie eigentlich?«, fragte Lindemann.

»Seligenwalde«, sagte Christian und räusperte sich.

»Na, das ist wirklich nicht so weit«, sagte Lindemann fröhlich. »Dann klappt das ja locker. Bis morgen, Herr Gärtner.«

»Bis morgen«, brachte Christian gerade noch zuwege, aber Lindemann hatte seine Antwort nicht mehr abgewartet und schon aufgelegt.

Christian fand es beispiellos, dass ein Arbeitgeber keinen Schimmer hatte, wo sein eigener Projektleiter wohnte. Gleichzeitig war das aber auch seine Hoffnung auf einen unauffälligen Auftritt. Die Wiese war abgelegen. Wenn er es morgen früh geschickt anstellte, konnte er das Haus verlassen, ohne Misstrauen zu erregen. Da die Bürgerinitiative zerstritten war, brauchte er mit organisiertem Protest wohl eher nicht mehr zu rechnen.

Er entschloss sich, morgen früh joggen zu gehen und sich bei Daniel umzuziehen. Dafür musste er dort seinen Anzug deponieren, da er schlecht mit Trainingsjacke und -hose bei dem Meeting auftauchen konnte. Vielleicht konnte er dann auch direkt mit Daniels Auto vorfahren. Dass er den Weg von Seligenwalde gejoggt war, würde ihm mit Sicherheit keiner glauben. Er packte seinen guten Anzug in eine Plastiktüte und schob sich mit einem »Ich bin mal eben bei Daniel« an der Küche vorbei, wo Stephanie das Abendessen vorbereitete. Das sollte ihm allerdings nicht mehr schmecken, als er wieder nach Hause kam.

»Thomas hat angerufen«, rief sie aus dem Wohnzimmer, als er die Haustür ins Schloss fallen ließ. »Morgen beginnt der Kampf gegen Goliath.«

Christian wurde in dem Moment klar, dass sein zerbrechliches Glück vorbei war.

Morgens hatte er einen sauren Geschmack im Mund. Das mochte an dem Tag liegen, der ihm bevorstand. Vielleicht lag es aber auch an den sechs Flaschen Bier, die er sich gestern Abend noch heimlich am Gartenhäuschen reingezogen hatte. Stephanie war schon auf, wie üblich. Christian stellte sich vor, wie sie aufgeregt und singend durchs Haus streifte, da sie nicht weiter dazu verdonnert war, tatenlos zuzusehen, sondern wieder die Möglichkeit bekam, etwas zu tun. Menschen wie Stephanie wollten immer irgendetwas bewegen und waren dazu da, Menschen wie Christian dafür ordentlich in den Hintern zu treten.

Christian wusste, dass er sich nicht weiter im Bett verstecken konnte, zumal er sich um elf Uhr mit Lindemann und Konsorten treffen sollte und sogar schon um halb elf mit dem Rest von Muckeringen. Er wollte sich kurz vorher wegschleichen, sich bei Daniel umziehen und dann als Angestellter der Ekelon Gas bei der Polizei anrufen und um Schutz bitten, da die Muckeringer Bevölkerung wieder das Gelände belagerte. Das würde ihm die nötige Distanz zu seinen Nachbarn verschaffen, damit sie ihn nicht erkannten. Darüber hinaus würde er seine Brille absetzen und seine Haare mit Gel nach hinten frisieren. Er hoffte, dass das für eine Täuschung bei einer gewissen Entfernung reichen würde. Und wenn nicht, konnte er immer noch beten.

Kurz nach zehn trabte er hinter Stephanie her, die mit seiner Tochter vorneweg marschierte, als könne sie es nicht mehr erwarten, dem Feind ins Auge zu sehen. Wenn sie gewusst hätte, dass der Feind hinter ihr herlief, hätte es wahrscheinlich sofort einen Toten an diesem schönen Morgen gegeben. Christian redete sich immer wieder ein, dass schon alles gut werden würde, und ging forscher weiter, als er sich im Inneren fühlte.

»Ich spring mal eben bei Daniel rein«, sagte er zu Stephanie, kurz bevor sie auf den Weg in den Wald abbogen. »Gestern fühlte er sich nicht gut, ich muss sehen, wie es ihm geht.«

»Vielleicht hat er auch etwas zu viel getrunken«, sagte Stephanie. Jetzt auch noch Sarkasmus. Es wurde immer schöner.

»Wer weiß«, sagte Christian unbestimmt. »Ich komme dann mit ihm rüber.« Er winkte seiner Frau kurz zu.

Er blieb einen Moment stehen und sah, wie sie zwischen den Bäumen verschwand. Als sie außer Sichtweite war, marschierte er los, so schnell, wie es ohne zu rennen möglich war. Er wollte nicht auffallen, indem er wie ein Verrückter über die Straße lief. Es war durchaus möglich, dass ihn von der anderen Seite des Muckeringer Sees noch jemand durch ein Fenster beobachtete. Daniel stand schon unruhig in der Tür.

»Ich habe dich früher erwartet«, sagte er vorwurfsvoll.

»Warum? Hast du heute noch einen anderen Termin?«

Daniel würdigte ihn keiner Antwort. Gestern Abend hatten sie den Plan gemacht, Daniel sollte zu Hause bleiben, um die Theorie zu stützen, Christian hielte bei seinem Bruder Krankheitswache und könne daher nicht mitprotestieren. Daniel hatte das geplante Treffen mit Julia abgesagt und Anna zum Helfen verdonnert. Banner und Plakate mussten aus der Dorfscheune auf den Bauplatz geschafft werden. Mit dem Argument, die Jüngeren könnten auch schwerer arbeiten, machte er seiner Tochter Beine.

Christian drängte sich an Daniel vorbei und flitzte in sein Schlafzimmer, wo er sich in Windeseile umzog und dann ins Badezimmer hechtete, um sein Haar zu stylen. Daniel folgte ihm.

»Du gehst am besten hinten am Wäldchen vorbei. Dann kommst du von der anderen Seite und kannst keinem aus dem Dorf begegnen.«

»Ich kann nicht gehen«, sagte Christian. »Was soll ich denn meinem neuen Chef erzählen? Ich bin zu Fuß aus Seligenwalde gekommen? Ich brauch dein Auto.«

»Dann lässt du die Brille aber bitte an«, erwiderte Daniel. »Und wenn dich einer sieht?«

»Die sind doch alle schon da. Ich denke, das Risiko kann ich eingehen.«

Daniel widersprach nicht und hielt ihm das Jackett seines Anzuges und die Autoschlüssel hin.

Mit dem Auto klappte alles so, wie Christian es vorausgesagt hatte. Muckeringen war wie leergefegt. Er parkte auf dem Wanderparkplatz und machte sich auf den Weg. Da er seine Brille nicht mehr trug, gestaltete sich das etwas schwierig. So stieß er im wahrsten Sinn des Wortes auf die Delegation und nahm sich vor, sich in der kommenden Woche um Kontaktlinsen zu bemühen.

»Herr Gärtner, endlich«, begrüßte ihn Herr Lindemann jovial und schüttelte seine Hand wie einen Pumpenschwengel. Christian fühlte sich regelrecht durchgeschüttelt.

»Wir werden uns jetzt mal in Ruhe das Gelände ansehen und die Pläne durchsprechen«, sagte Lindemann. »Schließlich soll es ja bald losgehen.« Die anderen Anzugträger murmelten und nickten.

»Die Anwohner sind auch wieder da. War ja zu erwarten. Aber ich hoffe, es geht ohne große Störungen vonstatten. Wir reden nicht mit ihnen. Wenn sie uns ansprechen, gehen wir einfach weiter.«

Da fiel es Christian wie Schuppen von den Augen. Die Polizei ... er hatte den Anruf bei der Polizei vergessen.

Seine Nachbarn standen Spalier und für Christians Geschmack zu nah. Er drückte sich hinter Lindemann herum und inspizierte sehr genau den Boden, als gäbe es da etwas geologisch außerordentlich Wertvolles zu sehen.

Die Mitglieder der zersplitterten Bürgerinitiative und ihre Gegenspieler standen allesamt mürrisch herum. Es war ihnen anzusehen, dass sie lieber gegeneinander als miteinander gekämpft hätten. Das allerdings wäre Christian jetzt auch lieber gewesen. So könnte er sich der Aufmerksamkeit entziehen. Alle hatten kein großes Interesse an dem, was vor sich ging. Sie hatten scheinbar noch Magenschmerzen vom Tag zuvor. Keiner hätte geglaubt, dass diesen idyllisch kleinen Ort der Keil der gegenseitigen Anschuldigungen spalten würde. Stephanie litt eindeutig nicht an dieser Krankheit.

»Ich verstehe euch nicht«, rief sie. »Jetzt sind die Leute da, die unsere Heimat kaputtmachen wollen, und ihr steht hier herum wie die Ölgötzen.«

»Die sind sowieso alle bescheuert«, sagte Sebastian.

»Das sagt der Richtige«, erwiderte irgendeiner in der Menge.

»Dann bleibt eben hier und bemitleidet euch selber«, sagte Stephanie.

Die Gespräche der Delegation waren schon eine Weile verstummt, da alle fasziniert dem Disput der Leute lauschten, die sie eigentlich boykottieren sollten. Aber Stephanie wäre nicht Stephanie gewesen, wenn sie die Angelegenheit so auf sich hätte beruhen lassen.

Sie riss Nicole ungeduldig die Protestfahne aus der Hand und rannte auf die Gruppe zu, die Fahne zornig schwingend. Alle duckten sich automatisch, als die Stange beunruhigend dicht an ihren Köpfen entlangzischte.

Leider bekam Christian das nicht richtig mit, da er durch seine fehlende Brille nicht vernünftig sehen konnte, daher das Gleichgewicht verlor und unsanft auf dem Rücken landete. Seine Umgebung nahm er nur verschwommen wahr und er fürchtete sich vor dem dunklen Fleck, der näher auf sein Gesicht zukam. Als er seine Augen scharfstellen konnte und seine Frau sah, wusste er, seine Furcht war berechtigt.

Es war unglaublich, wie still es in der freien Natur sein konnte. Und es war noch unglaublicher, wie bedrohlich Stephanies Augen im Kontrast zum blauen Himmel wurden.

»Jetzt wird mir vieles klar«, sagte sie. »Deine Zurückhaltung, die schwammigen Aussagen, das Rückgrat eines Regenwurms.«

»Ein Regenwurm braucht keins«, entgegnete Christian folgerichtig. Etwas Besseres fiel ihm leider nicht ein.

»Machst du dich über mich lustig? Mach das nicht, das könntest du bitter bereuen.«

Christian schluckte.

Seine Nachbarn waren langsam näher gerückt und betrachteten ihn wie ein merkwürdiges Insekt. Man sah ihren Gesichtern an, dass sie alle unterschiedlich schnell im Geiste die Fäden entwirrten. Christian konnte nur hoffen, es dauerte möglichst lange. Sein Wunsch sollte sich nicht erfüllen, und es bewies, dass Instinkt sicherlich getrennt vom Verstand arbeitete.

»Dein Mann gehört also zu denen«, konstatierte Thomas so ruhig, wie es seine Art war.

»Oh, Christian, nein«, sagte Sabine.

»Du Verräter«, kreischte Nicole. »Man sollte dich teeren und federn.«

»Er wird seine Bestrafung schon noch bekommen«, orakelte Stephanie düster.

Christian rappelte sich auf und blickte von allen Seiten in konsternierte Gesichter. Nur Matthias, der mittlerweile auch dazugekommen war, grinste ihn von Weitem an und zeigte ihm ironisch den erhobenen Daumen.

Christian bekam eine ziemlich deutliche Vorstellung davon, wie es war, in der Hölle zu sein, und wich unwillkürlich ein Stück zurück. Das war eine schlechte Idee, denn alle rückten ein Stück auf. Allmählich bekam er Atemnot und eine vage Vorstellung von Lynchjustiz. Das Gefühl wurde nicht besser, als die Menschen, die er als Freunde und Nachbarn kannte, näher auf ihn zukamen.

Christian entschloss sich, dass Flucht das Mittel der Wahl war, drehte sich um und rannte davon. Die Idee war gut, die Richtung war es eher nicht. Der Waldrand war hier sehr nah und das Gestrüpp dicht. Seine plötzliche Flucht hatte hinter ihm die Dämme gebrochen. Alle schalteten einen Gang höher und starteten die Verfolgung. Christian brach der kalte Schweiß aus. Er kämpfte die Zweige nieder, um tiefer in den Wald einzudringen. Als er das erste Dickicht hinter sich gelassen hatte, wurde es besser. Jetzt konnte er endlich einen Zahn zulegen und hatte eine realistische Hoffnung, seine Verfolger abschütteln zu können. Diese Hoffnung wurde aber rüde zerstört, als er urplötzlich stolperte.

»Verflucht!« Christian hielt sich das aufgeschlagene Knie und rollte sich auf die Seite, um zu sehen, was ihn an seiner dringend nötigen Flucht gehindert hatte.

Seine Augen wurden groß, aber nicht so groß wie die Augen, die zurückstarrten. Genau genommen starrten sie außerordentlich penetrant und blinzelten nicht einmal. Beunruhigend penetrant.

»O Gott«, keuchte Christian und stand innerhalb von zwei Sekunden.

Im selben Moment erreichten ihn seine Verfolger. Aber sie hatten das Interesse an ihm verloren. Alle starrten auf die leblose Gestalt, die auf dem Waldboden lag.

»Katharina«, schrie Sabine schrill. Sabine klang nie schrill, sie musste sehr erschüttert sein. Gnädigerweise fiel sie in Ohnmacht.

Jemand musste den Ton abgedreht haben, so ruhig war die Menge von einem Moment auf den anderen. Alle versammelten sich bei der Toten, eine schweigsame Totenwache um die offen Aufgebahrte.

Christian schluckte. Jetzt konnte sein Leben nur noch übler werden. Er wünschte sich, er könnte einfach so tot herumliegen wie Katharina. Was sie hinter sich hatte, hatte er wahrscheinlich noch vor sich. Katharina war eindeutig ermordet worden, Blut sickerte aus ihrem Hinterkopf und vermischte sich mit dem Moos. Er sah seine Theorie über Stephanie endgültig bestätigt, fühlte aber keine Befriedigung.

Für den Augenblick war er nicht mehr Mittelpunkt des Interesses. Er vertrieb sich die Zeit, bis das Schwert der Rache auf ihn niederschlug, indem er einen Blick in die Runde riskierte, um festzustellen, wie seine Nachbarn die Angelegenheit aufnahmen. Am zuverlässigsten gaben Sabine, Julia und Hans Aufschluss, da Katharina ihnen am nächsten gestanden hatte. Ihre Gesichter drückten pures Entsetzen und vollkommene Ungläubigkeit aus, die zu echt war, um nur gespielt zu sein. Julia schluchzte leise vor sich hin.

Sabine, die in der Zeit im Dschungel sicherlich schlimmere Dinge gesehen hatte, war beherrscht, schaffte es aber, sich noch aufrechter und gerader zu halten. Bei ihr ließ sich das Katastrophenbarometer zuverlässig an der Haltung ablesen. Matthias war der Meute mit Abstand gefolgt. Sein Gesicht war betroffen, aber nicht fassungslos.

Sogar Nicole hatte es einmal die Sprache verschlagen. Sie hing wie eine Ertrinkende am Arm von Thomas, dem das offensichtlich nicht recht war, da er versuchte, seinen Arm aus der Umklammerung zu entwinden. Er sah aus wie ein Mensch, der sich nie bewusst gemacht hatte, dass es auch Tod im Paradies gab und er nicht einfach an einer Stadtgrenze zurückgelassen werden konnte.

Für Sebastian war schlichtweg eine Welt zusammengebrochen. Christian hatte ihm von Herzen Erfolg bei Katharina gewünscht. Er war in den letzten Wochen erwachsener geworden, dass das jetzt aber in dem Tod seiner Angebeteten seine Vollendung erfuhr, fand Christian nicht gerecht.

Brigitte schien nicht sonderlich berührt. Er wunderte sich zwar nicht darüber, fand es aber trotzdem pietätlos. Aber Brigitte konnte nur wenig Empathie für Menschen aufbringen, wenn sie nicht zufällig Matthias hießen.

Stephanies Gesicht drückte Staunen oder Gleichgültigkeit aus, was immer sich auch dahinter verbarg, Christian konnte es nicht lesen. Als Kind der Natur war ihr der Tod nicht fremd, jedoch wäre er beruhigter gewesen, wenn ein gewaltsamer Tod sie mehr bewegt hätte. Anteilnahme würde seine Chancen verbessern, den Rest der Woche zu überleben.

»Vielleicht sollten wir die Polizei rufen«, sagte Julia tonlos.

»Einen Krankenwagen.« Nicole hatte ihre Sprache auch wiedergefunden.

»Ich denke, der hilft hier jetzt auch nichts mehr.« Matthias trat näher an alle heran und verschmolz mit der Gemeinschaft, als gehörte er wieder zu ihr und hätte sich nie von der Herde entfernt.

»Es werden sowieso beide kommen«, sagte Thomas. Seine pragmatische Seite kam wieder zum Vorschein.

Die Delegation von Ekelon Gas hatte mittlerweile auch gemerkt, dass es im Wald weitaus spannender zuging als auf der grünen Wiese. Die Mitglieder kamen neugierig näher, bis sie die Leiche von Katharina sehen konnten.

»Oh Gott, so weit sollte es doch nicht kommen.« Herr Lindemann schnappte nach Luft. Alle drehten sich zu ihm um.

»Wie weit?«

Thomas klang zwar ruhig, aber der drohende Unterton war nicht zu überhören. Lindemann wehrte schnell mit den Händen ab.

»Ich meine natürlich, dass unser Projekt nicht mit Todesfällen in Verbindung gebracht werden sollte«, sagte er.

Darauf gab es wohl keine passende Antwort, es lenkte aber von der unerfreulichen Situation ab. Alle hatten anscheinend das Naheliegende vergessen. Irgendjemand musste für Katharinas Tod verantwortlich sein. Es war nicht sehr einleuchtend, dass ein Fremder hier durch den Wald lief, um Einwohner von Muckeringen abzumurksen. Christian konnte eine kollektive Einigkeit spüren, die ihre Antennen auf seinen neuen Arbeitgeber ausrichtete. Seine Antennen pendelten zwar woanders hin, aber das bemerkte wohl keiner.

»Sie haben sie auf dem Gewissen«, sagte Nicole fassungslos. »Das hier ist Ihnen den Tod eines Menschen wert?«

»Wir haben keinen auf dem Gewissen«, erwiderte Lindemann erbost. »Und wenn wir uns jemanden ausgesucht hätten, dann bestimmt nicht diese Frau.«

»Das ergibt auch gar keinen Sinn«, gab Hans zu bedenken. »Katharina war nicht gegen die Biogasanlage.«

»Eben«, sagte Lindemann triumphierend.

»Woher sollte er das wissen?« Nicole wollte sich von ihrer Theorie nicht abbringen lassen.

»Nicole, glaub mir, die Ekelon Gas weiß sehr genau, wer ihre Gegner sind«, sagte Thomas.

Christian riskierte einen Blick auf seine Frau, wurde aber aus ihrem Gesicht nicht schlau. Irgendwie machte sie den Eindruck, als wäre heute alles etwas zu viel für sie. Auch schien sie nicht vorzuhaben, einen Kommentar abzugeben.

Christian fand das beunruhigend. Stephanie hatte nie Probleme damit, zu allen Dingen ihren Senf dazuzugeben.

»Sollten wir nicht langsam die Polizei rufen?«, fragte Julia. Ihre Stimme klang ungewohnt piepsig.

»Das habe ich bereits getan«, sagte Sabine.

Christian hatte einige anstrengende Stunden hinter sich, als er abends bei seinem Bruder auf der Couch im Wohnzimmer saß. Er war mit Daniel nach Hause gegangen. Er wusste nicht, was er glauben sollte. Obwohl Stephanie sauer sein musste, war sie ruhig und beherrscht gewesen. Doch er traute dem Frieden nicht.

Polizei und Krankenwagen trafen ein und es wurde für einige Zeit ziemlich verworren, da alle zu dem Thema etwas zu sagen hatten und sich Gehör verschaffen wollten. Es gestaltete sich als so schwierig, die Knoten zu entwirren, dass dem später eintreffenden Hauptkommissar mit seinem Partner der Kragen platzte und er alle zu Einzelverhören antreten ließ. Dabei kam nichts Erhellendes heraus. Außer dass es Stunden dauerte, in denen keiner sich entfernen durfte, fertig verhört oder nicht.

Später machte sich ein Schweigemarsch auf den Weg nach Muckeringen. An der Gabelung trennte sich die Gruppe und setzte ihren Weg links und rechts des Muckeringer Sees fort. Christian blieb nur eine Sekunde an der Gabelung stehen und entschied sich dann, seinem Bruder zu folgen. Er drehte sich zu Stephanie um, die ihn mit einem Blick bedachte, der sowohl zur Heiligen Jungfrau Maria als auch zu Jack The Ripper gepasst hätte. Die Wahl zwischen diesen Alternativen war ihm mit einem zu großen Risiko behaftet.

Christian war kein Trinker, mehr aus Mangel an Gelegenheit als aus Überzeugung, aber auch heute fand er, wie gestern, einen guten Grund dafür zu haben. Daniel sah das nicht so. In Anbetracht der Ereignisse fand er es vernünftiger, einen klaren Kopf zu behalten.

»Ich glaube, du erkennst den Ernst der Lage nicht ganz.«

»Ich? Ich bin hier der Einzige, bei dem die Lage ernst ist.«

»Bemitleide dich nicht«, sagte Daniel, »Daran bist du selber schuld.«

Christian war in Versuchung, ihm über seinen Verdacht zu berichten, entschied sich aber doch dagegen. Warum sollte er ihn mit in diesen Sumpf hineinziehen, da sein Bruder mit seiner gespannten Beziehung zu Julia mehr als genug zu tun hatte. Trotzdem war er überzeugt, er hätte mehr Mitleid verdient, da Julia Daniel trotz aller Differenzen wohl nicht umbringen wollte. Jedoch war er für Diskussionen jeglicher Art zu müde und verzichtete daher auch auf sein dringend benötigtes Bier.

»Du hast wohl recht«, sagte er daher friedfertig. Beide saßen in trautem Schweigen zusammen und sinnierten über den Verlauf des Tages.

»Was meinst du, was passiert ist?«, fragte Christian schließlich. Daniel antwortete nicht sofort.

»Ich weiß es nicht«, sagte er dann. »Ich finde es auch zu früh für Spekulationen. Wir wissen noch nicht einmal, was ihr passiert ist. Vielleicht ist ihr noch was anderes zugestoßen.«

»Vergewaltigung?«, fragte Christian.

»Wer weiß. Das wäre wirklich schlimm.«

Dazu gab es nichts mehr zu sagen. Beide schwiegen wieder.

Das Schweigen endete abrupt, als Anna das Zimmer betrat. Die schreckliche Tat hatte keinerlei negative Spuren bei ihr hinterlassen. Ihre Wangen glühten. Sie sah fast hübsch aus. Das deprimierte Christian. Es war schlecht bestellt um die Welt, wenn seine Nichte schon der Antichrist war. Sie hatte dennoch Neuigkeiten.

»Sie ist nicht vergewaltigt worden«, sagte Anna.

»Woher willst du das denn wissen?« fragte Daniel.

»Herr Rotter weiß es. Er hat mit der Polizei telefoniert.«

»Seit wann treibst du dich bei Rotters rum? Du hasst Laura doch wie die Pest.«

»Er stand vor dem Haus und erzählte es Frau Kozarek.«

»Und du hattest die Ohren natürlich wieder lang«, sagte Daniel kopfschüttelnd.

Christian war prinzipiell egal, wie lang die Ohren seiner Nichte waren, aber in dem Fall wäre es ihm lieber gewesen, sie hätte am besten keine gehabt. Nun konnte er sich nicht mehr der Illusion hingeben, der Mord an Katharina wäre ein sauberer Raubmord oder ein Sexualdelikt. Jetzt sah es eher nach Rache aus. Stephanie entwickelte sich langsam zur Serienmörderin.

Sebastian war wie in Trance nach Hause gegangen. An seine Vernehmung durch die Polizei konnte er sich nur bruchstückhaft erinnern. Aber dass Katharina nicht mehr da war, das konnte er leider nicht aus seinem Gehirn verbannen. Er war froh, dass Jan über das Wochenende bei einem Freund in Seligenwalde war. Der gewaltsame Tod seiner Oma war damals schon mehr gewesen, als er in seinem Alter verkraften konnte.

Brigitte kam kurze Zeit später nach. Auf Sabine jedoch mussten sie noch mehrere Stunden warten. Sebastian konnte gut verstehen, dass sie so lange wie möglich an der Stelle bleiben wollte, wo ihre Nichte den Tod gefunden hatte. Er wäre selber noch gern geblieben, wurde aber mit deutlichen Worten von der Polizei nach Hause geschickt, die nach den Vernehmungen offensichtlich der Meinung war, wenn er nicht der Mörder wäre, solle er gefälligst nicht länger im Weg herumstehen.

Auch Brigitte schien Ähnliches gehört zu haben. So saßen beide schweigsam in der Küche. Sebastian starrte trübsinnig in seinen Kakao, Brigitte in ihren Schnaps. Sie wirkte nicht bedrückt. Im Rennen um Matthias gab es eine Konkurrentin weniger. Sie besaß zu wenig Schauspieltalent, um ihre Zufriedenheit zu verbergen. Sebastian fand es unpassend und wollte das auch kundtun.

»Du könntest schon etwas bedrückter wirken«, sagte er.

»Warum sollte ich etwas heucheln, was ich nicht fühle?«, fragte Brigitte folgerichtig.

»Schließlich ist Katharina Sabines Nichte.«

»War«, korrigierte Brigitte.

»Na gut, war. Aber Sabine ist deine Freundin.«

»Für Sabine tut es mir auch leid, das kannst du mir glauben.«

»Wenn ich das nur könnte.« Sebastian war nicht überzeugt.

Beide schwiegen erneut, bis Sabine nach Hause kam. Diese trug allerdings auch nicht viel dazu bei, die Situation zu erheitern. Sie schenkte sich ebenfalls einen Schnaps ein und setzte sich zu ihnen an den Küchentisch. Sebastian blickte sie erwartungsvoll an.

»Keine Spur«, murmelte Sabine. »Auch keine Hinweise.«

»Aber ich dachte, heutzutage käme durch die DNA alles raus«, sagte Sebastian verzweifelt.

»Das gaukeln das Fernsehen und die amerikanischen Serien euch vor«, meinte Sabine. »Im echten Leben ist es nicht immer ganz so einfach.«

»Das weiß ich auch. So blöd bin ich nicht«, sagte Sebastian gekränkt. »Trotzdem werden diese Verfahren auch bei uns im wirklichen Leben eingesetzt.«

Sabine enthielt sich einer Antwort. Er fühlte sich schlecht, da er mit Sabine eine Grundsatzdiskussion anfing, während Katharina einsam, aber eindeutig tot in einer

Kühlkammer herumlag. Er überlegte, ob er sich entschuldigen sollte, aber Sabine konnte es nicht leiden, wenn man sich einschmeichelte.

»Es ist wirklich schlimm«, sagte er daher lahm.

»Ja, schrecklich«, pflichtete Sabine ihm bei. »Aber ich muss jetzt damit umgehen. Was anderes bleibt mir wohl nicht übrig.«

»Du schaffst das«, sagte Brigitte. »Da bin ich zuversichtlich.«

»Brigitte, ich melde mich nicht zu einem Marathonlauf«, antwortete Sabine ungehalten.

»Da hast du bei deiner Trauerbewältigung sicherlich mehr Chancen«, sagte Brigitte und fand das offenbar witzig. Sabine eher nicht.

Brigitte sah wenigstens so aus, als hätte sie das ein wenig getroffen. Sebastian glaubte es allerdings nicht. Sie hatte sich seit dem Tod seiner Mutter nicht zu ihrem Vorteil verändert. Er fand es unangemessen, Katharinas Tod billigend in Kauf zu nehmen, nur damit sie freie Bahn bei Matthias hatte. Brigitte hatte das zwar nicht ausgesprochen, ihr gelöster Gesichtsausdruck sprach allerdings Bände. Sabine schien ebenfalls an der Gesinnung ihrer Freundin zu zweifeln. Anders als Sebastian hielt sie aber nicht den Mund.

»Dich berührt das alles sehr wenig, habe ich recht?«, fragte sie. »Bis jetzt habe ich deine Narretei mit Matthias als zweiten Frühling abgetan. Bist du wirklich Katharina gegenüber so verbittert, dass dich ihr Tod so wenig interessiert?«

Sie sprach Sebastian aus der Seele, wenn er auch eher den dritten oder vierten Frühling bemüht hätte. Der zweite Frühling war ein Kompliment, das er an Brigitte nicht vergeben wollte. Damit hätte er dem Frühling Unrecht getan.

»Das ist selbstverständlich nicht so«, sagte Brigitte schnell. »Ich überspiele das natürlich. Ich bin genauso geschockt wie du.«

Sebastian nahm ihr das nicht ab. Sabine anscheinend auch nicht. Aber sie bohrte nicht weiter, sie hatte wohl genug gehört. Brigitte nutzte die Zeit, den Raum mit der Bemerkung zu verlassen, sie müsse sich eine Weile hinlegen, da der Tag so stressig gewesen wäre.

Sebastian und Sabine schauten sich so lange intensiv an, bis Brigitte und ihre Leibesfülle die Küche verlassen hatten. Sebastian brach zuerst das Schweigen.

»Ich bin sehr traurig«, sagte er, um Brigittes Kälte auszugleichen.

»Ich weiß«, sagte Sabine. »Du bist ein guter Junge.«

»Mann!«, erwiderte Sebastian mehr automatisch.

»Auch das«, sagte Sabine. »Wir müssen uns damit abfinden, dass Katharina nicht mehr da ist. Wenn es auch schwerfällt.«

»Hoffentlich finden sie ihren Mörder.«

»Das hoffe ich auch. Und dass wir auch erfahren, warum sie überhaupt umgebracht wurde. Das ist das, was ich überhaupt nicht verstehe. Sie hat doch keinem etwas getan.«

Außer Brigitte, dachte Sebastian. Der Gedanke ließ ihn nicht los, obwohl er keine konkrete Gestalt bekam. Er wusste nicht, warum es ihn dabei zwickte.

»Nein, dazu war sie viel zu lieb«, sagte er stattdessen und brach in Tränen aus. Er wollte sich gar nicht mehr dagegen wehren. Sabine auch nicht.

So umarmten sie sich schluchzend — wie nach Lindas Tod und spendeten sich gegenseitig Trost. Und wie bei Lindas Tod war Brigitte diesmal auch wieder nicht dabei.

Hans wäre nach seinem Auftritt bei dem Fernsehdreh eigentlich lieber im Haus geblieben, so beschämt war er. Gleichzeitig ärgerte er sich, dass er seine Chance voher im Dorfhaus nicht genutzt hatte. Aber konnte er da schon ahnen, dass es noch schlimmer und entwürdigender kommen würde?

Er hatte seine Felle davonschwimmen sehen, weil sich Nicole seit dem missglückten Techtelmechtel dort ihm gegenüber reserviert verhielt. Es war verständlich, dass er die Gelegenheit am Tag zuvor beim Schopf ergriffen hatte, da er nicht sicher sein konnte, wann er wieder eine solche Gelegenheit bekommen würde.

Nach der Eskalation vor der Kamera war er Nicole sofort gefolgt in der Hoffnung, sie trösten zu können. Er verstand allerdings nicht genau, worüber sie so aufgebracht war. Dass Thomas mit Julia mauschelte, war schon seit den Anfängen der Bürgerinitiative ein offenes Geheimnis, obwohl sich beide bemühten, ihr Verhältnis ausgeprägt freundschaftlich darzustellen. Auf dieses Hintergrundwissen führte er auch ihre Verführungsszene zurück.

Er fand sie ein Stückchen weiter im Wald heulend an einen Stamm gelehnt. Er trat zu ihr.

»Das ist so ungerecht«, schluchzte sie. »Ich habe so viel Arbeit in dieses Projekt gesteckt und alles machen sie einem kaputt.«

»Ich?«, fragte Hans entgeistert.

»Nicht Sie, sie«, sagte Nicole und schaffte es, ihn weiter zu verwirren. »Die anderen«, schob sie netterweise eine Erklärung hinterher. »Stephanie Gärtner im Besonderen.«

»Ich glaube nicht, dass Frau Gärtner es böse meint«, sagte Hans.

»Unter ihrem ganzen Hippie-Kram ist sie geltungssüchtig wie nur irgendwas«, sagte Nicole verbissen.

Hans verkniff sich die Bemerkung, dass diese Charaktereigenschaft auch auf sie selber zutraf.

»Jetzt haben wir die Chance verspielt, seriös aufzutreten und unsere Sache ernst zu präsentieren«, sagte Nicole. Ihre Stimme klang, als läge alles Unglück dieser Welt in dieser leidigen Tatsache. Sie fing wieder lauthals an zu weinen.

»Es war mit Sicherheit nicht hilfreich, sich vor der Kamera zu zanken wie die Kesselflicker«, stimmte Hans ihr zu.

»Sollen sie machen, was sie wollen. Ich kümmere mich nicht mehr darum«, erwiderte Nicole.

»Warten Sie mal ein paar Tage ab, dann geht es Ihnen besser.«

Das tröstete sie offensichtlich nicht. Er trat näher an sie heran und legte einen Arm um ihre Hüfte. Er kam dabei ihrem Hintern verdächtig nahe. Das empfand Nicole anscheinend ebenso und nahm das zum Anlass, ihre Hand wieder auf den Reißverschluss seiner Hose zu legen. Hans war vorbereitet. Seit seinem Versagen im Dorfhaus hatte er als präventive Maßnahme das Haus nicht wieder ohne Potenzmittel verlassen. Es war eine gute Entscheidung, da sein Penis eindeutige Lebenszeichen von sich gab.

Leider war der neu erwachte Enthusiasmus seines Ständers nicht von Dauer. Er legte sich wieder nieder, schneller sogar, als er auferstanden war. Diesmal war Hans allerdings nicht bereit, es auf sich beruhen zu lassen. In der Hoffnung, eine Stellung zu finden, die ihm die Möglichkeit gab einzudringen und seine Bemühungen vor den Augen von Nicole nicht der Lächerlichkeit preiszugeben, drehte er sie um und wies sie an, sich leicht vorzubeugen.

Obwohl er sich und ihr quasi in Rekordzeit die Hosen herunterzog, schaffte er es nicht, den Rest seiner Erektion für einen sinnvollen Einsatz zu nutzen. Es war ebenfalls nicht besonders hilfreich, wenn der Mann seiner Liaison in Sichtweite stand und ihn beobachtete. Er konnte sich glücklicherweise unauffällig verdrücken, da Thomas nur auf seine Frau achtete.

Er rechnete damit, dass Julia ihn Sonntagmorgen aufziehen würde. Diese Gelegenheit war einfach zu gut. Doch Julia war bemerkenswert schweigsam. Sie bedachte ihn nur mit einem spöttischen Blick, senkte den Kopf aber, als Katharina ebenfalls die Küche betrat. Hans war dankbar dafür.

Als sie später zum Bauplatz aufbrachen, hätte Hans fast gekniffen. Er erwartete zwar nicht, dass Thomas ihm eine körperliche Abreibung verpasste, dazu war er einfach zu distinguiert. Aber er war ein Mann der Worte, die in diesem Fall bestimmt laut und vernichtend ausfallen würden.

Allerdings ging das Zusammentreffen unspektakulär vonstatten. Thomas gab anscheinend eher Nicole die Schuld an dem Vorfall. Wahrscheinlich trug die Sache mit Julia ebenfalls dazu bei. Dass der im Glashaus sitzende Thomas keine Steine werfen wollte, rettete Hans scheinbar den Hals. Katharinas Leiche sollte ihn dann komplett aus der Schusslinie nehmen.

Katharina hatte selbst dann nicht gelebt, als sie noch lebte. War sie der Meinung gewesen, ihre Zeit würde noch kommen? Seine Zeit kam jedenfalls nicht mehr.

Hans war kein Frauenheld, auch wenn er sich gerne in der Rolle gesehen hätte. Zwar hatte ihn in jüngeren Jahren seine Potenz noch nicht im Stich gelassen, aber die Damen, denen er nachstellte, fanden sie eindeutig entbehrlich. Nicht zuletzt die Mutter seines Sohnes, die ihn nach ihrem One-Night-Stand gebeten hatte, besser nicht mehr zu kommen. In jeder Beziehung.

Hans spürte den Verlust von Dingen, die er nie gehabt hatte. Er dachte nicht mehr an herabwürdigenden Sex, bei dem ihn sein bestes Stück so grauenvoll im Stich ließ, als wollte es eine Warnflagge für ein Haltbarkeitsdatum schwenken, das es bereits überschritten hatte.

Wenn sein Körper ihn so schamlos im Stich ließ, musste er wohl einiges überdenken. Sex von hinten jenseits der 70 war auch längst nicht so spaßig, wie es sich anhörte. Hans war auf neuen Wegen.

Auch der Mann einer Serienmörderin benötigte dringend Schlaf und Christian hoffte, dass seine Frau für diese Nacht mit dem Morden fertig war. Aber es war nicht seine Frau, die ihn um den Schlaf brachte. Er schlug die Augen auf und versuchte, im Dunkeln mehr als nur Umrisse zu erkennen, bis ihm bewusst wurde, dass das Quatsch war, da er offenbar von einem Geräusch und nicht von einer Bewegung oder Berührung geweckt worden war. Geräusch war allerdings für den ohrenbetäubenden Knall, der jetzt folgte und die Scheiben zum Zittern brachte, nicht ganz der richtige Ausdruck. Auf jeden Fall brachte er Christian schnell von der Couch hoch zur Tür, wo er mit seinem Bruder zusammenstieß.

»Was ist denn hier los?«, fragte Daniel.

»Woher soll ich das wissen?«, entgegnete Christian. Je wacher sein Gehirn wurde, desto mehr kam ihm der Verdacht, dass er es durchaus wissen konnte.

»Schau aus dem Fenster«, sagte sein Bruder panisch. »Das sind Explosionen. Das ist ein Anschlag.«

»Beruhige dich, es ist kein Anschlag.« Christian seufzte gottergeben. »Ich weiß, wer das ist.«

»Weißt du das genau?« Daniel ließ nicht locker. »Und woher weißt du das?«

»Ich weiß es einfach.« Für lange Reden hatte Christian keine Zeit. Er musste versuchen zu retten, was zu retten war. Es sollte kein Problem sein, die Übeltäter aufzuspüren, schließlich hatte er die Ziele selber ausgewählt. Als er leicht bekleidet durch die Dunkelheit von Muckeringen rannte und sich seine Brille im Laufen auf die Nase schob, um seine Schäfchen wieder einzufangen, fragte er sich, womit ihn der Herrgott jetzt noch strafen wollte. Das als Möglichkeit zu nutzen, im Knast seiner Frau aus dem Weg zu gehen, hielt er für einen zu drastischen Weg.

Er lief vorbei am Flurkreuz, das den Ort bereichert hatte und jetzt zerstört war. Der Ruhebank daneben war das gleiche Schicksal beschieden worden. Ganz Muckeringen war auf den Beinen, alle Gebäude hell erleuchtet. Der Ort wirkte im Dunkeln doppelt so groß und doppelt so belebt.

Für ihn war das von Vorteil, da er nicht so leicht auffiel. Er konnte allerdings auch nicht allzu offensichtlich nach den Missetätern suchen. Er sah Stephanie und Mia bei Rotters im Garten stehen. Ihnen ging es anscheinend gut. Er war froh, eine Sorge weniger zu haben.

Christian arbeitete Sprengpläne immer sehr akribisch aus. Dieser bewusst dilettantische bildete da keine Ausnahme. Dazu gehörte auch, immer einen Sammelplatz zu bestimmen, an den man sich zurückzog, wenn der Job getan war oder wenn es Probleme gab. Das hatte er hier ebenfalls gemacht. Jetzt konnte er nur beten, dass seine Gruppe dem Plan genauso folgte, wie er ihn aufgestellt hatte. Er sollte nicht enttäuscht werden. Sie drängten sich im Schutz der Bäume, mit Händen in den Taschen oder cool an ihrer Zigarette ziehend, um ihr Werk und den damit verbundenen Aufruhr aus sicherer Entfernung zu betrachten.

»Ich wusste doch, dass ihr das wart«, zischte Christian. Er hätte gerne gebrüllt, sorgte sich allerdings, von seinen Nachbarn gehört zu werden. Die Angesprochenen zuckten zwar stellenweise zusammen, zeigten sich aber längst nicht so beeindruckt, wie er es sich gewünscht hätte.

»Wo habt ihr die Idee bloß her?«, fragte er, obwohl er die Antwort schon kannte. Vielleicht war es aber doch nur ein gigantischer Zufall.

»Na, von dir, Alter.« Der Redner erntete Gelächter. »Hast nicht aufgepasst.«

»He Alter, immer nur Übung oder auf Autos rumkloppen, nie mal was Richtiges«, sagte jemand aus der Menge. Christian holte tief Luft und ließ sie wieder ab. Jegliche Antwort hierauf war überflüssig.

»Seid ihr vollkommen verrückt geworden? Mich erst beklauen und dann auch noch in die Scheiße reiten?«

»Bekommste jetzt Schwierigkeiten?«, fragte ein anderer.

Christian ging auf, dass er tatsächlich Schwierigkeiten bekommen könnte, hatte aber nicht vor, es hier einem auf die Nase zu binden. In der Ferne hörte er Sirenen. Es war sowieso schon höchste Zeit.

»Ihr bekommt Schwierigkeiten«, sagte er daher möglichst unheilverkündend. »Und das nicht zu knapp. Jugendstrafe hin oder her, dafür fahrt ihr ein!«

Das wirkte besser als erwartet.

»Eh Alter, wir haben doch keinem was getan.«

Allgemein zustimmendes Gemurmel.

»Keinem was getan? Beschädigung von persönlichem Eigentum? Terroristischer Anschlag? Alles möglich.«

Christian verschlug es die Sprache bei so viel Blödheit. Auch wenn sie nicht die hellsten Kerzen am Baum waren, etwas mehr hätte er schon erwartet. Seine letzten Worte allerdings schienen zu wirken, zumindest ersparten sie ihm weitere blöde Kommentare.

»Hört ihr die Sirenen? Die Bullen sind auf dem Weg hierher. Ich hätte nicht übel Lust, euch alle verhaften zu lassen. Scheiß darauf, auch wenn ich dann mit dran bin.«

Keiner der Truppe schaute ihm in die Augen, ein paar scharrten mit den Füßen auf dem Boden. Christian seufzte.

»Alles hört jetzt auf mein Kommando«, sagte er. »Wenn nur einer aus der Reihe tanzt, lass ich ihn am Galgen baumeln.«

Christian wunderte sich zwar selber, woher er solche Schätze der Sprache beförderte, fühlte sich aber zunehmend wohl damit.

Der merkwürdige Trupp schlich hinter dem besiedelten Gebiet von Muckeringen gebückt durch die Büsche. Christian hob von Zeit zu Zeit den Kopf, um die Aktivitäten der Polizei zu beobachten. Der Ort bestand zwar nur aus 17 Einwohnern, simulierte aber im Moment die Aktivität eines Ameisenstaates. Er wollte die Gruppe im Heuschober von Matthias verstecken. Das Dorf heute noch zu verlassen, war mit Sicherheit die schlechteste Idee. Morgen am Tag würde es schon schwer werden, aber er ging davon aus, dass heute kein Fahrzeug mehr den Ort verlassen konnte, ohne inspiziert zu werden.

Seine Schützlinge waren mit Rollern angereist, die sie auf dem Weg zum Versteck einsammelten und jetzt brav neben sich herschoben. Anhand des Aufgebotes an Polizei und Feuerwehr und vielleicht Schlimmerem, wie einer Anti-Terroreinheit, war die Großkotzigkeit von dannen gezogen und hatte einer weinerlichen Unterwürfigkeit Platz gemacht.

Christian schloss das Tor hinter ihnen mit der Gewissheit, sie würden in dieser Nacht keinen weiteren Ärger mehr machen.

Teil 6

Die restliche Nacht bescherte Christian nicht mehr die Ruhe, die er dringend nötig gehabt hätte. Er mischte sich unters Volk, um nach seiner Familie zu schauen. Stephanie stand mit Mia vor dem Gartentor, etwas verschlafen, aber sichtlich gesund. Beruhigt bahnte er sich wieder einen Weg durch die Menge und fragte sich, woher zum Teufel so schnell so viele Menschen gekommen waren.

Die Einwohnerzahl hatte sich kurzfristig vervielfacht, wenn man Polizei, Feuerwehr und Spezialeinsatzkräfte mit hinzuzählte. Es wurde einen Moment hektisch, als Hans Adler aus den Büschen gezerrt wurde, der aber nur im Schatten vor Nicoles Haus einen Blick auf ihren nackten Hintern werfen wollte.

Gegen zwei Uhr morgens hatte sich die Lage stabilisiert, wenn man von einer zweiten Welle von Schaulustigen absah, die aufgrund der aktuellen Meldungen scharenweise ins Dorf strömte. Da die Einsatzkräfte ihrer nicht Herr wurden, gaben sie es schließlich entnervt auf und erklärten Muckeringen wieder zur sicheren Zone. Art und Ausmaß der Explosionen ließen eher auf einen Streich als auf einen Anschlag einer terroristischen Zelle schließen. Da der Schaden bei noch nicht vorhandenem Licht betrachtet längst nicht so schlimm erschien, wie es der Lärm der Explosionen vorgetäuscht hatte, räumte man das Feld und beschloss, am nächsten Morgen weiter zu ermitteln.

Das war die Gelegenheit, auf die Christian dringend gewartet hatte. Bis zum Schluss befürchtete er noch Durchsuchungen oder eine unüberlegte Handlung der Trottel, die er versteckte.

Das Dorf leerte sich langsam. Christian machte sich auf den Weg zur Scheune. Es trieben sich so viele Menschen in den Straßen herum, dass eine Gruppe Jugendlicher hoffentlich nicht weiter auffallen würde.

Als er das Tor aufschob, erblickte er keine renitenten Halbstarken mehr, sondern verschüchterte Kinder mit weit aufgerissenen Augen, die anscheinend jeden Moment die Apokalypse erwarteten. Dazu hätte Christian ihnen gerne verholfen. Aber ein Nachspiel musste warten, bis er den Kopf wieder frei hatte.

»Wer weiß alles, dass ihr heute Nacht nicht in euren Betten wart?«, fragte er, ohne viel Hoffnung auf brauchbare Informationen. Die Ereignisse der letzten Nacht hatten jedoch Spuren hinterlassen. Er bekam zur Abwechslung mal ganz vernünftige Antworten.

»Ist keinem aufgefallen.«

»Bin nachts sowieso immer allein.«

»Meine Mutter war eh wieder besoffen.«

»Gut«, unterbrach Christian sie, bevor es zu einer Sozialstudie ausartete. »Ihr wart die ganze Nacht im Bett, wenn einer fragt. Guckt nach, was nachts noch im Fernsehen lief, arbeitet an einem neuen Highscore bei einem Computerspiel, macht wegen mir Hausaufgaben.« Das brachte ihm zumindest ein paar Lacher ein. »Egal, macht einfach Dinge, die für Jugendliche üblich sind.«

Er konnte nur hoffen, dass das funktionierte und keiner eine Verbindung zwischen ihm und seinem Hobby zog. Wenn er Glück hatte, fiel das bei den Ermittlungen gar nicht erst auf.

»Wir verlassen jetzt manierlich den Heustall«, sagte er. »Die Polizei ist abgerückt. Draußen verteilt ihr euch, damit ihr nicht als Pulk auffallt. Die Roller werden bis Ortsausgang geschoben. Dann geht es ohne Umwege auf den Weg nach Hause. Verstanden?«

Er merkte selber, dass er sich auf einmal sehr befehlsgewohnt anhörte, und das gefiel ihm gar nicht schlecht.

»Ihr räumt jetzt die Taschen aus und gebt mir alles, was nur ansatzweise nach Rakete, Bombe oder Bauanleitung aussieht.«

Es war ein sehr kleinlauter Zug, der nach und nach an ihm vorbeizog.

Er ging voraus bis an die Straße. Von seinen Nachbarn war nichts zu sehen, der ganze Ort schien nur aus Fremden zu bestehen. Er winkte die ersten beiden heran. Das wiederholte er solange, bis die Gruppe unter den Gaffern in Muckeringen verteilt war. Als der Letzte aus seinem Blickwinkel verschwunden war, ließ er sich geschafft auf einen Wegestein fallen. Er war verdammt nah am Abgrund vorbeigeschlittert.

Es war eine lange Nacht gewesen, und es würde ein noch längerer Tag werden, dessen war Christian sich sicher. Er ging zurück zu Daniels Haus.

Sein Bruder und seine Nichte saßen bereits in der Küche und schauten ihn fragend an. Christian wollte nicht, dass Anna irgendeinen Verdacht über seine Rolle bei diesem Schauspiel bekam. Er hüllte sich in Schweigen und warf seinem Bruder einen Blick zu, dem dieser mit hochgezogenen Augenbrauen begegnete. Christian hatte das Bedürfnis, sich dringend mit ihm zu beraten, mit Anna in der Nähe war das jedoch unmöglich. Die arbeitete gerade verstärkt daran, diesen Zustand auch nicht zu verbessern. Christian war mitten in eine lebhafte Diskussion geplatzt.

»Und du gehst heute zur Schule«, sagte Daniel, als sein Blick wieder von seinem Bruder auf seine Tochter schwenkte.

»Das ist viel zu gefährlich«, protestierte Anna. »Da könnten die Terroristen auch zuschlagen.«

»Bring mich nicht dazu, es mir zu wünschen.«

»Du bist vielleicht ein Vater. Damit ich in die Schule gehe, ist dir wohl jedes Mittel recht?«

»Ich gehe auch.«

»Gut, aber das ist dein Problem. Ich habe Angst und bleibe hier.«

Daniel öffnete den Mund, um etwas Passendes zu erwidern, aber Christian kam ihm zuvor.

»Wenn du dich nicht in die Schule machst, schleife ich dich an den Ohren hin«, herrschte er Anna an. Die sah ihn fassungslos an.

»Und jetzt Ende der Diskussion und verschwinde!«

Sein neuer Tonfall wirkte zweifellos gut, da Anna ohne weiteres Murren das Zimmer verließ.

»Was ist in dich gefahren?«, fragte Daniel, als er sich geschafft auf den nächsten Stuhl fallen ließ.

»Was genau meinst du jetzt?«, fragte Christian. »Da musst du schon präziser werden.«

»Nicht das mit Anna. Das war mal nötig. Wenn auch ungewöhnlich bei dir. Mich interessiert vielmehr deine Rolle bei den nächtlichen Ereignissen.«

»Ich erkläre es dir irgendwann. Aber nicht jetzt«, sagte Christian. »Für heute muss es dir reichen, dass ich alles im Griff habe.«

Daniel ließ das erst einmal auf sich beruhen.

»Was hast du jetzt vor?«, fragte er stattdessen.

»Jetzt werde ich die Nachbarn wieder beruhigen, damit die Sache nicht so viel Staub aufwirbelt.«

»Na dann, viel Glück«, erwiderte Daniel.

Nach zwei Tassen Espresso fühlte Christian sich so weit gestärkt, um seine Zukunft zu retten. Er ging raus auf die einzige Straße, die einmal rund durch Muckeringen führte, und sondierte die Lage. Mittlerweile war wieder Ruhe eingekehrt. Keiner trieb sich mehr im Ort herum, der nicht dahingehörte. Die Nachbarn, soweit er sie sehen konnte, begutachteten die Schäden und befassten sich mit Aufräumarbeiten.

Er sah das Auto von Thomas vor dem Haus stehen. Daniel hatte ihm erzählt, er wäre ausgezogen, da Nicole mit Hans Adler rumgemacht hatte. Die Sorge trieb ihn anscheinend zurück zu seiner Familie.

Laura ließ ihn ins Haus. Offensichtlich war sie bei ihren Eltern damit durchgekommen, nicht zur Schule gehen zu müssen. Thomas saß in seinem Arbeitszimmer. Christian hatte den Verdacht, er lotete seine Möglichkeiten aus, um irgendeinem den Kampf anzusagen. Christian musste wissen, wem.

»Oh, der Abtrünnige«, hörte er Nicoles süffisante Stimme hinter seinem Rücken. »Du traust dich hierher? Wirklich mutig.«

»Nicole, bitte geh«, sagte Thomas nur. Sie verzog sich unlustig.

»Also?« Thomas sah Christian streng an. Mit diesem Blick befragte er sicherlich äußerst erfolgreich Zeugen vor Gericht.

»Ja, ich weiß, ich bin ein Schuft«, sagte Christian.

»Quatsch.« Thomas lächelte plötzlich. »Ich weiß selber, wie sehr eine Frau einem zusetzen kann.«

»Du sagst es. Ich wollte es von Anfang an sagen, aber dann habe ich den Absprung verpasst und es wurde immer schwieriger.«

»Kann ich mir denken. Trotzdem kommen wir jetzt nicht drumherum, deinem neuen Arbeitgeber etwas Feuer unter dem Hintern zu machen.«

»Ich bezweifle, dass es immer noch mein Arbeitgeber ist«, sagte Christian. »Ich halte es trotzdem nicht für vernünftig, ihnen etwas anhängen zu wollen, wovon man gar nicht weiß, ob sie es überhaupt waren.«

»Das ist mir schon klar«, sagte Thomas. »Ich glaube auch nicht ernsthaft daran. Doch für uns ist es die Gelegenheit. Wenn wir mit diesem Vorfall öffentlichen Wirbel machen können, dann sollten wir den Vorteil nutzen.«

»Ich würde es lassen«, sagte Christian. »Sonst könnte vielleicht zu viel anderer Wirbel entstehen.«

»Was meinst du?«

»Sagen wir mal so: Ich habe ein berechtigtes Interesse daran, die Sache nicht an die große Glocke zu hängen.«

»Das reicht mir nicht, Christian. Was ist los?«

»Wenn ihr darauf besteht, das hier für euch auszunutzen, müsste ich auch das ein oder andere darüber erzählen, was die Bürgerinitiative bei der Ekelon Gas veranstaltet hat.«

»Eine kleine Erpressung also«, sagte Thomas, klang aber weder überrascht noch sauer.

»Ja, tut mir leid. Geht aber nicht anders.«

»Nun gut«, sagte Thomas. »Ich kann es nicht riskieren, dass Nicoles und mein Anteil bei diesen Geschichten an die große Glocke gehängt werden. Das kannst du dir denken.«

»Sagen wir mal so, es ist für uns beide von Vorteil. Du hast Einfluss auf die Nachbarn, deinem Urteil vertrauen sie. Und wenn du sagst, dass ihr nichts weiter unternehmen werdet, dann hören sie auf dich.«

»Wirst du mir irgendwann mal erzählen, was wirklich geschehen ist?«

»Versprochen.« Christian stand auf.

»Was ist mit Katharina Hamacher?«, fragte Thomas. »Wird das die Ermittlungen über ihren Tod behindern?«

»Nein, auf keinen Fall.« Christian war froh, dass er Thomas in diesem Punkt nicht anlügen musste. Er wandte sich zur Tür.

»Christian«, rief Thomas ihm hinterher. Er drehte sich um. »Mach reinen Tisch.«

»Mach ich«, sagte er und verließ den Raum. Er ging durch den Flur und war dankbar, dass Nicole nicht aus irgendeiner Tür schoss.

Jetzt hatte er noch den schwersten Gang vor sich. Er wandte sich nach links und machte sich zu seinem Zuhause auf.

Sein Haus war für Christian eine Zuflucht, trotz seiner verdrehten Frau und seinem manchmal trostlosen Alltag mit Gemüse, Körnern und dem Fahrrad, obwohl er eigentlich schon immer ein leidenschaftlicher Autofahrer gewesen war. Aber bei Stephanie war es warm, gemütlich und leicht verrückt. Das Gefühl hatte er immer geliebt, es war nur in den letzten Wochen verloren gegangen. Christian wusste nicht, ob er es jemals wieder zurückbekommen würde, genauso wenig, ob seine Frau eine Mörderin war oder nicht. Das war jetzt auch egal. Sie war die Mutter seines Kindes und daher würde er sie nicht ans Messer liefern. Er brauchte allerdings dringend einen besseren Start, um heil aus der Sache herauszukommen.

Er betrat das Haus ziemlich forsch und fühlte sich innerlich das erste Mal so, wie er nach außen auftrat. Stephanie kam ihm auf der Treppe entgegen. Sie sah ihn und beschleunigte auf den letzten Stufen ihren Schritt. Christian trat instinktiv zurück und konnte so einem Stoß vor seine Brust aus dem Weg gehen.

»Hier im Haus ist kein Platz für Verräter.«

»Das ist immer noch unser Haus«, sagte Christian ruhig. »Zumal ich es mit meinem Geld abbezahle.«

Das Geld war für ihn nie ein Thema in ihrer Ehe gewesen, aber er ärgerte sich einfach.

»Das spielt keine Rolle«, sagte Stephanie. »Für Verräter gelten andere Regeln.«

»Ich bin kein Verräter«, erwiderte Christian. »Ich vertrete nur eine andere Meinung. Und das Einzige, wofür ich mich schämen muss — und das nur vor mir selber — ist, meine Meinung nicht früher und vehementer vertreten zu haben.«

»Du bist mein Mann, du solltest meiner Meinung sein.«

»Da bist du im Irrtum«, sagte Christian. »Das ist nicht der Sinn der Ehe. Ich weiß, dass du in dem Glauben erzogen worden bist, aber so funktioniert das nicht.«

Stephanie verschränkte die Arme vor der Brust. Sie sah nicht so aus, als hätte sie ein Ohr für die Argumente ihres Mannes.

»Du hast mich bloßgestellt«, sagte sie stattdessen. »Ich bin in der Bürgerinitiative nur noch ein Witz.«

»Das schaffst du schon gut allein. Lächerlich gemacht hast du dich mit deinen schwachsinnigen Aktionen schon vorher. Nackter Hintern, ich bitte dich.«

Christian wurde langsam sauer.

»Du bist ein gemeiner Schuft. Ich hätte nie geglaubt, was du für ein Ekel sein kannst.«

»Ja, natürlich nicht. Ich habe bis jetzt auch zu allem Ja und Amen gesagt. Aber damit ist jetzt Schluss. Ich habe eine Meinung und brauche mich nicht dafür zu schämen.«

Mia im oberen Stock fing an zu weinen. Sie bekam bestimmt mit, dass ihre Eltern sich nicht einig waren. Vielleicht hatte sie aber auch einfach nur Hunger.

»Das siehst du, was du angerichtet hast.« Stephanie war jetzt so weit, ihm für alles die Schuld zu geben. »Mia hat den Schlaf nach dieser Nacht bitter nötig.«

Christian tat es zwar leid, den Schlaf seiner Tochter zu stören, weigerte sich aber, die Schuld auf sich zu nehmen.

»Das hast du ganz allein deiner Lautstärke zuzuschreiben.« Das stimmte sogar. Er hatte es immerhin geschafft, seinen Unmut leise vorzutragen. Er wollte auf keinen Fall einlenken, er war gerade so schön in Fahrt.

»Der ganze Quatsch hört jetzt auf. Ich vertrete nicht jeden deiner verrückten Standpunkte.«

»Das ist mir egal, ich will dich nicht im Haus haben. Mit einem Verräter will ich nicht zusammenleben.«

»Und ich nicht mit einer Mörderin«, sagte Christian. »Aber wir werden uns beide damit abfinden.«

Mit diesem bedeutungsschweren Satz verließ er das Haus, fuhr das Auto aus dem Carport, brauste davon und ließ seine Frau endlich sprachlos zurück.

Christian fühlte sich nach der Diskussion ausgelaugt, aber befreit. Er brauste raus aus Muckeringen, Richtung Seligenwalde.

Er hätte sich wesentlich öfter Luft gemacht, wenn er gewusst hätte, wie gut es sich anfühlte. Jetzt machte er sich allerdings erst mal Luft mit lautem und ziemlich schiefem Gesang. Er gab sich der Illusion hin, frei zu sein und machen zu können, was er wollte.

Als sein Handy klingelte, war seine Freiheit erst einmal vom Tisch. Sein Noch-Arbeitgeber verlangte offensichtlich eine Erklärung. Ihm stand ein spannendes Gespräch bevor.

Gerd Bolonnes fasste sich zwar kurz, legte Christian aber nahe, ziemlich kurzfristig in die Zentrale zu kommen. Der versprach, sich umgehend auf den Weg zu machen. Wenn das schon der Tag war, an dem sein Leben in die Binsen ging, konnte er es auch direkt vernünftig erledigen.

Er parkte vor dem Gebäude, das ihm neulich Nacht noch unheilverkündend und bedrohlich erschienen war. Vielleicht erkannten die Gebäude die Absicht, mit der man gekommen war und bauten sich unwillkürlich entsprechend drohend oder einladend vor einem auf. Oder das war alles kompletter Quatsch und er war mittlerweile einfach ein anderer Mensch geworden. Zumindest war es ein agilerer Christian, der die Stufen zum Haupteingang hinaufsprang.

Bolonnes betrachtete stirnrunzelnd seinen Noch-Angestellten.

»Ich kann Ihre gute Laune nicht ganz nachvollziehen«, sagte er. »Die Presse könnte nicht schlechter sein. Eine Leiche, EINE LEICHE auf dem Gelände, wo wir bauen wollen. Wissen Sie, was das bedeutet?«

Christian wollte antworten, aber Bolonnes erwartete anscheinend keine, denn er redete sofort weiter.

»Aber damit nicht genug. Es stellt sich heraus, dass unser zukünftiger Projektleiter auch noch mit einer der Verrückten aus der Bürgerinitiative verwandt ist.«

»Verheiratet«, stellte Christian richtig.

»Das ist mir scheißegal«, brüllte Gerd Bolonnes. »Wegen mir können Sie mit einem Muli verheiratet sein, solange es nicht unserem Ruf schadet.«

Christian überlegte, ob eine Ehe mit einem Muli der Ekelon Gas weniger schaden würde als eine Ehefrau, die sich für eine gute oder nicht so gute Sache engagierte, sollte aber hier und jetzt zu keinem Ergebnis kommen, denn Bolonnes verlangte weiterhin seine Aufmerksamkeit.

»In der Presse gibt es im Moment kein anderes Thema mehr, die ganze Welt macht sich über uns lustig. Und es war doch Ihre Frau, die der ganzen Welt ihren nackten Hintern präsentiert hat. Glauben Sie mir, den wollte ich gar nicht sehen. Mir reicht es, wenn ich mir den von meiner Frau ab und zu ansehen muss.«

Christian wollte eigentlich entgegnen, dass er kein Interesse an dem Hintern seiner Frau hatte, kam aber auch diesmal über das Luftholen nicht hinaus.

Bolonnes hatte den Seligenwalder Kurier von seinem Schreibtisch gekramt und hielt ihn Christian unter die Nase. Der betrachtete die Schlagzeile *Eine Ehe für die Biotonne: Projektleiter Biogas unterwandert Ekelon Gas* und fand sich ungerecht behandelt.

»Ich habe Sie nicht unterwandert«, sagte er gekränkt. »Ich glaube an dieses Projekt. Meine Frau hat einfach nur eine andere Meinung dazu.«

»Mir wäre es vor allen Dingen lieber, Sie hätte eine etwas leisere Meinung.«

Bolonnes war übergewichtig und schnaufte nach solch einer langen Rede ziemlich heftig. Christian überlegte, ob es klug war, ihm jetzt von der neuesten nächtlichen Entwicklung in Muckeringen zu erzählen, entschied sich aber dagegen. Hielt Thomas Wort — und das bezweifelte er nicht — beträfe das die Ekelon Gas nicht mehr im Geringsten.

»Meine Frau kann ihre Meinung jederzeit und überall kundtun«, erwiderte er verärgert. »Sie ist erwachsen. Und sie kämpft für das, woran sie glaubt.«

Dass zu Stephanies Kampf wahrscheinlich auch die Beseitigung unliebsamer Gegenspieler gehörte, erwähnte er vorsichtshalber nicht.

»Hat sie sich jemals ernsthaft mit dem auseinandergesetzt, was wir tun? Ich habe von dieser ganzen vermaledeiten Bürgerinitiative nie irgendetwas anderes gehört als Anschuldigungen. Ich kenne solche Leute, wie Ihre Frau, Herr Gärtner. Sie machen lauten Wind bei allem, wo andere nur ein laues Lüftchen blasen.«

Christian sah ein, dass Bolonnes recht hatte. Trotzdem wollte er das nicht so ohne Weiteres zugeben. Er war zu begierig darauf, seinen neuen Widerstand auszukosten.

»Ich kenne die Fehler meiner Frau«, sagte er daher. »Aber sie ist trotz allem meine Frau. Ich kann und werde ihr nicht in den Rücken fallen.«

»Das mag sein«, sagte Bolonnes. »Aber Sie werden verstehen, dass ich Sie unter diesen Umständen nicht beschäftigen möchte.«

Das war Christian sowieso schon klar gewesen. Es war Zeit, einen neuen Weg zu suchen, der offensichtlich nicht in dieser Firma lag. Damit hatte er sich schon auf der Fahrt hierher abgefunden. Er wollte es dem Geschäftsführer aber nicht so leichtmachen.

»Nein, das läuft andersrum«, sagte er. »Ich möchte bei einem Unternehmen wie Ihrem, das nicht in der Lage ist, sich mit Gegenwehr irgendwie konstruktiv auseinanderzusetzen, gar nicht arbeiten.«

»Dann erwarte ich Ihre schriftliche Kündigung«, sagte Bolonnes.

»Ich brauche keine Kündigung, ich habe ja noch gar keinen Arbeitsvertrag.«

Christian verließ das Büro ohne weiteren Gruß, offiziell arbeitslos und vorerst ohne Perspektive.

Als er sich das Bürogebäude von außen noch mal betrachtete, schien es irgendwie geschrumpft zu sein, zumindest hatte es seinen Schrecken komplett verloren. Christian ärgerte sich, dass er in der schicksalhaften Nacht nicht doch ein paar Farbpatronen verschossen hatte. Und er hätte sicherlich keine Lebensmittelfarbe benutzt. Er beschloss, das irgendwann nachzuholen.

Jetzt allerdings warteten wichtigere Dinge. Dazu gehörte allerdings auch ein wenig Schlaf. Er beschloss, fürs Erste zurück zu Daniel zu fahren.

Es war ein neuer, verbesserter Christian, der den Berg runter nach Muckeringen fuhr. Er passierte den Hof von Matthias und sah ihn im Innenhof stehen. Er winkte, aber Matthias hob nur kurz die Hand. Er hätte jetzt direkt links abbiegen können, um zurück zu Daniel zu kommen, beschloss aber, eine Ehrenrunde durchs Dorf zu drehen.

Mit einem wehmütigen Blick fuhr er an seinem Haus vorbei. Von seiner Frau und seiner Tochter war nichts zu sehen. Dafür stand eine Traube Menschen vor der Dorfscheune. Christian identifizierte sie als seine Nachbarn. Ungewöhnlich für 14.30 Uhr an einem Montag. Seine Familie konnte er immer noch nicht ausfindig machen.

Christian war von seinem neuen Rückgrat so fasziniert, dass er den ersten Wind auskosten wollte und fuhr schnittig vor das Dorfgemeinschaftshaus. Leider dann doch etwas zu schnell, da seine Nachbarn auseinanderstoben wie aufgeschreckte Hühner. Er handelte sich verständnislose Blicke ein. Dynamisch sprang er aus dem Wagen, was nicht ganz so elegant war, wie er es sich gerne gewünscht hätte. Er freute sich, dass es ihm egal war.

Die Augen, die ihn ansahen, waren nicht alle freundlich. Thomas und Daniel nickten ihm aufmunternd zu, Nicole und Sabine schienen ernsthaft empört zu sein. Julia, Hans und Sebastian hatten durch den Tod von Katharina andere Sorgen. Sabine zwar auch, aber sie hatte sich wie immer gut in der Gewalt. Brigitte schien es egal zu sein, da er ihrem geliebten Matthias nicht auf den Schlips getreten war.

Sabine, die sich zur Fürsprecherin des Dorfes gemausert hatte, entschied sich nach einem sichtbaren inneren Kampf, Christian anzusprechen. Sie war jedoch zu sehr Dame, um aus der Rolle zu fallen.

»Sind Sie stolz auf sich?«, fragte sie.

»Heute bin ich wirklich stolz auf mich«, erwiderte Christian und kam sich sehr frech vor. Das sah Sabine anscheinend ähnlich.

»Dumme Antworten kann ich mir selber geben«, sagte sie säuerlich. Zu Christians neu gewonnener Größe gehörte es auch, seine Fehler einzugestehen.

»Es tut mir leid«, sagte er ehrlich. »Ich kann verstehen, dass ihr sauer auf mich seid.« Er wandte sich zu den Dörflern. »Ich bin nicht stolz auf das, was ich getan habe.«

»So schlimm war es auch nicht«, sagte Thomas.

Nicole sah aus, als wollte sie etwas darauf antworten, ein Blick ihres Mannes ließ sie dann allerdings schweigen.

»Es war nicht richtig«, sagte Christian. »Es war feige. Ich bedauere es. Es wird euch freuen, dass ich den Job auch nicht mehr antrete.«

»Wohl eher nicht antreten darf«, murmelte Nicole leise. Christian hatte es dennoch gehört.

»Stimmt. Beides stimmt«, sagte er ruhig. »Ich hätte ihn aber auch nicht mehr gewollt. Dieses ganze Biogas-Projekt hat mich viel gekostet.«

»Lassen wir es auf sich beruhen«, sagte Sabine. »Wir haben mittlerweile sicherlich schlimmere Sorgen als die kleine Flunkerei.«

»Danke für euer Verständnis.« Christian lächelte gewinnend in die Runde. Bei Nicole konnte er nicht punkten, aber das war ihm egal. Sabine lächelte zurück, bevor sie wieder zum Thema kam.

»Die Ereignisse der letzten Nacht geben Anlass zur Beunruhigung«, sagte sie. »Aber die Polizei ist der Meinung, es war nur ein dummer Streich, weil wir in der letzten Zeit so präsent in den Medien waren.«

Bei dem letzten Satz verzog sie leicht die Mundwinkel. Christian konnte förmlich aus ihnen herauslesen, wie unangemessen sie Stephanies Verhalten fand. Er übrigens auch.

»Wirklich erschütternd ist der Tod von Katharina.«

Jetzt verschleierten sich ihre Augen kurzfristig. Christian rechnete zumindest mit einer Träne, aber die kam nicht.

»Hat die Polizei irgendwelche Anhaltspunkte?«, fragte er vorsichtig.

»Sie ist wohl mit einem Stein erschlagen worden«, kam Thomas Sabine zuvor. »Den Stein haben sie aber nicht gefunden und rechnen auch nicht mehr damit. Keine Spuren, es hat keinen Kampf gegeben. Es war eine heimtückische Tat von hinten.«

»Also auch keinen konkreten Verdächtigen?«, hakte Christian nach.

»Sie haben unsere Alibis untereinander abgeglichen. Aber jeder in einem Haushalt gibt einem anderen ein felsenfestes Alibi. Sind ja auch meistens Familienmitglieder. Das läuft ins Leere.«

»Sie verdächtigen doch nicht ernsthaft einen von uns?«, fragte Nicole.

»Sie verdächtigen erst einmal jeden, das solltest du wissen«, sagte Thomas. Als Frau eines Anwaltes hätte sie das wissen können, das fand auch Christian. Mehr interessierte ihn aber, dass keiner aus Muckeringen ernsthaft als Täter in Erwägung gezogen wurde.

Das bedeutete, er hielt Stephanies Zukunft in der Hand. Auch wenn die Beweise nicht ausreichten, könnte er ihr Leben sehr unangenehm machen. Für sie würde es absolut unmöglich werden, in Muckeringen zu bleiben. Ein Restverdacht blieb immer.

Seine Nachbarn spekulierten mittlerweile über mögliche Täter. Keiner wusste so richtig, mit wem Katharina im Berufsleben zu tun hatte, daher blieben sie auf halbem Weg stecken.

»Wir müssen die Polizei ihre Arbeit tun lassen«, sagte Sabine. »Und beten und hoffen, dass sie den Täter findet. Ich bin nur dankbar, dass ihr nicht noch Gewalt angetan wurde.«

»Das macht die Sache für die Polizei auch einfacher«, sagte Thomas. »Es war weder ein Raubmord noch ein Sexualdelikt. Also musste es etwas Persönliches sein.«

Darauf schwiegen erst mal alle und machten sich Gedanken über die unauffällige und schüchterne Katharina. Es erschien surreal, dass sie jemanden zum Feind gehabt haben sollte.

»Lasst uns wieder nach Hause gehen«, sagte Sabine und seufzte. »Wir können nichts ausrichten.«

Sie hob ihre Schultern, die für kurze Zeit ihre Straffung verloren hatten.

»Brigitte?«, sagte sie fragend, als sich der Platz allmählich leerte.

»Ich mache noch einen Spaziergang«, antwortete die Angesprochene und ging Richtung Straße.

»Bestimmt wieder bei Matthias Beier vorbei«, sagte Julia abfällig und gab sich keine Mühe, leise zu sprechen. Brigitte ignorierte sie.

Christian und sein Bruder fuhren in Gedanken versunken zu Daniel nach Hause.

Sebastian hatte sich nicht wieder in sein Zimmer verzogen, wie es normalerweise seine Art gewesen wäre, sondern schlich wie ein Schatten durch die Gegend. Er versuchte, so viel wie möglich von dem aufzusaugen, was geredet wurde. Er hatte die Hoffnung, etwas zu hören, was die Katastrophe erklären und ihm Frieden verschaffen würde.

Der Frieden kam nicht und Sebastian änderte seine Strategie. Er wollte den Mörder von Katharina finden, wenn er schon sonst nichts mehr für sie tun konnte. Daher griff er endlich die Gedanken auf, die ihm seit ihrem Todestag durch den Kopf schwirrten, aber durch seine Trauer bisher ignoriert worden waren. Er spann seine ungeheuerliche Idee weiter und dachte an den Tod seiner Mutter. Es tauchte nur eine Person auf, die alle Kriterien erfüllte.

Linda hatte Matthias bei dem Biogas-Projekt unterstützt und war ihm dabei sehr nahegekommen, zumindest glaubte sie das. Matthias Beier hatte dazu sicherlich eine andere Meinung. Aber das zählte nicht. Der Punkt war, was die Nachbarn über die Beziehung der beiden dachten. Das schien allerdings zu reichen. Linda Henigbaum erregte einiges Aufsehen in dem kleinen Muckeringen.

Seine Mutter war für Sebastian ein asexuelles Wesen. Er hatte so gut wie möglich versucht, ihre Eskapaden zu ignorieren. Sein Unterbewusstsein hörte dafür umso genauer zu. Einmal angezapft schüttete es die Erinnerungen in Fontänen heraus, wie eine angepikste Halsschlagader. Er erinnerte sich an ein Gespräch zwischen seiner Mutter und Brigitte. Brigitte hatte Linda heftig angegriffen. Alle drei Frauen waren von Matthias geblendet, aber Brigitte hatte es am schwersten getroffen.

Daher war sie auch die einzige Person, die für ihn als Mörderin einen Sinn ergab — die beste Freundin seiner Mutter und von Sabine. Je länger er dieser ungeheuerlichen Idee Raum gab, desto plausibler erschien sie ihm.

Die Erkenntnis ließ ihn nicht in Ruhe und schrie nach Bestätigung. Aber selbst dem unbedarften Sebastian war klar, dass er nicht einfach vor die Tür gehen und *Mörder* schreien konnte. Ebenfalls widerstrebte ihm der Gedanke, dass eine Frau, die er sein Leben lang kannte, eine Mörderin war.

Er ließ Brigitte die folgenden Tage nicht aus den Augen. Als sie alleine zu einem Spaziergang aufbrach, folgte er ihr eine Zeit lang im großen Abstand. Er zog sogar seine Baseballkappe aus. Ohne diese würde ihn bestimmt keiner erkennen. Als er sich sicher war, dass jegliches Gespräch von der Tiefe des Waldes aufgesaugt wurde, holte er mit langen Schritten zu Brigitte auf und jagte ihr damit einen gehörigen Schrecken ein. Den verkraftete sie jedoch schnell, als sie Sebastian statt eines vermeintlichen Angreifers sah. Bei der Enttäuschung in ihrem Gesicht vermutete er, ein Vergewaltiger wäre ihr vielleicht lieber gewesen.

»Erschrecke mich nicht so«, sagte sie affektiert und kicherte. Sie kicherte überhaupt ziemlich oft affektiert. Sebastian war das noch nie so stark aufgefallen wie in der letzten Zeit. Es ging ihm zunehmend auf die Nerven.

»Das war meine Absicht.«

»Was meinst du?« Konfrontationen seinerseits waren neu für sie und schwer zu schlucken.

»Ich meine, ich sollte dir mal auf den Zahn fühlen. Vieles an deinem Verhalten finde ich nämlich komisch.«

»Die ganze Situation in den letzten Wochen ist komisch.«

»Ich spreche aber nicht von der Situation, ich spreche von dir.«

»Was willst du Sebastian? Du willst mir doch etwas sagen. Nur raus damit.«

»Gut. Ich glaube, du hast meine Mutter und Katharina ermordet.«

»Wie kommst du auf diese Idee?«

»Es ist einfach logisch. Es gibt keine Alternative, die genauso viel Sinn macht.«

»So, meinst du. Kannst du dafür auch nur ansatzweise Beweise liefern?«

»Nein, das leider nicht. Aber trotzdem bringt mich keiner davon ab.«

»Jetzt sag ich dir mal was.« Brigitte ließ prüfend ihren Blick durch das Dickicht schweifen, bevor sie weiterredete. »Es stimmt. Du hast recht. Toll kombiniert, Sherlock. Aber es wird dir nichts nützen, denn was mich betrifft, hat dieses Gespräch nie stattgefunden.«

»Wenn ich die Polizei auf deine Spur bringe, dann stellen sie dir auf jeden Fall viele unangenehme Fragen.«

»Und kein einziger Verdacht lässt sich beweisen«, sagte Brigitte. »Und es wird nicht besonders schwer für mich sein, dich als überdreht darzustellen. Zumal du dich in der letzten Zeit ziemlich merkwürdig benommen hast. Das können so einige bestätigen.«

Das Traurige daran war, dass es sogar stimmte. Seit er in seinem Liebestaumel steckte, hatte er viel getan, was unüblich für ihn war. Er konnte nicht beurteilen, wie groß Brigittes Chancen waren, damit durchzukommen.

»Warum?«, fragte er daher nur.

»Ich konnte verhindern, dass deine Mutter sich an Matthias heranmacht. Zugegeben, als ich sie tot vor mir liegen sah, war es schon ein Schock. Aber eins habe ich festgestellt: Beim zweiten Mal ist es viel leichter.«

»Du hast Katharina umgebracht, weil es leichter war?«

»Beides war leichter. Das Töten, aber auch, dass ich keinen aussichtslosen Kampf gegen diese dumme Kuh führen musste.«

Es war die *dumme Kuh*, die Brigitte im Endeffekt das Leben kostete. Sebastian hatte einen Ast vom Boden aufgehoben und hieb ihn ihr mit aller Kraft über den Schädel. Das reichte zwar nicht zum Tod, wohl aber zu einer kleinen Ohnmacht. Der Stein, den Sebastian ihr danach noch auf den Kopf schlug, erledigte den Rest.

Sebastian sah nicht, dass sich ein Schatten hinter einem Baumstamm löste und lautlos verschwand.

Christian nahm das Bier dankend an, das Daniel ihm unter die Nase hielt. Er hatte in den letzten Wochen schon mehr Alkohol getrunken als die ganzen letzten Jahre. Dass Stephanie nicht mehr über ihn bestimmen konnte, war dafür von Vorteil.

Zum Draußensitzen war es jetzt, Mitte Mai, zwar noch zu frisch, trotzdem hatten sie auf Daniels Terrasse hinter dem Haus Platz genommen und ließen ihren Blick über unverbautes, friedliches Land schweifen.

»Ich bin gespannt, wie das mit der Biogasanlage wird«, sagte Daniel. »Ich glaube nämlich nicht mehr, dass wir sie aufhalten können.«

»Vielleicht wird alles weniger schlimm, als du meinst«, beschwichtigte Christian. »Wir brauchen alternative Energien, das weißt du auch.«

»Ja, natürlich«, sagte Daniel und beide schwiegen wieder. »Du hättest diesen Job wirklich gern gemacht, nicht?«, fragte er dann. Christian nickte.

»Ich fand das ganze Projekt spannend. Und dann bei mir vor der Haustür. Also bitte, da hätte wohl jeder zugeschlagen.«

»Wie geht es jetzt weiter?«, fragte Daniel.

»Das weiß ich noch nicht«, erwiderte Christian gleichmütig. »Es wird sich schon etwas ergeben.«

Im stillen Einvernehmen beobachteten sie den Himmel. Nach drei Flaschen fassten sie den Entschluss, Matthias zu besuchen und sich dort auf den neuesten Stand zu bringen.

Christian war flau, so viel Alkohol war er einfach nicht gewohnt. Er ging wackelig die Hauptstraße entlang, bis ihn ein dringendes Bedürfnis überkam.

»Ich gehe mal ins Gebüsch«, rief er Daniel hinterher, der bereits ein ganzes Stück vorgelaufen war.

»Du findest es doch eklig, draußen zu pinkeln.« Daniel schwankte wie eine Pappel im Wind.

»Ich kann aber nicht mehr warten.«

Christian bog scharf ab und schlug sich ins Unterholz.

»Ich kann dich noch sehen«, alberte Daniel von der Straße. Christian fluchte und ging noch weiter. Jetzt fing der Wald an. Er hörte Daniel wieder lachen.

»Jetzt kannst du mich unmöglich noch sehen«, rief er, ging aber trotzdem noch ein Stück weiter, um sich im selben Moment zu wünschen, er hätte es nicht getan. In so einem kurzen Zeitraum auf zwei Leichen zu stoßen, fand er entschieden nicht fair. Das entwickelte eine Routine, die ihm nicht gefiel.

Er betrachtete Brigitte einen Moment und wartete auf eine ansteigende Panik, die aber nicht kam. Er rief Daniel zu sich. Der zierte sich erst, da er meinte, sein Bruder erlaube sich einen Spaß mit ihm. Beim zweiten Ruf hörte er aber an seinem Tonfall, dass etwas nicht stimmte.

»Komisch«, sagte er kurz darauf. »Katharina hat mich noch total aus der Bahn gehauen. Das hier lässt mich ziemlich kalt.«

»Stimmt«, sagte Christian und betrachtete Brigitte wieder.

»Eindeutig erschlagen worden«, stellte er fest und kam sich dabei sehr professionell vor. »Diesmal aber von vorne.« An Brigittes Stirn klebte geronnenes Blut, viel Blut.

»Was machen wir jetzt?«, fragte Daniel. Diese Frage kam keinem merkwürdig vor.

»Erst mal liegen lassen«, erwiderte Christian. »Weitergehen. Ich weiß nicht.«

Er versuchte, seine Gedanken zu sortieren, wusste jedoch nicht, ob er jetzt schon bereit war, sein Leben in Stücke zu schlagen. Er war seinem Bruder dankbar, dass er ihm die Entscheidung überließ.

»Lass uns zu Matthias verschwinden«, sagte er stattdessen. »Dort werden wir überlegen, wie es weitergeht.«

»Willst du Matthias wirklich davon erzählen?«, fragte Daniel. »Ich meine, alles erzählen?«

»Das werde ich entscheiden, wenn ich da bin«, sagte Christian nur.

Sie wirkten auf Matthias wahrscheinlich wie ein äußerst desolates Paar. Christians Restalkohol, der sich beim Anblick von Brigittes Leiche nicht verflüchtigt hatte, verlieh seinem Gang immer noch Schlagseite. Nur sein Gesichtsausdruck passte nicht zu dem normalerweise glückseligen Gesicht eines leicht Betrunkenen.

Es war nicht zu erkennen, was Matthias dachte. Er sagte nichts und wartete anscheinend auf Erklärungen. Sie ließen sich auf die Holzbank fallen, die Matthias unter seiner Linde stehen hatte.

»Hast du was zu trinken?«, fragte Daniel.

»Ich glaube, ihr habt schon genug getrunken«, sagte Matthias amüsiert.

»Egal, jetzt brauchen wir auf jeden Fall noch etwas«, erwiderte Daniel. »Bei dem, was wir erlebt haben.«

Matthias hob fragend die Augenbrauen, trotzdem ging er ins Haus und kam nach kurzer Zeit mit zwei geöffneten Flaschen Bier zurück, die sie entgegennahmen und gierig tranken. Christian rülpste leise.

»Wir haben in dem Wäldchen vor deinem Hof die Leiche von Brigitte von der Heiden gefunden«, sagte er dann. Er wusste nicht, welche Reaktion er genau erwartet hatte, aber auf keinen Fall diese reglose Gleichgültigkeit. Matthias war zwar kein Mensch der großen Emotionen, ein bisschen mehr hätte er dann aber doch passend gefunden.

»Ich weiß«, sagte Matthias schlicht. »Ich weiß auch, wer es getan hat.«

Christian und Daniel starrten ihn fassungslos an.

»Es ist gut, dass ihr da seid. Ich bin mir nicht schlüssig, wie es weitergehen soll.«

»Warum nicht?«, fragte Christian. Bislang war ihm nur klar, dass er in einem moralischen Debakel steckte, da er Stephanie hinter der Tat vermutete. Dass aber auch Matthias in einem Gewissenskonflikt steckte, verblüffte ihn. Er hoffte dringend auf eine Erklärung.

»Ihr müsst wissen, dass ich mich für Katharinas Tod verantwortlich fühle. Wenn die Biogasanlage nicht gewesen wäre, hätte sich die ganze Sache vielleicht nicht so aufgeschaukelt.«

Da konnte Christian nicht widersprechen. Dieses Projekt hatte Stephanies Dämonen sehr deutlich ans Tageslicht gebracht.

»Die Menschen sind unberechenbar. Deswegen halte ich mich auch fern davon. Innerhalb von 24 Stunden eine zweite Leiche zu haben, ist ein sehr hoher Preis für das bisschen Fortschritt.«

»Mach dir keine Vorwürfe«, beschwichtigte ihn Christian. »Es ist nicht deine Schuld.«

»Ich mache mir keine«, sagte Matthias. »Wenn andere verrücktspielen, bin ich schließlich nicht schuld. Aber ohne Biogas wäre das vielleicht gar nicht erst passiert. Jetzt frage ich mich natürlich, wie ich reagieren soll.«

»Sag einfach die Wahrheit. Ich verstehe das und nehme es dir nicht übel«, sagte Christian.

»Warum solltest du auch?« Matthias blickte ihn verständnislos an.

»Na hör mal, es geht ja schließlich um meine Frau.«

»Was hat denn deine Frau damit zu tun, zum Teufel?« Matthias konnte wirres Gerede nicht vertragen. »Du solltest heute kein Bier mehr trinken.«

»Stephanie hat doch Katharina und Brigitte umgebracht und höchstwahrscheinlich auch Linda. Es spricht zumindest einiges dafür«, sagte Christian. »Das hat mit meinem Bierkonsum gar nichts zu tun.«

»Wenn das wahr ist, hat sich deine Frau wirklich sehr verändert«, sagte Matthias. »Brigitte hat sie jedenfalls nicht umgebracht, da war ich bei. Und dass sie an dem Tod von Katharina und Linda schuld ist, da kann ich dich auch beruhigen.«

Das musste Christian erst mal verdauen. Automatisch trank er noch einen Schluck und starrte Matthias weiter

unentwegt an, bis der mit einem Stück Baumrinde nach
ihm warf, welches er die ganze Zeit in seiner Hand gedreht
hatte.

»Glaubst du wirklich, deine Frau ist eine Mörderin?«,
fragte Matthias. »Dann verstehe ich, warum du dich so
merkwürdig aufgeführt hast. Du hattest Angst. Du bist
zwar immer noch ein Waschlappen, aber wenigstens einer
mit einem plausiblen Grund.«

»Ich bin kein Waschlappen, nicht mehr.«

»Könnten wir mal wieder zum Thema zurückkommen«,
mischte Daniel sich ein. »Ich bin nämlich etwas durcheinander. Wer hat hier wen umgebracht?«

Matthias seufzte. »Ich glaube, das wird eine längere Erklärung erfordern.« Er setzte sich auf einen umgedrehten
Zinkeimer.

»Ich weiß, wer Linda umgebracht hat. Und ich weiß
auch, wer Katharina und Brigitte umgebracht hat«, sagte er.
»Lindas und Katharinas Mörder ist aber nicht der, der
Brigitte umgebracht hat.«

Christian war im Moment bereit, alles zu glauben und
sich erst recht nicht mehr über irgendetwas zu wundern.
Daniel war über diese Phase allerdings noch nicht hinaus.

»Von wie vielen Mördern reden wir denn hier?« Nebenbei war er jetzt auch noch schwer von Begriff.

»Von zwei, du Hohlbirne«, sagte Christian genervt. Daniel wollte etwas erwidern, überlegte es sich dann aber doch
anders.

»Weiter«, forderte Christian Matthias auf.

»Linda und Katharina sind Opfer aus Eifersucht«, sagte
Matthias. »Und damit komme ich dann ins Spiel.«

»Du willst doch nicht sagen, dass du …«, begann Daniel,
wurde aber mit einem lauten „Nein" von Christian und
Matthias zum Schweigen gebracht. In Christian fügten sich
die Puzzleteile allmählich zusammen.

»Ich verstehe«, sagte er. »Brigitte war so über alle Maßen
in dich verliebt, es war schon fast krankhaft. Katharina war

ihr im Weg, aber bei Linda habe ich das gar nicht so mitbe-kommen.«

»Linda und ich hatten durch das Biogas-Projekt viel mit-einander zu tun«, sagte Matthias. »Sie setzte sich bei Ekelon Gas ja sehr für mich ein. Allerdings wollte sie unsere Zusammenarbeit auch privat ausdehnen.«

»Ja, die drei Pumas«, nickte Christian.

»Was ist ein Puma?« Daniel führte ein behütetes Leben.

»Lebst du hinterm Mond?«, fragte Christian. »Eine ältere Frau, die junge Männer mag.«

»Und wer hat jetzt Brigitte umgebracht?«

»Ich glaube, das kann ich erraten«, sagte Christian. »Es war einer, dem sowohl sehr viel an Linda als auch an Katharina lag. Aber ich hätte nie geglaubt, dass er dazu in der Lage ist. Er hat sich auf jeden Fall entwickelt. In welche Richtung auch immer.«

»Wer?«, fragte Daniel begriffsstutzig.

»Sebastian«, antworteten Christian und Matthias im Chor.

»Du musst echt ins Bett.« Matthias schüttelte den Kopf. Alle drei hingen ihren Gedanken nach.

»Ich muss jetzt mal«, sagte Daniel angeschlagen.

»Oh Gott ja, ich auch«, pflichtete Christian bei, der durch die Ereignisse komplett vergessen hatte, aus welchem Grund er eigentlich in das Wäldchen gegangen war. Er erhob sich ebenfalls, kippte dabei allerdings nicht um wie sein Bruder.

»Ich glaube, er sollte sich hinlegen«, sagte er zu Matthias.

»Wir bringen ihn rein. Dann kann er aufs Klo und da-nach auf die Couch«, erwiderte Matthias. Sie gingen ins Haus und schleiften Daniel hinter sich her.

Thomas war Hotelzimmer gewohnt und das Seligenwalder Ratsschlösschen war nicht der schlechteste Ort, seine Wunden zu lecken. Das Wochenende entwickelte sich dermaßen turbulent, dass seine desolate häusliche Situation fast in Vergessenheit geriet. Katharinas Tod und die damit verbundene Aufregung in Muckeringen hatten persönliche Differenzen in den Hintergrund verbannt, das war der beste Platz dafür. Man dachte mal an etwas anderes und ging sich ansonsten gepflegt aus dem Weg.

Für Thomas gab es so viel zu überdenken und zu verdauen, dennoch fühlte er sich einsam. Er überlegte, ob es angemessen wäre, Julia anzurufen. Daniel hatte ihn bei der Projektbegehung fast mit misstrauischen Blicken durchlöchert. Thomas verspürte nicht die geringste Lust, zur Zielscheibe der Wut eines kleinen Provinzlehrers zu werden. Trotzdem war er nicht ernsthaft besorgt, als er Julia dann doch anrief, quasi zur Katastrophen-Nachlese.

Die einzige Katastrophe in diesem Moment allerdings war, dass der lange Sex-Entzug geradezu orgiastische Denkweisen in ihm auslöste. Sein Bedürfnis nach Erotik lenkte jegliche Empathie, die er für Katharinas Tod aufbringen konnte, durch Bilder von Sünde und Laster ab.

Thomas fand, es sprach viel für die These, dass Durst nicht nur mit Wasser, sondern auch gerne mit Champagner gelöscht werden konnte. Das gab den Ausschlag. In erregter Erwartung, endlich noch mal zum Zug zu kommen, ließ er das Telefon beinahe ins Waschbecken fallen.

Julia musste nicht lange überredet werden. Das mochte an dem verlockenden Abend liegen, den sie sich mit Thomas versprach, oder daran, dass sie dringend Ablenkung brauchte. Thomas hoffte Ersteres.

Auch dieses Mal war ihre zur Schau getragene Schlichtheit einfach überwältigend. Allerdings waren die Knöpfe etwas zu weit auf, um noch schicklich zu sein. Die Absätze waren etwas zu hoch, die Hose etwas zu eng und die Bluse etwas zu kurz. Überall zeigte sich das Leben, ob es sich wollüstern unter dem Stoff abzeichnete oder zarte helle Haut neugierig hervorblitzen ließ. Daher fackelte Thomas nicht unnötig und griff mit beiden Händen beherzt zu, froh über jedes Stück Fleisch, das er packen konnte, ganz egal, wo es sich befand. Julia räkelte sich wohlig unter seinen Berührungen, schob ihn dann aber sachte zurück.

»Nicht so schnell«, sagte sie. »Ich bin noch ziemlich durcheinander.«

»Das verstehe ich«, erwiderte Thomas. »Wie fühlst du dich?«

»Als wäre es ein schlechter Traum.« Julia seufzte. »Die liebe, gute Katharina. Sie hat mich direkt eingeladen, als ich sie damals angerufen habe.«

»Ich habe überhaupt keine Ahnung, wer es gewesen sein soll«, sagte Thomas. »Das ganz Dorf ist übergeschnappt.«

»Vielleicht eine Biogas-Mafia?« Julia war wieder voll und ganz Reporterin.

»In Muckeringen?« Thomas lachte. »Mafia in Muckeringen. Nein Schönste, schlag dir das ganz schnell mal aus dem hübschen Kopf.«

»Warum dann auch Katharina töten?« Julia spann den Faden weiter. »Sie war so unauffällig. Vielleicht Drogen bei der Arbeit.«

»Überlassen wir es der Polizei«, sagte Thomas. »Das Ganze ist schon entsetzlich genug. Auch wenn ich nicht viel mit ihr zu tun hatte, tut es mir leid für sie.«

»Mir auch. Auch wenn wir uns ziemlich auseinandergelebt hatten. Wir konnten mit unserer Freundschaft nicht mehr da anknüpfen, wo wir nach der Schule aufgehört hatten. Sie hatte jetzt schon ziemlich verschrobene Ansichten.«

Katharinas Tod war so unspektakulär, nachdem sich die erste Aufregung nach dem Mord gelegt hatte. Thomas war sich sicher, bei Nicole wäre das anders. Sie würde dafür sorgen, dass die Welt sie nicht so schnell vergaß.

»Konzentrieren wir uns jetzt auf Sex?«, fragte Julia.

»Musst du so direkt fragen?«

»Sei nicht so ein Spießer. Sex entspannt mich. Kein Sex hilft jetzt auch keinem, vor allen Dingen nicht Katharina. Ich bezweifle sogar, dass sie überhaupt schon mal guten Sex hatte. Du siehst, wohin das führt.«

»Du denkst also, Menschen ohne Sex werden von Mördern eher umgebracht?«, fragte Thomas, der verwirrt war und sich bemühte, nicht den Anschluss an die Argumentation zu verlieren.

»Es spricht zumindest viel dafür«, sagte Julia und zog sich plötzlich die Bluse aus. Thomas war geblendet, beeilte sich aber, mit ihr gleichzuziehen.

»Wenn meine Theorie stimmt, wird mir zumindest heute Nacht nicht viel passieren.« Sie schleuderte sich die hochhackigen Schuhe von den Füßen.

»Es sei denn, Daniel begeht einen Mord aus Eifersucht«, sagte Thomas, der zwar nicht die Stimmung ruinieren wollte, sein moralisches Gewissen aber auch nicht ganz abschalten konnte.

»Ich erzähle es ihm bei nächster Gelegenheit. Es sei denn, der Mörder erwischt ihn heute Nacht.«

»Du meinst ...« Thomas ließ den Satz unvollendet. Er hätte zu absurd geklungen. Julia hatte mit Absurditäten keine Probleme.

»Sagen wir mal, Sex gehört nicht zu seinen liebsten Hobbys«, sagte sie. »Er ist halt der Kuscheltyp.«

Thomas, der nicht länger das Sexleben von Daniel Gärtner diskutieren wollte, entledigte sich seiner restlichen Kleider und präsentierte sich in einer Pracht, die Julia zumindest einen Moment vor Ehrfurcht erstarren ließ.

»Erstklassig«, sagte sie dann und pfiff durch die Zähne.

Thomas warf sämtliche moralischen Bedenken über Bord und machte sich daran, ihr zu beweisen, dass er beileibe kein Kuscheltyp war.

Später saß Christian mit Matthias wieder draußen bei der Linde, nachdem sie Daniel schnarchend im Haus gelassen hatten. Matthias hatte sich jetzt auch ein Bier geholt.

»Ich habe sie gemocht«, sagte Matthias plötzlich.

»Katharina?«, fragte Christian, obwohl er die Antwort schon kannte.

»Ja«, sagte Matthias. »Sie war anders als die Weiber, die sonst um einen herumspringen. Das ist ganz schön anstrengend.«

Da Christian mit diesem Problem noch nie zu kämpfen hatte, konnte er nicht sagen, wie anstrengend das war.

»Nicht, dass ich was mit ihr angefangen hätte«, sagte Matthias. »So etwas ist mir von Grund auf zuwider. Aber sie war ein netter Mensch. Davon gibt es nicht so viele.«

»Bist du schwul?«, fragte Christian vorsichtig. Aber Matthias konnte so etwas nicht beleidigen. Er konnte austeilen, aber auch einstecken.

»Nein, bin ich nicht«, sagte er. »Ich bin nur kein Beziehungsmensch.«

»Fährst du auch manchmal besser damit«, sagte Christian. »Sieh nur, was bei mir und bei Daniel los ist in letzter Zeit.«

»Da hast du wohl recht«, erwiderte Matthias.

»Was machen wir denn jetzt?«, fragte Christian. »Wir können sie ja nicht so einfach liegen lassen.«

»Nein, wohl nicht«, sagte Matthias. »Sie war ein böses Weib. Sie soll nicht auf meinem Grund und Boden verrotten.«

»Das könnte zum Problem werden«, überlegte Christian. »Vielleicht gerätst du noch in Verdacht.«

»Sollen sie ruhig«, sagte Matthias. »Ich war es nicht, und demzufolge haben sie auch keinen Beweis gegen mich. Und gegen Sebastian auch nicht. Er war sehr vorsichtig, hat sie nicht berührt. Und ich denke nicht, dass auf dem Waldboden irgendeine DNA zu finden ist. Und bei dem windigen Wetter heute erst recht nicht mehr.«

»Was ist mit der Tatwaffe?«, fragte Christian.

»Der Ast und der Stein? Die hat Sebastian mitgenommen.«

»Ich hoffe mal, er wird sie gut entsorgt haben«, sagte Christian.

»Du denkst anscheinend dasselbe wie ich.«

Christian überlegte noch ein bisschen, bis er einen Entschluss fasste.

»Ja, das tue ich«, sagte er entschlossen. »Brigitte war ein schlechter Mensch, der seine gerechte Strafe bekommen hat. Und deswegen werde ich Sebastian nicht das Leben kaputtmachen und Jan seinen Vater nehmen.«

»Mit seinem Gewissen muss er allerdings selber klarkommen«, meinte Matthias. Dazu gab es nichts weiter zu sagen.

»Rufen wir jetzt die Polizei oder nicht?«, fragte Christian dann.

»Nein«, sagte Matthias. »Sie werden sie schon so finden.«

»Tun wir das Richtige?«, fragte Christian.

»Ich denke schon. Gott ist gerecht.«

»Und trägt anscheinend gerne Baseballkappen«, ergänzte Christian. Beide fingen an zu lachen.

Eigentlich wäre Christian bei Matthias über Nacht geblieben, aber seine innere Unruhe trieb ihn an, nach Hause zu gehen und Stephanie um Verzeihung zu bitten. »Kann das nicht bis morgen warten?«, fragte Matthias. »So wirklich nüchtern bist du nun nicht mehr.«

»Nein, kann es nicht. Ich habe Stephanie unrecht getan.«

»Das wird sie bis morgen schon überleben.«

»Aber ich nicht«, sagte Christian bestimmt.

Er machte sich auf den Weg und freute sich, sein Heim von Weitem schon erkennen zu können. Bei dem Gedanken, es wieder als Heim zu betrachten, wurde ihm warm ums Herz. Beseelt von diesen heimeligen Gedanken öffnete er schwungvoll das Gartentürchen, das allerdings auf diesen Schwung und seinen alkoholbedingten Ausfallschritt nicht vorbereitet war und aus den morschen Angeln brach. Da es aber nicht so einfach sterben wollte, riss es noch den angrenzenden Zaun mit. Das machte einen ziemlichen Krach, der Stephanie auf den Plan rief.

Christian hatte sich vorgestellt, lässig, beherrscht und gutaussehend vor seiner Frau zu stehen und sie um Verzeihung zu bitten. Das hatte jetzt leider nicht ganz geklappt, dafür konnte er versuchen, beherrscht seine Knochen lässig zu entwirren und dabei möglichst gut auszusehen. Stephanies Gesicht war unergründlich, aber nicht so unfreundlich und abweisend, wie er befürchtet hatte.

»Du bist betrunken«, stellte sie fest.

»Jawohl«, sagte er. »Ich weiß, du kannst das nicht leiden. Aber ich, und ich werde es in Zukunft wieder tun.«

»Bist du gekommen, um mir das mitzuteilen? Ist auf jeden Fall eine Verbesserung zu der Anschuldigung, eine Mörderin zu sein.«

»Du bist keine Mörderin, das weiß ich jetzt.«

»Ich wusste das schon immer. Aber dass du mir das zutraust.«

»Du hattest dich so verändert. Mir erschien alles möglich.«

Stephanie betrachtete ihren Mann. Dann schien sie eine Entscheidung getroffen zu haben.

»Komm mit rein«, sagte sie. »Ich mach uns einen Tee.«

Christian nahm ihr Angebot dankbar an. Seine Situation normalisierte sich scheinbar. Sein Bewusstseinszustand tat es langsam auch. Stephanie drehte sich auch nicht mehr so schnell.

Drinnen sah es aus wie immer, obwohl er das Gefühl hatte, er wäre jahrelang nicht mehr hier gewesen. Die sich überschlagenden Ereignisse der letzten Tage hatten sein Zeitgefühl durcheinandergewürfelt.

Sie gingen in die Küche. Dort hielten sie sich immer am meisten auf, obwohl Christian sich regelmäßig über Kräutertöpfe, Gartenerzeugnisse und alternative Zubereitungsmethoden aufregte. Die Küche war in seinen Augen der reinste Hexenkessel. Jetzt war er froh, alles an seinem Platz wiederzusehen.

»Wieso dachtest du, ich wäre eine Mörderin?«, fragte Stephanie. »Und warum sollte ich Katharina umbringen?«

»Das fing schon mit Linda an.«

»Linda auch?« Stephanie war sichtlich geschockt. »Du hast die ganze Zeit gedacht, ich hätte Linda umgebracht, und hast nichts gesagt?«

»Nicht die ganze Zeit«, wiegelte Christian ab. »Erst als ich Lindas Seidentuch und ihr Medaillon in unserem Carport gefunden habe.«

»Das hat sie hier vergessen, als wir Sachen für den Flohmarkt aussortiert haben«, sagte Stephanie. »Sie hat sich ihr Ohr an einem Nagel verletzt und die Kette ist dabei abgerissen. *Das* ist die Wahrheit.«

»Natürlich ist es das. Aber du warst so verbohrt durch die ganze Biogas-Geschichte, da hielt ich das einfach für möglich.«

»Hast du mir deshalb nichts von deiner neuen Arbeit erzählt? Weil du mich für gefährlich hieltest?«

Es wäre jetzt für Christian einfach gewesen, Ja zu sagen. Dann hätten sich alle weiteren Erklärungen erübrigt. Er wollte aber keine Memme mehr sein.

»Nein, das habe ich dir schon verheimlicht, bevor ich das gedacht habe«, sagte er daher. »Ich habe dich und Nicole in der Küche belauscht, wie ihr euch über die Anlage unterhalten habt. An dem Tag wollte ich dich eigentlich damit überraschen.«

Stephanie schwieg und sortierte mehr mechanisch ein paar Spinatblätter, die auf der Küchentheke lagen.

»Vielleicht habe ich das wirklich zu ernst genommen«, sagte sie schließlich. »Ich habe mich einfach verrannt. Als Nicole hier war, war ich froh, ein Stück von meiner Außenseiterrolle wegzukommen und mit den Nachbarn etwas gemeinsam zu machen.«

»Du bist kein Außenseiter. Du bist anders, ja, aber das ist auch der Grund, warum ich dich geheiratet habe. Und weil du ein lieber Mensch bist.«

»Trotzdem hattest du Angst, mir die Wahrheit zu sagen.« Stephanie klang betrübt. »Was sagt das über unsere Beziehung aus?«

Christian hatte sich das auch schon gefragt.

»Aber jetzt glaubst du nicht mehr, dass ich eine Mörderin bin«, sagte Stephanie. »Was ist passiert, dass du deine Meinung geändert hast?«

Christian dachte nach. Er sah seine Frau an und fällte eine Entscheidung. Er hatte ihr nicht vertraut, aber jetzt wollte er es wieder.

»Brigitte hat beide umgebracht. Sie war eifersüchtig, dass Linda eine enge Beziehung mit Matthias hatte und Katharina auf dem besten Weg dahin war. Zumindest in ihren Augen.«

»Woher weißt du das?«

»Sagen wir mal, es gab einen Ohrenzeugen.« Christian würde den Namen von Matthias auf keinen Fall da hineinziehen.

»Okay«, sagte diese auch nur. »Und was wird jetzt mit Brigitte?«

Christian seufzte. Nur die halbe Wahrheit zu sagen, ging nicht, das stellte er jetzt fest.

»Die hat ihre gerechte Strafe schon bekommen«, sagte er daher.

»Was meinst du?«

»Sie ist tot. Sie hat das zurückbekommen, was sie den beiden angetan hat.«

»Oh Gott«, sagte Stephanie. »Wann?«

»Heute, aber sie wurde noch nicht offiziell gefunden.«

Stephanie setzte sich. Sie hatte offenbar für heute genug gehört.

»Du kennst den Mörder von Brigitte, nicht wahr?«, fragte Stephanie am nächsten Morgen. Christian hatte die Nacht zwar zu Hause, allerdings auf der Couch verbracht.

»Ja«, sagte Christian schlicht. »Aber ich glaube, es ist besser, es für mich zu behalten. Ich will dich damit nicht belasten.«

»Er wird einen guten Grund gehabt haben, es zu tun«, sagte Stephanie nur.

»Ja, den hatte er«, pflichtete Christian ihr bei, bevor ihm aufging, wie selbstverständlich sie davon ausging, dass der Täter männlich war. Wenn es eine Falle war, hatte sie sie gut platziert. Er war darauf reingefallen. Er beobachtete seine Frau scharf, aber sie sah aus, als könne sie kein Wässerchen trüben, und er fragte sich, in welche Richtung ihre Gedanken wohl gingen. Ihrem Gesichtsausdruck war nichts zu entnehmen.

»Wir sollten auf jeden Fall Lindas Tuch und Medaillon aus dem Haus schaffen«, sagte er daher. »Bevor noch einer bei der Polizei auf die Idee kommt, die Häuser zu durchsuchen.«

»Das wird das Beste sein. Es war schon schwer genug, meinen eigenen Mann davon zu überzeugen, dass ich keine Mörderin bin. Wie soll ich das dann einem Fremden glaubhaft machen?«

Sie gingen zusammen zum Carport.

»Versenken im Muckeringer See?« fragte Stephanie.

»Auf keinen Fall. Wir bringen die Sachen aus dem Ort. Wir fahren nach Seligenwalde. Hol Mia.«

Stephanie hielt ihm diesmal keinen Vortrag über Umweltschutz und Verantwortung. Sie ging einfach ins Haus und holte ihre Tochter, um sie dann hinten in den Babysitz zu setzen und anzuschnallen. Sie fuhr selten mit, ging dafür aber äußerst geschickt mit dem Gurt um.

»Ich lebe nicht hinter dem Mond«, sagte sie ungehalten, als sie seinen Blick bemerkte. Christian lachte und fuhr los. Sie verbrachten den Weg nach Seligenwalde schweigsam, aber nicht befremdet.

Christian entsorgte Lindas Tuch in einem Mülleimer vor der Ekelon AG, was der Sache noch einen besonderen Reiz verlieh. Er brachte es jedoch nicht übers Herz, das Medaillon mit den Bildern von Sebastian und Jan wegzuwerfen und ließ es wieder in seine Tasche gleiten. Stephanie stand neben ihm und hielt Mia auf dem Arm. Der flüchtige Betrachter konnte denken, sie entsorgten eine Kinderwindel.

Sie fuhren zurück nach Muckeringen, nachdem sie noch ein paar Dinge eingekauft hatten, um sich ein Alibi für den Ausflug nach Seligenwalde zu verschaffen.

Im Dorf interessierte man sich keinen Deut dafür, wo sie herkamen. Überall standen Polizei, Krankenwagen und herumlungernde Einwohner. Man hatte Brigittes Leiche entdeckt.

Christian parkte das Auto vor dem Haus und ging mit Stephanie und seiner Tochter das Stück die Straße hoch, wo alle Nachbarn versammelt und so geschockt waren, dass es ihnen die Sprache verschlagen hatte. Ganz besonders bei Nicole fand Christian das sehr erholsam. Sabine stand abseits und hatte ihre Lippen fest aufeinandergepresst. Es war unmöglich zu erraten, was sie dachte.

»Die nächste Leiche«, raunte Thomas ihnen zu.

»Wer?«, fragte Christian.

»Brigitte«, sagte Thomas und schluckte. Christian fiel ein, dass die beiden verwandt waren.

»Tut mir leid«, murmelte Christian und meinte es auch so. Thomas war ein netter Kerl und hatte das wirklich nicht verdient.

»Was ist passiert?«, fragte Stephanie.

»Ebenfalls erschlagen worden«, antwortete Thomas. »Wie Katharina. Auch diesmal keine Vergewaltigung.« Das wunderte Christian keineswegs, er hielt es aber für besser, es nicht extra zu erwähnen.

»Hat die Spurensicherung schon etwas gefunden?«, fragte er stattdessen.

»Nichts, absolut nichts«, sagte Thomas. »Der Boden gibt nichts her. Dann noch die Sturmböen, die das Laub durcheinandergewirbelt haben. Gesehen hat auch keiner was von uns. Das Motiv ist völlig unklar, wie auch bei Linda Henigbaum.«

»Ein Verrückter?«, fragte Christian.

»Möglich, aber warum hier? Ich weiß nicht, es ist und bleibt rätselhaft.«

Sie schauten zu, wie Brigittes Leiche in einem Zinksarg in den Wagen des Bestatters geschoben wurde.

»Ihr müsst nicht hierbleiben«, sagte Thomas. »Die Polizei will natürlich wieder mit jedem sprechen, sie sagten aber, sie würden zu uns nach Hause kommen.«

Christian hielt Ausschau nach seinen Nachbarn. Daniel und Anna waren nicht da, auch Lukas und Laura fehlten. Sie waren noch in der Schule. Christian hätte vor dem Verhör noch gerne mit seinem Bruder gesprochen. Er nahm sich vor, ihn sofort anzurufen, wenn er aus der Schule kam. Er ging zu Matthias.

»Wie ging es Daniel heute Morgen?«, fragte er.

»Keine Sorge.« Matthias wusste, wo ihn der Schuh drückte. »Er hat alles im Griff. Ein kleiner Kater war ja zu erwarten, aber er wird bei der Polizei nicht einknicken.«

Christian klopfte Matthias auf die Schulter und ging zurück zu seiner Familie. Er schämte sich, dass er kurz an Daniel gezweifelt hatte.

»Kann ich mit nach Hause kommen?«, fragte er seine Frau. Diese nickte.

»Ja«, sagte sie. »Du kannst bleiben, bis ich mich entschieden habe, wie es weitergehen soll.«

Teil 7

Als Daniel Dienstagnachmittag aus der Schule kam, saß Anna schon in der Küche und kaute auf einem Brot. Sie weigerte sich, mit ihrem Vater zusammen zur Schule zu fahren, und nahm es lieber auf sich, einen Kilometer zu Fuß zur Bushaltestelle und wieder zurück zu gehen, wo der Schulbus die Kinder aufsammelte und wieder ablud, die in den versprengten Orten rund um Seligenwalde wohnten. Das machte sie, seit sie zwölf war. Daniel hatte es aufgegeben, sie umzustimmen.

»Da hat einer angerufen«, nuschelte sie zwischen zwei Bissen.

»Mach den Mund leer«, sagte Daniel automatisch. »Wer war es?«

»So ein Typ aus Seligenwalde. Schoppmann oder so ähnlich. Dem gehört wohl das Bistro, in das du ab und zu mal gehst.«

»Komisch. Was will der denn?« Daniel war wirklich öfter in diesem Lokal, ein paar Mal auch mit Julia, die es schrecklich provinziell und langweilig fand. Zu dem Wirt hatte er als Stammgast einen guten Draht, aber er hatte ihn noch nie zu Hause angerufen.

»Hat er nicht gesagt. Er wollte sich dann noch mal melden.«

»Hm«, sagte Daniel nur und setzte sich ebenfalls an den Tisch, um sich ein Brot zu schmieren. Solche Sachen machten ihn verrückt. Er mochte nichts Unvorhergesehenes und hoffte, dass Schoppmann möglichst schnell anriefe, um ihn aus dieser Ungewissheit zu befreien. Eine Stunde später hätte er sich gewünscht, er wäre weiter ahnungslos geblieben.

Der Bistrobesitzer hatte ihn angerufen, weil er ihn mochte und der Meinung war, Daniel sollte wissen, dass seine Freundin Julia am Montag mit einem fremden Mann aus dem gegenüberliegenden Hotel gekommen war. Der

Mann ließ sich nach näherer Beschreibung eindeutig als Thomas identifizieren. Sich an Julia zu erinnern, war nicht besonders schwer. Sie war eine Erscheinung, die man so leicht nicht vergaß.

Daniel hatte das Gespräch im Wohnzimmer angenommen, was ihn davon abhielt, das Telefon direkt aus dem Fenster zu werfen, da Anna auf der Couch herumlümmelte. Es traf ihn wie ein Schlag. Er war ein Narr und eine betrogene Pfeife. Der Bann, mit dem Julia ihn anscheinend belegt hatte, war augenblicklich gebrochen. Vermutlich hatten ihm seine Hormone so das Hirn vernebelt, dass er die letzten Wochen wie in einem Kokon verbracht hatte. Er war manipuliert, ausgenutzt und vorgeführt worden.

Anna versuchte, ihm von den Lippen abzulesen, was er am Telefon hörte. Anscheinend war aber auch sein Gesichtsausdruck in der Lage, Unruhe bei ihr zu wecken. Sie hypnotisierte ihn mit ihrem Blick. Daniel bemühte sich, wie eine Sphinx auszusehen. Er hatte jetzt schon Manschetten vor ihrem Spott, den sie wie eine Olympiadisziplin perfektionieren und wie ein verletztes Küken pflegen würde. Also legte er möglichst bedächtig den Hörer auf und grinste seine Tochter etwas schief an.

»Ich habe meine Unterrichtsmappe im Bistro liegen lassen«, sagte er.

»Und warum quatscht er dann so lange auf dich ein?«

»Er erzählt halt gerne. Man kommt da nicht viel zu Wort«, sagte Daniel vage und setzte sich ab in sein Arbeitszimmer.

In sicherer Entfernung von Anna sortierte er seine Gedanken. Immer mehr wurde ihm bewusst, wie sehr er sich hatte einlullen lassen und wie ihn das zunehmend zur Flasche gemacht hatte. Er ärgerte sich über sich selber, jetzt, wo Julias Gift nicht mehr wirkte, da ihm der Stachel entfernt worden war. Die Heilung war kurz und schmerzhaft, dafür aber äußerst effektiv. Innerlich gewachsen öffnete er Julia später die Haustür. Da er den Showdown nicht mehr auf die lange Bank schieben wollte, hatte er sie angerufen und herzitiert. Julia war verdutzt, das merkte man schon am Telefon. Daniel hatte sich für die kurze, schmerzvolle Methode entschieden und riss das Pflaster mit einem Ruck ab.

»Ich trenne mich von dir«, sagte er, bevor Julia überhaupt fragen konnte, was zum Teufel er sich eigentlich dabei gedacht hatte, so am Telefon mit ihr zu sprechen.

»Bitte?«, fragte sie. »Wie kommst du jetzt auf einmal da drauf?«

»Weil ich heute endlich die Rollladen vor meinen Augen hochgezogen bekam«, sagte Daniel. Julia blickte ihn an, als spräche er in Rätseln.

»Zu subtil?«, fragte Daniel. »Dann übersetze ich es mal. Du warst mit Thomas im Ratsschlösschen und bist dabei gesehen worden.«

»Aber ich habe ...«, hob Julia an.

»Beleidige nicht meine Intelligenz«, unterbrach Daniel sie. »Komme mir jetzt nicht schon wieder damit, du hättest ihn nur getröstet. Das kannst du dir alles sparen.«

Er erwartete eigentlich, dass Julia trotzdem eine Verteidigung aus der Tasche zaubern würde, aber sie schwieg.

»Ich habe die paar Dinge, die du bei mir hast, hier in dieser Tasche. Es ist nicht viel und es symbolisiert schön, wie tief du dich auf unsere Beziehung eingelassen hast. Aber die Beziehung hätte gar nicht funktioniert, wenn ich mich geweigert hätte, dich zu sponsern. Nicht wahr?«

Das war für ihn selber die unangenehmste Arbeit. Er hatte nie aufgerechnet. Er war der Meinung, das sollte man in einer Beziehung auch nicht tun. Aber es stimmte schon, er war auf eine Nassauerin hereingefallen. Das war mit Sicherheit etwas, worüber er in ein paar Jahren lachen würde.

Im Moment war ihm nicht nach Lachen. Sein Gesichtsausdruck veranlasste Julia, ihn ernst zu nehmen und ohne ein Wort mit ihren Habseligkeiten zu verschwinden.

Stephanie entschied, dass es wichtig war, noch etwas in Ordnung zu bringen. Christian bewunderte ihre kluge Beherrschtheit, die sie neuerdings umgab. Er schaute sie hin und wieder prüfend an, um sich zu vergewissern, dass sie nicht durch einen perfekten Klon ersetzt worden war, aber Stephanie war eindeutig Stephanie.

Sie hatte das Bedürfnis, bei Matthias Abbitte dafür zu leisten, ihm nachts die Hauswände beschmiert zu haben. Christian unterdrückte ein *Ich habe es doch* gewusst und lenkte diese destruktive Kritik um in ein *Das finde ich wirklich klasse*. Er fragte sich gleichzeitig, seit wann er so beschissene Wörter wie *klasse* benutzte. Es hörte sich an, als wäre er mittlerweile komplett verblödet.

Stephanie schlug einen neuen Kurs ein. Die Ereignisse im Dorf hatten sie aus der Bahn gestoßen. Es war zu viel passiert, was nicht mehr in ihr Weltbild passte, da erschien das Biogas mittlerweile als vertretbares Übel.

»Ich bin trotzdem nicht einer Meinung mit Matthias«, sagte sie, als sie das Gärtnersche Anwesen verließen und die Straße hoch zum Hof von Matthias gingen.

»Verlangt auch keiner von dir«, beruhigte Christian sie. »Aber eine Entschuldigung muss schon drin sein, schließlich hast du sein Eigentum beschädigt.«

»So gar nicht meine Art«, murmelte Stephanie und fing an zu lachen. Christian stimmte vorsichtig ein, er musste sich erst wieder daran gewöhnen, Späße seiner Frau vorurteilsfrei zu genießen und nicht direkt eine Inquisition dahinter zu vermuten.

Auf dem Hof war Matthias nirgends zu finden. Christian umrundete den Innenhof und öffnete jede Tür zu jedem Stall, aber von Matthias keine Spur.

»Lass uns über die Wiese am Bauplatz vorbeigehen«, schlug Stephanie vor. »Wenn er nicht da ist, haben wir wenigstens einen Spaziergang gemacht.«

Christian glaubte zwar nicht, dass er einen Spaziergang nötig hatte, trottete jedoch gehorsam mit. Sie kamen wegen

Mias Trippelschritten nur langsam voran. Christian nutzte die Zeit, den Kopf in alle Richtungen zu drehen, um den größtmöglichen Mehrwert aus diesem Ausflug herauszuholen. Obwohl er immer vorgab, ihn interessiere es gar nicht, kannte er die heimische Flora und Fauna gut und war überrascht, einen Vogel zu entdecken, den er das letzte Mal als Kind gesehen hatte. Er blieb stehen und betrachtete ihn genauer, wie er groß und eindrucksvoll im Baum saß und mit vermeintlich klugen Augen auf ihn herunterblickte. Christian blätterte in seinem Hirn durch sämtliche Seiten seiner Ornithologie-Bücher. Er hatte sich als Kind sehr für Vogelkunde interessiert. Schließlich fiel es ihm wieder ein.

»Ein Kuckucksfalke«, entfuhr es ihm. »Das kann doch gar nicht sein, dass es davon noch einen gibt!«

Wie um ihn zu verspotten, landete ein weiterer auf dem Ast daneben.

»Stephanie«, rief er. »Komm schnell her, das glaubst du nicht.«

Stephanie war schon ein ganzes Stück weitergegangen. Ihr war nicht aufgefallen, dass ihr Mann schon längst nicht mehr hinter ihr war. Sie drehte sich suchend um.

»Stephanie.« Christian hatte seine Stimme gedämpft und wedelte mit einer Hand, um sie zu sich zu rufen. Als Stephanie und seine Tochter mit ihm auf einer Höhe waren, zeigte er mit dem Finger auf dieses seltene Pärchen.

»Kuckucksfalken«, hauchte er ehrfürchtig.

»Das ist schön«, sagte Stephanie. Anscheinend konnte sie sich seine neue Liebe zur Natur nicht erklären.

»Du verstehst das nicht«, sagte Christian. »Die gibt es eigentlich gar nicht mehr.«

»Willst du damit sagen, sie sind ausgestorben?«

»Ja, schon seit über 20 Jahren.«

Stephanie beobachtete das Vogelpärchen und ihre Augen fingen an zu leuchten.

»Du weißt, was das bedeutet?«, fragte sie.

Christian überlegte einen Moment, ob er diesen Gedanken zulassen sollte, stellte aber fest, dass es ein schöner Gedanke war. Er war ihm zwar nicht vertraut, fühlte sich aber richtig an.

»Kein Biogas«, sagte er.

»Kein Biogas«, pflichtete Stephanie ihm bei.

»Kuckucksfalken«, plapperte Mia. Beide fingen an zu lachen.

Matthias tauchte am Ende des Weges auf. Stephanie übergab Mia an Christian und ging auf Matthias zu. Der sah noch mürrischer aus als sonst, sofern das überhaupt möglich war. Christian hoffte, seine Frau würde in ihm nicht noch eine Kurzschlusshandlung auslösen.

»Sie kommt in Frieden«, rief er Matthias zu, um damit das Schlimmste zu verhindern.

»Das will ich ihr auch raten«, knurrte dieser nur. Die akute Gefahr war gebannt.

»Es tut mir leid, Matthias«, sagte Stephanie, »dein Haus beschmiert zu haben, dich beleidigt zu haben. Die ganze Sache halt.«

»Na denn«, sagte Matthias unverbindlich.

Christian war froh, dass dieser eine bestimmte Zug aus seinem Gesicht wich. Matthias ging allmählich vom Zustand böse in sauer über, was eindeutig eine Verbesserung war.

»Wir sind nicht einer Meinung«, sagte Stephanie. »Trotzdem. Vielleicht finden wir einen Weg, wie wir alle damit leben können.«

»Das ist schon merkwürdig«, überlegte Matthias. »Jetzt, wo ich es haben kann, will ich es nicht mehr.«

»Wie meinst du das?«, fragte Christian.

»Ich meine, dass auf keinem Projekt ein Segen liegt, wenn dafür drei Menschen ihr Leben lassen mussten«, erwiderte Matthias.

»Das war doch nur der indirekte Auslöser«, sagte Stephanie.

»Ohne das Projekt wäre es längst nicht so weit gekommen«, sagte Matthias. »Die Menschen wären in der Konstellation nicht aufeinandergetroffen.«

»Da ist was dran«, stimmte Christian ihm zu.

»Das hilft mir nur nichts«, sagte Matthias. »Ich habe einen Vertrag unterschrieben und komme aus dieser Nummer nicht mehr raus.«

»Kein Rücktrittsrecht?«, fragte Christian.

»Christian, ich habe keinen Ferrari gekauft, den ich einfach ins Geschäft zurückbringen kann.«

Während Christian über Leute nachgrübelte, die ernsthaft gekaufte Ferraris wieder zurück in ein Geschäft brachten, war Stephanie schon einen Schritt weiter.

»Doch«, sagte sie. »Kannst du.«

Sie nahm Matthias an die Hand, der sich merkwürdigerweise nicht wehrte, und ging mit ihm ein Stück zurück bis zu dem Baum, auf dem das Kuckucksfalken-Pärchen in trauter Zweisamkeit saß. Christian selber konnte es von seinem Platz zwar nicht sehen, aber ihr Gesichtsausdruck sprach dafür.

»Hier, Matthias, ist deine Zukunft«, sagte sie.

Christian fand es etwas zu theatralisch, aber auf Matthias schien es zu wirken. Er folgte mit seinem Blick ihrem ausgestreckten Arm.

Er kannte sich anscheinend ebenfalls mit den Feinheiten der Vogelwelt aus. Sein Gesicht wirkte auf einmal sehr zufrieden.

»Kuckucksfalken«, quietschte Mia und patschte in die Hände.

Einen Menschen töten kam einem nicht mehr so unglaublich vor, wenn man die erste Leiche hinter sich hatte.

Zu Hause war alles nur noch Tränen. Sabine und Jan klammerten sich aneinander und heulten, was das Zeug hielt. Sebastian hegte den Verdacht, Jan weinte nur aus Sympathie mit, da sich seine Begeisterung für Brigitte zu ihren Lebzeiten eindeutig in Grenzen gehalten hatte.

Sebastian hatte nicht nur keine Tränen, für die er sowieso keine Veranlassung sah, ihm ging auch die Weltuntergangsstimmung gehörig auf die Nerven. Er empfand sein Handeln nicht als Mord, er sah es eher als Vergeltung Gottes an, bei der er nur der verlängerte Arm war. Brigitte hatte ihren Tod eindeutig verdient. Das reichte ihm als Rechtfertigung, sich trotzdem gut zu fühlen.

Dennoch hatte sich etwas für ihn verändert, da Muckeringen sich verändert hatte, zumindest schon mal deutlich in der Einwohnerzahl. Zum ersten Mal in seinem Leben verspürte er den Wunsch, den einstmals so schützenden Hafen zu verlassen und in seinem Leben auf eigenen Füßen zu laufen. Diese Idee nahm immer mehr Gestalt an. In zwei Tagen war sein Entschluss so weit gefestigt, dass er Sabine zur Seite nahm, um ihr seine Entscheidung mitzuteilen.

»Jan und ich verlassen Muckeringen«, sagte er.

»Ich weiß, einiges hat sich geändert, aber findest du deine Reaktion nicht übertrieben?«

»Keineswegs«, sagte Sebastian und beglückwünschte sich gleichzeitig, so ausgefuchste Worte zu benutzen. »Ich mache nur etwas, was ich schon vor vielen Jahren hätte machen sollen.«

»Diese Erkenntnis hast du aus den Vorfällen der jüngsten Zeit gewonnen?«

»Ja«, sagte Sebastian, der Sabine natürlich auf keinen Fall den wahren Grund nennen konnte.

»Gut. Es ist deine Entscheidung. Eigentlich begrüße ich sie auch, obwohl es für mich etwas schwer ist, wenn keiner mehr von euch da sein wird.«

»Tut mir leid«, sagte Sebastian und meinte es ehrlich.

»Wo willst du hin?«

»Weg aus Deutschland. Meine Firma sitzt in Spanien. Erst einmal fahre ich dort hin, Arbeitserlaubnis ist da kein Problem, EU halt. Dann mal sehen.«

»Was hast du denn mit deinem Sohn vor? Der muss schließlich in die Schule.«

»Die Ferien fangen in drei Wochen an. In den drei Wochen verpasst er nun wirklich nichts.«

»Das überlegst du dir doch nicht erst seit gestern«, sagte Sabine misstrauisch.

»Nein, da bin ich schon etwas länger dran«, gestand Sebastian. Genau genommen beschäftigte ihn der Gedanke seit dem Tod seiner Mutter. Von da an hatte er bereits Vorbereitungen zum Auswandern getroffen, bis er sich in Katharina verliebte. Das legte seine Pläne vorerst auf Eis, das jetzt, wo Katharina tot war, schneller schmolz als Butter auf einer heißen Herdplatte.

Daher konnte er sein Vorhaben auch schnell wiederaufleben lassen, als Katharina starb. Genau genommen stand seine Planung schon so perfekt, dass er sich über sich selber wunderte. Obwohl er die ganze Woche in seinem Zimmer verbracht hatte, war trotzdem etwas dabei herauskommen, auch wenn es niemand glauben wollte.

»Dann werde ich spätestens bis zum Wochenende wieder in mein Haus ziehen«, sagte Sabine.

»Gut, dann sind wir ebenfalls bis zum Wochenende weg«, erklärte Sebastian. »Ich wollte noch ein paar Tage mit Jan bei einem alten Freund in Köln bleiben.«

Er fand sich auf einmal sehr lieblos und stand auf, um Sabine in den Arm zu nehmen.

»So viele Jahre, und jetzt ist alles vorbei«, sagte Sabine.

»Nein, es ist nichts vorbei«, beschwichtigte Sebastian sie. »Es fängt nur etwas Neues an.«

»Wann bist du nur so erwachsen geworden?«, fragte Sabine und strich ihm übers Haar. »Ich hätte mich sehr gefreut, wenn aus dir und Katharina ein Paar geworden wäre.«

»Ja, ich auch«, sagte Sebastian kaum hörbar. Nach dem Mittagessen ging er scheinbar planlos aus dem Haus, hatte aber durchaus ein bestimmtes Ziel. Er klopfte an Gärtners Tür. Es wunderte ihn nicht, keine Klingel zu finden.

Der mittlerweile wieder äußerst entspannt aussehende Christian begrüßte ihn. Er schien sich ehrlich zu freuen, ihn zu sehen. Er ahnte offensichtlich, dass bei ihrem Gespräch keine Zuhörer erwünscht waren. Daher führte er ihn schweigend durch den Garten zu einem Holzhäuschen, hinter dem ein paar verschlissene, aber dennoch gemütlich aussehende Gartenliegen standen.

»Vielleicht findest du es komisch, dass ich zu dir komme«, sagte Sebastian.

»Nicht komischer als das, was einem die letzten Tage hier so geboten wurde«, sagte Christian gleichmütig.

»Das stimmt.« Sebastian lachte. Es klang hohl. »Ich meine nur, weil wir beide nie so viel miteinander zu tun hatten.«

»Deswegen kann man trotzdem gut miteinander auskommen.«

»Du bist für mich hier der einzige Mensch, den ich um etwas bitten kann.«

Christian sah nun eindeutig neugierig aus.

»Na ja, ich meine, die anderen haben ja alle irgendwelche Schicksalsschläge hinter sich und mit Sicherheit andere Sorgen.«

»Stimmt.«

»Bei meiner Bitte ist ein zuverlässiger Mensch extrem wichtig.«

»Lass hören.«

Sebastian fischte einen Zettel aus seiner Tasche, auf dem eine Nummer stand. Es war eine Handynummer, die er Christian reichte.

»Ruf mich bitte am Sonntagabend an«, sagte er. »Aber sei unbedingt sicher, dass sich keiner in oder um mein Haus aufhält. Sabine will spätestens am Wochenende ausziehen.«

»Ookaay«, sagte Christian, indem er die Buchstaben unnatürlich langzog.

»Versprichst du es mir?«, fragte Sebastian eindringlich. »Sonntagabend, keine Personen in der Nähe des Hauses.«

Christian blickte auf den Zettel und hob den Kopf, um Sebastian anzusehen.

»Ich verspreche es«, sagte er fest und fischte das Medaillon seiner Mutter aus der Jackentasche.

»Wo hast du das her?« Sebastian griff ungläubig danach.

»Auch ich habe so meine Geheimnisse«, erwiderte Christian.

Sebastians Finger umschlossen das Schmuckstück dankbar.

Daniel unterrichtete seine Tochter knapp über die Trennung von Julia, die sich zumindest bemühte, nicht allzu begeistert auszusehen. Das war zu erwarten gewesen.

Er begegnete Sabine vor seinem Haus, die dort anscheinend wie zufällig spazieren ging. Er wusste, dass sie zwar gerne flanierte, dieser Weg aber nicht zu ihrer bevorzugten Strecke gehörte.

»Seien Sie froh und grämen sich nicht«, sagte sie, wobei Daniel wie immer gefangen von ihrer vornehmen Sprache war. Was ihr an Weiblichkeit vielleicht fehlte, machte sie mit Stil und Lebensart wieder wett.

»Das tue ich auch nicht, Frau Kozarek«, antwortete er brav und kam sich vor wie in der Schule.

»Sie werden wieder einen Menschen finden«, sagte sie. »Auch, wenn es schwer ist. Lassen Sie den Kopf nicht hängen und schauen Sie immer vorwärts. So überlebe ich auch den Tag.«

»Danke, Frau Kozarek.« Daniel konnte nichts daran ändern. Ihre Art machte ihn wieder zu einem kleinen Jungen, der fast nicht mehr als Bitte oder Danke sagen konnte. Aber es fühlte sich bei ihr gut an.

Donnerstagnachmittag ging er hoch zu Matthias, von dem er sich zumindest ein anerkennendes Schulterklopfen erhoffte, wenn er schon nicht die geringste Chance auf ein Seelentätscheln hatte. Den Gefallen tat Matthias ihm allerdings nicht.

»Hast du es endlich begriffen? Hat ja lange genug gedauert«, sagte er nur.

»Vielen Dank für die Anteilnahme«, erwiderte Daniel mürrisch.

»Wenn du zu mir gekommen bist, damit ich dein Ego streichle, da bist du bei mir falsch.«

»Ich weiß, ich weiß.«

»Im Gegenteil.« Matthias war noch nicht fertig. »Du meinst, du hättest Mumm bewiesen. Thomas Rotter lacht sich wahrscheinlich immer noch über dich kaputt.«

»Ich könnte mit seiner Frau schlafen.« Auf diese Gegenstrategie war Daniel noch gar nicht gekommen. »Das dürfte nicht allzu schwer sein. Sie hat mir gestern schon einen waidwunden Blick zugeworfen, als ich vorbeifuhr.«

»Er hat sich eine Sexbombe geschnappt und du machst mit seiner Frau rum? Na, das wird ihn förmlich umhauen.«

Daniel war versucht, ihm zu erzählen, was sich zwischen Nicole und Hans abgespielt hatte. Er würde auf jeden Fall eine Verbesserung sein. Er hielt sich aber zurück. Über den Vorfall wurde der Mantel des Schweigens gebreitet. Das fand er auch besser, zumindest solange die Protagonisten der dramatischen Komödie noch in diesem Ort lebten.

»Was soll ich sonst tun?«, fragte er stattdessen.

»Thomas Rotter in die Schranken weisen, was sonst.« Matthias blickte ihn an, als sei er unterbelichtet.

»Ich weiß nicht.« Das klang nur nach Ärger.

»Du hast dich von diesem Blutsauger befreit, gut, erster Schritt. Deswegen musst du jetzt nicht schon wieder ins

Koma fallen. Thomas Rotter hat dir deine Freundin wegge-
nommen, Punkt. Dafür soll er nicht bestraft werden?«

»Habe ich mir so noch nicht überlegt«, sagte Daniel.

»Dann tu es mal schnell, bevor er den Ort endgültig ver-
lässt.«

»Wer sagt das?«

»Logische Schlussfolgerung«, erwiderte Matthias. »Frauen
wie Nicole behalten immer das Haus. So sind sie schon erzogen worden. Außerdem arbeitet Thomas in Köln. Dahin
wird er zurückgehen.«

»Was soll ich denn tun? Was ist üblich?«

»Gott, bei dir ist Hopfen und Malz verloren«, sagte
Matthias und ließ ihn stehen.

Daniel ging langsam zurück, die Straße runter, und fragte
sich, was von ihm erwartet wurde, um nicht als belächelte
Nullnummer zu enden. Er hielt nichts von barbarischen
Sitten und hatte nicht im Mindesten das Verlangen, sich mit
den Fäusten vor die Brust zu schlagen, um sein Territorium
zu verteidigen, zumal es da nichts mehr zu verteidigen gab.
Julia war weg. Er wollte sie auf keinen Fall wiederhaben.

Er war an seinem Haus angelangt und blickte weiter am
alten Kozarek-Anwesen vorbei zu dem Haus von Thomas
und Nicole Rotter. Er konnte das Auto von Thomas erkennen. Ohne bestimmten Plan bog er nicht zu seiner Haustür
ab, sondern ging weiter. Er wusste nicht, was er machen
sollte, wenn er Thomas vor dem Haus begegnen würde. Er
war ein vernünftiger und netter Kerl, den Daniel wegen seiner ruhigen und überlegten Art sehr zu schätzen wusste. Er
entschloss sich, draußen unauffällig auf ihn zu warten und
ein Gespräch unter Männern zu führen. Schließlich war
seine Reaktion bei einer Frau wie Julia absolut menschlich
und nach dem Auftritt seiner Frau ebenso verständlich.

Die Sonne, die mittlerweile schon sehr an Kraft gewon-
nen hatte, schien auf ihn. Er war froh, dass er das klärende
Gespräch nicht auch noch im Winter führen musste. Wenn
Thomas ihn dabei sah, wie er mit Eiszapfen an der Nase in

klirrender Kälte geduldig vor seinem Haus auf ihn wartete, könnte er jeglichen Respekt vor ihm verlieren. Sofern er ihn überhaupt hatte. War es nicht schon respektlos genug, überhaupt mit Julia zu schlafen? Aber auch davor hatte es Thomas wenig interessiert, dass Julia Daniels Freundin war, sonst hätte er nicht schon mit ihr geflirtet, obwohl Daniel in der Nähe war. Hätte er Respekt vor ihm gehabt, hätte er es zumindest erst dann gemacht, wenn Daniel nicht dabei zusah. Daniel wusste plötzlich, was er zu tun hatte, just in dem Moment, als Thomas aus der Haustür Richtung Auto ging.

Er holte aus und schlug Thomas mit der Faust ins Gesicht.

Thomas dachte an diesem Donnerstag, der sich für ihn so unerfreulich gestaltet hatte, dass er seine moralischen Bedenken vielleicht besser etwas ernster genommen hätte.

Er hatte noch nie im Leben eins auf die Nase bekommen, fühlte sich dabei aber nicht so schlecht, wie man es vermuten könnte. Sein Gesicht tat zwar höllisch weh, aber die ausgleichende Gerechtigkeit war durchaus beruhigend. Sie hatten Daniel hintergangen und zumindest er hatte seine Strafe dafür bekommen. Die Weltordnung war wieder im Lot.

Obwohl Thomas und Julia seit dem schicksalhaften Montagabend noch etliche Male ihrem Körpersport nachgingen und Thomas quasi mit einem Dauerständer herumlief, war er nicht untätig gewesen. Er hatte in Köln eine Wohnung in der Nähe seiner Kanzlei angemietet, die er sogar kurzfristig beziehen konnte, und einen Innenarchitekten beauftragt, diese entsprechend einzurichten. Für ihn war damit die

Trennung von Tisch und Bett vollzogen, was Nicole ungemein gelassen hinnahm. Offensichtlich hatte sie ihre Pillendosis beträchtlich erhöht.

Der Mord an Brigitte beunruhigte ihn so, dass er Laura und Lukas kurzfristig bei seiner Schwägerin in Köln unterbrachte. Es gab eine kurze Auseinandersetzung mit Nicole, die ihm weinerlich vorwarf, sie könnte schließlich auch ermordet werden und das interessiere ihn überhaupt nicht. Thomas war seinem alten Leben schon entwachsen, ihr Gejammer ließ ihn vollkommen kalt.

Laura jubilierte und Lukas weinte. Das war zu erwarten, da er am Land und vor allen Dingen am Hof von Matthias ganz besonders hing. Matthias versprach ihm, er könne ihn in jeden Ferien besuchen. Damit war die Welt der Kinder fast wieder komplett in Ordnung. Wenn er bis jetzt noch Zweifel gehabt hatte, ob seine Entscheidung richtig war, dann waren sie in dem Moment verschwunden, als er erkannte, wie schmerzlos seine Kinder sich von ihrer Mutter trennten.

Thomas wäre noch gerne bei Christian vorbeigegangen, wusste aber nicht, ob es angebracht war. Christian nahm ihm die Entscheidung ab. Offenbar hatte er ihn unschlüssig vor dem Haus stehen sehen. Er kam ans Gartentor und reichte Thomas die Hand. Die Männer blickten sich in tiefer Sympathie an.

»Ich gehe zurück nach Köln«, sagte Thomas.

»Bestimmt besser so«, erwiderte Christian. »Sonst entscheidet Daniel sich noch, seine neue Boxkarriere zu vertiefen.«

»Nicht sehr rühmlich, meine Rolle dabei.«

»Er macht sich Gedanken, du könntest ihn verklagen.«

»Da kann er beruhigt sein. Ich habe es verdient.«

»Julia passte sowieso nicht zu ihm«, sagte Christian nur. »Anders hätte er das gar nicht kapiert.«

Julia öffnete ihm die Tür. Thomas sah gerade noch Hans Adler — trotz seines Alters pfeilschnell — hinter einer Zimmertür verschwinden. Julias Koffer standen gepackt im Flur. Sie war bereit, ihn nach Köln in ein neues Leben zu begleiten.

»So, wie sich die Dinge hier entwickeln, ist es gut, unsere Zelte abzubrechen«, sagte Thomas. »Muckeringen sieht zwar so unschuldig aus, entwickelt aber teuflische Kräfte.«

»Meinst du, sie kriegen den Mörder von Katharina und Brigitte?«

»Schwer zu sagen, die Indizienlage ist ziemlich dünn. Sie haben einfach keine vernünftigen Spuren. Auch kein vernünftiges Motiv weit und breit.«

»Also auf jeden Fall besser, hier zu verschwinden«, sagte Julia. »Das Landleben kotzt mich sowieso an. Katharina war ganz hin und weg hier, aber ich bin eindeutig nicht dafür geschaffen.«

»Deswegen kommst du auch besser mit mir«, sagte Thomas und zog sie an sich. »Als Stadtpflanze gehst du mir hier sonst noch ein.«

Sie packten die Koffer und Taschen zusammen und schafften sie raus ins Auto.

»Ich verabschiede mich noch von Hans«, sagte Julia.

»Ich denke, du hast Verständnis, dass ich darauf keinen Wert lege.«

»Ich glaube, da wird er wohl froh drüber sein.« Julia lachte.

Thomas stützte sich mit verschränkten Armen auf dem Dach seines Autos ab. Sein Blick schweifte ohne Wehmut über den Ort die Straße hoch zu seiner Zukunft, raus aus Muckeringen.

»Wann wird wieder Ruhe einkehren?« Sabine klang verzweifelt, und das beunruhigte Hans. Sie war immer stark und ein Fels. Wenn Frauen wie Sabine einknickten war es um die Welt schlecht bestellt.

»Wenn sie die Morde aufklären«, sagte er.

»Warum habe ich nur den Verdacht, dass das nie passieren wird.« Sabine war nicht überzeugt. In der Tat sah es damit schlecht aus. Die Ermittlungen steckten fest, es gab keine Indizien oder Hinweise. Auch die vielgerühmte DNA war hier kein Problemlöser, da einfach keine zu finden war.

Sabine hatte Brigittes Tod schwer getroffen. Sie war mit ihr nicht immer einer Meinung gewesen, trotzdem hatte sie ihre längste und älteste Freundin verloren. Sie organisierte zwar den Umzug in ihr altes Haus, da Sebastian verkaufen wollte, das reichte jedoch nicht, um ihre Gedanken abzulenken. Das mochte an der Intensität ihrer Gefühle liegen oder daran, dass sie nicht viele Dinge besaß. Sie hatte es immer gehasst, sich an tote Gegenstände zu binden.

»Wann ziehst du um?«, fragte Hans.

»Am Samstag. Sebastian fliegt am Sonntag mit Jan nach Spanien.«

»Dann werde ich auch weg sein.«

»Wo willst du hin?«

»Erst einmal zu meinem Nichtsnutz von Sohn. Eigene Wohnung geht nicht so schnell, ich fange bei null an. Ich habe keine Möbel, keine Einrichtung und so was.«

Hans wünschte, er wäre in der komfortablen Lage wie Sabine, die einfach nur von einem Haus in das andere ziehen musste.

Katharina hatte Veränderungen nicht gemocht und Sabines alte Möbel einfach übernommen.

»Du kannst deinen Sohn nicht leiden.«

»Das ist übertrieben. Trotzdem, er taugt nichts. Mir fehlt das Geld, in ein Hotel zu ziehen. Wenn ich schon für seine Schulden aufkommen muss, dann kann er mich wenigstens für eine Weile beherbergen.«

»Du kannst dich doch bei deiner geliebten Nicole einmieten«, sagte Sabine spitz. »Sie hat jetzt ja wohl einen Platz in ihrem Bett frei.«

Hans fragte sich, wie viel sie von dem Vorfall im Wald wusste. Sabine sollte man nicht unterschätzen. Sie wurde für ihren klaren Verstand geachtet. Viele Leute fragten sie um Rat oder schütteten ihr das Herz aus. Es war nicht auszuschließen, dass sie mit Julia oder Thomas über den Vorfall geredet hatte. Er war unangenehm berührt und trat von einem Fuß auf den anderen. Er empfand Scham, ein seltenes Gefühl bei ihm.

»Hab ich einen Nerv getroffen?« Sabine entging wirklich nicht viel.

»Ich will gar nichts von ihr«, sagte er ausweichend.

»Seit wann denn das?«

»Ich habe mich da vielleicht in etwas verrannt.«

»Schön, dass du es einsiehst. Ich hatte schon keine Hoffnung mehr für dich.«

»Na, vielen Dank.« Hans fühlte sich missverstanden, obwohl er selber nicht genau wusste, warum. Er schaute Sabine an und stellte fest, dass er sie vermissen würde. Es wunderte ihn, denn normalerweise konnte er mit Leuten in seinem Alter wenig anfangen. Aber die Zeit, die er mit Sabine in den letzten Monaten verbracht hatte, und ihre Gespräche waren ihm wichtig geworden. Er verspürte Traurigkeit.

»Ich halte es für keine gute Idee, zu deinem Sohn zu ziehen. Dafür regt er dich zu sehr auf.«

»Leider habe ich keine andere Wahl.«

»Wer weiß, vielleicht doch«, sagte Sabine.

»Da bin ich gespannt.« Hans zeigte wenig Vertrauen in ihr Improvisationstalent.

»Bleib doch einfach hier in Muckeringen.«

»Soll ich etwa das Haus von Sebastian kaufen? Du denkst wohl, ich wäre Rockefeller.«

»Quatsch, so einen Schwachsinn würde ich dir nie vorschlagen.« Sabine kostete die Situation offensichtlich aus.

»Entweder erzählst du es mir oder ich gehe sofort«, drohte Hans.

»Wenn du so pampig bist, dann wirst du es halt nie erfahren.« Sabine war mit schlechtem Benehmen recht schnell fertig. Sie wandte sich zum Gehen.

Hans blickte ihr hinterher, um abzuschätzen, ob sie ernst machen würde. Je weiter Sabine sich entfernte, umso mehr sah es danach aus. Aber wer weiß, vielleicht hatte sie wirklich eine gute Idee. Wie Sabine schon richtig vermutete, war er von seinen Wohnungsalternativen nicht begeistert.

»Warte«, rief er ihr hinterher. Sabine drehte sich um und blickte ihn triumphierend an.

»Ich wusste doch, deine Neugier ist stärker als dein Stolz.«

»Reg mich nicht unnötig auf. Sag mir lieber, was du für eine Idee hast.«

Sabine sah aus, als wollte sie den Disput noch weitertreiben, entschied sich dann aber anscheinend dagegen.

»Zieh zu mir. Dann kannst du dir in Ruhe eine Wohnung suchen.«

»Zu dir ziehen?« Hans hatte schon lange nicht mehr so etwas Beängstigendes gehört. »Was soll das werden?«

»Solange es kein Mord und Totschlag wird, ist mir das erst einmal egal«, sagte Sabine.

»Und wenn wir uns nicht verstehen?«

»Dann ziehst du wieder aus und alles ist wie gehabt.«

»Ich stehe nicht für Sex zur Verfügung.« Hans wollte das lieber frühzeitig klären.

»Dann habe ich ja noch mal Glück gehabt«, sagte Sabine trocken. »Diese Gefahr halte ich auch für äußerst gering.«

Hans kam wieder der Zwischenfall im Wald mit Nicole in den Sinn. Seine Vermutung über Sabines Wissen der Dinge schien sich zu bestätigen. Daher wollte er keinesfalls bei diesem Thema länger verweilen als nötig.

»Zusammenziehen, kann man drüber nachdenken«, sagte er.

»Dass wir uns richtig verstehen, ich gebe dir ein Heim auf Zeit. Ich rede hier nicht von einer dauerhaften Wohngemeinschaft.«

»Schon verstanden. Wahrscheinlich bin ich sowieso froh, wenn ich wieder von dir wegkomme.«

Er streckte die Hand aus und Sabine schlug ein. Sie hatten einen Waffenstillstand ausgehandelt.

Nachdem Hans und Sabine ihr Zusammenleben als beschlossene Sache ansahen, wunderte Hans sich, wie reibungslos alles vonstattenging und ineinanderpasste, so, als hätte das Schicksal die ganze Zeit auf eine Entscheidung wie diese gewartet.

Hans räumte bereits einen Tag nach ihrem Gespräch die ersten Sachen von Sabine in ihren alten Ford, mit dem sie beinahe täglich zum Nachhilfeunterricht nach Seligenwalde fuhr. Er hatte zwar den Vorschlag gemacht, den Umzug mit zwei Schubkarren zu erledigen, was ihm in Anbetracht der kurzen Entfernung und des Aufwandes als die wesentlich effektivere Lösung erschien. Aber der Blick, den Sabine ihm daraufhin zuwarf, suchte seinesgleichen. Die Ansprache, die er direkt darauf bekam, ebenfalls.

»Meine Garderobe in einer dreckigen Schubkarre? Du hast sie wohl nicht alle.«

»Du hast sie wohl nicht alle?«, echote Hans. »Seit wann benutzt du denn so eine Sprache?«

»Es schien mir passend. Manchmal kann man nur mit seiner Wortwahl seine Haltung unterstreichen.«

»Das kann man auch mit der Motorik. Also sei vorsichtig, dass ich dich nicht direkt zu Anfang erwürge.«

»Kein guter Scherz.« Sabine wurde schmallippig.

»Nein, das war es nicht«, gab Hans unumwunden zu und schämte sich sogar ein bisschen. Der Tod hatte dreifach in Muckeringen zugeschlagen und die Gesamtbevölkerung damit um circa 20 Prozent reduziert, wenn man Julia und ihn als Besucher nicht mitzählte. In Kriegsgebieten nannte man das eine erfolgreiche Woche, aber so etwas erwähnte man Sabine gegenüber besser nicht.

»Ist das Veto gegen den Schubkarren-Transport endgültig?«, fragte er stattdessen.

»Das war mein letztes Wort. Ich dachte, wenigstens das war deutlich.«

Hans murmelte etwas vor sich hin, von dem er wusste, dass es Sabine nicht gefallen würde, und freute sich darüber, wenigstens so das letzte Wort gehabt zu haben.

Sabine bedachte ihn zwar mit einem strengen Blick, da sie aber nicht verstanden hatte, was er gesagt hatte, ließ sie es ohne einen weiteren Kommentar auf sich beruhen.

Katharina war nach ihrer Scheidung nur mit wenigen Besitztümern angekommen und Hans vermutete, Sabine hatte Katharina absichtlich ihr Hab und Gut überlassen. Von Sabine bekam er darauf keine erschöpfende Antwort, zumindest keine befriedigende. Sie lebte treu nach dem Motto *Tu Gutes und rede nicht drüber.*

Sie kamen schneller voran, als Hans vermutet hatte. Das steigerte seine Laune ungemein. Er war kein Freund von Dingen, die seinen geregelten Tagesablauf zu sehr aus dem Rhythmus brachten. Jetzt bemerkte er, dass die Zeit mit Nicole ihm mehr zugesetzt hatte, als er sich vorher eingestehen wollte. Mit Sabine versprach sich das wieder zu normalisieren.

»Ich bin froh, dass alles wieder einen ruhigen Gang geht, wenn wir hier fertig sind«, sprach er seine Gedanken aus.

»Ich hoffe, nicht zu ruhig«, erwiderte Sabine und zog die Augenbrauen hoch. »Schließlich willst du dir eine neue Wohnung suchen. Da musst du dich schon etwas aus deiner Lethargie bewegen.«

»Ich lethargisch? Wie kommst du denn da drauf?«

»Oh, entschuldige. Du bewegst dich immerhin, wenn vor dir Brüste baumeln. Ansonsten lässt das sehr zu wünschen übrig.«

»Ich dachte, das Thema hätten wir mittlerweile hinter uns gelassen.«

»Das glaubst auch nur du. Dafür bietet es zu viel Potenzial.«

»Potential für eine Auseinandersetzung meinst du wohl.«

»Richtig. Wenn ich dich schon nicht körperlich in Bewegung bringe, dann kann ich das wenigstens mit deiner inneren Gelassenheit machen.«

Hans fand, dass sie das perfekt beherrschte, und überlegte, die Diskussion fortzuführen. Er betrachtete Sabines zufriedenen Gesichtsausdruck und beschloss, dass es die Sache wert war. Wenn er jetzt nicht gegensteuerte, dann hätte sie jetzt und für die Zukunft Oberwasser.

»Ich denke, ich möchte weder über alte Geschichten noch über meinen Seelenfrieden weiter mit dir diskutieren«, sagte er und bemerkte, dass es sich patzig anhörte. Allerdings fand er *patzig* unmännlich und es war keine Eigenschaft, mit der er identifiziert werden wollte.

»Vielleicht sollten wir uns gegenseitig keine Vorwürfe machen«, schob er hinterher.

»Worüber sollte ich mir Vorwürfe machen?« Sabine blickte ihn verständnislos an.

Hans fragte sich das auch. Er war so besessen davon, mit ihr gleichzuziehen, wenn er schon keine Vormachtstellung bekam, dass er vergaß, mit dem Mindestmaß an Logik zu argumentieren. Damit kam er bei Sabine nicht durch, da sie leider viel zu aufmerksam war.

»Lass mich in Ruhe«, sagte er daher nur.

»Sehr erwachsen«, erwiderte Sabine und räumte Lebensmittel in den Kühlschrank.

Hans trollte sich in sein Zimmer, das er wenigstens behalten durfte, da Katharina Sabines altes Schlafzimmer übernommen hatte.

Der Abend verging wider Erwarten sehr harmonisch, nachdem Hans seinen guten Willen bewies und Sabine beim Kochen half.

Leider war es am nächsten Morgen damit wieder vorbei, nachdem Sabine hinter ihm ins Bad kam.

»Traue dich nicht noch einmal, solch eine Sauerei zu hinterlassen«, sagte sie lauter, als ihm lieb war.

Es war ein bereits sehr warmer Sonntagmorgen und das Küchenfenster stand auf. Dass es auch noch zur Straße zeigte, war ein Segen, wenn man neugierig die Nachbarschaft beobachten wollte. Für lebhafte Diskussionen, die bestenfalls die Nachbarschaft blendend unterhalten würden, fand er die Lage als betroffener Bewohner des Hauses jedoch nicht so gelungen.

»Hoffentlich ziehst du bald aus«, rief Sabine, die leise befürchtete, dass er wahrscheinlich nicht ausziehen würde.

»Das hoffe ich auch«, sagte Hans inbrünstig, wohl wissend, dass er bestimmt nicht ausziehen würde.

Die Stimmung im Hause Gärtner war ruhig und harmonisch. Im Dorf hatten sich die Ereignisse allerdings überschlagen.

Kleine Dampfwolken stiegen immer noch von der Stelle auf, wo das Haus von Linda Henigbaum gestanden hatte, obwohl die Feuerwehr immer noch vorbeugend Wasser verspritzte. Sabine stand fassungslos davor. Anfangs hatte sie in den Trümmern nach Sachen gesucht, bis sie es schließlich aufgab. Die Gasexplosion war gründlich gewesen und hatte alles förmlich pulverisiert.

Christian saß fast jeden Tag im Garten und blickte runter auf das Haus seiner ehemaligen Nachbarn. Er schwor sich, dass dies zu den Dingen gehörte, von denen seine Frau nichts wissen musste, weil sie es nicht verstehen würde.

Er beichtete nicht, weil es nichts zu beichten gab. Sebastian hatte ihn um einen Anruf gebeten. Den Wunsch hatte er ihm erfüllt. Konnte er ahnen, damit diese gewaltige Detonation auszulösen? Die Wahrheit war, ja, er hätte es ahnen können. Jeder Wunsch, der damit einherging, erst zu checken, ob sich keine Menschen in der Nähe befanden, verdiente Skepsis oder zumindest eine gewisse Aufmerksamkeit.

Nach der Biogasaffäre fand Stephanie schnell wieder zu ihrem eigenen Ehrenkodex, den sie erneut durchzusetzen versuchte. Also war die Situation fast wieder normal, auch wenn sie immer noch in getrennten Betten schliefen und ihre ganze Zukunft im Nebel verschwand. Der besondere Unterschied war, dass Christian schon die ganze Woche auf einer Welle des Oberwassers schwamm und seiner Frau jederzeit bei ihren Diskussionen etwas entgegenhielt. Das ergab nicht immer Sinn, weil er es auch tat, wenn er eigentlich ihrer Meinung war, machte aber Spaß. Christian hatte sich entschlossen, es als Übung zu sehen und so lange auszukosten, wie sie es ihm ermöglichte. Stephanie war milde gestimmt. Ihm war nicht ganz klar, ob das an den jüngsten Ereignissen oder seiner neu gewonnenen Männlichkeit lag.

Stephanie schien ihn darüber nicht mehr länger im Unklaren lassen zu wollen. Sie betrat den hinteren Teil des Gartens — was sie sonst nie tat — und kam zielstrebig in seine wohlgehütete Zone. Diese war vom vorderen Teil des Gartens nicht einzusehen, was dafür sprach, dass Stephanie längst wusste, wo ihr Mann sich liebend gern vor seiner Frau versteckte.

»Wie oft warst du hier, wenn ich dich drinnen gesucht habe?«, fragte sie.

Christian überlegte, entschied dann aber, dass er es sich leisten konnte, großzügig zu sein. Zumal sein Geheimversteck nun auch keines mehr war.

»Oft«, sagte er daher. »Aber nicht so oft, wie du vielleicht meinst.«

Stephanie setzte sich auf die Stufe des Gartenhäuschens und legte ihren Kopf auf die Knie.

»Schön hier«, sagte sie. »Friedlich.« Sie pustete vorsichtig einen Marienkäfer von ihrem Arm.

»Was hast du jetzt vor?«, fragte sie dann. »Ich meine mit der Arbeit.«

»Ich weiß noch nicht«, gab Christian zu. »Bis Ende Juni bekomme ich noch Gehalt, so lange bin ich freigestellt.«

»Das ist ja nicht mehr lang«, sagte Stephanie.

»Stimmt«, pflichtete er ihr bei.

In der Ferne hörte man Mia fröhlich krähen. Sie spielte mit Anna vor dem Haus.

»Wer weiß, vielleicht erfülle ich mir meinen Traum«, sinnierte er.

»Ich weiß nichts über deine Träume.«, erwiderte Stephanie. »Wieso eigentlich nicht?«

»Kann ich dir auch nicht sagen. Vielleicht, weil die schon so lange begraben sind. Und dann kamst du und mit dir kurz darauf Mia, da bleibt schon mal das eine oder andere auf der Strecke. Zu der Zeit hatte ich ein Angebot für Tansania.«

»Das ist traurig«, sagte Stephanie nur. Wieder Stille.

»Und wenn alles so gelaufen wäre, wie du es dir vorgestellt hattest?«, fragte sie dann.

»Ich wäre weggegangen, in ein anderes Land. Ich könnte mich für Ingenieure ohne Grenzen begeistern. Ich weiß nicht, irgend so was.«

»Warum hast du mir das nie gesagt? Das hört sich toll an.«

»Du warst mit Mia schwanger, da war das nun wirklich keine Option.«

»Nein, sicher nicht«, sagte Stephanie. »Ich wünsche dir, dass du noch mal so eine Chance bekommst.«

Christian stellte fest, je mehr sich seine Ehe allmählich auflöste, desto stärker wollte er plötzlich wieder an ihr festhalten.

Sie hatten noch nicht von Scheidung gesprochen, aber es passierte auch nicht viel, was ihn vom Gegenteil überzeugte. Es gehörte zu seiner neu gewonnenen Stärke, Probleme nicht auf die lange Bank zu schieben. Deshalb hatte er sich entschlossen, den Stier nun bei den Hörnern zu packen.

»Dann müssen wir darüber reden, wie es mit uns weitergeht«, sagte er. »Du solltest mit unserer Tochter im Haus bleiben. Natürlich nur, wenn dir das recht ist.«

»Wie du meinst«, sagte Stephanie.

»Oder nicht?«, fragte Christian. Stephanie zögerte etwas.

»Nein, das ist mir nicht recht«, sagte sie dann. »Im Gegenteil, ich finde das vollkommen unmöglich.«

»Dann sag mir bitte, was du dir vorstellst.«

»Ich habe mir auf jeden Fall nicht vorgestellt, dass wir uns trennen.«

»Aber du hast doch gesagt ...« Christian war verwirrt.

»Ja, ja, ich weiß, was ich gesagt habe. Aber nach so vielen Schocks in Folge ist das doch verständlich.«

»Das heißt jetzt was?« Christian blickte allmählich nicht mehr durch.

»Ach Gott, Christian, du warst schon immer schwer von Begriff«, seufzte Stephanie. »Ich möchte, dass wir zusammenbleiben. Ich möchte aber auch, dass du deine Träume verwirklichst. Du sollst nicht zurückstecken und dann unglücklich sein. Du machst aus dir, was du möchtest. Mia und ich kommen einfach mit.«

»Mensch, Stephanie«, sagte Christian glücklich. »Es stimmt doch, wir beide gehören zusammen.«

Vier Monate später.

Christian saß am Muckeringer See, der seit der Biogas-Affäre — genau wie der Ort selber — sehr an Bedeutung gewonnen hatte. In letzter Zeit kamen immer mehr Wanderer, die sich an seinen Ufern ausgiebig erholten. Christian hoffte, sie brauchten keine neue Bürgerinitiative, um ihn vor den Besuchermassen zu retten.

Matthias hatte einen Antrag auf Naturschutz gestellt, der das Bauvorhaben der Ekelon Gas sofort ausbremste und die besten Chancen hatte, bewilligt zu werden. Er fühlte sich in seiner Rolle als Retter und Bewahrer der Natur sehr wohl. Man konnte ihm fast schon unterstellen, weltoffen zu werden, obwohl er alles tat, diesen Eindruck nicht allzu nachhaltig zu erwecken. Trotzdem schien er zufrieden und werkelte auf seinem Hof vor sich hin. Da seine Karriere als Anlagenbetreuer leider beendet war, hatte er sich entschlossen, doch stärker in die Landwirtschaft einzutauchen, als er es vorgehabt hatte. Er arbeitete an einer Bio-Zertifizierung für Getreide. Der Fuhrpark, den er sich eigens dafür zugelegt hatte, versetzte Muckeringen und Umgebung in Ehrfurcht.

Daniel hatte sich nach seinem Outing als Schlägertyp nicht umgehend als Profi-Boxer verdingt, sondern lebte sein Leben normal und ruhig ohne Freundin weiter. Er wollte sich nie wieder auf eine Frau einlassen. Christian vermutete, dass das nur eine Phase war. Daniel war mit seiner tapsigen Ungeschicklichkeit ein Frauentyp, der allgemein von allen weiblichen Wesen für süß oder zum Knuddeln befunden wurde. Er würde schon eine Brust finden, an die er sich ankuscheln konnte.

Julia lebte mit Thomas wieder in der Stadt, wo sie momentan als glamouröses Paar auftraten. Aufmerksamkeit und Bewunderung waren für Julia äußerst wichtig. An der Seite eines erfolgreichen Anwaltes, der sich auch öfter in den Medien tummelte, wurde ihr genau das geboten. Wie lange würde Thomas das mitmachen, ohne dass ihm die

Puste ausging? Er wünschte sich, mit Julia eine Zeit lang glücklich zu bleiben. Mit Nicole war er es zum Schluss nicht mehr gewesen.

Nicole ihrerseits brach ihre Zelte in Muckeringen ab. Eine Weile sah es so aus, als würde sie in dem Haus bleiben, was sie so lange und sehr geschmackvoll — wie Christian zugeben musste — eingerichtet hatte. Das Landleben war für Nicole einfach nicht das Richtige, sie hatte sich das nur immer eingeredet. Als es sich nicht als so hip und schick herausstellte wie angenommen, ließ Nicoles Begeisterung dafür spürbar nach. Selbst Christian hatte das gemerkt, und er hatte nicht so viel mit ihr zu tun gehabt. Von Stephanie wusste er, dass Nicole auch ihre Schmach im Dorf nicht länger ertragen konnte. Letztendlich war es sicherlich eine Mischung aus Schmach und Langeweile, die schließlich den Anstoß zu Nicoles Aufbruch brachte.

Von den Kindern wurde diese Entscheidung unterschiedlich aufgenommen. Sie waren erst einmal wieder nach Muckeringen zurückgekehrt, nachdem Julia und Thomas zusammen eine Wohnung bezogen hatten. Laura war dankbar, endlich wieder aus dem Dorf herauszukommen. Jan, der ihr die Zeit vertrieben hatte, war ebenfalls nicht mehr da. Sie vermisste ihren Vater sehr und gab ihrer Mutter die Schuld.

Lukas nahm es nicht so freudig-gelassen hin wie seine Schwester. Er brach die letzten Tage mehrere Male in unkontrolliertes Weinen aus. Außerdem wich er Matthias kaum noch von der Seite, bei dem er immer schon gerne Zeit verbracht hatte. Mit der Stadt konnte er nichts anfangen und es war abzusehen, wie schwer ihm dieser Abschied noch fallen würde.

Anna war und blieb Anna. Den Weggang von Laura hatte sie mit regungsloser Freude entgegengenommen, die man ihr nur an den Augen ablesen konnte.

Sabine und Hans hatten sich zu dem Traumpaar entwickelt, das man sich in romantischen Komödien mit Biss vorstellte. Sie stritten und keiften den ganzen Tag und verstanden sich absolut prächtig. So sah man sie jeden Tag durch das Dorf und die Umgebung marschieren, während sie sich unterhielten und zankten und mit ihrer Rüstigkeit den Eindruck machten, als würden sie das noch sehr lange tun.

Bei Gärtners war Frieden eingekehrt und das Leben mit seiner ungewöhnlichen Frau ging für Christian weiter. Nach den ganzen Spannungen in den letzten Monaten fragte er sich, wie er jemals daran zweifeln konnte, dass diese Beziehung das Beste war, was ihm widerfahren konnte.

Er hatte sich auf eine Stelle beworben, für die er mit seiner Familie in den brasilianischen Urwald umsiedeln müsste. Er war aufgeregt und voller Erwartung, da er nach einem sehr erfolgreichen Gespräch die besten Chancen hatte, sich gegen seine Bewerber durchzusetzen. Daniel brach fast zusammen, als er von den Plänen seines Bruders erfuhr.

»Das kann doch nicht dein Ernst sein?«, sagte er fassungslos. »Du willst mich einfach hier alleinlassen?«

»Du lebtest vorher auch ohne mich hier.«

»Aber nicht ohne dich in Deutschland.«

Christian lachte nur. Es war ein befreites Lachen.

Er hörte aus der Ferne einer Diskussion zwischen Sabine und Hans zu und grinste. Die Welt war im Lot. Der Muckeringer See plätscherte leise, als stimme er ihm zu.

Vielen Dank

Vielen Dank, dass Sie mein Buch gekauft haben.
In einer Welt, in der jeden Tag so viele Bücher publiziert
werden, ist es für mich etwas Besonderes, wenn Leser mein
Buch kaufen.

Über ein paar nette Worte in einer Rezension, den sozialen
Medien, oder einfach im Gespräch mit einem Freund
würde ich mich sehr freuen.

Vergessen Sie nicht, einmal vorbeizuschauen bei:
www.acscharp.de
www.facebook.com/scharp.ac